魅丽文化
花火工作室

僧耳蛮花 著

江苏凤凰文艺出版社
JIANGSU PHOENIX LITERATURE AND ART PUBLISHING

图书在版编目（CIP）数据

我尝一下可以吗 / 儋耳蛮花著. —南京：江苏凤凰文艺出版社, 2021.1
ISBN 978-7-5594-5349-5

Ⅰ.①我… Ⅱ.①儋… Ⅲ.①长篇小说－中国－当代
Ⅳ.①I247.5

中国版本图书馆CIP数据核字(2020)第216901号

我尝一下可以吗

儋耳蛮花 著

责任编辑 张 倩
特约编辑 丏小亥 艾璐璐
封面设计 ABOOK STUDIO 殷舍 Design QQ 812784044
出版发行 江苏凤凰文艺出版社
南京市中央路165号，邮编：210009
网 址 http://www.jswenyi.com
印 刷 湖南凌宇纸品有限公司
开 本 880mm×1230mm 1/32
印 张 9.5
字 数 308千字
版 次 2021年1月第1版
印 次 2021年1月第1次印刷
书 号 ISBN 978-7-5594-5349-5
定 价 39.80元

目录

CONTENTS

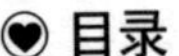

目录

CONTENTS

第一章
蹭网的小朋友

S 市的九月，空气沁人心脾。

清浅的阳光从操场旁的两排树叶之间筛落，扑簌簌的，像洒了一地金穗，迎风滚浪。

橘色教学楼的漆刷得明亮，开在楼外的花儿香气馥郁，让人沉醉。

开学刚一周，大一的奚温宁收好作业，交到专业课老师的办公室，刚进去就听见几位年轻的女教师在聊天。

“醇志中学的那个天才，当年的省状元，插班到我们学校的物理专业了吧？”

奚温宁听到这句话，已经按捺不住好奇心，不动声色地偷听。

她走到林清芬身旁，把一摞本子放下。

林清芬拿起杯子喝了一口胖大海泡的水，说：“那个男生空降物理系第一毋庸置疑啊……谢谢，放这儿就可以了。”

空降第一？这么牛？

走廊里传来一阵热闹的追逐声，奚温宁假装弯身系鞋带。

“我有个朋友在他以前的高中当老师，他们都是求着那孩子去参加比赛的，可人家确实牛啊，拿了一堆竞赛冠军回来。”

有位老师说到这里，抬头瞧了一眼蹲着的奚温宁。

他们这批新生在军训的时候选出了一拨临时的班委，奚温宁因为高中就当过课代表，所以被林清芬点到做了幸运儿。

奚温宁穿着彩条图案的短袖上衣，模样乖巧机灵，一双眼睛亮亮的，不短不长的蓬松黑发用皮绳扎起来。

整个高中，她都肉嘟嘟的，同班关系不错的女生还爱喊她“小肉饼”。

没想到一个暑假过去，她个头长了，人也抽条了，脸渐渐瘦削下来，多了几分清丽，也变得有少女味了。

老师们继续议论。

“这种天才学生，还长得帅，他早该念完大学了吧，那些名校都抢着要他，听说他之前念的那所大学在别的城市，他家人不习惯，他才搬回来了……”

“还真不知道呢，他家里情况……”

“杨老师说他这个周末才搬来我们学校附近的锦和新苑。”林清芬说到这里顿了一下，抬头瞧了瞧站在边上的奚温宁，笑着说，“我记得你也住那个小区？”

“嗯。”奚温宁应了一声，没想到这么巧。

林清芬刚从师范大学毕业，与学生说话还比较随便。

她开玩笑说：“我和奚温宁都是颜控，我也喜欢长得帅的男生。”

女老师们又笑着聊起了最近的综艺节目。

奚温宁听见上课铃声，赶紧离开了。

S 市的南法大学也算本地数一数二的大学，她靠着艺术加分进了南法大学的编导专业，学校的师资力量摆在那里，各方面的硬件和软件都没说的。

父母算是放下一桩心事，循循善诱要她好好用功。

因为家里离学校太近，平时她也很少住校，回家更方便一些。

一周很快过去了，到了周六早上，好不容易能睡一个懒觉，没想到窗外的卡车声、吆喝声却扰人清梦。

奚温宁拽起被子蒙住头，意识却在嘈杂的环境中越来越清醒。

嗷，还让不让人睡觉啊！

她满肚子起床气，翻身下床，走到床边向外探了探头。

几个穿着制服的工人，正在往斜对面的那栋矮平房里搬家具。

搬家……

这个词在她脑子里转了一圈，然后她就联想到那天林清芬说，有个大二的学霸要搬来他们小区。

奚温宁四处瞄了瞄，还真看见一个男生从楼里走了出来。

柔和的阳光尽头，依稀勾勒出一道挺拔清冽的身影。

那人穿了一件兜帽衫，因为低着头，加上距离有点儿远，奚温宁只能看到松软的黑发，脊背笔直，虽只是一个侧影，却带了点惊心动魄的味道。

感觉还挺帅的。

谁知道对方好像敏感地察觉到有人在看他，竟然抬起头四处张望。

奚温宁急忙离开窗口。

这都能发现，神一般的观察力啊……

过了片刻，她又悄悄地探出头去。

对方往返几次，搬了一些小东西进去，之后就彻底不见人影了。

奚温宁将手肘撑在窗台旁，默默地观察。

该不会还真是那个学霸搬来他们家对面了吧？

她嘴角微微上翘。

要真是这样，她算在学神的势力范围内吗？求学神保护！

开学没多久，奚温宁就发现这一届新生里有些同学的气焰很嚣张。其中为首的是一位大少爷和大小姐。男的家境不错，整天吊儿郎当，去网吧也没老师管，一看就是坏坯子，好像在外头还有不少道上的“兄弟”。

女的也很娇贵，平时上学、放学都有豪车接送，从来不去学校食堂吃饭，专门有人给她订餐，脾气也特别大。

巧的是双方父母还有商业上的往来，关系居然不错，总有一些人围在他们身边献殷勤，形成一个特殊的小圈子。

不过大家井水不犯河水，这些也和奚温宁没多大关系。

课间，大教室里吵吵嚷嚷的，非常热闹，有几个人在打牌，也有埋头预习或复习的。

后边几排的男生在玩篮球，吵来吵去，扔来扔去，还把别人的铅笔盒和书本都推到地上。

有些女生在讨论某部暑期热播剧，还有的拿出刚买的化妆品来互相试用，不时响起一阵阵娇笑声。

那部热播剧奚温宁还剩几集没看完，母亲给她的零花钱快花完了，她的手机流量早已耗尽，这两天家里的网还坏了。

同桌诗添夏把最新款的手机递过来，甜甜地笑道：“温宁，我昨晚缓存了几集，你可以用我手机看。”

“天哪，夏夏，你真是我的女神！”

因为先天性的遗传因素，诗添夏说话时有些口齿不清，类似“口语病”，但她成绩优良又很热心肠，小鼻子小嘴巴，整个人既可爱又温暖。

两人以前是同一所初中的校友，但不在同一个班，一直没说过话，只在学校打过几次照面，大学军训时才熟悉起来的。

奚温宁低头看了一会儿偶像剧。

坐在前一排的女同学回来了，揣着一个水杯，窃笑着冲她们说：“告诉你们，刚才在走廊上，我看到那个徐远桐了！”

诗添夏疑惑地问：“什么徐远桐？”

“就是大家都在讨论的帅哥学长啊，你们不知道吗？天才学神，据说高考时，除了作文被扣了几分，其他科都是满分！”

奚温宁故作平静，内心窃喜，说：“现在只要成绩优异的都叫什么学霸、学神，已经烂大街啦。”

“是不是学霸，我也无所谓，关键是他还长得帅啊！我刚和他擦肩而过，那么近的距离，天哪！徐学长一身禁欲感，一看就是极其自律的好学生，和那些动不动就打架斗殴的臭男生完全不一样好吧。”

“说不定他私底下也会抽烟喝酒呢？”奚温宁扬了扬唇，“也可能这种‘天才’就是只知道读书的学习机器。做人呢，关键还是要有人格魅力，哦……不过长得帅确实加分。”

“呵呵，那你还不是看脸！”

颜控毕竟是颜控啊。

考入大学后，奚温宁才更真切地体会到读书这种事情只能靠自己，也只能看天赋。

有些人是真正的物理化全能，而有些人只能靠特长加分。

奚温宁拿出自己存着的所有零花钱，特意买了新的摄影器材，希望能提高自己的摄影技术。

锦和新苑离学校不远，走路回去只要二十多分钟。

日暮时分，树影在微风里稀稀疏疏地摇摆，花坛里还飘来若有似无的温柔香气。

天色暗得还不是很快，她走得也不着急。

就在快到家的时候，口袋里的手机“嗡呜”一声，她掏出来一看，是移动提醒她流量即将告罄……

奚温宁“啧”了一声，要是附近的居民里有哪个傻子 Wi-Fi 不设密码，让她蹭网就好了。

犹豫了一下，她点进无线局域网，一排可选取的网络跳了出来，她一下就看到一个很有意思的中文名称，叫作“薛定谔的黑猫”，而且边上没有那把万恶的黑色小锁。

“薛定谔的猫”是一个著名的量子力学思维实验，简单来说就是不打开盒子，没有观察者，猫就处于生与死的叠加状态。

大概是这样吧……管它呢，试试又不要钱，奚温宁点了一下网络。

“中国移动”旁的扇形标识转了几圈，显示信号满格。接着，她试着打开视频软件，没想到竟然成功了，网速还不慢！

奚温宁兴奋不已，美滋滋地把包背到身前，靠在墙上，耳朵一边戴上一只耳机，决定先把最新一集偶像剧看完再回家。

过了大概十分钟，奚温宁突然意识到身后有人走近。

她猛地侧过身，只摘下了一只耳机，就听有人漫不经心地说了句：“免费 Wi-Fi 用得爽不爽？”

奚温宁还以为自己幻听了，可转过头看到来人的刹那，她就愣住了。

穿着单薄 T 恤的男生个头很高，斜靠在天井外的大门旁，面部神情懒散。他微微低着头，前额头发垂下来，漆黑的碎发挡住了两道修长的远山眉。

怎么形容呢？他和她见过的那些长得帅的男生都不太一样。他眼里的那一丝笑容未及眼底，气质很沉稳，漆黑的眼眸像蓄着一场空山新雨，双眼更是璀璨若星辰，仿佛能洞察你的秘密，让你无所遁形。

而且，假如她没看错，这人周正的身形与样貌，正是那天她看见的刚搬来的那个男生。

对哦，她站的地方不就是自己家斜对面的楼栋吗？

奚温宁浑身僵硬：“你、你说什么？”

“你在用我家的 Wi-Fi，”那人扫了她一眼，目光淡淡的，“是吧？”

“打扰了！”奚温宁说完，抱着书包转头就跑。

“跑什么，站住！你是大一的吧？”

对方的口吻简直像是两人在同一所大学念书，莫非他真的是老师和同学说的那个天才徐远桐?

奚温宁屏住呼吸，一时更为紧张了，于是口不择言地道：“你都不设密码，除了我，肯定还有别人蹭的，毕竟谁都想占小便宜啊！”

“蹭别人的网还有理了，你很棒啊。”

奚温宁自知理亏，她撇了撇嘴，站直身体，态度很好地回答：“我给你道歉了，大佬，下次不会了，行了吧？”

男生笑容懒散，继续问她：“怎么会跑来这里上网？你住附近？”

“嗯，就住在那边……”嘴上这么说，她却没指出具体方向。

“不会是做错了什么事，家里断了你的网吧？”

“关你什么事。”奚温宁嘟囔。

“我刚来你们学校，以后也算你的学长了，你就这态度？”他居高临下，给人的压迫感十足。

奚温宁更加确定了自己的猜测：“你是徐远桐？”

“你已经听说了？”

她心中一紧，他还真是学神本人：“徐学长，我妈喊我回家吃饭了，就不打扰你了，再见。”

说完她就溜了，还跑得飞快。

徐远桐望着她逃开，勾了勾嘴角。

回到家，一盏昏黄的灯下，摆着刚烧好的三菜一汤，有鱼有肉，还有新鲜的菜叶子，面容俊俏的男生坐到饭桌旁，收敛方才的神色。

“外面怎么了？”

看着母亲有些诧异，徐远桐耸了耸肩：“没事，有个小朋友路过，还挺有趣的。”

是一个偷偷摸摸躲在他家门前蹭网的小朋友。

午后阳光充足的时候，教室里有些闷热。

有人开了空调，有些女生直喊冷得受不了，男生就打开头顶的百叶扇，扇叶发出“哗哗哗”的有规律的声响。

奚温宁从厕所回来，一脸不明所以。

“我照镜子没发觉自己有什么奇怪的啊，为什么楼道里很多人都盯着我看？”

诗添夏望了一眼前桌女生的背影，小声对她道：“刚才李艺瑾跟我说……”

奚温宁莫名其妙就出名了。

从上午开始，所有大一的人都在传，她和那个新来的帅哥学长徐远桐之间有什么不可告人的“交易”。

据说，徐远桐亲口告诉身边的同学，有个大一的学妹到他家门口去堵他，特别主动地送上门。

“天才徐”在高中时是老师公认的好学生，因此，这样的传言十分具有可信度。

就这样，奚温宁沦为开学以来的第一个谈资。

李艺瑾也转过身，像是为她气不过：“他们说你盯上学神了，还有很多难听的话……说你勾引学长，还脸皮厚，缠着人不放……”

李艺瑾有不少高中校友在其他班，所以消息很灵通。

也难怪徐远桐刚来上课就引起众人议论，除了成绩拔尖，他还长相出众，“校草”的称号非他莫属。

奚温宁闻言，直接呆住了。那个学长……不会这么小气吧？要是说她蹭网也就算了，但“勾搭”什么的，她可从来没做过啊！

“什么情况啊？我根本就不认识他啊，怎么可能去招惹他？”奚温宁的声音很大，引得周围同学向她投来各色目光。

这时，上课铃声响了，中外戏剧史老师已经从门外进来，三个女生你看看我我看看你，一时谁也没再开口。

这一节课讲的是宋代南戏戏文，男老师上来就问有没有同学能解释一下，没有人主动举手。

突然，班上最嚣张的富家少爷原颂飞开了口：“老师，叫奚温宁回答吧。”

他两边鬓发剪上去，烫了个韩式的泡面头，就这么嘲讽别人，也没人敢管，反而还有人附和——

“对啊，老师，她特别‘爱’学习，都已经认识我们学校的学神了！”

“那肯定是‘学’了很多东西回来啊！”

班上一阵喧闹，众人窃窃私语间，有不少难听的话也一并传入奚温宁耳中。

奚温宁过去从来没在班级里这么引人注目。她也不说话，只淡淡地笑着，保持沉默，低头看书。

戏剧课男老师已有四十多岁，有丰富的教学经验，眼看学生们蠢蠢欲动，急忙开口制止："原颂飞，就你们这几个话最多！起来起来，你来回答这个问题。"

原颂飞慢慢地站起来，还不忘和对方贫嘴："老师，我不会啊，没预习过。"

学生们又是一阵哄笑，男老师冷着脸，只好说了句"不懂就好好学"，便转身继续上课。

奚温宁一个下午都没了好脸色，心情很差。

一天的课结束，她就和诗添夏道了别，一刻不停地出了校门。

有条小河流经本市，流过锦和新苑的那一段附近还修建了一座街区公园，经常有居民来闲逛和健身。

奚温宁高中时就住在锦和新苑，有时候考砸了，或者和爸妈吵架了，她都会来公园里散散步，放松一下心情。

暮色渐渐四合，宽阔曲折的河流淌过整座公园，大草坪上跳广场舞的大妈渐渐多了起来，路灯依次被夜色点亮。

她往里走了一段路，转过人工湖，更深处有一条狭小逼仄的杏花小道，进去之后是另一块小草坪，相比大草坪，这里寂静许多。

潮湿的土壤像泡过水的茶叶，空气里的味道也像刚沏的一盏新茶，夕阳之下的风景僻静温然，她的心情也随之平静下来。

在路旁的草丛里逗了一会儿野猫，奚温宁便准备穿过公园回家。

她朝前面的草坪上瞧了几眼，就见一道黑色的身影靠坐在长椅上，背对着自己。再仔细一看，那道身影还有点儿眼熟。对方微微低头，似乎在阅读。

真是冤家路窄。

奚温宁本想直接转身走人，又想到那天他悄无声息地出现在自己身后，是该让他也尝一尝被人"偷袭"的滋味。

何况，做错事的是他，她应该理直气壮地向他讨一个说法。

她想了一会儿，抬步走过去，刚准备清一下喉咙，却在下一秒退缩了。

因为离得近，奚温宁看清了对方手里书上的内容。

这个老师眼里的好学生、女学生嘴里禁欲脱俗的天才，此时此刻拿着的根本不是什么教科书，而是日本的少女漫画。

奚温宁脸上一热，被那富有视觉冲击力的漫画内容弄得满脸羞红。

她正考虑是不是该默默地转头离开，但对方没给机会，忽地，徐远桐两根手指用力，“啪”地合上漫画，侧头对上她的眼眸。

他面色冷峻，眸光流转，并在公园路灯的照射下泛着一层淡淡的水光，看得人心神荡漾。

两人视线交汇。

奚温宁喉咙发紧，好像眼前手拿漫画书的不是徐远桐，而是她。

这种感觉就像一口血堵在喉咙口，吐也不是，咽也不是。

“你、你……你这么大个男人，还看少女漫画？反差也太大了吧？”她结结巴巴地道。

徐远桐毫无回避的意思，他缓缓起身，无动于衷地看向她：“怎么，你还打算去学校宣传？”

“是又怎样，为什么不行？”

她抓到他的把柄了！

“哦，那你试试。”徐远桐不知何时已经走到她面前，微微倾身，让她瞬间冒出冷汁，“小肉饼，泄露秘密的下场，你想知道吗？”

“你怎么会知道？”这可是她高中时候的绰号。

徐远桐的个子比她要高一个头，此刻他站在她面前，袖子捋到手肘，露出两截干净白皙的手臂，看着神清气爽。不过，这家伙可不是善茬。

“哦，我朋友告诉我的。”

奚温宁的初中和高中离这儿都不远，几届学生之间有些彼此认识，所以消息总是传得特别快。

夏末秋初，天色渐渐暗下去，灯光下显现出一缕缕光柱，浮沉颗粒到处都是。

看着小姑娘愤怒的眼神，徐远桐不怒反笑，嘴角噙着的笑容煞是好看：“学妹，你这么看着我，难道你暗恋我？”

奚温宁瞪着他：“我没想到，全校有名的徐远桐竟是一个娘娘腔。”

他抬了抬目，看了一眼远处，这才不咸不淡地回应："我不觉得，好奇和向往都是天性使然，你说是吧？"

他说话的语气沉着，散发出来的气质一点也不娘，竟然还十分性感。

奚温宁瞄了一眼他手中的漫画，不由得有几分好笑："你看什么东西我管不着，但你在学校造我的谣是什么意思？"

"我造谣？"

"是啊，你说……我勾搭你什么的。"奚温宁结结巴巴地说了几句听来的谣言，更加生气了。

徐远桐挑眉："我没说过。"

奚温宁一脸疑惑。

"我还在想，怎么有人突然跑来和我说你的事情，原来是这样。"

他的朋友大概就是听了不知从哪儿传来的八卦，才会突然跟他说起打听来的关于她的消息。

徐远桐看她是真的气得不轻，便神色平静地解释："我最讨厌做这种损人不利己的事，我对你又没有特别的感觉，为什么会在学校这么说？"说着，他指了指她的小脑袋，"'思考'会为你带来褒奖，别像那些人，用嘴不用脑。"

奚温宁压下心头的怒火，脸上挂起假笑："行吧，既然学长都这么说了，我当然选择相信你一次咯。"

"我没说过的话，也不会让他们这么传下去。"他似笑非笑地道，眸子里像是落了一片银色的月光。

过了片刻，他晃了晃手里的书："作为交换，这事你得替我保密，知道吗？"

奚温宁看他气焰嚣张，根本不是那种会在乎学校里的人会怎么议论自己的人。为什么还要她为他保守秘密，难道是怕被什么人知道？

话说回来，徐远桐在学校果然是禁欲学霸的人设吗？简直是天山上的一朵白莲，连她都情不自禁地想要主动勾引一下。

哼，反正他的人设在她面前已经崩了，呵呵！

两人站在一片小树林前说着话，偶尔有一两个路人经过，向他们投来诧异的目光。

"我家的 Wi-Fi 新设了密码，万一你哪天急用，倒是可以让你免费蹭一蹭。"

“谢谢哦。”

虽然知道这人是在调侃，但奚温宁恐怕真要对 Wi-Fi 势力低头了。

徐远桐看了一眼腕表：“不早了，走吧。”

“去哪里？”

他嗤笑一声，表情有点儿邪：“回家，不然你还想和我去哪里？”

“呵呵。”

没办法，他们的回家路线是相同的。

一路上谁也没说话，气氛有些微妙。

奚温宁望着对方被天色拉长的身影，默默地跟在他后面，甚至还故意越走越慢，拉开了一大段距离。

万一被同校学生看见，再说她“尾随”学神就不好了！

南法大学的规模不大不小，有好几栋实验楼、教学楼，还有艺术楼。

有些楼之间还可以相互穿梭，形成环绕。

这天下课后，奚温宁和诗添夏与同组的成员讨论完作业，才出了教学楼。

诗添夏是一个非常有责任心的女孩子，尽管她说话不利索，但身上有一股恬淡的气质，这让奚温宁觉得很安心。

她们一边聊天一边下楼梯，奚温宁瞥了一眼四周，说：“好像今天关注我的人真的少了很多。”

课间的时候，李艺瑾说，大二那边已经有人放话，以后不准随便乱传关于徐远桐的任何八卦消息。

诗添夏也难得来了兴趣，停住笔记本上的笔尖，抬头笑着说：“我就说、说我们温宁‘躺枪’了。”

“对啊，谁让你和学神住这么近？你这是‘原罪’，知道吗？”

奚温宁瞥了一眼堪比消息中转站的李艺瑾：“爽呀。”

她真是恨不得搬到地球另一边去。

“说真的，我一开始还以为徐远桐是那种只知道学习的学神。你知道吗？这几天我看到我们学校那几个校霸，就是抽烟、喝酒、群殴样样都来的那些人，竟然去实验楼等他，估计他们是一起出去混……

“那几个校霸都是有钱有势的大爷，闹腾得很。据可靠消息，徐远桐一直没交女朋友，我有个朋友高中就和他一所学校，他身边从来没有女生，看来还是正经人。”

奚温宁简直想拿着小喇叭在学校广播：徐远桐根本就不是什么正经人！

好巧不巧，她和诗添夏刚走到一楼，就看到大操场上站了两个女生，而从另一边的塑胶跑道慢慢跑过来的男生，正是徐远桐。

那两个女生很面熟，好像军训的时候见过，是高一个年级的学姐。

等到徐远桐慢跑过来，其中一个女生急忙迎上去，兴冲冲地将他拦了下来。

另一个长得很漂亮的女生从包里拿出一封信，塞到他手里，然后拉着身旁的好朋友匆匆忙忙就要走。

奚温宁望着那个告白的学姐，心里叹了口气：可怜的小姐姐，还没看到徐远桐的真面目，一首《凉凉》送给你。

徐远桐慢条斯理地撩起身上的校服，低下头擦了擦额头的汗，清隽的脸上无动于衷。

他接过信，看也没看，沉声喊住她们：“等一下。”

要说告白的那个女生长得也算娇媚可人，身材更是细腰长腿，我见犹怜。

没想到徐远桐却很绝情，脸上连多余的表情也没有，直接说：“信收回去，以后也别写了，费纸。”

给他写情书的漂亮女生很受伤，语气激动地道：“是因为那个大一的女生吗？不是说是她骚扰你的吗？你们在一起了？”

“我不认识什么大一的女生，也没有女朋友，更没有谈恋爱的打算。”徐远桐平静地道，“就算有些学弟学妹和我关系不错，也是很正常的事，你们要是再乱说，我就不客气了。”

“就算你暂时没有谈恋爱的打算，我们也可以从做朋友开始……”

“你真的喜欢我吗？”徐远桐看了一眼那个女生，女生顿时脸红，他说，“我才来学校几天，你对我有多少了解？你喜欢的是我的脸，还是我的那些‘新闻’？恐怕你连我喜欢吃什么，每天看的什么书、做的什么题都不知道，就别说喜欢我了。”

说完，他拿着毛巾，侧过身从她们边上走过，径直往教学楼走去。

徐远桐走到台阶上的时候回过头，看到不远处有两个落荒而逃的身影，他抿唇笑了笑。

眼看着徐远桐离开了，奚温宁急忙拉着诗添夏往校门外跑。这种事千万不能掺和，就当什么也没看见。

“怎、怎么了啊？温宁……”诗添夏换了一大口气，才又开口，“你和那个徐学长是不是真的认识啊？”

奚温宁简直恨不得把那家伙的秘密说出来，可话到嘴边，又想起与对方的约定。她寻思半天，算了，还是不要轻易说出口。

“唉，现在还不能告诉你，我和他遇到过两次，反正就是不对盘。”

诗添夏弯着新月一样的眼睛：“是咯，我看你对他还有点儿偏见？”

“那是有原因的，他就是表面高冷，其实一肚子坏水。再说了，他害得我莫名其妙成了学校里公认的‘花痴’，我讨厌他也是正常的好吧。”

“可他也澄清了和你的谣言啊。”

奚温宁想了想，那倒也是。

“夏夏，你人太好了，你这样很容易被人欺负的。”

那一边，被拒绝的美女还站在原地，痴痴地望着徐远桐离开的方向。

“什么人啊？得意什么。”朋友转头看向班花，“喂，人都走了，还看什么看？”

班花眼睛带笑：“可我就是喜欢他这种拒人千里的感觉啊……你刚才看见没？他身上好像还有肌肉！超酷的！”

虽然不知道徐远桐是不是真的那么有本事，但随后几天，谣言确实销声匿迹了，奚温宁的日子也好过起来。

她去小卖部买了饮料回来，刚进入教室，就见诗添夏拿着抹布在擦椅子。

“怎么了？座位怎么弄脏了？”

“没事，不小心把水洒在上面了。”

“哦，小心一点呀。”

奚温宁说完抬头，却发现身边其他同学的目光有些不对劲。

起初还只是有点儿奇怪，接着事情就越来越离谱。

诗添夏的座位上经常被人洒了水，又或者多了几个脏兮兮的黑色脚印。

两人问前面和后面两排的同学，一向是话痨的李艺瑾也不再和她们多说，只说没看到是谁干的。

“不要紧，擦一擦就好、好了呀。”诗添夏每次都这么说，也从来不生气。

奚温宁认真地观察了一下，立刻明白过来。

她没有再被原颂飞针对，因为班霸换了欺负的对象。确切地说，是因为他们的女班霸盯上了诗添夏，他们才会一致转移目标。

杨薇薇很会发嗲，家里又有钱，不少男生都对她很殷勤，只要是她说出来的话，原颂飞一般也会附议。

本来奚温宁“倒贴”学神的事传得沸沸扬扬，就算她被欺负，也有不少女生在一旁看好戏，但在高年级的校霸放出风声后，连原颂飞也有点儿摸不准门路。

就在这时候，也不知怎么回事，杨薇薇看诗添夏不顺眼了。

奚温宁一早过来收剧本课的作业，坐在中间的杨薇薇突然朝后面说了一句：“诗添夏，好了没有啊？”

尽管她在班上要风得风，要雨得雨，可奚温宁并不吃这一套，听到她这么说，奚温宁忍不住在心里翻了一个白眼。

“薇薇，剧本你都不会自己写？”奚温宁嘲讽地问。

“我喜欢让诗添夏写，我提供思路，她的文笔更好。”杨薇薇说着，看向低头找作业的诗添夏，“是吧？”

诗添夏抬头，冲奚温宁笑笑：“温宁，我都打出来了，你拿一下……”

奚温宁转头，贱兮兮地说：“你的剧本我不会收的哦。”说完，转身就要走。

杨薇薇愣住，她没想到奚温宁会给这么一个反应：“奚温宁，你什么意思？当一个小班委还以为自己了不起了？”

“我没觉得自己了不起，只是收个剧本，你没完成，我就去办公室照实跟老师说，这总可以吧？”

“你发什么神经？”

本来以为奚温宁乖巧温顺，即便之前被原颂飞几个挤对，也是闷声不吭，没想到她会突然来这么一出。

奚温宁说：“要我说，杨薇薇你交不交剧本也没什么大不了的，老师根本不会说什么，你何必浪费大家的时间呢？”

诗添夏眼看杨薇薇要发火，连忙起身把奚温宁手里的一沓A4纸抱了过去：“我好了，温宁，我去帮你交作业吧，你们别、别说了。”

说完，不等奚温宁开口，她就飞快地跑了出去。

教室里出现一阵短暂的沉默。

杨薇薇从鼻孔里呼出一声气，就差拿眼白回应奚温宁的多管闲事。

奚温宁愤愤地回到座位上，却什么都做不了。

真是气死她了。

转眼，在大学里的第一个月就结束了。

奚温宁有心事，各种作业也完成得马马虎虎。

此时，她正捧着《哈姆雷特》在看，心思却飘到了邻座的同学身上。

诗添夏生性胆小，被欺负也不敢声张。这几天杨薇薇那帮人的恶作剧越来越过分，还趁着阿姨打扫教室的时候，故意把垃圾袋套到诗添夏头上。

奚温宁知道自己不能担负什么责任，也担负不起诗添夏的人生，但她还是想找点办法帮助她、保护她。

“他们说一楼好像有什么建模大赛的获奖名单，那位帅学长的名字就在上面，我们下去看看吧！”李艺瑾说完，就拉着朋友下楼了。

奚温宁瞅了同桌一眼：“走吧，我们也去凑个热闹。”

南法大学的布告栏上，通常会有与奖惩相关的信息，以及各种社团活动的信息。

九月初，在网上统一举行的全国数学建模大赛选拔赛中，物理专业的徐远桐名列前茅，给他们学校争了光添了彩。

聚集在布告栏前的学生越来越多，大家都在议论这次的数学建模大赛。

奚温宁还没来得及看布告栏，就听见另一边传来夸张的尖叫声——

“接近满分？真的假的？”

“不愧是学神，大神求罩！”

她远远看见徐远桐和几个学霸从楼梯口出来，他高高的身形和出众的相貌，让人一眼就认了出来。

平时物理学院的学生就都有点儿优越感，个个心高气傲，大概因为有了徐天才的助阵，现在更是耀眼。

徐远桐穿着一件蓝白的校服外套和简单的运动长裤，他平静地扫了一眼布告栏，也懒得说话，只是目光四处扫视。

“这次的考题不是非常难吗？”

“徐远桐太厉害了，数学专业的都没他分高，我们数学专业的第一名这次都输给他了！”

奚温宁看向布告栏，只见上面写着：祝贺××级应用物理专业的徐远桐同学以全校第一的成绩成功出线，他将和×××、×××等同学共同迎战接下来的线下全国数学建模大赛决赛！

真是不一样的天才，果然有一个闪耀的人生。

就算是数学专业的大奖，他也轻松拿下，这就足以说明他的能力。而她却连最好的朋友都保护不了。

为什么人和人之间的差距就这么大呢？那种与生俱来的能力，是后天花上百倍，甚至上千倍的努力也得不到的东西。就像现在排在徐远桐之后的第二名，他要花多少努力去拼搏，才能追得上啊。

奚温宁想事情入了神，等意识到她的视线已经穿过人群和徐远桐对上的时候，已经来不及躲开了。

他的眼睫似乎颤了颤，冷淡的一双眼睛忽地就多了一些神采，散发着浓烈的荷尔蒙。

奚温宁假装什么也没看到，转开眼看向四周。

“我现在总算知道什么叫尴尬到变形了……”

“嗯？”诗添夏疑惑不解。

徐远桐被几个其他专业的学生围住，他懒得搭理，随便应付了几句，很快就离开了。

他们下午的第一堂课是线性代数，教授也算S市赫赫有名的老教师了，据说他还在校外开了补习班，专门给有钱有势的贵人子弟上课，稍微差点儿的孩子还不收，但只要收进来，考研全部能达到预期的分数。

他头发少，又留着胡子，很像动漫人物“光头强”，因此得了“强哥”这样一个称呼。

强哥进了教室，放下教案，伸手就指向某人：“徐远桐，你，抬起头抬起头。”

徐远桐刚一扬眉，同班的女生几乎全部向他投来目光。

他面色平静，但黑亮的瞳孔散发着朝气。冷冷的神情像灌满了凉意，稍是懒散的眉目又似染上了一层氤氲薄烟，看得女生们心神荡漾。

“倒数第二道题，就是这道设 A 是数域 K 上的 mXn 矩阵，B 是 K 上的 nXk 矩阵，C 是 K 上的 kXs 矩阵……这题，你为什么不写过程啊？给个答案能算数吗？做什么？敷衍我啊？”

“不是敷衍，就是懒。”

“你再说一遍？”

“能一眼就看出答案的，写过程就是浪费时间。”

强哥哼了一声：“我就应该扣你几分，考第一很得意是吧？看把你嘚瑟的！”

全班发出一阵哄笑，徐远桐也不在意，淡淡地说了一句：“谢谢啊。”

他是老师们最爱又最头疼的学生，强哥也没办法，接着就开始批评其他几个倒霉孩子：“笑什么笑，说你呢，我那上小学的儿子都比你学得快……”

下课铃声刚落下，学习委员和她的朋友就来到了徐远桐桌边，两个人拿着书本和笔，你看看我，我看看你。

片刻后，学习委员鼓起勇气，指着其中的一道题目，开口：“徐远桐，这道题我做错了，刚才老师讲得太快，我没听懂，也不好意思再问老师……你能帮我讲讲吗？”

徐远桐没说话，等了一会儿，见两人没有离开的意思，他才放下书，抬了抬眼扫过题目，拿起圆珠笔在几个数值上面画了圈。

“有三种可能性，当 $\lambda^3-3\lambda+2\neq 0$、$\lambda=1$、$\lambda=-2$，自己去想。”

两个女生愣了愣，被眼前男生拒人千里的气场镇住，下意识地“哦”了一声，其实她们根本不是想知道这道题怎么做！

搭讪失败的两人只好垂头丧气地回到了自己的座位。

下午去电脑房上计算机课的途中，徐远桐和奚温宁再次撞上。

诗添夏有点儿紧张，瞄了两人几眼，故意走开几步，站在一旁暗中观察。

奚温宁原以为他们会就这样擦身而过，没想到徐远桐故意放慢了脚步，在经过她身边的时候，他忽然用只有两人听得见的音量对她说：“我刚才看到你也来了。平时有什么不懂的，可以来问我。”

他的声音低沉又极富磁性，还带着一丝玩味，显然是在取笑她。

奚温宁看着他一脸纯良无害的笑容，心想大概别人都不知道他的真面目吧。他既然能和那些校霸走在一起，肯定也不会是守规矩的乖学生。

奚温宁不由得说："嗯，老哥稳。"

徐远桐抽了抽嘴角，勉强止住了笑。

现在只要看到徐远桐，奚温宁就会想到那天他看漫画的场景，接着就脸上燥热，心里也乱糟糟的。

两人对视几秒，眼前之人一双黑沉沉的眸子让她有点儿无措。

这时，一道声音响起："哟，怎么都认起哥哥妹妹了？"

徐远桐瞄了一眼来人："蒋麓，你有招风耳就是好，听力真是一绝。"

"滚蛋！"蒋麓骂骂咧咧，视线落在奚温宁和诗添夏身上，他更不正经了，身子微微前倾，"你们是大一的学妹？你叫什么名字？"

校霸惹不起，奚温宁只能乖巧地回答："奚温宁。"

"就那个'小肉饼'？"蒋麓的脸色变了变，他瞥了徐远桐一眼，"不是说你俩根本不认识，还让我去告诉其他人，谁敢造谣就抽谁吗？怎么现在认起哥哥妹妹了哦？"

"关你什么事。"徐远桐淡淡地道，随即注意到奚温宁白皙的脸上泛起了一层浅色的红晕，但她还在佯装镇定。

奚温宁腹诽：为什么连校霸都知道小肉饼啊？

这时，她们专业的几个男女生经过他们身边，那个原颂飞看着他们的眼神像是恨不得把人生吞活剥了。

徐远桐注意到原颂飞的眼神，小声地问奚温宁："那人是你们班的？"

"嗯，怎么了？"

"我好像认识他。"徐远桐想了想，又挑眉道，"你在班里别多事。"

奚温宁："……"

蒋麓吹了一声口哨。

其实这话说得已经有点儿晚了，现在被牵扯进来的是诗添夏，她就算不想惹事也不行了。

一旁的诗添夏显然也听见了这句话，她皱了皱眉头，咬紧下唇。

奚温宁看了一眼徐远桐，假模假样地点头："谢谢学长教诲，我和同学先去上课了。"

徐远桐看着奚温宁和同班同学渐渐走远。

校霸之一的蒋麓还在煽风点火："哎哟喂，人都走了，就别看了啊。"

徐远桐再次将目光移到那个叫原颂飞的男生身上，然后对蒋麓勾了勾手指："帮我去查一下，之前是不是那个人造的谣。"

奚温宁现在才算知道什么叫作一颗老鼠屎坏了一锅粥。

原颂飞和杨薇薇就是两坨臭气熏天的老鼠屎。

原以为大学生活会比高中更加丰富多彩，开学前，她还特意研究过学校的社团，想加入其中某个社团，现在根本就没这心思了。

午休时间，有些同学去了附近街上买吃的，还有的去了图书馆，也有在寝室睡觉的，剩下一小半则提前到了下午要上课的教室。

诗添夏也不知去了哪里，奚温宁在教室里认认真真地背着课本。

进入十月后，天气慢慢变凉了，校园里的花也谢了，少量的云朵散布在空中，如丝带般柔细。

教室里难得有一份安宁。

忽然，奚温宁听见有人说："我劝你还是别管你朋友的事了。"

声音来自身后，奚温宁霍地回头，后排的同学都不在，只有一个女生坐在这一组最后面。

女生叫郁柚，是个高个美女，因为肤白貌美，两条腿笔直纤长，所以不少人在背后喊她"腿精"。

奚温宁发现她染了头发，不过是靠近脖子处的一撮，只有撩起来的时候才能看到五彩的颜色，特别酷炫。

她一直对郁柚抱有好奇但又不敢结交的心情，没想到对方第一次主动和她说话，竟会是因为这种事情。

郁柚眉眼懒懒，嘴里说："诗添夏是被欺凌的完美对象，不仅家境好、长得美，还说话结巴……她除了结巴这一点，其他样样胜过杨薇薇，加上性格软弱，不被欺负才怪了。"

要说他们班也算是大一里美女最多的班级了，杨薇薇、诗添夏和郁柚都是男生们喜欢讨论的对象。

只不过郁柚和诗添夏完全不同，她是实打实的“走路带风、自带光环”，很多人都说她特立独行，所以就连杨薇薇也不敢轻易招惹她。

“有些习惯是很难扭转的，你大概还不知道欺负美女的感觉特别棒吧？”

郁柚说得没错。

大多数人有弱点，也害怕和别人不一样，害怕遭到同等待遇，所以就参与到欺负同学的行列中，或者干脆视而不见，以免引火烧身。

“那至少可以告诉班主任，或者辅导员……”

“你看他们管得了吗？”郁柚轻轻地嗤笑一声，“你也别为难辅导员了，他也是刚从师范大学毕业，本来就年轻，能有多少能耐？”

奚温宁也不知郁柚怎么会突然对自己说这些，她捏紧笔盖：“呵呵，这些人真是很棒啊。”

话音刚落，一群以原颂飞为首的男生就闹哄哄地进了教室：“隔壁系的系花胸这么大！”

女生姣好的身材在他们这些臭男生的嘴里变得龌龊不堪。

奚温宁盯着专业书，却一行字也看不进去，心里烦得不行。

快要上课时，诗添夏在杨薇薇几人的前簇后拥下终于回来了。

每个人手上都拿着一杯饮料，还拎着在便利店买的零食小吃。

“谢谢你啊，夏夏，让你破费了。”

“下次我们请客呀。”

那些女生挤眉弄眼，诗添夏尴尬地笑笑，脸上只写着“心惊胆战”四个字。

奚温宁默默地看了她们一眼，心情差到极点。

这时候男生们的话题也转移到了同班女生身上。

“哎，诗添夏也在那个名单里，就是胸小了点。”

“真的假的，你摸过没有？”

原颂飞把刚点上的烟夹在手里，走到诗添夏身边，戏谑地笑着，抬手就要抓她的肩膀。

眼看他们越来越过火，甚至还想对诗添夏动手动脚，奚温宁真的憋不住了。

她站起来，轻轻一扯，把诗添夏拉到自己身后：“大家都是同学，你们这样耍人到底有什么意思啊？”

诗添夏看到好友这样护着自己，眼睛忍不住发酸，心中像有一口沉闷的缸被砸得粉碎。

坐在最后一排的郁柚正戴着耳机听歌，看到这一幕，目光沉了沉。

杨薇薇对着一面小镜子在补妆，涂口红的手顿了一下，轻蔑地说：“奚温宁，我早就说过了，叫你别多事。”

原颂飞扔了半支烟，瞪着奚温宁：“我不管你和那个徐远桐到底什么关系，你别来管你大爷！”说完，他重重地推了她一把。

“咚”的一声之后，教室里安静了两秒。

奚温宁踉跄着后退了几步，摔倒的时候，反应飞快地伸手抓了一下走道旁的桌角。

尽管摔下去的力道极重，但除了掌心刺痛，她身上倒没有被磕着碰着的地方。

她干脆躺在地上不起来了。

假如现在反抗，她很有可能会被原颂飞打。

柔润的黑发散开，掩住奚温宁的半边脸颊，她躺在地上，抖着身体呻吟道：“好痛啊……好痛啊……”

诗添夏看着好友倒在地上，眼睛通红，喉间发颤，赶忙去抱住她：“温宁，你撞到哪里了啊？很疼吗？”

原颂飞愣了愣：“你装什么装？”

奚温宁不仅呻吟，还抽抽噎噎地哭了起来。

动静越闹越大，不仅路过他们班的同学纷纷往教室里看，就连隔壁班的也跑来看热闹。

杨薇薇还不罢休，作势要来拽人：“奚温宁，你别闹啊，给我起来！”

她正想强行拉扯奚温宁的手腕，突然被一股力气挡开，重心一个不稳，差点儿也摔倒在地。

郁柚站在他们中间，一字一句冷冷地道：“杨薇薇，你再作妖，我就直接抄起椅子往你脸上招呼了。”

诗添夏蹲在地上抱着奚温宁，脸上因为激动泛起一层浅浅的红，此刻竟也抬起眼睛与杨薇薇对视着。

郁柚回头，低声问躺在地上的奚温宁：“你没事吧？”

奚温宁一边哼哼，一边对她眨了眨眼。

郁柚忍不住在心底骂了一句脏话，没想到奚温宁也是个戏精。

林清芬最终还是知道了这出闹剧。尽管她和辅导员都严厉批评了原颂飞，还要求他写检讨，但并没有实质性的惩罚。

大家都是成年人了，对于这种事，老师也是睁一只眼闭一只眼，只要学生能安安稳稳地毕业就好。

奚温宁除了手心撞红了有点儿肿，屁股有点儿疼，也没什么要紧。林清芬看她梨花带雨的样子，心疼得不行，立马让她收拾回家了。

南法大学校门外，河流两侧是拥堵的车道，一片火烧云消散后，天色很快暗了下来。

奚温宁走在路上，一只手按住放在口袋里的手机，心里想着下一步该怎么做。事情闹到这个地步，诗添夏也该告诉家长了……

无聊地沿着商业街转了一圈，奚温宁买了一杯冰激凌红茶，边喝边准备回家吃晚饭。

刚走到锦和新苑附近，她就听见一阵引擎的声响由远及近，接着，一辆黑色摩托车在她身边骤然停下。

奚温宁呆了呆，下意识地转头看去，就见从穿着黑色皮衣的摩托车手身后走来一道修长的身影，是徐远桐。

他穿着短袖，肩膀很宽，一看就经常锻炼，尽管肌肉不算健硕，但看得出很结实，带着少年独有的轻狂与性感。

周围的灯火陆续亮起，照亮他好看的轮廓。

奚温宁笑了笑，说：“徐学长，你还真不是好学生啊。”

骑摩托车的蒋麓睨了他们一眼，顺口就说：“呵，还说赶回家吃饭，你到底回家吃‘肉饼’还是吃饭啊？”他又看向奚温宁，一脸坏笑道，“我们阿徐还没谈过恋爱哟！”

徐远桐路子这么野，还没初恋简直不敢相信。奚温宁忍不住腹诽。

徐远桐回头把头盔砸向蒋麓："快滚！"

蒋麓又吹了一声口哨，随着一阵嚣张的引擎声，摩托车开远了。

徐远桐回头看向她，慢悠悠地说："就你这表情，你在想什么我全部知道了。"

"并不是你想的那样。"想也不会承认的好吧。

手里的冰激凌红茶有点儿凉，奚温宁用力吸了几口。

徐远桐想起什么，几步走到她面前，扯了一下自己的衣服，垂眼道："帮个忙，我身上还有没有臭味？蒋麓他们打球一身汗，我都快被熏死了。"

奚温宁恍惚了一下，还没反应过来，两人就已经近在咫尺了。

他清冽的气息中确实混了点汗水的味道，但不算太重。

"有……一点点。"

他低头看她一眼："哟，你的手怎么了？"

"不小心撞到桌角了。"

徐远桐若有所思，目光深邃地凝视着奚温宁："你果然不老实。"

奚温宁眨巴眨巴眼睛，满脸都写着"我很老实啊"。

两人沉默地走了一段路。

她偷偷瞄了身旁不出声的徐远桐一眼，觉得气氛有点儿尴尬。

奚温宁是不太习惯这种气氛的人，徐远桐和她正好相反，不想开口的时候就用沉默回答一切。

她努力找着话题："学神，你都拿建模大赛第一了，现在肯定都不学大学的课程了吧？"

"我已经把研究生的课程学完了。"

他平时可以不用跟着老师的进度，自己做题、做实验，也没老师说什么，生怕打扰了他的学习进度。

奚温宁噎了一下："简直气人。"

她的马尾辫松松地扎在后边，身上套着薄外套，昏黄的天色为她罩了一层滤镜，显得轻灵又甜美。

奚温宁平日里总是懒懒散散、规规矩矩的，虽说论长相其实不输于几位漂亮同学，可没有郁柚来得出挑，也没有诗添夏那股子我见犹怜的温柔气质，总的来说就是比较低调。

徐远桐笑了笑，问道："你还记得高中的物理和数学学了什么吗？"

"物理学过匀变速直线运动，数学学了……那个……函数的奇偶性。"她一边说一边发现徐远桐不时抬起袖子闻衣服上的气味。

忽然察觉到什么，奚温宁得意扬扬地眨了眨眼，说："徐远桐，你要我保密，还把书带去公园看，是怕被你爸妈知道吧？你是不是怕你爸啊？"

"我家只有我妈。"徐远桐脸上似笑非笑，但语气很认真。

两人的关系还没有好到能跨越彼此心照不宣的界限，气氛再次变得尴尬。

这回是徐远桐主动开口："你的手是不是班上那个傻子弄伤的？"

"……"

"看你老实巴交的，没想到胆子还不小。"

"我也不想的好吧，一群不要脸的智障。"她踢了一脚地上的碎石子，"还不是因为我刚开学就被强行捆绑，就算我澄清了和你的关系，但先前的传闻还是客观存在，这种事情会有很持久的影响力。"

徐远桐不紧不慢地说："你被欺负，我会很没面子。"

"呵呵，没毛病。"

两人不知不觉已经走到家了，奚温宁还想说什么，扭捏地摆出有点儿羞涩的样子。

徐远桐无奈地挑眉："怎么了？"

"那个……"

"嗯？"

"我可以站在这里上会儿网吗？"

"噗！"

"不好意思，我家网线坏了。"

徐远桐的笑声很好听，周遭事物似乎瞬间变得黯然失色。

奚温宁还真有点儿不好意思了，把手机给他让他输密码。

"要想知道我家的 Wi-Fi 密码，你需要做一道物理重力加速度的题。"

奚温宁急忙讨饶："都是自己人，别这样啦。"

徐远桐挑了挑眉，接过手机，感觉到她拿过冰饮的手指特别凉。

过了几秒，奚温宁拿回手机。他说："你是不是每次都要路见不平拔刀相助，不拔刀不行？"

她反应了几秒，才明白过来他说的可能是下午发生的事情。

"你怎么会知道？"

"我都知道你叫'小肉饼'了，还有什么不知道的？"

对哦，奚温宁严重怀疑自己班上肯定有他的眼线。

"这种事在你看来肯定特别傻，但我没办法。"

她就是见不得诗添夏被欺负，也知道自己势单力薄，但就是没办法。

"因为你还不够凶。"徐远桐像是想到什么，扯了一下嘴角，"很多时候只有比对方更坏更凶，才能不被欺负。"

奚温宁愣了一下。

"不过性格温和也没什么，每个人本来就不同。最重要的是，不要活在别人的期望里。当海水将你淹没，你要抬起头，不要喝下一口海水。"

少年的嗓音带着磁性，又有点儿危险的味道。

徐远桐在学校就是这样一副骄傲又冷漠的模样，与私底下完全不一样，偏偏好像所有人都吃他这一套。

因为有强大的实力，让人心甘情愿地诚服，这也是整个社会运转的规则之一。

奚温宁真心觉得他最后那句话说得特别好。

"你说得很对，徐学长。"

徐远桐看着她微笑起来，眼睛就像乌云散去后悄悄挂在柳梢头的月牙。

"我觉得在这件事上，你应该先和那个女孩子谈谈，别以为自己做什么都可以帮助别人。有时候你自以为是，只会搅乱别人的生活。"

奚温宁觉得这话也很有道理。

她应该和诗添夏谈谈，冷暴力不是一直藏着掖着就能过去的，有时候那些人看你不反抗，只会更恶劣。

两人正打算各回各家，徐家天井的门突然开了。

"亮亮，我听到声音了，是不是你在门口啊？妈妈给你煮了鸡汤，昨天晚上就做好了……"

梳着盘头、穿着围裙的女人走出来，一双眼睛与徐远桐的有些神似。

奚温宁有点儿被吓到了，也没听清对方说了什么，只是惊慌地张了张嘴，跑鞋里的脚尖都微微缩了一下。

徐远桐很镇定："妈。"

徐妈妈走出来，瞅了一眼儿子身边年纪稍小的女孩子，目光微滞："这是你的同学？看着年纪好小啊。"

奚温宁本来就长得甜美，这时已经平静下来，她甜甜一笑："徐妈妈，你好，我是徐远桐的学妹，大一的。"

看她口齿伶俐、落落大方，徐妈妈也笑起来。

她假装卖乖的样子很可爱，可他觉得更应该说是有趣。

徐远桐暗暗笑了。

"我们刚搬来没多久，这里的菜市场、超市什么的都还不是很熟悉，我儿子也没什么朋友，他有点儿内向，要麻烦你们这些同学多照顾了。"

徐远桐内向？

眼前这个低眉顺目、言笑晏晏的美少年，她都快不认识了！

徐远桐和奚温宁迅速交换了一个眼神。

好吧，现在更能确定，他在家长面前肯定还维持着又乖成绩又好的好孩子形象。

"我妈以前和老街坊都很熟，经常打打麻将什么的，现在搬来这里也不认识邻居，蛮无聊的。"

奚温宁很善于察言观色，顺势就说："好巧啊，我妈也最喜欢打麻将了！阿姨，我就住你们斜对面，你知道路旁边的那家棋牌室吗？他们经常约去那边打麻将。要不你给我留个手机号，我让我妈以后叫上你。"

徐妈妈眉目舒展，笑起来更添几分温柔，年轻时肯定是大美人。

"真的啊，那好那好，谢谢你。"

等到奚温宁离开了，徐远桐陪着母亲往家里走。

"看你在学校交到朋友，我就放心了，那小姑娘一看就很机灵……"

要是蒋麓他们看见徐远桐现在的样子，肯定会很吃惊。

他语气温和，神色温淡："妈，我在学校和同学、老师都相处得很好，学习上我也会用功的，你放心吧。"

自从奚温宁在班里公开怼了原颂飞他们，其他一些原本不满的同学也出现了抵触情绪。

特别是诗添夏长得乖巧、性格温顺，所以还是有几个男生站出来帮她说话。

原颂飞不但不收敛，还把他们都教训了一顿。其实他就是想在南法大学出名，让整个学院都知道他很厉害。

傍晚六点多有一节自修课，上完就可以回家了。

奚温宁写了一张字条，放在诗添夏的笔袋里。她说希望下课后，两个人能谈谈。

班里有些同学在做老师布置的作业，也有小声讨论电视电影的，还有在看漫画、戴着耳机看剧的。

突然，门口有人喊了一句："哪个叫原颂飞？滚出来！"

奚温宁正在背随堂测试的题，听见声音，抬头往门口看去。

原来是蒋麓带了一帮兄弟过来，个个凶神恶煞。

原颂飞正在玩手机，身旁的人推了推他，他才反应过来："谁找你大爷？"

他骂骂咧咧地站起身，走到一半抬头看见是高年级的学长，又是那几个刺头，脸都白了。

蒋麓吼道："我，滚出来！"

原颂飞心里发毛，可碍着面子不能不去，只好硬着头皮走到蒋麓跟前。

怎么会被这帮人盯上？

教室里安静极了，下一秒，又爆发出热火朝天的议论。

诗添夏扯了扯奚温宁的校服袖子："怎、怎么回事啊？"

奚温宁顺手捏捏她的小脸蛋，安抚道："你瞎操心干吗？是他自己太嚣张，惹了校霸，被收拾也活该啊。"

见她说得头头是道，诗添夏便点点头。

奚温宁转了转笔，拍拍前桌李艺瑾的肩膀："哎，你消息灵通，问你个问题哈。你知道蒋麓和徐远桐是怎么认识的吗？"

李艺瑾也没多想，以为她看到了蒋麓才想起来问一问，便道："对哦，上次我听说他们玩得很好，也觉得很奇怪，感觉两人根本不是一路人啊……"

"他们高中时是同班同学。"

回答奚温宁的不是李艺瑾，而是背着包经过她们身旁的郁柚。

她说话的时候也没看她们，臂弯里抱着黑色外套，身上穿着一件白色的长T恤，很好看。

奚温宁愣了愣，还没反应过来她怎么知道，就见长腿美人已经出了教室。这时候还敢看热闹，不愧是腿精。

奚温宁低下头，继续思考着这些问题。

所以蒋麓会来找原颂飞麻烦，是徐远桐授意的？

不是他亲口说的，别自以为是地打扰别人的生活吗？怎么和说好的不一样啊？

放学之后，奚温宁没去打听原颂飞是不是被蒋麓他们揍了一顿，她和诗添夏去了附近的咖啡店吃晚饭。

奚温宁给妈妈打了电话，按实说是和同学一起吃饭、做作业，家里人也没意见，就让她别弄得太晚，注意安全，早点回家。

诗添夏的妈妈也给她打了电话，照例对女儿一天的大学生活嘘寒问暖。

奚温宁拿着菜单看了看，点了比萨、鸡翅、沙拉和红茶。

诗添夏瞅着她，一双眼睛水盈盈的。

“怎么了？”奚温宁问。

“你手现在好点了吗？”

“好多啦，你看我今天做笔记不是很快吗？”

“我一直没胆子反抗他们，还害了你，对、对不起……”诗添夏眼睫轻颤，停顿几秒才说，“我妈妈……是非常严厉的家、家长。”

她说得很慢，尽量把长长的句子说完整了：“就算我以前考全班第一，她也会在开家长会的时候对老师说不满意我的成绩……”

奚温宁有点儿难受，拉着她的手臂摇了摇：“但你被杨薇薇他们欺负，不能就这么算了，他们不会突然就放过你呀。你怎么不和父母说啊？”

诗添夏摇头，她本来就不擅长拒绝别人的要求，更别说是遭了欺负。

“我真的很羡慕你，温宁，要是我也能像你这么开朗、讨人喜欢……就好了。”

“因为我傻吧。”奚温宁笑了一下，“就是会被别人说天真的那种。”

以前她的体型微胖，也算不上可爱，但初中和高中时班里的气氛融洽，她的性格又随和，在班上一直人缘极好。

现在她不仅苗条了，五官也长开了，就是那种青春小甜妹，在班里反而遭遇孤立。

诗添夏的眼睛红了："我觉得你很聪明，而且和大家的关系都很好……"

最令她羡慕的，大概就是奚温宁什么都好，与父母关系融洽，又能和同学都玩得很好，还特别机灵，行事低调，也懂得藏拙。

"有一次夜里睡不着，我听见爸妈在客厅里叹气，说我读书还算用功，也很乖，但要是……说话不这样，就好了。"诗添夏哭了出来，小声地抽泣，"要是……让他们知道我在学校被欺负，和同学相处不好，他们肯定会伤心的，他们会说……要是我说话不这样，就不会被同学欺负了。"

这些年她承受了多少痛苦，被多少辛酸事折磨着，奚温宁忽然就明白了，看她越哭越难受，忍不住把手捏得更紧。

她笑起来，非常真诚地说："夏夏，我从来不觉得你和我们不一样，你在我心里一直就是又软又萌的小可爱，你笑起来还有小酒窝。"

尊严和骄傲应该要先给自己，而那些浑蛋根本没资格去轻视和糟蹋任何人。

诗添夏含着眼泪，深深地吸了一口气，说："我看到你为了我怼他们，那时候就我想，以后不会这样了，我不能连累你……"

她小脸苍白，紧紧咬着唇瓣，像用了很大的勇气，也下定了决心。

奚温宁给她夹了一个鸡翅："那些人迟早会被别人收拾的，就像今天这样，原颂飞肯定会被暴打一顿，以后估计就能收敛一点。"

诗添夏抹了抹眼泪，总算破涕为笑。

两人几乎把点的东西全部吃完了。

奚温宁拍着微微鼓出来的小肚子，准备走路回家，正好消食。

零星的街灯像破碎的光在闪烁，漆黑的夜空被霓虹照得泛青，整座城市像一艘大船，行驶在看不见前方的神秘海域。

回家途中，奚温宁给徐远桐发了条微信信息："蒋麓为什么突然来找原颂飞？"

过了没多久，徐远桐就回了消息："教训他。"

奚温宁："他还敢惹这帮人？"

其实她就是想问是不是他让人这么干的。

徐远桐："教育学弟要什么理由？"

奚温宁："……"

奚温宁扬了扬眉，决定把心里盘算了很久的一件事做了。

她继续给徐远桐发微信："我觉得光是教训他一顿还不能给他教训，你能再帮我一个忙吗？"

点击发送之后，她又觉得找学神帮忙的自己简直太嚣张了，于是默默地补上一句："我请学长喝星巴克？"

徐远桐："不，先说帮什么。"

不愧是徐天才，果然很精。

奚温宁："也行啊，先谢谢学长！"

徐远桐眯了眯眼，一时猜不出她要耍什么花招。

徐远桐："你就这么肯定我会帮你？"

奚温宁："对啊，我觉得你肯定会帮我的。"

徐远桐回了个问号。

奚温宁："虽然我不是什么班花或校花，但我很可爱啊。"

徐远桐笑了笑，学她的语气打了一行字："没毛病，老哥稳。"

接着，他发了一条语音过来。

奚温宁微愣，点开的一瞬间，一道清爽又有点儿低沉的嗓音响起："算了，就当谢谢你给我妈介绍麻将搭子。"

她再点一次，又听了一遍。

徐远桐的声音真好听，虽然淡淡的，却有一点隐隐的坏。

过了片刻，奚温宁回过神，赶紧给他回了一条语音："那明天见面再说吗？"

秋夜的风带着轻薄的寒意，一片寂静中，徐家的书房里响起了一道温软甜美的女声，又很快被风吹散。

徐远桐索性放下手里的物理书，听她怎么说。

奚温宁："不过，我们就这么在学校见面太高调了吧，我做人很低调的！"

他哼笑一声："那难道还要和你偷偷摸摸地见面？"

奚温宁："你漫画看多了吧，平时少看点，不然早晚露出马脚。"

徐远桐看着微信里的聊天记录，这小姑娘就知道鬼扯。

徐远桐说：“我每天早上都会去操场晨跑，但是最近来‘陪跑’的妹子越来越多。不然，你中午去物理实验室找我吧。”

为了不打扰他的学习，老师还破例给约了时间，让他中午可以单独使用实验室。

奚温宁一阵无语，哼，受欢迎了不起啊！

奚温宁回道：“说不定那些妹子只是怕体能测试不达标呢？”

奚妈和奚爸在客厅嗑瓜子，看最近热播的某部民国偶像剧。

见女儿回来了，周幼扬声说：“和同学吃了什么啊？我做了鱼汤，正用小火热着呢，你等会儿喝一碗啊。”

“姐姐，我好不容易才瘦下来，你又想让我变回小肉饼啊？”

“上了大学不得了，‘妈妈’都不好好叫了，叫什么姐姐。”周幼笑骂着女儿，突然想起什么，回头看着奚温宁，“你上次给我介绍的那个牌搭子，怎么都没和我详细说啊？”

本来很安静的奚爸听到这里忍不住插了话：“对啊，温宁，你怎么会认识徐家的小孩？他们儿子那可是真的天才啊。”

奚温宁告诉家人的版本很简单——

某天放学回家路上遇见一位刚转校过来的学长，聊到双方的妈妈都爱打麻将，她就介绍了周幼。

周幼也很热情地主动联系了徐妈妈，在去棋牌室的路上，两人聊了聊各自小孩的情况。

徐妈妈特别谦虚低调，只说儿子成绩一直不错，从不让她操心。

等到了棋牌室，另外几个阿姨的孩子在高中就听过“徐天才”的名号了，这才把徐远桐的传奇事迹说了一遍。

周幼听得一愣一愣的，简直不敢相信自己女儿认识的学长是这么牛的人。

“星星，你以后不懂的题多问问人家，难得人家徐远桐愿意理你这种差生。”

奚温宁撇了撇嘴，她都上大学了，妈妈怎么还把她当小孩子？

再说了，她还知道徐远桐的小秘密呢！

第二天，原颂飞早上没来上课，有人说他请假在家休息。

他的班霸地位看来要不保了，如此，杨薇薇在班里也就失去了威风。

杨薇薇从高中开始就很喜欢带头孤立一个女生，还让全班跟着她一起这么做。

但上了大学后，大家早已更加独立，没了原颂飞当靠山，她也玩不出什么花样来。

上午的课程之间，有一个十五分钟左右的休息时间。

郁柚刚回到教室，就看见桌上放着一杯奶茶，抬头就见奚温宁冲她挤眉弄眼。

奚温宁几步跑过来，在郁柚面前站定，语速很快地说："一直没机会谢谢你，那天多亏你啦。"

虽说那天郁柚让她别管诗添夏被欺负的事，奚温宁也没明白为什么，但原颂飞出手的时候，只有郁柚站出来维护了她们。

奚温宁低下头，有点儿娇羞地说："不知道你喜不喜欢喝红豆奶茶，要是不喜欢，下次你告诉我，我再给你买别的。"

郁柚没说话，只是看着桌上的那杯热饮，弯了弯嘴角。

上午的课结束后，奚温宁和夏夏赶紧去食堂排队打饭。

吃过午饭，奚温宁走出教学楼，穿过一条林荫小路。午后的校园里洋溢着愉悦的氛围，蔚蓝的天空中飘着淡色的云朵，像仕女手中浣洗着的一片片纱，被风轻轻地扯着。

大操场上，一对对小情侣在谈笑散步。

奚温宁去了另一栋实验楼，找到和徐远桐约好的物理实验室。

原先只是开个玩笑，只要两人不要太高调，随便找个地方说几句话就行了，但徐远桐既然可以单独使用实验室，她正好也想去参观一下。

南法大学的物理学院还不错，整栋楼都是物理实验室，实验室里有供学生做实验的大长桌，还有各种仪器设备，出入实验室需要刷卡。

物理专业的教授们经常会带尖子生来这里开小灶。

奚温宁还听一些学姐学长说过，老师带着学霸们做高端实验的时候，他们这些凡人是不配在场的。

而徐远桐算得上南法大学最特别的一个学生。

实验楼外种了几株好看的花树，但都叫不上名字，一阵风吹过，淡淡的花香飘来，沁人心脾。

到达约定的实验室后，奚温宁就见窗明几净的教室里，白窗纱被秋日的凉风吹得上下翻飞，温柔的午后阳光笼罩着容貌出众的男生。

徐远桐敞着外套，里面穿着一件黑色的印着英文字母的T恤。他正低头看书，安静的表情中有一丝恹恹。

她边看边走，没注意长桌旁的椅子，脚下一个趔趄，她急忙弯腰抓住桌子边沿。

徐远桐放下手里的书，几步走过来，伸手扶了她一下。

她愣住了，十几年的青葱岁月里还从未和一个男生离得这么近，她心里突然一紧。

他笑着说："走路不看路，看哪里？我就这么好看？"

"你好看你有理。"奚温宁扯了扯嘴角，假笑道，"学长，你很喜欢物理吗？以后要一心一意研究物理？薛定谔的黑猫，嗷，怪不得。"

徐远桐听她叨叨，"嗯"了一声，而她双眼放光，一副很崇拜他的样子。

"哇，长成这样还要当物理学家，那还得了？你知道著名的物理学家普朗克吗？啧啧，年轻时被称为物理学界的白月光，爱因斯坦还带着玫瑰花去见他呢，是红色的哦！"

她的笑脸璀璨，尖细的下颌像镀了一层柔光。

徐远桐薄唇轻扬，重新拿起刚刚放下的那本书："你物理公式背不出，小故事倒是知道不少。普朗克投身物理，但接触了他的量子物理之后怀疑人生的人可不在少数。"

"我还以为你在这里做实验呢，下次做实验，我可不可以来看看啊？"

徐远桐根本不吃她这一套，呵呵一笑："我看你说这些，都是为了恭维我。"

奚温宁假装听不懂。

徐远桐独自躲在实验室，又不做实验，难道在看漫画？

"你怎么又在'学习'啊，难怪别人说'学习'使人快乐。但你别用力过猛啊，免得少女之魂吃不消哦。"

"你还挺关心我的'身体'。你要看吗？"

眼看徐远桐举起了书，奚温宁立马举起双手想要挡住视线，不过下一秒，她就发现那本书上都是一些她看不懂的物理公式。

她抿了抿唇，问：“学长，我在想啊，既然你能搞到实验室的通行证，那一定能借到广播室的钥匙吧？”她举了举手里的手机，“我有段很精彩的录音，特别剪辑过了，需要在午休的时候播放。”

徐远桐马上就猜到她录的是些什么内容：“你的想象力怎么这么丰富？”

“别夸我，我会膨胀的。”

她也是遇到特别讨厌的人和喜欢的人，才会耍小心机的。温顺乖巧只是外表，皮囊下的才是真实。

奚温宁也看不透徐远桐，他越神秘，她就越好奇。

“到时候我放了广播就走，应该不会被发现，但万一被人发现了，那我也自己担着。”

“你行吗？”

“行啊，反正我没什么‘前科’，再说录音内容对我和大家都有利无害。”

只有彻底曝光他们，才能保护更多的弱者。

徐远桐想了想，点点头：“好。你应该不知道广播室的设备怎么操作吧？”

“我可以学呀，这个分分钟就能学会的。”

“算了，明天中午我在广播室等你。”

奚温宁本来想开口婉拒，对于视频剪辑和录音、调音之类的，她其实很拿手，但想着确实不熟悉广播室，万一弄巧成拙就不好了。

“还是老哥稳，谢谢徐学长。”

两人又闲扯了几句，她就离开了。

徐远桐依然站在原地，缓缓摊开习题书。

做着做着，他突然笑了起来。

真是傻，学校的监控你就不管了吗？小戏精。

第二章
我就叫学习

午休时，广播社的成员会做一期节目，一般就是放几首歌，念几篇文章，创造一些文艺氛围。

学校的广播室也很简单，就一台电脑、一个调音台、两台音响、两支带支架的麦克风，再加两个最简单的话筒。

徐远桐按下红色按钮，调高音量，做好一切准备，回头告诉她："好了，走吧。"

奚温宁难以置信地看着他："这么简单的操作你都怕我不会，你是把我都当傻子吗？"

"看来你比别人稍微聪明一点。"

奚温宁撇撇嘴，边走边嘟囔："想喝奶茶了，红茶玛奇朵。"

这一天有点儿奇怪，还没到时间，一首《晴天》突然就响彻整个校园。

大家都觉得意外，但也没往心里去，只当出于什么原因提前了。

"为你翘课的那一天，花落的那一天，教室的那一间，我怎么看不见，消失的下雨天，我好想再淋一遍……"

好听的旋律吸引了所有在教室里的学生，有些本来关着广播的教室也打开了广播。

歌曲放到一半，忽然停了，变成了一个男生和女生说话的声音。

"我怕什么？那些教导主任和班主任不都是傻的吗？"

"我们台词课老师，你听她说过话吗？一股嗲味。"

这些话有些出自男生之口，有些则来自另一个女生。

很快就有学生听出来了，听这语气和嗓音，不就是编导专业（01）班的原颂飞和杨薇薇吗？

这是什么情况？

几个不同专业的同学纷纷跑到校园里交头接耳，各个大学校区就像过年了一样热闹。

太刺激了！是谁在广播室放的这些录音？

原颂飞和杨薇薇平时都这么嚣张吗？居然敢议论学校的领导和老师！

有老师在得知情况后，立刻冲到广播室查看情况，但广播室里根本没人，问路过的学生，谁也不知道播放那段录音的人是谁。

奚温宁早就回到座位坐着了，她假装惊讶地加入李艺瑾她们的讨论，好像一切与自己毫无关系。

本来在和朋友聊天的杨薇薇脸色煞白，浑身僵硬，她看向奚温宁："是不是你？"

那段录音中的有些话是他们在诗添夏面前说的，奚温宁也在场；还有的话出自上次大家发生正面冲突的时候。所以比起软弱的诗添夏，奚温宁肯定是第一个被怀疑的对象。

"我不知道你在说什么。"奚温宁一脸惊恐，瑟瑟发抖地望着她。

班上的同学全部满脸疑惑地你看看我，我看看你。

诗添夏知道好友之前离开过十几分钟，此刻义愤填膺地道："对啊对啊，温宁一直和我在一起，你、你们在说什么啊？"

杨薇薇正欲破口大骂，气急败坏的班主任已经冲到门口，厉声道："杨薇薇，来我办公室！"

所有人都不敢出声，有些同学可能从没遇到过这种情况，觉得又精彩又可怕，寒毛都竖了起来。

杨薇薇将手边的一只香奈儿包抓起来，重重地砸到地上，离开教室前看了她们一眼，扔下一句："你们死定了！"

放学之后，杨薇薇带着几个女生去了原颂飞家。

原颂飞脸上的伤还没痊愈，说话的时候龇牙咧嘴的。

"肯定是那个奚温宁搞的鬼，现在全校都知道了！"杨薇薇很气愤，"我今天还被林清芬叫去谈话了，你说现在怎么办？"

原颂飞恶狠狠地说："我们把她找出来，找几个人吓吓她……"

另一个女生连忙道："不行，你忘了上次郁柚怎么说的吗？"

杨薇薇不死心："奚温宁和诗添夏怎么会和郁柚走在一起？"

她骂了一句，一口气憋在胸口难以纾解。

原颂飞嘲讽地说："既然你们怕郁柚，那就算了吧。"

杨薇薇狠狠地瞪了他一眼，说得好像他不怕蒋麓那些人一样。

压下那些鄙夷的心思，她道："既然她敢公开我们的谈话，那我们也让她尝尝这种滋味，怎么样？"

"可这种乖乖女有什么黑料好扒的？上次你让我们去传她勾搭徐远桐的事，那也是……"

杨薇薇打断对方的话，不耐烦地拔高了嗓音说："没有就编造啊，只要让全校师生知道她的黑历史就行了。"

原颂飞没反对，也没同意，算是默认了。

南法大学自成立以来，还没有哪一届的学生能惹出这么多事情。

这届学生实在太能折腾了，后来就连校长都这么感慨。

"广播"事件发生之后，学校方面发现连监控都被人黑了，想也知道普通大学生没几个有这能耐。

广播社的成员只说钥匙谁都可以备份，这责任不该他们担，学校再调查下去也找不出蛛丝马迹，还要劳神劳力，也只能给一个记过警告。

比起事件本身的幕后黑手，教导主任更恼火录音中出现的两个学生，所以特意把杨薇薇和养好伤回来上课的原颂飞叫去教育了一顿。

结果消停没几天，就又出事了。

周五早上，凡是来学校上课的学生，全部看到了一些不知从哪里冒出来的"传单"，包括楼下的布告栏、各个专业的教学楼门口全部张贴着关于大一编导班奚温宁的黑料消息。

传单上有她念高中的时候很丑的胖照，与现在的证件照做了对比，暗示她小小年纪就去整容；另外还贴了她与一位打过女同学的中年男子的合照，男子的脸打了马赛克，这是说她小小年纪就不检点。

下面还贴了一些车子的照片，煞有介事的样子。

至于她刚上大学就勾搭徐远桐的八卦，那也必不可少。

“哈哈哈，不是吧，这根本就是两个人啊，说是瘦了，我才不信。”

“年纪这么小就整容，以后脸肯定会烂吧。”

“想钱想疯了，老男人都要！”

当奚温宁背着书包站在一楼，看到这些可笑的谣言时，眼皮颤了颤，但并没有太大的反应。

面对如此严重的诬蔑，她却不觉得特别愤怒。

能让全校的人都知道他们的真面目，从而使诗添夏远离伤害，她只是付出这样的代价不算重。

杨薇薇做出这种报复就是想让她崩溃，只要她不被影响，他们的目的就落空了。

而杨薇薇他们的目的，就是要这些传言哪怕随着时间淡去，但在有人提及“奚温宁”这个名字的时候，总有人会翻出这些小道消息来作为消遣。

执勤的老师发现不对劲，赶紧跑去通知打扫卫生的清洁工。

另一边，晨跑到一半的徐远桐也听到了风声。

他边用毛巾擦汗边走到教学楼下，濡湿的黑发很快干了，抬头看见两排布告栏上面，有一半的“传单”已经被老师和学生处理了。

身边有喧闹的议论声，也有别样的寂静。

奚温宁站在原地一动不动，一双眼睛里满是不服气，那是还没被现实磨平的锋利。

蒋麓揽着徐远桐的肩膀，说：“奚温宁这个妹子被我们哥几个罩着，原颂飞还敢动她，我现在就让那个傻子醒醒神……”

徐远桐扯住他的袖子。

蒋麓回过头，就听见徐远桐说：“没事，我来解决。”

徐远桐迎着阳光走到最前面的一块布告栏前，他指节分明的手捏着一只打火机，抬手就烧起了布告栏上的传单。

有女老师看到这一幕，当场吼道：“徐远桐，你这是干什么？不准烧！我们已经在处理了！”

“我比较喜欢这种方式。”

徐远桐笑了笑，身后是烧着的传单，猩红的火光一明一灭。

他大概是最英俊的“纵火犯”了。

很快，他身边就里三层、外三层地围了很多学生，楼上也有不少人往楼下投来诧异的目光。

徐远桐手里玩着打火机，目光落在躲在人群后方的原颂飞和杨薇薇身上。

他眉目沉静，满脸都写着不爽：“我最讨厌别人拿我来造谣。既然有些人喜欢搬弄是非、无中生有，那我就给你们看看真正有理有据的八卦是什么。”

说完，亮光熄灭，他将打火机扔还给蒋麓，对方稳稳抓住，还吹了一声长长的口哨，酷炫得不行。

徐远桐从口袋里拿出一支黑色马克笔，转身面对一块布告栏，撕去上面的所有公告，然后一笔一画地写着：

1. 大一编导（01）班原颂飞，微博 ID 止战之伤，私信骚扰著名 Coser，专门卖假货骗人，诈骗交易内容会在学校贴吧放出。

2. 大一编导（01）班杨薇薇……

徐远桐写到这里，笔尖微顿，他转过身，淡淡地说了一句：“看在你是女生的分上，给你一次机会，明白了？”

杨薇薇已经被吓得浑身发抖。

这些年她也算干过不少出格的事，可从来没像现在这么害怕过，眼前的这个人是真的不该惹。

原颂飞丢尽了脸，为了给自己壮胆，还咋咋呼呼地吼：“你疯了吗？你造谣！”

徐远桐勾了勾唇，神色傲慢又冷漠，他冷眼睨着原颂飞：“自己做的事，自己心里没有数？”

说完，他收起笔，分开人群走到原颂飞面前。

几个老师被人群围在外边，急得大喊：“你们在干什么？”

徐远桐扯住原颂飞的衣袖，手一用劲，一个猛拽就把人拖到了地上。

他不仅力气大得惊人，而且凶狠得根本不像一个次次考年级第一的学神。

“我们是一所初中的，我记得你。当年你爸出高价想让我给你补课，我拒绝了，是吧？”他眼里泛着戾气，膝盖狠狠地顶着原颂飞的胃部。

原颂飞痛得猛咳：“就是因为你，我被我爸骂了一年的废物！”

“你怎么不再去打听一下我还做过什么？”

徐远桐用只有两人听得到的音量轻声说："你以为把我惹火了，硬顶一两顿打就完了？那对不起我的智商。"

说完，徐远桐就放开原颂飞，抬头看向周围越聚越多的人："你们在班里怎么闹我不管，但别在学校里煽风点火，要打就出去打，凡是影响我学习的都滚远点儿。"

很多不明就里的乖学生一听这话，立刻发出一阵欢呼和尖叫。

奚温宁抬起头，凝视着人群中眉目寡淡的少年。这是她第一次看见他闪光的时刻。

他和身边这些大学生完全不一样。他天赋异禀、意气风发，看似懒懒散散地说几句话，却拯救了她。

奚温宁觉得心头一阵又一阵地战栗。

尽管徐远桐这个人骄傲又傲慢，但真正优秀的人内心才是豁达的，同时又温柔得像大海。

她望着被他烧出一块黑色印子的布告栏，眼里忽然蓄满泪水，双手也不住地轻轻颤抖。

教导主任气急败坏地挤到人群中央，揪住徐远桐："徐远桐，你在干什么？想在校内当众斗殴吗？"

徐远桐突然就笑了，那一笑带着足以让人臣服的魅力，不是美，而是充满了智慧与自信的强大吸引力。

徐远桐看了看教导主任，不紧不慢地说了一句："好了，原地解散！"

蒋麓带头起哄，大家闹着、嚷着，甚至忘了因为什么事才聚到这里。

隔着四散开去的人流，奚温宁的目光与徐远桐的撞上，四目相对的瞬间，她心里一慌，然后迅速地移开了视线。

她在紧张什么啊？

按理说，这事情闹得这么大，就连杨薇薇和奚温宁都被喊去校长室问话，杨薇薇应该不敢再闹腾。

谁的心里没有一两个阴暗的小秘密？万一真被徐远桐找出来，那她杨薇薇就没脸活在这个世界上了。

本来是为了教训奚温宁，谁知道会被那个大魔王盯上？

她如实交代了自己的过错，一旁的奚温宁还没来得及委屈，她倒先哭了起来。

杨薇薇是真的哭了。

奚温宁偷偷侧头，看着不远处的徐远桐，他还和没事人一样。

察觉到她的目光，他也微微抬眸看向她。

两人默默地交换了一个眼神，她差点儿没忍住笑出来。

南法大学的常校长见嚣张跋扈的杨薇薇都哭了，又转头看了看其他几个年轻人，只能简单训几句。

他把徐远桐单独留下来："徐远桐啊徐远桐，我知道你有本事，以后我们这些当老师的都没你有出息。你帮几个学妹出头，也是友爱的表现，但你毕竟还是学生，什么年纪做什么事，明白吗？"

徐远桐"嗯"了一声。

"你妈我也见过几次，她对你很负责任，也很不容易。"

"我妈身体不好，就别找她来了吧。"

常校长一听他这么说，挥了挥手："知道了，你先出去吧。"

因为学生闹事被牵扯到的两位班主任林清芬和强哥，也被找来谈话。

强哥自然是不能让自己系里的"头牌"吃亏。

一般来说，徐远桐毁坏公物，那找家长、记过什么的都不能免，但他不仅是尖子生，还是最特别的一个。

强哥也就对校长明说了："领导，我们系里这个情况就不多说了，大家心里都有数。您别忘了之后还有一个大学生物理竞赛，咱们学校多少年没拿冠军了？如今就指望徐远桐了。再说了，当时他插班来我们学校，您还亲自登门'感谢'他妈妈。现在，竞赛马上就要开始了，万一他因为这事受到影响就不好了，是吧？"

林清芬在一旁大气也不敢喘，心中暗想：那个大二的徐远桐还真不简单。

他们班的学生怎么惹上了这么一位校霸中的校霸啊？

常校长也很头疼。当了这么多年校长，又是老资格的教师，想也知道这事和前些日子的"广播"事件肯定有关联。

学生、老师、家长，方方面面都要照顾到，简直千头万绪。

这不，他还没和两位老师谈完，原颂飞家长的电话就打进来了。

常校长看了一眼来电号码，让两位老师先出去回避一下。

他清了清喉咙，接通了电话，原颂飞的妈妈在电话那边扯着嗓子叫："常校长，这是怎么回事啊？课上得好好的，我儿子怎么又回来了？他还和我说，让我把事情处理好，否则就别去上课了，你们这算哪门子的老师？啊？"

先前原颂飞被人打，脸上挂伤是常事，也没引起家长太多注意，但现在突然说不去上学了，他妈总算重视了。

常校长知道不给一个交代绝对搪塞不过去，原太太又不是好忽悠的主。得依照她的性子，想办法把后续的麻烦减到最少。

再说原颂飞这种学生，还是少一个是一个才好。

"今天上午，原颂飞在学校遇上点事，一时冲动，孩子正处于叛逆期嘛，会产生这种情绪波动也很正常……啊？他和谁闹矛盾？这个……你来学校也可以，但我想那家孩子你们也是认识的，不如私下解决？我记得徐家……"

走出校长办公室，奚温宁悄悄松了一口气。

杨薇薇抹了抹眼泪，最初的那阵情绪过去之后，又有点儿硌硬，她瞪了奚温宁一眼，便走了。

奚温宁犹豫了一下，还是决定在几米外等着。

片刻后，徐远桐刚从校长办公室出来，就被一道轻柔的声音叫住："那个，学长啊……"

他扭头看向奚温宁。

"谢谢你替我解围，这次你真是帮了我的大忙。学校那边……不会告诉阿姨吧？"

徐远桐的语气很淡："大概会说一声，但不会详细描述，只要她没在现场看到我发飙就行了。"

他还挺有幽默感。

"就算你是举手之劳，我也得请你喝奶茶，以后我还要把你像恩人一样供着。"

"噗！嗯，没毛病。"

奚温宁的皮肤被阳光照得光洁透白，脸颊上带着若隐若现的淡红。

徐远桐打量着她："你还挺能耐，没被他们这种手段吓着。"

挺能耐的奚温宁却不敢再看他，只是撇了撇嘴："那些事本来就是瞎编的，又没有真的发生。"

徐远桐还是能听出她语气里的担忧，他瞳仁微亮，笑容清浅："初中时候，我也被人传过很难听的话。"

两人无声地看着对方。

奚温宁脸上莫名一阵发热。

"那些人不仅攻击我，还诋毁我的家人，当时……比你今天遇到的事情恶劣多了。"

"后来呢？"

"后来，我发现忍让不能解决问题，只有用手段和头脑才能治得了他们。很多人作恶不是因为蠢，而是因为他们的思维定式，无法改变。简单地说，思维不改变，就没法进步，他们害怕别人与自己不一样。我也不想和那些蠢货讲道理。"

这些算是天才的烦恼吗？

"那他们真是太蠢了，完全不知道你有多厉害。"奚温宁认真地说，眼里亮起水光。

"我厉害吗？"

"对啊。"

"哪里厉害了？"徐远桐一副洗耳恭听的样子。

"就是……"奚温宁见他神色得意，反问，"男生都喜欢别人说自己厉害吗？"

"对啊，哪个男的会喜欢被质疑？"他调侃着，突然看见有老师走过来，便给了她一个眼神，"以后有机会再和你说吧。"

奚温宁侧过脸，也看到了自己的班主任林清芬。

妈呀，这时候见到林清芬会非常尴尬的好吗？

"老哥稳，我先溜了！"奚温宁冲徐远桐挤了挤眼，急忙走了。

经此一事，"天才徐"在学校的人气也跟着水涨船高。

女生们完全被他禁欲清冷的外表和霸气嚣张的姿态吸引，胆子大些的还去物理专业上课的教室外窥视。

徐远桐随便喝一口水，喉结滚动的模样都能引起女生们阵阵急促的呼吸。

上次建模大赛过后，走廊里还贴着进入决赛的选手的照片和介绍。

到了下午，他的照片就被人偷走了。

“你知道是谁偷走了吗？”

“我听说是大二的某个系花，脸皮真厚啊。”

“什么系花啊，人家是校花好吧？”

奚温宁听见身边的几个女同学凑在一起小声议论。

“就是那个叫邬明君的校花，拜托同班男生去‘偷’的，啧啧，爱得深沉啊。”

饶是奚温宁对学校的这种“选美”不感兴趣，也知道校花邬明君的一些事情。

她是艺术特长生，学的乐器是中阮，也很有古典美人的气质。

那次在操场拿着情书向徐远桐告白的就是她，她也真是厉害，被拒绝过一次还能越挫越勇。

诗添夏侧头，看见奚温宁气鼓鼓地按着自动铅笔，笔芯都掉出来了一大截。

“现在徐远桐的照片肯定很值钱吧？”

“……”

一整天，奚温宁都心不在焉的。

听说校方没有重罚原颂飞，公开针对人的徐远桐什么事也没有。

她的心终于放下了一点，难怪校霸蒋麓和他的关系很好。

他们高中时是同班同学，也许就是因为当时发生过什么事，两个人的关系才变得这么好吧。

上课的时候，诗添夏难得分心，传了一张字条给她：“总觉得看到你和徐学长这样，我也要加油了。”

奚温宁扬唇轻轻一笑：“我又没做什么事。”

“可是你都被我牵连了啊，而且遇到这么大的事还能保持冷静。我心里很愧疚……”

“跳起来就给你一个么么哒。”

“谢谢你，温宁，我会努力不再做胆小鬼的。”

奚温宁写了一句“一起加油”，还在最后画上一颗大大的爱心。

下课后，诗添夏收好两人的字条，宝物似的夹在笔记本里，然后她打开保温杯，笑着说：“温宁，你和徐学长的关系肯定不、不一般吧？不然他怎么……这么帮我们啊？”

奚温宁无语。

今天一整天，她听到的全是关于徐远桐的话题，从他的智商到底有多高，到他究竟有没有交过女朋友，再到他家境如何，是不是富二代。

更有同学特意跑来问她是不是真的和徐学长很熟，否则他怎么会这么护着她。

奚温宁急忙辩解：“怎么会呢？其实徐学长人很好的，他就是看不惯有些人总是那么嚣张。”

天知道她说的话连她自己都不信。

李艺瑾的视线在她身上转了几圈：“他真的就是纯粹讨厌原颂飞？为什么我看出了冲冠一怒为红颜的感觉？”

“因为你的内心戏太多。”

李艺瑾假模假样地说：“现在这么多女生崇拜他，他要是烦了，以后怕是连校花想要引起他的注意都不容易啰。”

全班都闹哄哄的，大家各聊各的，各玩各的，只有郁柚沉默地坐在最后一排。

她望着奚温宁的背影，眼里像有什么情绪在微微闪动。

冬季的夜晚来得早，稍微在学校待得久一点，回家的时候已经要披星戴月。

这天下课后，奚温宁走得比往常要慢一些。

风吹过树梢，带出唰唰的声响，天色安宁地泛着微光。

不知为何，从早上开始，她脑子里就一团乱麻，也不是真的装着什么事，就是觉得胸口闷闷的。

当回过神的时候，她已经快到家了。

奚温宁在原地停了停，朝前面看了一眼，发现路灯下站着两个认识的人。

她迅速往边上靠了靠，想着等他们走开后，自己再回家。

郁柚微微仰头，正在和徐远桐说话。

两人身高相差十几厘米，俊男美女穿着私服，特别引人注目。

徐远桐仍旧带着疏离的浅笑，倒是郁柚眼里有一抹隐隐的笑意。

这和平时在学校的她不一样。她眼里有光，就算在昏暗的路边也能看得一清二楚。

奚温宁也不算太迟钝的人，这点异样还是能发现的。

她有点儿蒙，感觉这两人不像刚认识，因为两人的表情都相当自然。

“消失的下雨天，我好想再淋一遍……”手机铃声偏偏在这时候响起来。

奚温宁一个哆嗦，赶紧把口袋里的手机拿出来，匆忙看了一眼屏幕，原来是她妈妈周幼打来的。

“星星，你回来了没有啊？怎么比说好的时间晚了……”

她随便应付了两句，便挂了电话。

但很显然，前方的两个人已经发现了她。

徐远桐站在原地，往奚温宁的方向看过来，见到是她，干脆不动了。

奚温宁硬着头皮往前走，抬头对上男生的视线，又立刻移开，对着郁柚笑起来：“你们两个怎么在这里啊？”

郁柚看了看她，说：“你和徐远桐还真住得挺近。”她又转头叮嘱徐远桐，“我先回去了，蒋麓说周六在钱柜唱歌，你要是去的话就和他说一声。哎，奚温宁，明天见了。”

她缓缓翘起嘴角，眼角眉梢都是迷人的姿态。

奚温宁望着她的背影，微微愣怔，不愧是她喜欢的类型啊。

直到郁柚消失不见，她才慢慢地吐出一口气：“快点回去吃饭了……”

徐远桐看着她，忽然伸手拉住了她的手腕。他的力气不大，可以说只是轻轻地扯了扯。

奚温宁被吓得往后退了一步，明明他的手还有点儿凉意，但碰到她的时候，像烙铁一样滚烫。

“你做什么？我是不是打扰你们说话了啊？”

“没有，倒是我看你有点儿紧张。”

他似是在笑，她也露出一抹尴尬而不失礼貌的笑容。

夜风把她的额发吹乱了，露出光滑饱满的额头，衬得她有几分温柔甜美。

“没有啊，我就是在想你俩是怎么认识的，以前都不知道你们认识。”

“郁柚是我高中的学妹。”

难怪郁柚知道蒋麓是他的高中同学，就他俩刚才那样子，不会是什么前男友和前女友吧？

徐远桐见她表情有点儿怪，便问："你是不是心情不好？"

"没有。"

"也是，少看点书，多吃零食，有什么心情不好的？"

"你把女孩子想得也太简单了吧。"奚温宁说着，忽然笑起来，眼睛都眯了眯，"学长，你以前喜欢过女孩子吗？"

"我怎么觉得你在套我的话？"

"你现在这么受欢迎，我在想你高中是什么样的。"

"喜不喜欢什么的，最普遍的说法难道不是归结于肾上腺素和多巴胺？喜欢并不是可以持久的、永恒的东西。"

徐远桐直勾勾地看着她，看得她浑身发毛，感觉像是自己努力掩饰的东西要被发现了。

奚温宁无奈地瞪了他一眼，想了想又问："郁柚和你说过我吗？"

"有啊，你在班里和原颂飞他们斗智斗勇的事，就是郁柚告诉我的。"

看着徐远桐完美的侧颜，她憋了一会儿，还是问出了口："那……你和郁柚是没有持久，还是没有开始？"

徐远桐闻言，差点儿笑出声，亏这"小肉饼"想得出来这种问法。

他忽地勾唇，转身往前走。奚温宁疑惑不解，自然也跟上去，却听他突然反问："你希望是什么？"

"我怎么知道你们的故事？来，请开始你的表演。"

徐远桐停下脚步，转过身在她脸上轻轻捏了一下。

她愕然。

他手指的温度还残留在她的脸颊上，她脸上酥酥麻麻的，每一寸肌肉都绷得紧紧的，好像能清晰地感知到他指腹的温热。

其实她心里一直觉得，郁柚和徐远桐挺般配的。

就说郁柚"腿精"这样的配置，个性又鲜明，两人还是校友，简直就是言情小说中的男女主角好吧。

徐远桐挑眉一笑，提醒她："有这闲心思，不如多做几道题，你上次考试得了几分？我就算不学你们专业，都能考得比你高。"

"有你这样炫耀的吗？你是学神，我是学渣！"

"哦，原来你有自知之明。"

"我有我有，我还有小酒窝呢！"

"我看看。"徐远桐将手搭在下巴处，作观察状，"是刚才被我捏出来的？"

"略略略！"她做了个鬼脸。

晚上洗完澡，奚温宁趴在床上滚床单，脑海里又浮现出徐远桐和郁柚谈笑时的画面。

"小肉饼"和"腿精"，光听外号就知道她和女神的差距了。

奚温宁在床上翻来覆去，最后终于睡了过去。

周一早上，朦胧的阳光笼罩着整个操场。

已经入了秋，早起晨跑打卡的学生都缩起了脖子。

这天全校通报了上周发生的事情。

徐远桐与原颂飞在校内聚众闹事，影响了学校的正常秩序，违反了校纪校规。此外，原颂飞和杨薇薇散播恶意污蔑同学的传单，学校决定给三人不同程度的处罚。

原颂飞已经连续几天没出现在学校了。据说他家是做生意的，有点儿门路，托关系让原颂飞转去了其他学校。

尽管常校长表现得毫无波动，内心早已高兴坏了。

编导班的同学都很不解——

"他妈肯定知道有人针对自己儿子啊，怎么不来学校闹啊？我以为他家里人会来找徐远桐麻烦呢。"

"是啊，原颂飞妈妈可不是好糊弄的啊。"

"那还一声不吭就给儿子转校？莫非是听到徐天才的智商……害怕了？"

上课前十分钟，一向最准时的诗添夏才火急火燎地跑进教室。明明秋意凉凉，她却热出了一身汗。

奚温宁急忙问她："你早上不会是睡过头了吧？"

"才、才不是呢。"

诗添夏坐下来，把书包塞到桌子里，拿出保温杯喝了几口水，缓了许久才说："我、我遇到抢劫了！"

"那你没事吧？"

诗添夏摇摇头："那人也是大学生，男的，我没事。"

奚温宁蹙眉，拉着她的胳膊左右检查了一下，发现确实没什么问题，才稍微安了心。

诗添夏回家过了一个周末，早上出门的时候被母亲多唠叨了几句，她吃早饭时又比平时慢吞，走到半路发现可能会迟到，才挑了一条平时很少走的小路，哪知半路上遇见一个身材高挑的男孩子。

那人外面罩着一件机车服，里面穿了一件带兜帽的运动衫，帽子压低遮住了脸，声音也低低的，却带着年轻人独有的张扬："喂，把你手机借我，我要打个电话。"

诗添夏被吓得手足无措。要是换作以前，她直接就给了，但现在，小可爱已经不是原来的小可爱了。

"没、没带！"她结结巴巴地说，近乎是用吼的。

那男生一愣，立马强硬地说："那你手里拿的是什么？"

诗添夏低头，就看到自己白白嫩嫩的小手正紧紧捏着手机。

"你是赶着去这边的大学吧？我也是大学生，手机掉了，现在要找人过来，所以借你手机打个电话。"

对方又凶又急，诗添夏的心瞬间收紧了。

不行，这手机是家里刚给她买的，得好几千块钱，万一这小混混打了电话不还给她怎么办？

诗添夏打定主意，不理人，转身就想溜走。

对方一看苗头不对，伸手将她一把抓住，拽到跟前，一只手贴在她腰际。

两人一下子离得特别近，女孩几乎是靠着男生温热的胸膛，一丝丝麻麻的痒爬上来。

他低下头，她一抬眸就看到一张盛气凌人的脸，瞳孔漆黑透亮，带着邪气。

"小可爱，就让我打一个电话，嗯？"

头顶上方传来的嗓音还带着一层薄薄的热气。

诗添夏经不起逗弄，这时候已经耳朵通红，只好使出浑身的力气，推了他一下："流、流氓啊！"

看着诗添夏仓皇逃走的身影，陈凌揉了揉自己的胸膛，"嘶"了一声，嘀咕道："搞什么啊，借个手机怎么这么大反应……真的要死了，竟然连一部手机都借不到。”

上午有体育课，女生们普遍怕冷，好不容易挨过了体能测试，到了自由活动时间就都躲回了教室。

女孩子的笑谈声忽大忽小，这时候也不知是谁提议：“我们去物理系那边看看徐远桐吧？”

李艺瑾热烈鼓掌，还道：“奚温宁，走呀走呀，你和徐学长不是认识吗？”

被点名的奚温宁拿着手机顿了一下，讪讪地笑道：“全校的人都认识他啊。”

有同班女生不依不饶，扯着她的胳膊哀求：“来嘛，一起去热闹呀，万一被学神发现，惹他不高兴，我们也拿你卖个脸熟啊！”

“你们对我还真好！”

班上几个女孩子都笑起来，气氛很不错，奚温宁也不好拒绝。

她站起来，回头看见郁柚坐在位子上安静地听音乐，头发垂在胸前，一下想起昨晚的画面，马上就说：“你们先去，我随后就到。”

诗添夏在复习功课，听见奚温宁朝着后边几排开口：“原来女神你和徐学长一个高中的啊？”

郁柚摘下耳机，“嗯”了一声，说：“徐远桐在女生里还是很受欢迎的。”

“学神就是不一样啊。”奚温宁笑道。

郁柚轻描淡写地说：“嗯，这种长得帅还禁欲的男生，谁不喜欢？”

“也是哦，男生爱讨论女生的身材，其实女生也喜欢讨论哪个男生胸大、屁股翘。”

诗添夏被她们的对话惹得娇羞不已，支支吾吾地说：“可我们不会像那些男生……”

奚温宁笑起来：“那肯定，我们欣赏的眼光是遵从了人类的审美，而且不带侮辱的成分，比他们高级多了！”

郁柚看着脸颊通红的诗添夏，也忍不住笑了。

奚温宁再次在她眼里看见了浅浅的亮光，她忽然明白了，原来他们不是没持久，而是没开始啊。

将近中午时，暖风带着一点属于秋天的花香，一同晕染着天边。

奚温宁来到物理系大楼，见女生们已经趴在窗边，看得入了迷。

上完新课内容，强哥开始给大家讲昨天留的作业。他叫了几个学生依次上台来说解题思路，并写下步骤。

一般的学生会按照正常的思路，用老方法解题。

还有一类学生喜欢用稀奇古怪的方法来解题，看起来特别高深的样子。

剩下极少数的人既不喜欢这些花里胡哨的方法，又不爱繁复的步骤，每次只是信手拈来，却让人出乎意料。

或许就像上帝创造世界的时候，那些我们称为希格斯机制、皮亚诺公理之类的东西根本不是有意为之。

最后一道证明题是难题，强哥望一眼窗户，见到一个个望穿秋水的女生。

他笑笑，不负众望地点名正在看弦理论的徐远桐："哎，我怎么把你漏掉了，徐远桐你快来，刚好还剩一道题。"

徐远桐坐在原位上，一动不动。

强哥只好使出了大招："你再不上来，我就让力学老师别给你满分了，都是瞎搞！"

分数高低不是学神在意的，但能不能做到"完美无缺"，才是这种天才比较在意的。

终于，徐远桐注意到窗外的影子，默默地挪了挪身子。

他走到黑板前，拿起粉笔写了一堆外头的女生根本看不懂的公式，然后非常迅速地开始讲解。

强哥抬手："说慢点说慢点，都没听懂呢！"

窗外的女生看到这一幕，纷纷小声地尖叫、捧脸，就连奚温宁也舍不得移开视线。

徐远桐只好再在题旁写了一些说明。他讲完以后，班上的同学纷纷鼓起了掌。

他扔了粉笔，满脸不耐烦："你们是故意搞我吧？"

"怎么会呢？我们爱你啊！"

班里有同学起哄，窗外的女孩子也窸窸窣窣地说着话。

奚温宁看着徐远桐不言不语地回到座位的样子，忍不住偷笑一声。

果然还是两面派。

有学长望着外面的学妹，调侃道：“下次我们也学徐远桐，老师叫我们上去做题就说不去。”

强哥哼了一声，笑道：“你千万别学徐远桐那种‘我有一千种解题方法，但我就是不告诉你们’的心理……说不定你就是错的呢？”

“……”

全班哄堂大笑。

下课铃响了，强哥不拖堂，准时离开了。

李艺瑾几人依依不舍地叹气，奚温宁扯了扯她的袖子：“别看了，美少女，今天这一集已经播完了。”

李艺瑾身边的朋友突然说：“咦，那是不是邬明君啊？”

“好像是哦，她肯定是来找徐远桐的吧？”

“校花就是不一样，有自信啊。”

奚温宁先是一愣，然后顺着她们的目光转头看去。

李艺瑾阴阳怪气地说：“看来这一集还有一个片尾彩蛋。”

邬明君撩着头发走到教室门口，姿态翩翩轻盈，宛然缱绻：“徐远桐在吗？我有东西给他。”

奚温宁在心里翻了一个白眼，脸上还是假装平静。

既然她们随便来一次都能遇见，那说明邬明君经常来找徐远桐。

意识到这一点，她忽然感觉有点儿不爽。

邬明君在门口站了一会儿，徐远桐还没出来，这时她注意到了几个大一的学妹，故意忽略那些探究的眼神，目光在奚温宁的脸上停住了。

“你是奚温宁吧，你现在也算全校知名啊。”

奚温宁佯装乖巧：“学姐你好。”

邬明君听到她如此恭维，欣然接受：“刚开学的时候，你和徐远桐还传过一些绯闻吧？呵呵，我太傻了，以为他是因为你才不收我的情书，既然不是，那我就放心了。”

不，是真的很傻。

奚温宁甜甜地笑道：“嗯嗯，学姐你给徐学长送东西啊？你好体贴哟，经常给学长送温暖吗？”

李艺瑾在旁边憋笑憋得都快受不了了。

校花每天风雨无阻给徐远桐送吃的喝的，还假装来找他讨论什么人生哲理，这些八卦她都详细了解过了。

徐远桐身边的朋友用胳膊推了推他：“哎，校花又来给你送东西了，这次是什么啊？”

他不耐烦地看了看教室外头，发现奚温宁还在和邬明君说话，她礼貌地微笑着，不知道的还以为她们关系很好呢。

就“小肉饼”的个性，能和邬明君谈笑风生？

呵呵，小戏精就是厉害。

他起身走到门口，一副准备去上厕所的样子，看到邬明君也当没看见，面无表情地经过她身边。

“徐远桐！”校花喊住他，把手里的纸袋子递过去，“这套原版书很难买到的，你之前不是说我不知道你在看什么书、做什么题吗？你看……”

“别送我东西了，也别来找我了。”

“你不收，那我就扔了哦。”

“你扔吧，不用特意告诉我。”

“……”

徐远桐望了一眼清纯的美人，突然开口：“你知道吗？你演技太差了，我比较喜欢戏精。”

哇，太直接了吧！

所有人都以为他这是在嘲讽校花太装了，奚温宁却发现他好像看了一眼自己这边，怎么感觉被嘲讽的是自己……

徐远桐不再理会邬明君，走到几个大一女生身边，也装作和奚温宁不是很熟的样子，反倒问起其他人：“你们是编导专业的？帮我把 Switch 带给郁柚。”

啧，学神就是学神，什么郁柚，什么邬明君，男女关系真复杂！

奚温宁抬眸，一瞬间与徐远桐四目相对。

他好像欲言又止，眼角眉梢都是讨人厌地好看。

她一下子板起了脸。

徐远桐眯了眯眼睛，意思是“你怎么了”。

奚温宁不理会他，只对着他皱了一下鼻子，就走了。

周一的课排得很满，专业课和公共课轮番轰炸，唯一能喘口气的也只有上午那节体育课。

教室里一片唉声叹气，到最后一堂课时，不少脑袋趴在了课桌上。

下课之后，诗添夏一边收拾东西，一边跟奚温宁说：“这个周六，一起出去玩吧？我爸妈都要出差，我总、总算也放假啦！”

两人还没有单独在周末出去玩过，奚温宁当然一口答应。

她们约好去逛小饰品街，再去喝下午茶，顺便看一部最近上映的大片。

奚温宁心情大好，挽着诗添夏的手走出校门，却在这时候接到一个陌生的电话。

她奇怪地接起来，问：“喂，你是谁？”

“奚温宁吗？我是蒋麓啊，老哥经常罩你的！”

奚温宁愣了一下，气势瞬间弱了下去：“你……你找我？”

“对啊，这周六我过生日，去唱歌，你和徐远桐一起过来啊。”

突然约她做什么？她和徐远桐从来没一起出去玩过。

担心直接拒绝太不给人面子，奚温宁柔柔地说：“蒋学长，谢谢你啊，但我和同学已经约好周六一起出去玩了……”

“哪个同学？是不是那个可爱的小结巴？”

“人家才不是那啥好吧。”

“行行行，反正你俩可以一起过来，就这么说定了，别不给我面子啊！”

奚温宁还来不及再说什么，对方已经风一般地挂断了电话。

她只好把这个噩耗告诉身边的小姑娘。

诗添夏一开始也被吓到了，不过，她又思考了一下，便稍微镇定了点：“之前他教训过原颂飞吧？我们……我们应该去，也算谢谢他照、照顾。”

既然胆子这么小的诗添夏都这么说了，奚温宁思虑再三，也觉得没什么好推辞的：“行吧，到时候有徐远桐在的话，应该不会有事的。”

到了周六下午，天气一如既往的好，阳光温暖地隐在树荫下。

奚温宁走出家门，刚低头把鞋穿好，就听见身后有人喊她。

徐远桐就站在几步之外，穿着私服，简单的淡墨色棒球服和一条牛仔裤，鼻梁秀挺，清爽又帅气。

“你出去？”他问。

他这个问法有点儿奇怪，下一瞬，奚温宁便明白过来。

“你不知道蒋麓……叫了我和诗添夏去唱歌？”

徐远桐怔了怔，显然是不知道。

“哦，我以为你知道的。那要是不方便就算了，我和夏夏自己去玩吧……”

徐远桐笑了笑：“我怎么觉得这话有点儿酸啊？”

“……”

见她语塞，他也不开玩笑了，直接说：“走吧，我去拦车，你同学自己去还是我们去接她？”

奚温宁没想到他会这样爽快，心里的感觉一下子就不一样了。

她也太容易满足了吧。

“她自己过去，我们约好在钱柜附近见面。”

两人沉默不语地往大门口走。

风刮过树梢，发出呼呼的低吟，奚温宁觉得浑身不自在。

她低头往前走着，觉得两人不说话挺尴尬的，但又找不到可聊的话题。

“这边出去不好叫车，我们绕到侧门去，我看手机软件能不能打到车。”

“哦，好的。”

奚温宁还没反应过来，所以说话有点儿呆呆的。

走到小巷子里，徐远桐微微侧头，觉得她和平时有点儿不一样：“你今天吃错药了啊？这么听话。”

他的语气有点儿不经意的暧昧，听得人心里发痒。

奚温宁避开他的视线，说：“我就是觉得有点儿奇怪，蒋麓怎么会喊上我们……”她还没说完，走在前面的徐远桐突然停下脚步，转身一脸严肃地挡住她：“别怕。”

她还没反应过来，已经被徐远桐拉了一把，他也没用太大力气，不知为何她却觉得浑身软了下来，心跳骤然加速。

徐远桐单手箍住她的腰，将她带到怀里。

奚温宁的鼻尖靠在徐远桐胸前，他身上散发着淡淡的柠檬味和某种令人舒爽的气味，体温也比她高一点。

两人的姿势突然变得很亲密。

不知何时，周围多了一些嘈杂的脚步声。

有人说："这都能送上门来，只能说是缘分了。"

原颂飞和一群流里流气的男生走过来，与学校的那些坏学生不同，这些男生是社会青年的模样。

徐远桐低头，看见她不自觉地拽着他的衣服，神色有些紧绷，看来"小肉饼"还是很怕死的。

他微微弯唇，轻轻一扯就将她挡到身后。

原颂飞望着徐远桐护住小学妹的样子，一箩筐的脏话都想骂出来："你俩都这样了还说不熟？怎么，难道还怕被家长发现？"

奚温宁没空解释，只想着这种情况下如何才能脱身。

她拽着徐远桐的衣服，说："我觉得最好的方法还是你让他打一顿吧。"

徐远桐："……"

"总比断胳膊少腿什么的要好吧？"

"不至于。"

"别，这回说真的。"

"你知道我和普通人最大的区别是什么吗？你一秒钟只能想到问题的开头，而我已经想到了一百种可能的解决方法。"

奚温宁感觉自己的智商被碾压了，小声问："那你想到办法了吗？"

"有点儿难，但也不是全部行不通。"

这种情况虽说死不了人，可真要被打一顿也是很惨了。

他倒觉得凭那些小流氓的愚恶，他俩可以试着逃脱。

原颂飞这种头脑简单的人也只能通过这种暴力手段报复他们。

徐远桐不同情他，就是觉得有点儿无奈。

也许是他过于古怪的反应——既不愤怒，又不害怕，安静得如同一个置身事外的旁观者，那群社会青年一时竟无从下手。

双方隔着十几米的距离，剑拔弩张的气氛却不如想象中紧张。

徐远桐想到一种值得尝试的办法，刚要开口，就听有人“呸”了一声，嚣张至极地说了一句：“还轮不到你们这些渣滓在我的地盘上要狠！”

徐远桐低骂一声，“猪队友”说的大概就是这种人。

他这句话成功把那群社会青年的怒火激出来了。

原颂飞也惊呆了，看清那人长相后，才反应过来：“陈凌？”

“他们是干什么的？”奚温宁小声问。

“以前国际学校的一帮人。”徐远桐无奈道。

眼看双方已经打起来了，徐远桐也不多话，胳膊肘往原颂飞的背上猛地一砸。

他看着像是学霸少年，体能却一点儿也不差，一肘子过去力道惊人。

此时，两伙人已经彻底扭打在了一起。

徐远桐初来乍到，人生地不熟，也没什么根基，可陈凌不同，他就在这个地方长大，家里特别有钱，脾气也特别大。

奚温宁正想着要不要往自己家的方向逃跑，可以叫援兵，也不用拖累他们，但她发现那个叫陈凌的年轻人和徐远桐一样战斗力超强。

对方拳头抡过来的时候，徐远桐躲都没躲，就像知道对方要往哪里打一样，侧身躲开，然后一拳打在那人的鼻梁上。

酸爽。

场面越来越向他们一方倾斜。

那群社会青年的带头小哥眼看打不过了，瞬间犹豫了，想想为了一个原颂飞被打成这样实在不值得，立刻呻吟着招呼跟班们：“别打了，快走快走！”

奚温宁愣怔地望着小巷子里七倒八歪的人，一个字也蹦不出来。

她抬头去看徐远桐，满脸关切地问：“怎么样，刚才被打的地方疼不疼？”

“徐老师，你没被打伤吧？像你这种斯文人不应该动手啊。”陈凌跟着道。

徐远桐皱了皱眉，看着陈凌，皮笑肉不笑地说：“呵呵，你打得很爽啊。”

徐远桐把来不及逃走的原颂飞从地上拽起来，用只有两个人能听见的音量在他耳边说：“你若还想搞事的话，我就真的不客气了。”

这种时候就是要放狠话，既然讲不通道理，那就只能用暴力来解决了。

徐远桐冷冷地盯着原颂飞，警告道："看到我脖子上的疤了没？就是以前一些瞎了眼的人搞的，你可以去打听打听那些人都是什么下场，还想要冲我来，就来啊。"

奚温宁心有余悸，小心脏扑通扑通跳得贼快。

她见原颂飞惊慌失措、连滚带爬地跑了，赶紧走过来盯着徐远桐的背部，还伸手摸了一下，满脸心疼地说："还疼吗？肯定被打青了……"说着，她转头瞪了陈凌几眼，一副嫌弃的样子。

"你要不要去医院看看啊？"奚温宁关切地问。

"不用了，没事。"

"他谁啊，怎么叫你老师？"

徐远桐斜睨了陈凌一眼："高三的时候我给他补过课，他爸人傻钱多。"

陈凌说："说得对，不过徐老师真有本事，教得特别好，我随便考考都是前五百，稳得很！"

奚温宁没吭声。

想起方才陈凌没来之前，被徐远桐挡在怀里的一刹那，她觉得特别不真实。

但确实是真的，她半边身子还残留着那种若有似无的温热，莫名让人心安。

她心里像燃起点点火苗，似乎又连成了能引燃某些物质的引线。

"你念几年级啊？如果是未成年人，喊一声'嫂子'好像有点儿过了。"陈凌痞痞地调侃道，上下打量了她一番，"怎么称呼？"

奚温宁缓了缓紧张的情绪，说："你猜。"

徐远桐敛眸望着她，轻轻地叹了一口气，然后下意识地移动目光，发现她今天穿的小裙子领口有点儿开。

他愣了愣。

好端端的为什么会去看那个地方……徐远桐在心里暗骂自己。

不仅徐远桐认识陈凌，蒋麓也认识。

他们都是各自所在学校的校霸，平时不管是去游艺中心还是打桌球，碰到都会打个招呼。

本来陈凌带着一帮兄弟打算出去玩，没想到会碰巧撞上原颂飞他们。

徐远桐干脆把陈凌一块叫去钱柜唱歌。

路上，奚温宁才得知这位英俊痞气的小哥哥高中时是隔壁哈尔国际学校的一哥，后来考上了一所不错的大学。他家里很有钱，但这位少爷特别不安分，从小就喜欢打架，断根骨头出点血那都不算事。

“你们平时都会一起去健身？”奚温宁问道。

“嗯。”

“哦，所以那次我看见你坐蒋麓的摩托车回来，也是去了健身房？难怪你和那群人的关系这么好。”

徐远桐无语。

奚温宁有点儿在意方才他对原颂飞说的那番话，但碍着还有其他人在场，她也不好多问。

三人到了钱柜附近，先去接诗添夏。

诗添夏穿着毛绒连衣裙和米色大衣，特别文雅可爱。她也不敢看别人，低头一路小跑过来，牵住奚温宁。

她刚要和两个男生打招呼，一抬眸就看到了陈凌。

她小脸瞬间白了，吓得一句话更说不完整：“抢劫、抢劫手机的！流氓！”

陈凌笑笑，嘴角上扬：“我买了新手机，谢谢你还惦记着。”

奚温宁这才知道，原来还有那样一个误会。

诗添夏有点儿生气，瞪着陈凌不出声。

借手机哪有那么凶神恶煞的，不被当成流氓才怪！

四人边走边聊，陈凌拍了拍徐远桐的肩，兴致颇高地说：“你们学校还有这样的小可爱，哈哈哈哈，好玩死了，那天她就跟小白兔一样，我还被她捶了几拳……”

徐远桐看他一眼：“该说话的时候你不说，不该说话的时候却制造噪声。”

蒋麓在钱柜订了一个大包厢，包厢里光线昏暗，桌子上堆着各种果盘和零食。

蒋麓侧着脸在跟郁柚说话。

包厢里的人唱歌的唱歌，打牌的打牌，各自找活动打发时间。

奚温宁见到“腿精”小姐姐，忍不住捧了一下脸。

蒋麓也是考虑到郁柚在，才觉得喊她们来也没关系。

看见徐远桐之后，有人提议：“人齐了，‘狼人杀’可以开一局了吧？”

徐远桐走到沙发旁，没有立刻坐下，而是等着奚温宁。

其实，他也没想到她这次会来。在学校的时候，他尽量与她保持着适当的距离。之前两人传出谣言时，他就觉得她不是很开心，她还要求过两人只能私底下见面。

他还从未听过这种要求。

那次她和同学来他们教室外面“查岗”，他还故意让人带Switch给郁柚，以转移女生们的注意力。

现在到了校外应该无所谓，他又不习惯和不太熟的人坐一起，索性就挨着她了。

奚温宁内心猛地一阵欢喜。

突然，奚温宁闻到一股烟味，猛地想起一茬，就转头对他说：“你是不是还会偷偷抽烟啊？不然那时候你怎么会有打火机？”

“我去物理实验室做实验用的，不行吗？”

有理有据，令人信服。

“那是我猜错了，抱歉抱歉。”

诗添夏也跟着拍马屁：“学、学长，你真厉害，不仅会打架，成绩也好！”

陈凌从蒋麓手里接过一支烟，眯着眼睛，走过来勾着唇说：“你这个小结巴，讲话的语气怎么这么轻浮啊？”

奚温宁皱了皱眉，陈凌怕是对“轻浮”有什么误解。

蒋麓也睐陈凌一眼：“别调戏我们清纯可爱的小学妹，人家和你那些小姑娘不一样。”

“哎，不是，你们不觉得说话结结巴巴的，会让人有种想欺负的冲动吗？”

奚温宁想替好友解围，但一时不知道说什么。

她高中的时候单纯得就像一张白纸，暑假里经常上网，认识了很多二次元的朋友，接触的人多了，慢慢就被“带坏”了。

几个男生插科打诨，倒也没太过分。

诗添夏被家里保护得太好，就算有时候男生说什么，她也听不出来。

诗添夏道：“你这人才奇怪，自己手机掉了，还、还要抢别人的！”

陈凌差点儿咬到舌头：“噗！”

“不得了，S市富豪的儿子抢小姑娘的手机！这可是个大新闻！”

一群人闹哄哄的，气氛很热络。

徐远桐见桌子上都是带酒精的饮料，便把服务员喊来加了几瓶矿泉水和果汁。

他发现诗添夏用一种很崇拜的眼神盯着自己，她一双眼睛湿漉漉的，果然像一只小白兔。

这小姑娘读书很用功，和奚温宁不太一样。

徐远桐望着身边的“小肉饼”，淡淡地笑道：“我看过一点心理学方面的书，其中关于大脑语言方面的书上说，大脑颞叶区有一个主管输出的布罗卡区，母语者学习语言是系统程序性的过程……”

奚温宁不是很懂，但很认真地问：“什么意思？”

徐远桐慵懒地靠着沙发，俊俏的侧颜在灯光下熠熠生辉。

“大意就是小孩子如果说话口吃，其实可以通过心理干预来治愈，增加自信、克服紧张自卑，都会有用。语言能力也受乙酰胆碱、雌性激素等的影响。”

奚温宁和诗添夏都沉默地看着徐远桐，他真的是出乎意料的细心和温柔。

陈凌开了一罐汽水，也默默地听着。

蒋麓听不下去了，挤到徐远桐和奚温宁中间，搭着兄弟徐远桐的肩：“阿徐，今天可是我的生日，你能别扯这些鬼话吗？”

陈凌也挤过来，加入他们的小团体，顺便把在路上遇到一群社会青年的事说了。

蒋麓愤愤道：“原颂飞居然这么嚣张，竟敢找我们桐神麻烦！”

徐远桐斜眼看着他：“行了，再打就要闹大了，反而麻烦。”

蒋麓脸色微沉，他讲兄弟义气，知道了这事心里肯定很不爽。

奚温宁看了看他们，突然觉得这样真好。

“你们不是要玩‘狼人杀’吗？一起玩啊，蒋学长，你们和徐远桐玩过吗？他怎么样？”

郁柚眯了一下眼睛，意味深长地道：“他一般活不过第一天晚上，就算活过了，是狼的概率也很大。”

徐远桐笑而不语。

奚温宁总觉得心里怪怪的，郁柚真的是她特别喜欢的类型，可一想到郁柚和徐远桐在一起……她就不那么开心了。

几个感兴趣的男生和女生纷纷加入，大家开始了第一局。

奚温宁喜欢这种氛围，蒋麓他们不说网上那些“聊爆”“金水银水”之类的游戏术语，玩得特别随性。

她一上来就拿到一张狼牌，而徐远桐的智商对普通人的威胁太大，果然第一晚没活过他就被“杀”了。

他也无所谓，就在旁边百无聊赖地看他们玩。

“小肉饼”很擅长装乖卖傻，众人也不知道她的真面目，她几乎把所有人骗了过去。

她悄悄对徐远桐做了一个鬼脸，他撇过头去，暗暗发笑。

他懒散地看他们玩，边看边喝饮料，几次眼神飘过她，忍不住笑了，在她耳边轻声调侃：“我虽然很想相信你，但理智告诉我你是在演戏。”

“看破不说破，谢谢。”奚温宁继续听别人的辩白，想了想，又转过来问他，“那你讨厌我吗？”

“嗯？我为什么要讨厌你？”徐远桐觉得她的问题很好笑。

奚温宁嘿嘿地乐，不讨厌就是喜欢啊，可以可以。

这群人特别兴奋，说个没停，两局玩完已经到了饭点，大家便商量去哪里吃饭。

过了一会儿，徐远桐出去上厕所，奚温宁也碰巧一起出去。

她把手机从兜里拿出来，给周幼发了条微信，发完揣回去，想了想，还是追上了徐远桐，问：“徐远桐，你背上还疼吗？”

她小脸皱在一起，看上去真的很担忧。

徐远桐听到她关切的问询，微微转身，挺拔的背部侧对着她。

他随手撩起半截衣服，露出光滑结实的肌肤，问道：“我看不见，你帮我看看怎么样？”

奚温宁皱眉，凑近仔细一看：“啊，果然都青了啊！你摸一下，看疼不疼啊？”

“你摸一下？”

她担心他的伤势，也没多想，直接就伸手按了按：“看上去真的很严重啊，那脚果然很狠……”

话没说完，她蓦地意识到热热的触感传来，带着荷尔蒙的气息。

奚温宁脸上发热，急忙抽回手。

徐远桐脸上挂着一抹暧昧的浅笑，他放下衣服，说：“让你摸你就摸。”

她愣了一下，但也已经习惯徐远桐的挑衅了。

奚温宁不服输，目光回到他脸上，笑道：“学神的身体摸了就能考满分啊，比转发锦鲤好用多了吧？你别小气，让我再摸几下啊！”

徐远桐看她丝毫没有收敛的意思，怎么可能先败下阵来：“你行，很稳。再往下也可以。”

奚温宁心想：我会怕你？于是伸手在学神的脸上揉了几下。

徐远桐：“……”

“徐学长，呵呵，你的脸部线条很完美哦。”

徐远桐沉默不语。

她悻悻地收回手，今天一定是被原颂飞那个蠢货吓到了，所以才会这么不正常。

谁让她对学神性感的身体觊觎已久，是学神先开口的，不能怪她啊！

奚温宁觉得自己应该把戏演足了。

徐远桐从来没遇到过这样的情况，果然奚温宁是个小戏精……

他抬手，弹了弹她的额头，眼里泛起一层深邃的光：“别装了，你脸都红了。你不是‘小肉饼’，是‘小尿饼’吧？”

他嘴上这么说，但脸上被她碰过的地方开始发烫，那股难以言喻的骚动一时竟不知如何排解。

一不小心就会沉溺其中，被愉悦的海草缠住脚踝，进而被逐渐吞噬。

他是怎么回事？要是被她多摸几下……

两人离开的这段时间，包厢里同校的几个男生便向蒋麓打听八卦。

“之前没听说过啊，咱们桐神能看得上那个妹子？”

“别闹了，人家的脑子都和咱们不一样。”

“你要说他们两个没点意思，我可不信。”

其中一个男生对另一个叫程兴的说：“可我觉得郁柚明明也对徐远桐有想法啊，不然她今天会来这里？程兴，你还真以为人家是为了你才来的啊？你是陈伟霆还是张艺兴啊？”

“我是南法大学彭于晏，不服来战！”程兴兴奋地说，“要我选，肯定选郁柚学妹啊，光那长腿我都能看一年！”

蒋麓笑骂：“能不能正经点？两个学妹就是找个老实人，也不会找你！”

起先，郁柚也不知道奚温宁和诗添夏会来，但看到徐远桐和奚温宁一同出现的时候，她就有些不是滋味了。

她不知不觉喝多了，清冷精致的脸庞挂上一层淡淡的红晕，眉眼在暗色的灯光下显得水光潋滟。

不久，徐远桐和奚温宁一前一后地回来。

徐远桐刚坐下，蒋麓便压低嗓音对他道：“郁柚刚出去了一趟，不知怎么的，回来就开了一瓶红酒，还喝了不少，你要不要去问问？”

徐远桐也看出郁柚心情不佳，但他没立刻就动。

蒋麓见状，拿起一小瓶冰镇的啤酒想隔空传给陈凌。

冒着水汽的瓶身正要从奚温宁的身前经过，水珠缓缓滚落，徐远桐忽然伸手，从中拦截。

陈凌怔了怔，就见他拿过啤酒，手臂绕到小学妹的身后，然后递给他：“注意点，瓶子上都是水，别打湿了人家裙子。”

陈凌闻言，骂了句脏话：“徐老师，你平时在我面前是另一个人吧？”

奚温宁正在和别人聊天，感觉到男生的身体靠近，才发现徐远桐的手臂绕到了自己身后。

这样的姿势就像她被纳入他的臂弯，他的肌肤还带着微烫的温度，四舍五入，她已经被学神搂在怀中了。

奚温宁不动声色地抬头，发现郁柚正盯着他们。

徐远桐不理会陈凌，过了一会儿，似被郁柚看得无奈，他起身走到郁柚面前，顺手递过一杯清水：“你若喝醉了，他们可是要抢着送你回去的。”

郁柚张了张红唇，本想起身坐好，但一下子没找准方向，有点儿重心不稳。

徐远桐伸手扶了扶，她顺势抓住他的手腕，没再放开。

两人推搡的动作引来不少目光。

郁柚感觉到有人在看他们，但她脑袋有点儿沉，没法思考这些，只能顺着感觉说：“我听他们说了，你比较喜欢‘戏精’，呵呵，我也算不上……但好歹也是又白又美，你说是吧？”

不远处，奚温宁握着一杯橙汁，脸上的笑容慢慢地凝固了。

“徐远桐，你这么聪明，不知道我喜欢你吗？”

整个包厢渐渐安静下来，一时没人出声。

唯独《小幸运》的伴奏——不知是谁点的——还在播放。

郁柚满脸的醉意，大概也不知道自己在说什么：“怎么，你不想找个女朋友吗？”

徐远桐走到她的位子边上，挪开一点距离，背抵着墙。

他眼底一片平静，说话的语气也很凉薄：“不想，因为我不早恋。”他看了她一会儿，然后视线下移，再次扯开她的手，“你喜欢我也没用，我只喜欢学习。”

包厢里的灯光在众人头顶无声地盘旋，像细细缕缕的线网住人的心。

奚温宁不敢出声，连呼吸都放轻了节奏。

说出心里话的郁柚忽然轻笑出来，抬头盯着他浓黑的眉宇，骂了一句：“神经病。”

众人还没反应过来，徐远桐就对寿星抬了抬下巴：“吃饭的地方订好了没？郁柚醉了，你让人先送她回去。”

郁柚站起来，轻描淡写地说：“我出去抽支烟。”

蒋麓怔了怔，又向徐远桐使了一个眼色。

徐远桐满脸无奈，但想了想，还是起身跟了出去。

经过奚温宁身边时，他停了一下，低声说：“他们还要玩到很晚，一会儿吃完饭，我先送你和诗添夏回家。”

奚温宁连忙点头：“好呀好呀，你先去看一下郁柚吧。”

到了楼道外面，喧嚣的音乐和人声全部被隔绝在外，乌烟瘴气都不见了，空气清新舒畅，人的心也随之平静下来。

郁柚把刚顺来的一支烟点燃，她有一张非常年轻又有味道的脸，是现在流行的“厌世颜”。

徐远桐靠在墙边，斜了她一眼：“把烟灭了。”

“怎么，是你不喜欢女孩子抽烟，还是怕我家里人知道？”郁柚说着，自己都想笑，“我很久都没听到那句话了……”

徐远桐知道郁柚家中的情况，一时没出声。

她从回忆中抽身，正色问："学长，你为什么拒绝？你有喜欢的人了吗？"

徐远桐皱眉，抿了抿唇，良久，他面无表情地说："谁都不能阻止我和学习谈恋爱吧？"

郁柚：别再拿这种话搪塞我，真是够了！

两人一出去，包厢里立刻炸开了锅，谁也没想到郁柚会在这时候向徐远桐表白。

"刚才郁柚告白了吧？"

"果然我们女神喜欢的是学神啊！徐远桐艳福不浅啊！"

"他居然连郁柚都拒绝！"

"怪不得他沉迷于学习，怕是身体不行吧？"

徐远桐禁欲冷艳的原因竟然是……

吵吵闹闹的声音加上KTV的音乐，吵得奚温宁脑仁疼。

诗添夏有点儿震惊："没、没想到原来……郁柚喜欢徐学长啊。"

"他们高中是一所学校的。"

而且奚温宁总觉得，他们对彼此的事很了解。

"不过既然徐学长拒、拒绝了，估计是真的只把郁柚当……学妹吧。"

不然他多少都会给女生一点面子，至少不会当众拒绝。

诗添夏看着奚温宁的脸色，犹豫着问："你现在是什、什么感觉？"

奚温宁还是有点儿闷闷不乐，不过很快她就调整了心情，坦率地笑道："奇怪的感觉。大概因为我自私吧，以前总觉得徐远桐有些事只有我知道，现在肯定不止我一个……"

说到这里，她顿了一下，抬头看着诗添夏说："抛开这些，我觉得郁柚真的特别好，她身上有一种和别的女生都不一样的气质，大概也是我这辈子都没法拥有的。"

诗添夏想了想，点点头。

是的呀，大概就是"气场"这样的东西吧，说不清又道不明。

陈凌还在和其他人打嘴炮："来玩'真心话大冒险'吧，都把心里话说一下。"

"这是什么操作，凌哥？"

陈凌哈哈大笑，目光转向诗添夏，对方立刻转过头，不看他。

整个晚上这小姑娘都拒绝和他说话，气鼓鼓的样子反而很可爱。

他倾身过去，故意离她很近，还在她微微泛红的耳际吹气："听说你学习成绩很好，下次我们一起'学习'吧，你也给我讲讲题呗？"

"你、你别烦我！讨厌！"诗添夏说话的声音因为底气不足，反而有发嗲的嫌疑。

陈凌被逗得直笑："好了，还生我的气啊？小可爱，我给你道歉好不好？那天哥不该吓你。"

诗添夏被他甜腻的话吓傻了，都不知道作何反应。

奚温宁见不得好友吃亏，贱兮兮地说："那凌哥先发一个微信红包，拿点诚意出来好吧？"

陈凌刚想继续和小可爱套近乎，就见诗添夏猛地站了起来。

他的身子失去平衡，往侧边一倒，抬手偏巧抓到了奚温宁的胳膊。

徐远桐进来的时候，正好瞧见这一幕。他冷冷地拿起桌上的纸杯就扔了过去，精准无比地砸在陈凌的脑门上。

"我说过，别烦我们学校的。"他的声音凉凉淡淡的。

陈凌挑眉："徐老师，你这样就过分了。"

吃过晚饭，徐远桐想先送诗添夏回家，再和奚温宁一起回锦和新苑。碰巧诗添夏家离得近，步行十分钟就到了。

而陈凌难得不和蒋麓他们去酒吧疯玩，顺势在他们身边坐下："一会儿有司机来接我，我顺路送'学妹'回去吧。"

诗添夏忙道："不、不、不、不用了！"

陈凌懒洋洋地把嘴里叼着的一支烟掐灭了，恢复学生的模样，淡淡地说："不用跟我客气。"

陈凌虽然一身痞气，但不会强行做出格的事，徐远桐还算放心，便和奚温宁一起回去了。

"先走一走，散散酒气，再拦车，我怕我妈闻到我身上的酒味会担心。"徐远桐道。

奚温宁心里一软，轻声说："好呀，你没和阿姨说我也在？阿姨不会担心你干坏事吧？"

她没多想，一时没反应过来这种说法有歧义。

徐远桐勾唇："那还真不一定。"

她后知后觉地反应过来，真是搬起石头砸自己的脚。

两人安静下来，一时谁也没说话。

月朗星疏，他们途经了一片黑暗的花园，不时有遛狗的居民路过，路灯泛着微光，就连夜空也显得高远。

因为明天是周末，不用早起上学，所以心情特别爽。

奚温宁偷瞄身边的徐远桐。有时候，他看上去就是一个十足的好学生。

他的领口和袖口都洗得干干净净，脸上神色淡然，尽管有时候吝啬言语，但做事稳妥，又讲究原则。

不过今天因为打架，他的衣服都被蹭脏了。

想到郁柚的告白，她心里像塞了一团棉花，憋闷得慌。

奚温宁喉头微热，顿了一下才开口："徐远桐。"

他漫不经心地一笑，伸出手指点她额头："没礼貌哦。"

她撇了撇嘴："问你个事呀。"

"说。"

"是所有女生向你告白，你都会拒绝吗？"

说起来，她都已经见过两个女生向他告白了。

黑夜衬得他眸如星闪，一张脸很俊俏，就是看着有点儿薄凉。

"那怎么说得准，要看具体情况吧。"

"哦。"奚温宁低头，披散的黑发垂落，尾梢划出动人的弧度，"那郁柚也知道你的小秘密吗？"

徐远桐道："不知道。"

她微怔，内心有一弯月亮躲过乌云："那就是说，只有我知道？"

"嗯。"

"哈哈哈，真的只有我一个人知道？"

徐远桐回味过来，笑道："是啊，你老棒了。"

奚温宁舔了舔牙槽，说：“刚才你和郁柚出去，你们……是说清楚了？”

“嗯，她应该明白的。”

方才包厢里人多，有些话不能说得太明白，也不知道是不是郁柚家里又发生了什么事，所以他俩出去单独聊了几句。

虽说心里有点儿在意，但她知道要是徐远桐对郁柚有好感，是不会当众拒绝她的。

“你上次说，没有持久的喜欢，我担心你以后会不会一个人在海边的豪宅里数着钱孤独终老。”

徐远桐无奈，这都什么跟什么啊？

“谢谢你啊，学妹。”

“其实，我希望你能开心。”

徐远桐一愣，随即道：“你想让我怎么开心？”

奚温宁怔了怔，没接他的话，想了想，说：“我觉得让一个人开心，就是让他变得和小孩子一样无忧无虑。”

徐远桐眯了一下眼，说：“嗯，当小孩子是好，可以调皮，可以天真，可以肆意挥霍。”

“哎，像你这么聪明的人一定没有童年，好惨。”

“……”

像他这样的少年，就算她了解得还不够，但世上又能有几个能达到她这个地步呢？

徐远桐扬起嘴角，想到什么，笑了：“不管怎样都比不过你，连学长的脸都敢摸，你不是超厉害的？”

“哎哟，明明是你先动手的。”

大概在他眼里，她就是这样的小孩子吧。

他们走了很长一段路，酒气什么的其实早就散了。

突然，两人听见花园另一侧的角落里传来尖锐的女声：“你一个小姑娘，大半夜不回家，还出去喝酒，还好被我碰到了，你知不知道你这样走在街上一看就不是什么好东西？”

“神经病，我懒得理你。”

尽管隔着一段距离，但两人还是听得清清楚楚。

奚温宁秀眉紧蹙："这是谁啊？"

"郁柚的妈妈。"徐远桐看这情形也瞒不下去，就多说了一句，"是养母。"

以前，郁柚逃课旷课，老师把她喊去办公室，还会好心地劝她："你不怕家里人知道啊？"

可家里人谁管她啊！起初她也觉得泄气，还很烦躁和痛苦，但后来连这些情绪也不见了。

徐远桐知道郁柚家里的情况，她的养母是个很没有责任心的人。

据说，郁柚的养母年轻时有一次走亲戚，觉得婴儿可爱，又不想生一个影响自己的身材，就去领养了郁柚。谁知没过几年她就怀孕生下一个儿子，于是彻底不管郁柚了。

养母平时也不给她零花钱，家里开着大奔，每天中午给她带去学校的饭菜只有白饭和豆腐。

那个女人把自己的亲爹送去养老院，亲妈住在乡下房子里的地下室。逢年过节她只去看什么"干爹"，连亲爹亲妈也不管。有时候学校要收杂物费了，郁柚只能去养母的皮夹子里偷。偷钱的事东窗事发，她被养母追着一路打到大街上，撞见了徐远桐。

那时候徐远桐也才十七八岁，眼眸里的光苍白又凛冽。

如今，她养母一家人已经入籍澳大利亚，打算将她一个人留在国内。

花园里，一阵凉风把郁柚发烫的脸颊吹凉了一些。

她的语气带着点索然无趣，想来不止一次遇到过这种情况，已经习以为常了。

她朝他们的方向走过来，奚温宁还在琢磨着是打招呼，还是装作不认识，那跟着过来的女人竟然站到他们面前，对徐远桐说："你是徐先生的儿子徐远桐吧？智商很高的那个是不啦？我们以前见过，你一直和我女儿在一个学校的……"

她皮肤紧绷，像刚拉过皮，与郁柚没有一点相似之处。

"你好，我是澳籍华人，我叫盛曼妮，和 Money 听起来很像对不对？"盛曼妮看向奚温宁，自说自话，"因为阿姨我很会赚钱。"

奚温宁呆住了，很久没遇到过戏这么足的大妈了。

徐远桐微微皱眉，用一种看智障的眼神盯着那女人。

盛曼妮搔首弄姿，完全没有一点作为母亲的自觉："徐少爷，你别觉得我凶哦，我刚做过整形，医生说我不能做脸部表情的。"

徐远桐冷冷地睨着她："我根本不记得你。"

"我和你爸在商会上见过的，那时候……"她絮絮叨叨地说个没完。

郁柚脸色惨白，死死地抿着唇，也不和他们打招呼，也没有立即离开，就像是僵在了原地。刚才告白被拒，现在被这种母亲"公开处刑"，美人怎么这么惨啊。

奚温宁实在看不下去，她心里打着小算盘，这种时候不飙戏不行。

她悄悄解开大衣扣子，拉低胸口领子，再拨开胸前的头发，眼神有点儿挑逗，眼尾向上一挑，一脸娇俏："阿姨，你们家郁柚太没劲了，我们叫了好几次让她一起出去玩，她就是不肯，老是一个人学习学习，你把她也教得太乖了吧。"

盛曼妮本想说"我这女儿一点儿也不检点"，看到一旁徐远桐始终冷着脸，就不敢出声了。

她曾在商会上想和徐先生套近乎，端着酒过去，"大哥"两个字刚喊出口，人家就直接走了。

徐家这对父子太聪明，不太好糊弄。

奚温宁斜睨了一眼身旁的学神，伸出手搭在对方的胳膊上，语气挑逗地说道："你看呀，我们物理系的徐天才都经常和我们一起玩，郁柚也该和您一样，性格再开朗一点儿，阿姨你说是吧？"

徐远桐抬眼，看着她搭在自己胳膊上的手腕，白白的一截，像藕，他心念微微一动，手指蜷了一下，嘴上难得应和着说："嗯，郁柚要多和我们一起玩。"

盛曼妮愣了愣，又看了一眼郁柚，她的眉目生得真是好，有点儿清冷绮丽的味道。

她心里打起了如意算盘，差点儿就忘了医嘱笑出声来："好的、好的，那再好不过了，徐少爷你以后要带……"

奚温宁在心里冷笑，面上还是娇媚地眯着眼，装不良少女，抢过对方的话头就说："哎哟，阿姨，你对女儿可真好！"

"那可不，要知道我们家可是很有钱的，在国内外都有房产……"

"阿姨，你这拉皮做得真好啊，我跟你说，本仙女以前听说一家诊所很不错，你是不是去那里做的啊？哎，那个医生叫什么来着，他给很多大明星做过……"

奚温宁的表情比盛曼妮还浮夸，硬生生把盛曼妮比了下去。

郁柚对他们颔首，平静地道："温宁，下次吧，我先走了。"

说完，她也不管盛曼妮的反应，径自走了。

盛曼妮还想和徐远桐套近乎，对方不搭理她，一把扯着奚温宁就往反方向走。

等走出很长一段距离，盛曼妮说话的声音再也听不见，车轮碾压道路的动静和路人的说笑也一并淡去。

奚温宁觉得一股气憋到胸口，无法轻易释然，就像你只是身处无忧无虑的乐园，永远不知道他人生活在怎样的地狱。越想越难受，她知道原生家庭有时会影响一个人的一生。

徐远桐的声音在黑暗中响起："外套扣好，晚上很冷。"

她愣了一下，抬头见他手插兜里，一副散漫清冷的模样。

"走吧，再不回去就要赶不上奥斯卡颁奖典礼了。"他戏谑地说。

"你又嘲笑我。"

"不是，我觉得你很厉害。"徐远桐看着她，很笃定地道，"奚温宁，你特别棒。"

突然被学神这么夸奖，她有点儿害羞。

徐远桐继续道："你比我认识的大部分人要勇敢，也比他们更温柔。你始终感知着世间的善意，开朗乐观，但又不盲目乐观。你还懂得把这种善意传递给他人。"

她听得愣住了，鼻尖都有点儿酸涩。

"别夸我，都说了我会膨胀的……"奚温宁一双眼睛亮晶晶地望着他，特别真诚地说，"而且，你才棒吧，你是我见过的最聪明的人，也是最了不起的。"

"你的戏又过了。"

"我说真的。"

她不是在奉承他，而是在说心窝里的话："你是我见过的最厉害的学神，没有之一！"

在冬日的星夜里，徐远桐的黑眸像盛着漫天星光。

他沉默几秒，脸上虽然很平静，但内心已波涛汹涌。

他只好佯装开玩笑地说："嗯，老哥稳。"

回到家，奚温宁身上还带着乌糟糟的气味。自从上了大学，她还是第一次这么晚回来。

周幼走近她，当然也闻到了这股味道："你不是和你同桌出去看电影吗，身上怎么有酒味和烟味啊？"

"我忘记跟你说了，后来我们和徐远桐他们一起去给学长过生日了，不信你去问阿姨。"

"我又没说不信。"周幼点了点女儿的鼻尖，"徐远桐送你回来的？"

"对啊，很负责地送到门口。"

"不错嘛，我女儿和天才也能玩得这么好啊。"

奚温宁听出母上大人的嫌弃，做了个鬼脸："略略略。"

周幼："快去洗澡！"

奚温宁快步跑回自己房间，打开窗户，看着斜对面楼的底楼，在天井深处的房间里，灯光泛着温暖的神韵。

那是徐远桐家的客厅吧。

回想起今晚郁柚对他表白的情景，还有那个盛曼妮做作虚伪的嘴脸，她内心就无法平静。

这一天发生的事情太多，信息量太大。

奚温宁蹲在凳子上，低下头来用额头抵住膝盖。

身上除了难闻的气味，其实仔细分辨，还盈满了好闻的淡淡的薄荷味，就像是他在保护她的时候留下的。

甜蜜又诱人。

她抬头，看向徐家楼上的天空，暗漆漆的，每一晚都有黑夜如常关照。

可也总能看到破晓的那一刻。

奚温宁拿出手机玩了一会儿，心情莫名地有点儿低落。

抱着膝盖坐在窗前又发了一会儿呆，她拿起手机，悄悄把自己的微信名改了。

名字：我就叫学习。

第三章
小甜心的心

周一又是课程满满的地狱模式。

课间休息时间，奚温宁看着导演课要排的小品，想着还有什么有趣的点子。

这两次专业课的随堂考试，她的成绩不好不坏，十一月的期中考试成绩也一般，所以她要花点力气好好学习了。

磨磨蹭蹭地看完以后，奚温宁的视线飘散，突然想起徐远桐背上的伤，也不知怎么样了。

她拿出手机给他发了消息。

奚温宁："你背上的伤好点儿了没有？"

直到一节课上完，手机才振动了一下，徐远桐回了一条语音。

奚温宁把头都快埋到课桌里，悄悄地听着略带起伏的声线，有点儿勾人。

徐远桐："刚才有事没看到，我疼的话，你会来给我上药吗？"

明知道他是在调侃，她还是有点儿脸红。

奚温宁："上药就算了，给你一个啾咪吧！"

徐远桐："啾咪是什么意思？"

"温宁，放学后能不能聊聊？"

陡然听见郁柚的声音，奚温宁一只手拿着手机，另一只手手中的笔一滑，直接在卷子上画出了一道黑色的长线。

她抬眸，看着郁柚站在自己课桌旁边，只得点点头："好啊，要不要去哪里坐坐？"

"随便，你决定。"

奚温宁用水笔的尾端压着脸颊，想了想，说："那就去实验楼的天台吧。"

郁柚挑了挑眉："你怎么连这种地方都知道？"

“呵呵……”

实验楼的天台是能上的，但楼梯很高，直上直下还要扶着墙，一般人不知道这个地方。

奚温宁快速收拾好文具盒，等下课铃一响，就拿着书包准备走人。

作为文艺少女，去一趟学校的天台大概是必不可少的。至少奚温宁觉得，郁柚非常适合这种地方。

郁柚长长的双腿屈起来，挨着墙根坐下，然后从书包里拿出一罐可乐，扔给奚温宁。

“我养母真名根本不叫盛曼妮，我看过户口簿，她本来叫盛玲玲。”

因为嫌弃名字太土，她才去改成了盛曼妮。

从小到大，郁柚与同学的关系都很淡，而被奚温宁知道家中的情况后，两人的关系却突飞猛进。

“盛曼妮和她老公是开建材厂的，私底下还做传销。”她的语气淡淡的，就像在说别人家的闲话，“她做的那些事我都说不过来，你也太逗了，还在她面前演戏，她会相信我每天晚上不回家是在学习？”

奚温宁道：“我是觉得她戏太足了，忍不住想比她演得更浮夸，杀一杀她的锐气。”

郁柚倚在墙边，裹紧了大衣：“有件事我想和你道歉，之前听说你和徐远桐走得很近，我很想了解你是怎样的女生，所以才让你别管诗添夏，只是想看看你的反应。”

奚温宁也不嫌脏，在她旁边坐下来：“你和徐学长高中的时候就很熟吧？我还蛮好奇的。”

“那时候徐远桐在学校里比现在还要闷，还要冷。”郁柚抿唇，她思考的时候气质相较于平时多了一些温柔，“我刚遇见他的时候，他和现在不太一样。”

“那时候的他是无敌小霸王？”

“不，还不如说是小闷包。”

奚温宁把两条腿放平，满脸错愕：“真的？”

“是啊，难道你觉得我喜欢他，就因为他长得帅？”

奚温宁一本正经地摇头：“我觉得你除了和我一样是颜控，肯定还看到了徐学长‘有内涵’的一面。”

其实，郁柚很怕提及往事，觉得既回不去，又相当残忍。

“我见过徐远桐被同班同学拖到草丛里，他以前也被欺负过，但那次……他把所有人都打得鼻青脸肿，自此之后，就没人敢惹他了。”

那时，徐远桐皮肤很白，白得弱化了整个人的气势，清冷的唇线又不够阳刚。

到了青春期发育的年纪，荷尔蒙分泌旺盛，他比一般学生还要自律和勤勉，身体力量的优势也越发明显。

“我忽然就明白了，人生有时候需要反抗。”

郁柚告诉奚温宁，有一次养母想克扣她的饭钱，她就直接报了警。

盛曼妮是最要面子的那种人，只好收敛怒气，对她稍微好了一点儿。

想起第一次鼓起勇气跟徐远桐搭讪的场景，郁柚都觉得自己冒着傻气：“我竟然拿着试卷去问他，太傻了。大家都要写一大堆步骤的题目，他一下子就算出来了。”

奚温宁心里有点儿说不上的感觉，突然又想到什么，忍不住笑了：“他说他最喜欢学习，说不定是真的呢？”

郁柚：“……”

“他曾和我说，喜欢只是多巴胺的作用，我当时觉得像他这种高智商的人都好恐怖！”

郁柚赞同道：“他也和其他向他告白的妹子说过‘你在我眼里大概就是一万个细胞的组合’，简直有毛病。”

两人又聊了一阵，郁柚道：“不过‘你喜欢我也没用，我只喜欢学习’这句话也够傻的。”

所以，徐远桐一直拿这种很欠揍的话来敷衍向他告白的女同学吗？

奚温宁叹了口气，认真地分析道：“我觉得吧，徐远桐这种人自我保护的能力太强了，其实他内心很缺爱，既孤僻又骄傲，特别不好亲近。你呢，又和徐远桐是一类人，都不在乎这个世界的任何规则，你们都很酷啊。”

“是吗？”

“对啊，女神你肤白胜雪，随便一个表情都是超好看的。”她言语真诚，眼睛里的光闪闪发亮。

郁柚反而很羡慕她的这份生动可爱：“我觉得我挺喜欢你的。”

奚温宁受宠若惊：“真的吗？我也非常喜欢你的！”

大概也只有少女时代才能结交到如此单纯又与你迥然不同的朋友吧，年纪更大一点儿的时候，人就定性了，人与人之间就会出现鲜明的界限。

你知道有的世界你永远也无法进入，圈子和圈子之间即使有交集，也有不可跨越的鸿沟。

好在她们仍都拥有二十岁的花季，烂漫美好。

郁柚忽然单手撑地，双脚一弹，利落地站起身，后颈处一抹绚烂的彩色发丝随之飘扬：“算了，徐远桐大概和我八字不合，以后就当普通朋友吧，反正他这种脑子有坑的人也很难驾驭。”

奚温宁抬眸，见她对自己眨了眨眼。

对哦，郁柚干吗找她出来说这些啊？干吗突然把徐远桐的事情都说给她听啊？难道……她的小秘密早就被郁柚发现了？

十二月连续下了几场雨，教学楼前的足球场上积了大摊浅水，一眼望去，水面倒映着即将凋零的树木，大地像一个镜湖，微风拂过，波澜骤起，倒映在水中的建筑和植物也随之颤巍巍地模糊成一片。

大学校区里的风景美得让人心生摇曳。

徐远桐从水边路过，去往体育馆的时候，迷妹们都忍不住惊呼出声。

他又高又挺，就算只是着了一身简单的运动装，也格外迷人。

碰巧这节是体育课，奚温宁他们班和物理专业的学长学姐共用一个室内体育馆。

望着徐远桐淡漠的神情，她发现学神就连上体育课也不苟言笑，绝对不说一个多余的字。

这个人似乎只有在她面前才没个正经。

奚温宁和同学们热身跑圈的时候，徐远桐已经在打篮球了。

高挑的背影几次落在她眼中，她想起的却是他也被欺凌过的事，不免有点儿心疼。

班里的女生一边排队一边聊天，她趁机打开手机软件，给他发了条信息。

奚温宁："你们班上有一个叫王登允的，你熟吗？"

徐远桐察觉到衣服兜里的手机在振动，便低头拿出手机。

下一秒，他寻到奚温宁班级所在的方位，遥遥地望过来一眼，脸上的表情分辨不清。

她忽然就笑起来，睫毛弯弯。

奚温宁运动细胞不发达，也不怎么爱运动，就站在排球球筐的旁边偷懒，美其名曰给其他人递球。

徐远桐抬步走过来，手里拿着矿泉水瓶子，拧开来喝了一口。

他随意懒散的样子，惹得奚温宁班上的几个女同学都不打球了，直往他身上瞟。

"是徐远桐，啊啊啊，我的天！"

"你说怎么会有他这种大佬啊，又帅，又会打架，成绩还好！"

她们迅速分成了几个小团体，特别自然地讨论起徐远桐来。

"奚温宁和他好像挺熟的。"

"他们之间的关系好诡异啊，到底是好还是不好啊？"

"谁知道呢，徐远桐平时看起来蛮冷淡的。"

叽叽喳喳的讨论声此起彼伏。奚温宁想起高中时遇到和她上同一节体育课的英俊小哥哥，她也特别激动，那时候她还是块小肉饼呢。

转念一想，现在全校都知道她和徐远桐认识，她的脸就莫名地烧了起来，一丝愉悦悄悄地从心里蹿腾而起。

奚温宁听见徐远桐问她："'啾咪'是什么意思？"

她抬头看着徐远桐说："这个词只能用肢体语言表达。不过就算你不介意，我也不能在这里做给你看啊。这里这么多你的迷妹，我还没走出体育馆就会被打死的！"

他刚想抬手拍她脑袋，想起这是在学校，又默默地收回了手，只是嘴上依然说："不这么演不开心是吧？"

徐远桐已经知道应该是他猜的意思了——

啾咪什么的，不就是么么哒吗？

"对了，你问王登允做什么？"他突然问。

不管两人再如何保持距离，这样私底下的谈话肯定会惹来别人的议论。

反正全校都知道他们认识了，奚温宁也不再纠结，回答他的问题："我打算加入爱影社，前阵子事情太多了，忘了这事。王登允是社长吧？听说他们还在招新，我就想去试试看。"

她之所以迟迟没有拿定主意加入爱影社，还有一个原因就是爱影社的副社长是邬明君。

和这种校花打交道太累了，她们就喜欢被所有人捧着，也不怕摔下来成了折翼天使。

徐远桐有点儿意外："你喜欢摄影？"

"挺喜欢的，我想以后能从事和拍戏有关的职业，当个导演什么的就很棒啊。"她的想法也谈不上"梦想"之类的，不过说到对未来的幻想，她确实想当一位导演，"其实，我本来想上第一梯队的戏剧学院的导演系，不过分数不够，就考到这里来了。"

徐远桐眼里露出一丝笑意："厉害哦，这波也很稳，没毛病。"

他意外地没有调侃她，奚温宁心情大好，顺势夸他："你以后成了世界知名的物理学家，我给你拍纪录片啊。"

徐远桐怔了怔。

亮堂的体育馆内，周围有学生在打球，球鞋擦过地板发出很大的声响。

他静静地看着她。

奚温宁大概不觉得这件事本身有多动人——

看着镜头里的你，用我的双手去凝住时光里所有赞美你的美好。而它们都只属于你我。

徐远桐笑了笑，说："我的纪录片大概还需要你亲自出演吧。"

奚温宁眨眨眼，听到他又说："毕竟不是谁在大学里都能遇到这样一个'小肉饼'。"

奚温宁气结："好呀好呀，只要你不嫌弃我，我也不会嫌弃你的。"

说得两人是一对老夫老妻似的。

徐远桐说："哦，还有……"

他把她的微信介绍页点出来，赫然出现“我就叫学习”几个字。

奚温宁脸上热得要爆炸了。

徐远桐调侃道：“厉害啊，你戏怎么这么多？”

她皱了皱眉头，看向他：“你怎么这么快就发现了？你是不是没给我改备注啊？”

这是重点吗？

徐远桐简直无语：“你还要备注？想要什么，小肉饼？”

“小肉饼又不是我注册的商标，别总在我身上戳这个印章好吗？”她气鼓鼓地道，恨不得把他的手机抢过来。

“那你想要什么备注？”

“小心心？”

徐远桐挑了挑眉：“天上星的星？”

“不是。”奚温宁一口否认，“小甜心的心。”

“……”徐远桐看着她没说话。

“改呀？”

她一脸坦荡，让他觉得好像没什么不对。

远处有人喊徐远桐去打球，一个篮球从防滑地板上反弹过来，他回过头，伸出手，稳稳地接住。

“知道了，一会儿就改，小戏精。”说完，他迈步转身，运球而去。

奚温宁满意地欣赏着他带了风似的背影。

下午的课结束后，诗添夏收拾好书包，拿着手机，满脸忧愁地来找奚温宁：“那个陈、陈凌老发微信骚扰我，周末也是，我妈都起疑、疑了。”

她一紧张就会口齿不清，奚温宁觉得有点儿可爱。

最近，一到晚上，诗添夏的手机就嗡嗡作响。她特意关了消息提醒，但屏幕还是动不动就亮起来。

周末在家，她妈妈多问了几句，还说现在大学里有些男生思想不单纯，让她不要胡思乱想。

奚温宁嗤了一声：“他干吗呀？”

“他还说晚上要、要去你家附近的篮球场，问我、我要不要一起去呢。”

奚温宁也不知道这个陈凌在搞什么。

他是真的想追诗添夏，还是看人家性格单纯又长相清新，就拿她取乐？

两人边聊天边往楼下走，李艺瑾三两步跑过来，难得的一脸娇羞：“怎么办啊？我看到高中时候的男神了！”

“谁啊？”

“以前我们高中的校草，叫陈凌，他现在就在校门口！”

诗添夏闻言一哆嗦，很没骨气地直往奚温宁身后躲。

奚温宁忍住笑，装出一副根本不知道陈凌是谁的样子：“陈凌？谁啊？长得很帅吗？你这么花痴，居然也有固定男神。”

“对啊对啊，我高中的时候超迷他的，我们国际学校的，酷酷的。”李艺瑾手舞足蹈地给她们介绍，“据说他在大学也很狂，他们学校的校花倒追他也就算了，吃饭的时候他还不许校花跟他坐一桌，而要人家坐隔壁桌！”

“噗！”

奚温宁在心中狂翻白眼，这不是有病吗？

她要是那个校花，直接反手一个煤气罐招呼上去。

说话间，三人已经走到了校门口，周边有些学生在窃窃私语，嬉笑声不断。

陈凌倚在校门旁的一面墙边。他的身影颀长，又是迎着路旁的灯光，落在脚边的一抹阴影像暗色的电影画面。

他指间夹着燃到一半的烟，看着倒挺安静。

诗添夏连一眼都不想看他。她是好学生，努力学习，毕业后找到一份好工作，然后回报父母，这就是她唯一的目标，她绝不能和这种不良少年扯上关系。

两人在李艺瑾呆滞的目光中从陈凌跟前走过去。

看见诗添夏，陈凌站直身子，掐了烟，懒懒地走过来，长腿一伸，拦住她的去路：“别紧张，我是来等徐老师他们的，不是来堵你的。”

诗添夏明显松了口气：“那再、再见！”

“这就走了啊……”

趁她不注意，陈凌直接伸手拿走她手里的手机。

诗添夏愣了愣，反应过来才连忙去抢：“还、还给我啊！”

奈何不管她如何踮脚跳跃，也碰不到手机。

陈凌把手机举高，故意逗她："你跟着我说话，说好了我就还给你。"

"说……"诗添夏结结巴巴地道，"说什么？"

"就说……"陈凌想了想，暧昧地笑起来，"下次我要坐你开的车。"

她不知道这话有歧义，乖乖地抿了抿唇，轻轻地开口："下次、要坐你、开的车……"

她的声音轻轻柔柔的，陈凌乐了，被她这么看着，心里有点儿不一样的感觉，他从没感受过。

"你看，不是说得很好听吗？一点儿也不结巴啊。"他低低地笑着，像是意犹未尽。

诗添夏回忆刚才自己说过的话，好像真的是这样。

奚温宁在一旁无语，默默地翻了个白眼。

陈凌居然公然调戏小姑娘，真是没救了。

陈凌张望了一下，问："郁柚怎么没和你们一起出来，又被她妈抓回去了吗？"不等她们回答，他又骂了一句，"她家那个女人，呵呵，改天真的要找机会吓吓她。"

奚温宁皱了皱眉："你也知道郁柚家的事？"

"知道。有一回我们在打桌球，她妈冲过来逮人，倒不是关心她，而是说她偷了家里的钻戒，结果是她自己没找仔细……"

奚温宁凝眉沉思，随即嘴角上扬，好像找到了一起干坏事的同伙："那你说，有没有什么办法，搞她一下？"

陈凌挑眉，徐远桐认识的妹子果然不同凡响。

"行啊，你说怎么搞？"

奚温宁脑筋一转，其实早就想好了，还假装临时起意："你看这样行不行？"

"你们在说什么？"徐远桐冷不丁地出现在两人身后。

陈凌向奚温宁使了个眼色，意思是要她保密，然后对徐远桐道："没什么，刚说了几句，你就过来了。"

徐远桐看了看眼前的两人，脸色不善。

奚温宁察觉到不对，立刻转移话题："你又要去打篮球啊？不是体育课上才打过吗？学神就是学神，连作业都不用做。我好惨啊，还得回去排小品……"

夕阳在天边聚起一缕缕彩云，缓缓地挪动着。

奚温宁还在自顾自地说着话，陈凌目光斜视，看向安安静静地站在一边的徐远桐。

这两人的关系还真够暧昧的。

“刚才还说个没完，我来了就没话说了？”徐远桐冷冷地道。

奚温宁连忙点头：“有啊，有一堆话要和你说呢，赏脸听一听？”

陈凌突然道：“有什么话你们开个房去说吧，我被风吹得都快冷死了。”

奚温宁瞪了陈凌一眼，皮笑肉不笑地说：“凌哥，我劝你现在不要满脑子这种思想，你年纪还小呢。”

徐远桐没出声，静静地转身走开了。

陈凌见状，急忙抬步跟了上去，临走前还不忘扫了一眼诗添夏，眯着眸子笑了笑。

两人没走多远，李艺瑾就冲了过来。

“你怎么会认识陈凌？”她摇着奚温宁的身子，“你知不知道陈凌多狂啊？”

“你说过啊，校花只能坐他斜对面吃饭。”奚温宁被摇得眼冒金星，定了定神才道，“徐学长给他当过家教，我们刚才碰巧和学长遇见，大家打个招呼。”

她说的话，李艺瑾一个字也不信。

能和徐远桐混到一起，她越来越觉得这个“小肉饼”不简单了。

时隔几日。

陈凌给奚温宁发消息，说一切准备就绪。还没下课，她一颗心就飞出去了老远。

两人约好在锦和新苑附近的篮球场见面，本来想叫上诗添夏的，无奈她有家庭聚会，抽不开身。

冬日清朗的夜晚难得能看见繁星点点，漆黑的夜幕更衬得附近店铺灯光明亮。星星点点的灯火与篮球场嘈杂的声音融汇在一起。

这是夜间也开放的一个社区篮球场。

陈凌他们路子野，物业、保安什么的都搞得定，这地方长期被他们霸占着。

天气太冷，奚温宁买了一杯热的红茶玛奇朵。

她一眼就看到陈凌和几个男生在打球，他黑发凌乱，衣服敞开，一副吊儿郎当的样子。

她挥了挥戴着毛绒手套的双手："怎么样怎么样？"

陈凌听见奚温宁的声音，挑了挑眉，朝几个队友颔首："不打了，歇会儿。"

他和朋友打了招呼，便走到场边和她说话，把下午干的事一五一十地说了。

主意是奚温宁出的，既然郁柚的养母刚做过整形，那就让她感受一下"世间的恶意"。

陈凌找了一群混子，假装聚众斗殴的小流氓，把盛曼妮困在巷子里，又从巷子的一头追到另一头，把她吓得半死。

那片小区还没装监控，他们做好了万全准备。

盛曼妮从来没遇到过这种暴力场面，以为那些小流氓要对她下手，吓得脸色惨白，听说回到家之后，她整张脸都被吓歪了。

奚温宁虽然不在现场，可听了陈凌绘声绘色的讲述，她笑得快喘不过气来。

"哈哈哈哈，凌哥，你不愧是老司机，太稳了！"

她正想问郁柚知不知道他们的恶作剧，就听有人问："谁稳了？"

奚温宁抬头就看见徐远桐背着书包，似乎刚来到球场。

陈凌心中一紧，还是调笑道："徐老师，你来了啊，我们……"

"没让你说话！"徐远桐冷声打断他的话。

陈凌一愣："那我多管闲事。"

奚温宁从没见过徐远桐露出这样的神情，哦，不对，她见过，那次在学校面对原颂飞时他就是这副样子。

这是发火的前兆。

两人无声地对视。

陈凌看出不太对劲，他本来想替奚温宁说出下午的恶作剧，但看到徐远桐脸上的表情后，很识相地没开口。

他认识徐远桐这么久，从没见过他这副样子。

陈凌擦了一把汗，转身重新上了场。

徐远桐淡声问她："你和陈凌干了什么？"

"没什么啊，我们就是随便聊聊。"她说话支吾，显然是在敷衍他。

徐远桐早就从蒋麓那里知道了事情的前因后果，他喉结动了动，眼角余光落在她微红的脸颊上："之前不管你在学校做什么，总有四面墙给你挡着，何况也算'伸张正义'。但你现在跟他们一起干的这件事性质完全不同，你为什么要掺和？"

徐远桐面无表情，完全不复平时与她独处时的样子。

他是真的生气了。

"你……我……我只是想替郁柚出口气。"

到底他为什么会这么生气啊？

"郁柚说了要你帮忙吗？你考虑过这件事会有什么后果吗？"

没有，她只是一冲动就去做了。

奚温宁噎了一下。

也是，万一他们把事情闹大了，牵扯到郁柚，后果可能相当严重，尽管这种可能性近乎于零。

徐远桐嗓子微哑："你真厉害啊，这次给陈凌出主意，下次呢？和陈凌他们一起去干？"

奚温宁总算知道他为什么这么生气了，她会和陈凌、蒋麓这些人认识，都是因为他，他难道怕那些人把她带坏了？他也太过小心了吧。

奚温宁知道，不管如何，他都是出于关心她才会这么生气，既然他生气了，那就只好哄哄呗。

"学长，我知道错了，以后不会和他们厮混了，就是这次郁柚的事……我可能确实过分了。"她垂着头，摆出可怜又无辜的模样。

徐远桐不说话，她垂着头，小声道："你、你别生气啦。我下次肯定不会了。以后除了爸妈……我就听你一个人的，行了吧？"

听到这句话，他总算有了反应。

徐远桐抬眸，一双瞳仁乌黑，唇色偏淡，在冬夜里像泛着幽暗的光。

奚温宁最后这句话，让他坚硬的心裂开了一角，他抬手拍了一下她的额头，力道很轻，像一根羽毛从她紧绷的皮肤上面滑过。

他忽然想起，当初之所以对她有些在意和好奇，就是因为她即使遇到种种险恶，也一意前行。

在面对不同的状况时，他们都扮演着不同的角色，但从不曾忘记时刻要坚守原则。

徐远桐遭受过欺凌，所幸有蒋麓那帮怼天怼地的校霸做了兄弟，否则也不会有如今肆意妄为的他。

想着想着，他的神色慢慢变软了。

奚温宁大着胆子扯下毛茸茸的手套，伸出食指点了点他的肩膀，说："徐远桐，咱们和好吧？"

她的小手指还暖烘烘的，被风一吹也不觉得凉。

徐远桐望着她的指尖在夜灯下泛着白光，忽地伸出手抓住了她的指尖。

她呆愣住，只觉得像是有股电流从对方的手心传过来，就像某种心灵感应。

清凉似柠檬的气味萦绕在鼻间，身体也在发热，所有神经知觉都像汇聚到那里，还带着一缕缕要她服软的得意和狡黠。

他握紧了她柔软的手，揉了几下，又松开，像是一切不曾发生。

"小肉饼，你现在越来越强势了啊。"

奚温宁："……"

"你刚才是在和我发嗲？"

她脑子里"轰"的一下炸开了。被他揉过的小手还在微微发烫，不只是单纯的碰触，还夹杂着令她心慌意乱的温度，周围的空气似乎都要融化了。

奚温宁道："那你刚才也在和我发嗲啊。"

徐远桐瞪她一眼："别以为发嗲就能蒙混过关，你现在问题很大。"

"我到底什么问题啊？是和陈凌走太近了？"

徐远桐难得噎住，没立刻回应她。

是啊，他为什么如此生气呢？是担心陈凌把她拐走吗？从什么时候开始，他将奚温宁揽在自己的保护范围内？

徐远桐发现问题很大的不只是她，还包括他自己。

几个男生从篮球场上走过来，不明所以地看着他们。

"天哪，有生之年居然能看到天才阿徐带女朋友来篮球场！"

"桐神，你可以啊，平时一脸冷漠，没想到也有当众撒狗粮的一天！"

徐远桐的表情很古怪，但是没解释。

奚温宁默默地看了他一眼。

哼，他这眼神是什么意思？好像有点儿嫌弃，是嫌她没有校花漂亮？

他不解释，奚温宁干脆也不解释，还笑嘻嘻地看着他说："你记不记得之前你说过，最重要的就是要成为自己？我只是想做自己啊。"

徐远桐知道她没那么容易罢休，也笑着说了一句："做自己，还是做小戏精？整天就知道惹是生非。"

话音刚落，就听见有人喊他们。

陈凌抛出手中的篮球，球在半空中划出一条抛物线，"咚"的一声，落在他们身侧。

徐远桐侧过身，调整了一下站位，正好将她护在自己胸前，然后对陈凌道："打球小心点儿。"

陈凌嫌弃地瞥了他们一眼："啧，郁柚来了。"

奚温宁还没反应过来，郁柚已经从篮球场门口跑过来，笑着将她抱个满怀："小肉饼，你好厉害啊，竟然想到这么损的招去对付盛曼妮，我都快要笑死了！"

昨天傍晚，她刚回到家，就从蒋麓那里收到消息，立刻躲进房间竖起耳朵偷听养母的动静。

盛曼妮在客厅破口大骂，又打电话给她的主治大夫，哭着说自己照镜子都觉得不美了，是不是要毁容了。

郁柚很久都没有感觉如此畅快，脸上的笑容是真的灿烂。

冬夜的篮球场上，漫天的繁星就在他们头顶上方闪烁，远处则灯火通明。

"奚温宁，谢谢。"郁柚轻声道。

奚温宁呆了呆，不知怎的，鼻子一酸，赶忙低下头。

郁柚看了一眼徐远桐。

他沉默寡言，她也不知该说什么，两人之间还有点儿尴尬。

他走到边上捡起篮球，扔还给陈凌："快点打完回家了，我还要看点儿资料。"

徐远桐脱了外套，扯了扯衣服的下摆，随意在脸上抹了一下，就往篮球架走去。行动之间，他精瘦的腰身更显出几分裘马轻狂、少年意气。

其实徐远桐的运动细胞并没有陈凌他们发达，但他勉力勤奋，每周都会坚持晨跑几天，下课后偶尔还要去健身房，所以身材的线条比一般男生的性感流畅。

奚温宁不太懂篮球比赛的规则，本来那几个兄弟也就随便玩玩，她就坐在椅子上和郁柚有一搭没一搭地聊天。

“啧，陈凌厉害，业务能力真的强，不服不行……”郁柚开玩笑地说。

奚温宁闻言，微微侧过头看她，仿佛知道了什么。

郁柚又提起另一件事：“我听说，陈凌最近和我们班上的诗添夏走得很近，前几天我就顺便问了一句他想干什么。”

奚温宁立刻伸长耳朵：“那他怎么说啊？”

郁柚他们都知道，陈凌在大学里已经有一个女朋友，但大家都是谈着玩玩。

当时，他还在给现任女友发微信，听到郁柚的质问，并没有马上回答，而是先退出微信界面，把手机揣回兜里。

然后，他才换上一副不正经脸，漫不经心地说：“可爱，想亲。”

奚温宁闻言，翻了一个白眼：“那还是请他以后离我们夏夏远点儿，我们夏夏只爱学习，不做小三！”

奚温宁顺利通过了笔试和面试，正式加入了爱影社。

某天放学后，社长王登允召集大家开了一次会，说了最近社团要负责的一项大型活动：“南法大学每年放寒假前最大的任务，除了期末考试，就是科技节了，我们社团要负责拍摄相关照片、录像。”

依照惯例，学生会会请一些摄影专业的老师来现场拍摄录制，学生自己拍摄活动过程并制作视频的任务就落在爱影社成员的头上了。

王登允扫了一眼在座的成员，忽然点名：“奚温宁学妹，我记得你在报名表上面写了你会视频剪辑吧？”

奚温宁喜欢剪辑视频，也自学了很多相关软件。

她学习成绩不算优异，旁门左道倒是学了不少。

见奚温宁点了点头，王登允又点了另外两位新人：“那这次视频后期，你们配合学长学姐，一同完成，好吧？当然，活动当天你们也可以想拍什么就拍什么，好的我们也会上报。”

科技节的宣传已经如火如荼地展开了。活动人数不限，大一到大四的都可以报名参加，大一和大二会半强制性地分配名额，大三、大四就是随学生高兴了。

王登允说了一些注意事项，又瞥向奚温宁：“听说徐远桐也要参加比赛？”

不知他为什么突然问这个，但涉及徐远桐的事，奚温宁不会轻易回答，于是她假模假样地笑道："我和徐学长只是认识，社长你和他才是同学，而且你也这么优秀，你们应该很熟才对呀。"

王登允也是一个不折不扣的学霸，大一时长期霸占着专业第一名的位置，且经常参加各类活动和比赛，还会弹钢琴、玩吉他，可以说多才多艺。

当初，徐远桐插班到南法大学，大家都以为他是一个只会读死书的天才。

可后来陆续传出他的八卦，又有蒋麓在他身边转悠，加上他当着全校师生的面训斥学弟，所以他的人气一路攀升，直接导致王登允的地位不保。

作为副社长的邬明君，心里自然也很清楚，她意有所指地道："学妹，你和阿徐怎么会关系一般呢？上次我还撞见你和同学去教室门口看他吧？"

阿徐也是她叫的？

奚温宁歪着头，依然笑眯眯地说："对啊，我同学都挺喜欢徐远桐的，那天我还看到王社长了呢，门口的海报就是他设计并亲自制作的，好厉害啊。"

她没有虚伪地夸奖，而是句句属实。

王登允被说到了心坎上，顿时心花怒放。

邬明君看到他这样，一下子无话可说了。奚温宁果然不简单，装起来一套接一套的。

据奚温宁所知，徐远桐还真报名参加了这次科技节的发明比赛，不过是常校长亲自出面，对他威逼利诱，他才乖乖就范的。

毕竟出来混迟早是要还的，布告栏上的告示也不是想烧就能烧的。

因为要做科技节的"发明研究"，所以徐远桐经常留校，一个人在光学物理实验室鼓捣。

奚温宁从爱影社出来时，时间也有点儿晚了。她打开手机，看见徐远桐发来了一条消息："有人给了我一杯奶茶。"

她回复："什么味道？"

徐远桐："抹茶拿铁。"

奚温宁哼了一声，回复："我可以尝一下吗？"

他被她的这句话逗笑了，发了语音过来，难得没逗她："我不喝，便宜你了。"

尽管心里已经乐开了花，奚温宁还是假装矜持地说："行吧，那我就勉为其难地替你解决了，胖三斤也要算在你头上。”

奚温宁：“算了，看在你请我喝奶茶的分上，再给你一个啾咪。”

奚温宁：“你有没有觉得我和别人不一样？别人只敢偷偷地议论你，而我在你面前什么都敢做。”

奚温宁：“哈喽？”

那边半天没回应。

她也没在意，想着他大概还没看见消息，拿着手机掉转头，往实验楼的方向去了。

教室里的大灯开了两盏，在亮暖的光线中，徐远桐放下手机，盯着眼前的女孩，冷淡地道：“有什么事？”

他神色清浅，更显得浅瞳浓眉，特别好看。

邬明君低眸，声音柔柔地说：“阿徐，你别总是这样拒人千里。我不相信你会不喜欢漂亮的女孩子。”

说着，她拉开校服的拉链，露出一件单薄的低领毛衣。

她发育良好，那毛衣是纯白色的，紧紧地贴在窈窕的曲线上，对青春期的男生来说，这一幕的视觉冲击实在是大。

她心里明白，像徐远桐这种人，说到底都是来者不拒。但他毕竟是徐远桐啊，不仅腿长，声音还好听，而且智商超高，这种男生谁不喜欢啊？

她不仅喜欢，还要占为己有。

徐远桐没料到邬明君会做得这么彻底。

奚温宁很快就到了光学实验室。

刚推开门，她就浑身一颤。

原以为会看到徐远桐认真思考的俊颜，没想到他坐在实验桌后，而他面前站着邬明君。

徐远桐也发现了奚温宁，还在她眼中看到了惊恐。之前杨薇薇等人在全校散播她的谣言，她都不曾露出这样的神情。

她愣怔地看着他们，然后仓皇地跑了。

他低下头，捡起地上的衣服轻轻地扔到邬明君身上，短暂默然后，道：“衣服穿好，我先走了。记得把灯关了，把门锁好，最近实验室好像丢了东西，学校方面正在查。”

邬明君：“……”

她完全没想到会被奚温宁撞见，更没想到徐远桐会是这种反应。

他望着她的时候，眼里没有钦羡，没有欲望，甚至也没有鄙夷和厌恶。

徐远桐冷静得就像局外人，无波无澜地看着发生的一切。

见他收拾着书本、电脑，一副镇定自若的模样，邬明君忘了此时已是严冬，她拿着衣服站在原地，一脸难以置信。

怎么会有这样的男生啊？

她恼羞成怒，或者更准确地说是被这种凌驾于本能之上的禁欲感吸引，越发想得到他！

“徐远桐，你怎么能一点儿反应也没有？你是不是不行啊？”

徐远桐已经收拾好东西，抬头又看她一眼，和平时一样，目光依然很平静。

“你误会了。我不觉得你主动追求男生哪里不对，你不用生气。我也没有因为你的行为看不起你。邬明君，我就是不喜欢你。”

没有任何别的原因，也不是因为她的行为，他只是纯粹不喜欢她。

喜不喜欢谁，他心里有数。

说完，徐远桐就离开了。

奚温宁闷头往外走。

刚才那一幕一直在她脑海里盘桓，怎么都甩不掉。她沿着校园外的河道拼命地跑，凭借潜意识往家的方向一路狂奔。

说到底还是因为她极度缺乏“实际经验”，就算平时和郁柚说一点儿女生话题，那也只是纸上谈兵。

除了初中时上过生理卫生课，奚温宁甚至没有接触过与两性有关的内容。那种在现实生活中看见女生在男生面前这样的奇怪感觉，她很抗拒。

她从未像现在这样惊慌失措，双手不住地颤抖，心里有很多问题搞不清楚。她不能再去想了。

奚温宁停下脚步，揉了揉脸，突然觉得肚子也莫名有点儿疼。

像她这种人生阅历“单纯”的女生，当看到现实撕去了所有用镜头、文字和线条修饰堆砌的美感时，那种幻灭的冲击感特别强烈，甚至成为人生阴影。

“你怎么跑得这么快？”身后突然传来徐远桐的声音。

眼看着他走过来，奚温宁低下头，目光落在他的脚踝处，又像没有焦点，她淡淡地说：“你怎么知道我在这里？”

徐远桐看着她，路灯下她一张小脸净白，脸颊带着微微的粉，红唇翘着，有点儿夸姣。

“你以为你能跑到哪里去？”

“……”

见她没了话，一张小脸白得很不自然，不像是被冻的，他很浅地笑了一下：“抱歉，让你受惊吓了。”

“你拒绝她了？”

“不然我能在这里？”

“……”

奚温宁的脸色实在太差，他很无奈，修长的指节蜷起，在她脸颊上轻轻刮了两下，这样的动作带着一丝宠溺和纵容。

奚温宁的情绪稍微缓和了一点儿。

她咽了口口水，才说：“我以前只看过一些影视和书籍资料，现在突然看到真实的，有点儿接受不了。”

“嗯。”他表示理解，“没什么好怕的。性的本身应该是适度的，让人感到快乐的，你不用害怕它。”

奚温宁没料到他会和自己谈这个话题，皱着眉抬起头，与他清澈的双眸对视。

“假如你无法坦然地接受它，那它只会给你带来苦恼。”徐远桐的声音很平和，带着超越年龄的理智，“它是比爱更直接的东西，它就是原始的、冲动的、不可抗拒的。爱则暧昧多了，所以我们才会用爱来束缚性。”

奚温宁咬了咬唇，紧张地伸手轻轻扯了一下他的衣袖。

他疑惑地看着她，就在这一刹那，心里的很多情绪像是不受自己控制了一样。

过了几秒，她才问：“那对你来说，爱是什么呢？”

“要是我能说明白，它就不暧昧了。”

她有点儿丧气，大概连天才也意识不到这样的对话对她来说有多暧昧。

徐远桐抿着嘴角，过了一会儿才淡淡地说："大概爱是崇拜，是依赖，也是占有，是害怕孤独，也是孤注一掷，或者玉石俱焚。"

奚温宁觉得这种说法也很好听，终于笑了："所以，你才会说爱不靠谱，是吗？"

徐远桐瞥了她一眼，若有所思地说："不，当你真正喜欢上一个人时，内心就会有答案。爱也好，性也罢，只要遇到那个对的人，一切就会迎刃而解，这是我能想到的唯一的解法。"

爱会指引你，不必去想，内心也会有答案。

奚温宁愣怔地听着，双手已不再颤抖。两人边说边往家走，在外人看来，更像是一对小情侣在轧马路。

徐远桐拿出那杯抹茶拿铁，因为怕凉得太快，他还用一块毛巾包裹着。他拿着那杯抹茶拿铁蹭了一下她脸庞："抹茶拿铁都冷了，小傻子。"

那么问题来了，她是喜欢徐远桐的吧？

奚温宁接过饮料，眼皮一跳，意识到自己内心的这个问题，双颊瞬间热得发烫，她急忙找话题："你这人真的很奇怪，校花在你面前……脱衣服，你都能那么淡定，还谈两性知识。"

徐远桐没说话，静静地望着洒落的月光，清冷的气息弥漫着整条街区，像是渐渐将两人围住，与人群隔离开来。

"如果邬明君真的明白她在做什么，那我也没什么好批判她的。"

奚温宁喝了一口，嘴里是甜甜的抹茶味，心里也跟着泛甜。她忽然觉得这人和同龄的男生都不一样，换作别的男生，也许不是欣然接受，就是觉得轻佻和厌恶。

但他两者皆非。

他说，这只是价值观不同。或许邬明君只是想法还不够成熟，又或者她的想法足够成熟，但更像是国外的理念，更开放自由。

徐远桐不会轻视和轻贱，也不置可否，只是不相为谋。

奚温宁隐约觉得，也许谁也不能真正明白徐远桐，因为他走得太快，太超前了。

他这是在给她做启蒙教育吗？

徐远桐的气息萦绕着她，撩得她耳根子都快烧起来，但他分明又保持着距离感。

奚温宁莫名觉得委屈："不对呀，你不是还看那什么吗？怎么还能这么……

清心寡欲？”

“看过，难道就要滥情？”

“嗯，我明白了，你是正常的，只是在排解生理问题。”

“你还不如说我是为了做‘科学研究’。”

徐远桐把她送到楼下，临走前说了一句：“早点儿睡觉，当心感冒。”

“嗯，知道啦。”

“还有。”他又轻声叮嘱，“我知道你喜欢天马行空地瞎扯，但有时候别多想，知道吗？”

奚温宁走到家门口，忽地停下，转身看着他消失在拐角。

这世界上有无数她不知晓的隐秘在游荡飘行，但好像只要有他，一切都能迎刃而解。

很久以后，奚温宁在与陈凌他们一起接受媒体采访的时候，被问到当初是被徐远桐的哪一点吸引了。

有记者善意地打趣：“是沉迷于您先生的英俊无法自拔吧？”

她浅笑安然，连连说是，然后看着镜头，一字一句地说：“但能够胜过迷人的身体的，唯有最迷人的思想。”

第四章

〈 〃栽在“小肉饼”的手里 〉

科技节如期而至，活动持续一整天，整个校园热闹非凡。

像蒋麓这种校霸混子，原本早就逃得不见人影了，但因为徐远桐要出场展示他的比赛成果，所以蒋麓还是非常乐意来凑热闹的。

奚温宁早早地来到比赛场地，举着从家里带过来的索尼相机，四处捕捉精彩画面。

在会场转了一会儿，根据徐远桐先前说的地方，她找到了他的位置。

还没到开始展示的时间，他的展示区已经围满了人，而且，不仅是女生，就连男生也对他很崇拜。

郇明君以生病为由请假了，没出现，社长王登允亲自来拍徐远桐。

“徐学神，今天打算给我们展示什么黑科技啊？大家都非常期待啊。”

徐远桐没有马上回答，目光巡视间，看到端着黑色照相机的小姑娘，嘴角不自觉地上扬。

“随便做的，没什么特别。”徐远桐慢吞吞地说，揉了揉黑色碎发，“不过也够了。”

奚温宁觉得他的声音越听越好听，清淡似碎玉落盘。

而且只要看到他，她身体就控制不住地颤动。真要命，她好像已经入迷了。这个徐远桐看来是要把她迷死了。

奚温宁躲在照相机的镜头后面，目不转睛地看着徐远桐，捕捉着他的每一个细微动作，不停地按快门。

校园里挂满了科技节的宣传横幅和海报，就连学校外面的马路两旁也挂着竖条型的宣传图。

看着大受欢迎的徐远桐，王登允心中有点儿不爽。

什么叫“不过也够了”？得意什么，不就是在装吗？

他微微偏头，注意到徐远桐的目光好像一直落在奚温宁所在的方向。

王登允沉吟片刻，更加确信了一直以来的猜测。

呵呵，现在奚温宁可是在他的社团啊。

徐远桐不像一些学生拿来许多仪器和设备，乃至很多智能机器人，虽然就学校科技节的水平而言，那些作品可以说是非常优秀了。他的桌子上只是很简单地摆着一个盒子和一部手机，以及学校提前为他搬来的一个超大液晶屏显示器。

徐远桐漫不经心地抬起头，正巧看见奚温宁放下了手里的单反相机。

两人无声地对视，她的眼神和以前不一样，充满了自然流露的俏皮妩媚，酥酥的，嗲嗲的，但又和往常的装乖卖娇不同。

他微微皱眉，不自然地移开了视线。

自从两人谈过“两性”方面的话题后，徐远桐见着她的时候就会变得很烦躁。

早上遇见蒋麓的时候，对方不知哪根筋搭错了，突然对他说：“别装了，兄弟，我早就看出来你对那个‘小肉饼’有意思。”

他平静地回答：“不是喜不喜欢的问题。”

“那还能是什么？有什么好磨叽的？”蒋麓一脸疑惑，“难不成你有什么毛病？”

徐远桐瞪了他一眼，不屑地笑了笑：“你换女友的速度有违常理，今天谈恋爱，明天分手，你以为所有人都和你一样？”

“不然呢，你还想怎么谈恋爱？”

徐远桐把电脑包放在展台上，良久，才轻轻地说了一句：“她可以无所顾忌地去喜欢一个人，但我不能。”

蒋麓想了半天，也没想明白：“为什么不能？你家里有皇位要继承吗？”

徐远桐：“……”

校园科技节的主持人在介绍徐远桐的这款游戏时，问起他的灵感从何而来。

徐远桐淡淡地回道：“有天晚上玩一款 VR 游戏，游戏体验太差，所以就想自己动手做一个试试。”

奚温宁拿着相机，停止拍摄，她想起了他们之前的一次对话。

那晚，她很早就做完了作业，闲得无聊，便发微信骚扰他，问他在干什么。

徐远桐："在玩一款 VR 游戏。"

奚温宁："好玩吗？"

徐远桐："一般般，我做的都比它好。"

这种别人都不知道，只有自己知道的感觉，莫名有点儿甜蜜啊。

到了现场体验环节，徐远桐随便请了一个男生上台来，帮他戴好 VR 眼镜。

因为制作时间有限，这款 VR 游戏只完成了非常简短的一小部分，还是他很早之前就一直在研发的。

光是脚本研发、基础建模、图像处理等就花费了他很多心思，还要算上陈凌的帮忙。

说起来，陈凌在学习上不用功，对游戏倒是有浓厚的兴趣，而且很聪明，天赋也高。

徐远桐将作品上传到一个叫 VR 资源的 App，现在参观者只要戴上 VR 眼镜，就能进入他创建的幽暗森林迷宫。

主持人说："怎么样？这位幸运的男同学，你可是第一个看到我们学神作品的人啊！"

男同学明显是徐远桐的粉丝，脸都有点儿红了，喘着气说："嗯……怎么说呢？感觉完全不像是大学生的作品。我也一直玩 VR 游戏，家里还有很多款 VR 眼镜，徐远桐如果能把游戏做完，我觉得真的是……相当厉害了，现在就很想继续玩下去。"

奚温宁听了赞美徐远桐的话，觉得胸口热热的，好像比吃了一颗糖还要甜。

徐远桐还是波澜不惊，那张俊脸上满是骄傲，眉骨线条清隽。

"现在的 VR 技术还不够成熟，如果以后这些设备能支持眼球跟踪，视角方面就会有很大进步空间，未来如果能和大脑连接……"谈到感兴趣的话题时，他的话也多了一些。

女生们不管听没听懂，都是一脸荡漾。

因为今天不上课，所以有些女生还刻意打扮了一番，显得青春靓丽。

奚温宁也在家捯饬了一番，穿了一条修身的粉黑色连衣裙，裙子勾勒出小蛮腰。她本来就长得甜美，头发弄到脑后扎起来，留下几丝垂落在颈处、胸前，露出一张红润的小脸蛋，惹得旁人频频投来惊艳的目光。

以前，奚温宁和别人一样，觉得徐远桐做什么事都游刃有余，今天看着他站在台上镇定自若地说着她不太懂的专业术语，觉得他很不一样。

他不仅拥有优秀的基因，还为了学习更多的知识而不断地向前，不断地攀登，绝不懈怠一分一秒，永远在挑战更难、更广阔的领域。

直面风雪，无惧险阻。

经过学生投票和专业老师评判，最后选出了冠军。徐远桐的这款 VR 游戏获得了第一名。

奚温宁将耳边的碎发撩到耳后，垂头翻阅着相机里一整天的收获。

每看一张，她的心脏就像被一丝细软的丝线缠住一样，快要无法呼吸了……是谁说美梦易醒？其实有时候越理智的东西，越容易让人沉迷。

她一张张翻看着，然后，忽地笑了起来。在那个瞬间，她确信自己已经喜欢上了徐远桐。

所以，爱是什么，喜欢是什么，已经不需要答案了。

只要去做，就对了。

下午三点，科技节落幕，徐远桐和其他几个获奖者参加了颁奖典礼。

男女学生围成一个个小团体，商量难得的闲暇时间要去哪里聚会玩耍。

奚温宁和诗添夏聊了一会儿，就分开了。临走之前，奚温宁问郁柚：“你不和蒋麓他们一起去玩吗？”

“他们要去电玩中心，我头疼，就不去了。”

最近盛曼妮住进了医院，不知是不是上次遭到惊吓的后遗症，反正郁柚一个人在家也难得清静。

“那徐学长……去不去啊？”奚温宁犹豫着问。

郁柚笑了一下，还想要她提供消息？

“不知道呢，你自己去问他吧。”

奚温宁绞着柔软的长发，她脑子里还有点儿乱。想着徐远桐太难搞定了，何况她要主动去追的话，怎么追啊？

她正犹豫着，突然听见有人说：“你也不和同学出去逛街？”

她猛然回头，就见徐远桐缓步而来，他手里拎着一个黑色的电脑包，还背了一个双肩包。

喜欢的人突然出现在自己面前，这也太刺激了。

奚温宁下意识地紧了一下呼吸，才装作平常地说："不去了，我还有一篇论文没写完，一直没灵感，不知道怎么写。"

徐远桐也没多想，回道："我家下午没人，挺安静的，适合写作业，而且我有一些电影人自传之类的书，可以借给你看看。"

说完他怔了怔，想着是不是该收回这句话，就见奚温宁一脸难以置信地说："你说真的吗？"

"……"

看着她开心得快要蹦起来的样子，他也不好反悔了。

一路上，奚温宁克制住兴奋，主动找话题："你家是不是堆满了书啊？"

"你觉得我有那么爱学习吗？"

"对哦。那你家有猫吗？"

"嗯？"

"薛定谔的黑猫啊。"

"哦，你说那个'虐猫狂魔'。"徐远桐看着前方的路，说，"没有，不过以前养过，我叫它薛定谔。"

过了一会儿，他又提醒她："你要和阿姨说一声吗？"

"哦，好的。"

不知不觉就到了他们家的天井前面，这是奚温宁第一次踏进这个小地方。

她跟着徐远桐在门前换上拖鞋，刚准备跨入天井，脚下一不留心，被玄关处高出的一小截门槛绊了一下，整个人一下半跪在地板上。

徐远桐听见身后的动静，回头见她趴在地板上，赶紧过来弯身想要抱起她。

平时她常穿宽大的衣服，所以看不见小蛮腰，今天她穿了紧身的小裙子，勾勒出柔软诱人的腰段。

奚温宁觉得心慌意乱，心怦怦乱跳，声音大得快要被他听见了。

徐远桐的双手瑟缩了一下，她觉察到了，轻轻扯了扯他的衣服，耳朵也烧了起来。

“你没事吧？”他一句关心的话，就足够让她心慌意乱，“我看你还真是块肉饼，很会滚啊。”

幸好这里除了徐远桐，也没有别人。

幸好包里的相机没被砸到，安然无事。

奚温宁有点儿尴尬和拘谨，重新站直身子，说了一声“谢谢”便四处张望，打量他们家的装修。

大户型的三室一厅，布置温馨，一看就是主人精心装扮过的。

一楼有宽敞的客厅和一间卧室，从正中央的一小段台阶上去，应该还有两间屋子。

两人在客厅坐下，徐远桐打开冰箱看了看：“你要喝什么？家里有些饮料，我妈买了放着的。”他想了想，担心冰箱里的饮料太凉，又补上一句，“你要喝奶茶也可以叫外卖。”

“不用麻烦啦，果汁什么的都行。”奚温宁忙道。

她没急着拿出平板电脑，而是把照相机拿出来，打开屏幕，宝贝似的捧在手里。

徐远桐远远瞧了一眼，看见了她相机上的小屏幕。他微微侧过脸，夸奖道：“拍得还不错。”

奚温宁一脸得意：“那当然。”

“论文呢？”

“真的要我写作业啊？”

“不然呢？你想做什么？”

徐远桐说完像是在等，看她能翻出什么花样。

奚温宁有点儿不服气，她这种小戏精是绝不会怯场的！

于是她眨了眨眼，故意娇声娇气地说：“学长，你明知故问吧，明明在教室里都见识过那么劲爆的场面了，还问能做什么。”

没想到她会这么直白地回答自己，徐远桐愣了一下，才说：“厉害了啊。”

奚温宁垂头，一时无言，磨磨蹭蹭地打开平板电脑里的文档。

为了显得逼真，她还一脸苦恼地说：“灵感真是磨人的小妖精，想要它出现的时候永远隐身，我都不知道该写什么……”

“你不是以后想当导演吗？就这点儿本事能行吗？”徐远桐说着，把一杯鲜艳的橙汁放在她面前。

奚温宁并不知道徐远桐不喜欢被别人打扰在班上是出了名的。有女生拿着卷子去请教他，他很少回答别人的问题。

她慢慢地静下心来，专注地看着文档里的文字，偶尔还问问徐远桐她的想法和思路怎么样。

起先她还能认真地讲，可说着说着，她的视线就忍不住又转到了他脸上。

徐远桐依旧一副漫不经心的样子，眉宇清隽舒展，因为在自己家中，更添了几分温暖和安宁，有些居家感。

他的手也好看，她以前还没这么近距离地观察过。

这样的时刻，她才觉得他就在触手可及的地方。而她什么都不用做，就能探索他的内心……怎么办？她好像更喜欢他一点儿了。

她心中泛起各种情绪，侵蚀着一座原本坚固的塔防。

就在奚温宁走神的时候，她还瞥到角落里的书架上摆了很多看起来很深奥的书籍，比如《混沌数学》之类的，听名字就感觉很厉害。

在学习方面，她差的不是一丁半点儿。

奚温宁想了想，说：“徐远桐，以后只和我一起学习吧。”

“万一陈凌也想和我一起学习怎么办？”

“对哦，他人傻钱多，送来的钱还是要赚的。”她似乎很认真地想了一下，才一本正经地道，“那就只和我一个女孩子学习吧？我学得慢啊，肯定会占用你很多时间。”

“为什么不能和别的女孩子一起学习？”

“你和别人在一起学习久了，肯定就不用心了啊。”

奚温宁没注意到徐远桐眼底一闪而过的笑意，还在想着鬼点子：“以后我帮你拍纪录片的时候把你拍好看点儿，怎么样？”

徐远桐抿唇，没有回答她的问题。

奚温宁已经不想再写论文了，继续道：“我听郁柚说，你以前是小闷包？这个还真看不出来。”

“哦，她说了我以前的事？”徐远桐微微一怔，抬头眯眼，“那我现在闷不闷？”

他一双黑漆漆的瞳仁就这么直直地盯着她的眼睛。

奚温宁感觉得到徐远桐并不想聊过去的事情，她絮絮叨叨地说："她没详细说。不过你确实和以前不一样了，以前的你可能还需要别人保护，现在你已经足够强大，能保护所有你在乎的东西了。"

徐远桐的眼神暗了暗，看着她，没有出声。

两人就这么对视着，客厅里安静得只剩下分针和秒针在追赶彼此。

奚温宁觉得眼前的徐远桐似乎比平时更英俊，下颌线条格外清隽，一双黑眸带着点儿邪气。

他就像无所不能的少年，比烟火还要灿烂。

她莫名就生出了一种自己也被他保护着的感觉，非常可靠，非常安心，哪怕外面的世界斜风密雨，也有他将所有恶意隔绝在外。

他是会在无声的烟雨中陪伴你的一颗暗星。

奚温宁一时手忙脚乱，谁知道手臂一摆，正好撞到桌上的玻璃杯，橙汁洒得到处是。

眼看着鲜黄色的橙汁沿着桌边流下来，徐远桐担心她的衣服会被弄脏，抬手想要扯开她。但没想到，他的手指正好按到奚温宁柔软且富有弹性的胸口。

"啊。"她语气里有一丝恍惚。

徐远桐："……"

手指的触感温热而清晰，徐远桐突然就想到了早上蒋麓问他的话。

向来冷静又自持的他，竟然脸红了。

空气安静到凝固。

奚温宁也因这样的意外而涨红了脸，又错愕又羞涩，慌乱中撞上了他的目光。

她看到他眼中闪烁着的璀璨的眸光，既像从窗外偷来的熠熠银河，又像极了每一晚家中亮起的灯火。

两人镇定下来后，很默契地假装什么也没发生。

徐远桐从来都是有条不紊的，此刻奚温宁却感觉到了他的僵硬，只好出声提醒他："那个……有没有纸巾什么的……"

"我去拿毛巾，厨房有。"说完，他急忙转身离开。

就在两人在尴尬的气氛中忙着收拾残局的时候，外头传来了一阵动静：“你到底怎么教儿子的？我跟你说，还好我发现得早，万一传出去，我女儿的名声就毁了！”

“我知道我知道，你先别着急，我儿子在家……”

“你今天一定要给我们一个交代！”

外头的两个女人边说边进了屋。

徐远桐已经恢复如常，他先用毛巾擦干桌子，将毛巾扔在盥洗台上，才走出去看什么情况。

徐妈妈和一个陌生女人一进屋，看到他们两个在客厅，皆是一愣。

奚温宁还来不及打招呼，就发现跟在她们身后的居然是郧明君。

此刻的郧明君一副梨花带雨的模样，看着实在是可怜。

那陌生女人看来应该就是郧明君的妈妈，她狠狠地瞪了一眼奚温宁，才说：“你儿子真厉害啊，和我女儿的事还没解决，就又带一个回来了？”

徐妈妈脸色泛白，她向来好脾气，大概从未遇到过这样复杂难堪的场面。

徐远桐见了，面容冷漠到极致，眸色清寒：“怎么回事？”

徐妈妈已经看到放在桌上的卷子，抿了抿唇，没有特意对奚温宁说什么。

其实，她向来放心儿子，以为他在学校就是乖乖念书的好孩子，但刚才听了郧明君母亲的控诉，此刻她的心情相当复杂。

徐远桐默不作声地往前站了站，将徐妈妈和奚温宁与那对母女稍稍隔开一点儿距离。

“你还问我们，你对我女儿做了什么你自己不知道？”女人气急败坏地道，“我也不是不讲道理的人，我女儿自己也不检点，但你是男孩子，总要负责任吧？”

徐远桐笑了：“我对您女儿做了什么，需要负责任？”

女人掏出手机，硬塞到他的手里：“你自己看看！你们成天都发的什么东西！我检查一次就发现了这种照片，还不知道你们以前发了什么呢！”

原来，那晚郧明君去光学实验室找了徐远桐之后，还是很不甘心，回到家就给他发了一张很暴露的照片。

郧明君没删聊天记录，想等着徐远桐的一句回应，没想到不小心被妈妈看见了。

郧妈妈讽刺道：“现在的小孩都怎么了，成天就知道乱搞男女关系！郧明君，你看上的男生也就这个样子，唉，我也只好认了。”

她还抬着下巴，睨了奚温宁一眼说：“小姑娘，你还是快点儿走吧，这事和你没关系。”

奚温宁算是看明白了，这女人来找徐远桐，就是要一个“名分”。

徐家各方面条件都不错，更重要的是徐远桐名声在外，谁不想要这样一个香饽饽当未来女婿？

奚温宁见徐妈妈脸色难看，徐远桐作为当事人之一又落在下风，一时没忍住，张嘴就说：“阿姨，你要说这事是徐远桐主动，没人会信的，倒过来说可能还有点儿可信度。”

邬明君冷冷地看过来，她母亲更是大发雷霆：“你一个丫头片子说什么呢？”

奚温宁甜甜一笑，语带讽刺地说：“整个学校的人都知道，邬明君学姐一直对学长死缠烂打，假如学长要占她便宜，早就该答应了。你要是不信，可以去学校随便找人问问。”

徐远桐并不想让奚温宁掺和这事，正想让她先回去，邬明君的母亲却指着奚温宁大骂：“你别瞎说！你在这里又是做什么，别以为我不知道！”

奚温宁咬了咬牙，冷意瞬间染上俏丽的眉目：“阿姨，你有资格说我吗？你也不看看你女儿拍的什么照片，如果她不是心甘情愿的，能拍出这样的照片吗？再说了，我怎么了？我谈不谈朋友关你什么事？吃你家大米了？”

徐远桐静默片刻，拍了拍她的肩膀，才接过话：“阿姨，你女儿主动拍这种照片发给我，我才是受害人。本来谈恋爱就是你情我愿的事情，我没什么不敢承认的，但你不分青红皂白地来这里闹，你负得起责任吗？”

他目光沉沉地正视着对方，一双黑眸像被乌云遮挡的明月。

奚温宁也是说完才反应过来徐远桐妈妈还在，她竟一时没忍住，说出了心里话。会不会给阿姨留下泼辣的印象啊？这简直比小肉饼还糟糕啊！

奚温宁不敢再开口，绞尽脑汁想着该如何挽回形象。

而徐远桐不急不躁地对付着邬家母女：“你想我给你一个交代，很简单，我留着和你女儿的聊天记录，你可以看看到底是谁的责任。”

邬明君看了一眼徐远桐，神情颤动。

母亲看到照片以后勃然大怒，她为了“自保”，才说是徐远桐让她这么做的。

没想到母亲一听是他，二话不说就拉着她非要来找徐妈妈算账。

邬明君本来想着，只要一口咬定责任在徐远桐，她作为女生就是弱势的一方。

谁知徐远桐还保留着两人的聊天记录，而且更重要的是，他对她的处境无动于衷。

即便他删了记录也很容易找回，但邬明君在情急之下没有其他选择。

看见自己的女儿已经变了脸色，心里知道这事多半是她主动的，但那女人依然不讲道理，冷笑道："这种事难道说得清谁对谁错？你们两个没点儿纠葛，我女儿会给你发这种照片？"

这话已经毫无逻辑可言了。

"那我就把聊天记录放到学校贴吧，看大家怎么判定吧。"徐远桐不耐烦地道。

邬明君一下就急了，抓住母亲的胳膊，啜泣道："妈……算了……是我不好，以后我不会这样了，是我缠着人家，我们没谈恋爱，我们走吧，好不啦？"

那女人知道理亏，可硬是摆出理直气壮的姿态："哼，反正我们女的怎么样都要吃亏，以后管好你儿子吧！"

徐远桐怒不可遏地道："你们站住！"他指着那女人，就像刚才她指着奚温宁那样，"我不会为了没做过的事背锅，你要给我妈道歉。"

邬明君的妈妈耍无赖："你别逗了，有毛病吧？"

"你现在不道歉，我就公开你女儿的所作所为。"徐远桐冷静地说，"你和我妈平时在一个棋牌室打牌，那些阿姨都爱说什么，你比我清楚。"

他眼神漆黑，又带了点儿不容对方退却的决绝。

女人气急，转过身，当场给了邬明君重重一巴掌，接着扬起眉毛，就是不肯认输："对不起啊，徐家妈妈，我们先走了。"

邬明君眼圈通红，捂着被打得红肿的脸，被母亲拽着离开了。

房间里终于恢复了安宁。

徐妈妈深深地叹了一声，抚着胸口顺了顺气。

徐远桐体贴地给她倒了杯水，神色微沉："妈，别为这种人生气。"

"真的是这样？你真的没招惹人家小姑娘？"

儿子这点儿魅力还是有的，她就怕是他仗着聪明欺负别人。

"我没有，真的。"他垂眸，认认真真地说，"我即使谈恋爱也是正大光明的，瞒着你做什么？”

奚温宁心里一颤，有点儿不知所措，只好转身去收拾桌子上属于自己的东西。

徐妈妈接过杯子喝了一口水，稍稍镇定下来：“你一直就很早熟，到现在还没女朋友，我还不信……”

说到这里，意识到奚温宁还在边上，她有点儿不好意思，就打住了。

奚温宁也很识趣，又懂看人眼色，拿起背包的同时轻轻笑了，一时间，屋子的低气压一扫而空。

她就像一个小太阳，驱散了身边的阴影。

“阿姨，那我先走了。今天真的挺不好意思的，我本来想来这里看看书，没想到打扰你们了……”

“没关系、没关系。”徐妈妈小声在徐远桐的耳边叮嘱，“亮亮，你去送送她吧。”

两人一前一后走到门口。

奚温宁觉得有些话像卡在喉咙，心里也很不是滋味。

内心发酵着的“喜欢”，以及被刚才的事激起的情绪，使得她的脑袋昏昏沉沉的。

徐远桐看似平淡地说：“你也太爱逞强了，每次都不看是什么形势就‘拔刀’。”

她顿了一下，才笑道：“哪有，我那么聪明，明明每次都是欺软怕硬，专挑软柿子捏的。”

“以后要是我在场，不管什么情况，先给我一个面子好吧？”他沉缓了语气，有些正经地叮嘱她，“给我一个保护你的机会。”

奚温宁的脑袋忽然一片空白，她只觉得眼前少年的脸在月光下闪着银白的光芒，让人不敢直视。

她“哦”了一声，也不知再说什么，转身走了。

徐远桐看着她的背影。她走出去几步，突然又似想起来什么，下一秒，她毫无征兆地反身扑进他怀里，双手用力地抱住他，脸埋在他胸口。

柔软的胸脯贴着自己，徐远桐觉得有点儿热，但他并不想推开。

四周很安静，静得能听见彼此的呼吸声。

“以后也让我保护你吧，至少……可以不让你被那些女生骚扰啊。”她闷闷地说。

他这么好，那些人怎么可以用脏水泼他？

关乎他的各种情绪，就像盛满了这月色的银辉，丝丝缕缕地填满胸腔，就那么直愣愣地一下子在她的心湖荡开，无休无止。

徐远桐笑了，并没有出声拒绝。

他轻轻地抬起一只手，用指尖将她背后的长发微微撩起，缠起几缕细软的乌发握了握，又松开。

“好吧，还是得谢谢你刚才替我说话。”

她慢慢放开他，喃喃道：“不用客气，你请我喝奶茶就可以了。”

“不是让你尝一下就可以了？”

奚温宁垂眸，扭了扭脚尖：“小气鬼，一杯奶茶又要不了几个钱……不过吧，我确实不能老是吃你的。”

“是啊，吃我的用我的，问题很严重。”

“嘿嘿。”

徐远桐被她古灵精怪的模样逗笑了，真是拿她没办法。

“那、那不早了，我先走了。”说完，她就急匆匆地离开了。

徐远桐站在门口，一直目送着她的身影，眼神比月夜还要温柔。

天边的星光还很暗淡，时间过了很久，却像只过了一瞬。

慢慢地，他察觉到嘴里泛起刚才喝过的果汁的味道。

他微微弯起嘴角。

好甜啊。

科技节落幕之后，学生们纷纷收心，准备期末考试。

天寒地冻，阵阵北风呼啸着掠过耳际，吹得人脸生疼，S 市彻底进入寒冬，奚温宁也迎来了在大学里的第一个寒假。

她这次期末考试的成绩还不错，周幼他们很满意，还让女儿没事多和徐家儿子走动走动，交流学习。

能不能交流学习她不敢保证，但交流感情是肯定的了。

虽然徐远桐说了他只爱学习，但有些感情也由不得他说了算。

奚温宁正想着寒假要找什么借口才能见到徐远桐，对方就主动联系了她，说是陈凌约他们一起去电玩城，顺便吃个饭。

她打电话问同样被邀约的诗添夏去不去，结果对方一口拒绝："不去！"

诗添夏现在很争气，她期末考了编导专业第一，父母对她管得也不是那么严，但与陈凌见面总会让她觉得无所适从，而且她从未去过那种地方。

奚温宁也不强迫她，就自己出门了。

大学城附近有一条商业街，街上各种商铺应有尽有，其中电玩中心一共三层，是附近的学生消遣的好去处。

到了周末，不只是年轻的学生，上班族小情侣，爸爸妈妈带着孩子，以及各种类型的男女都会出现在这里。

电玩城周围吃的喝的都有，所以人气一直很旺。

奚温宁进门之后，就看到了很多陌生的男男女女。耳边是喧闹的电子音乐，一拨拨的人来来往往。

她没急着在柜台换游戏币，而是走到二楼，看到陈凌和几个朋友正聊到兴头上。

他五官立体、神色轻佻，此刻正歪着头和身边人说话，一双眸子在有点儿昏暗的灯光下显得侵略感十足。

奚温宁也是第一次来这个地方，周围除了打扮时尚的年轻男子，还有一些化着韩系妆容的高中女生，或站或坐地围着跳舞机，有的互相换着烟抽，吞云吐雾，有的在玩手机。

她正想着是不是该上去打个招呼，就听有人喊她："奚温宁。"

她转过头，见是徐远桐，瞬间笑了起来，蹦跶着走了过去："徐远桐，你来啦，你看，我今天打扮得好看吗？"

最近的"小肉饼"很不对劲。徐远桐更加确定了这种想法。

奚温宁问他话的时候，徐远桐偏头，不动声色地打量着她，目光晃过她的胸口，忽然就想起那天在家里错手按住的情景。

电玩城里很吵闹，他却莫名觉得很安静，甚至能听见她细细的呼吸声，就在耳边。

什么调侃的话都不想说，他只是简单地回了一句："嗯，好看。"

奚温宁以为他是在敷衍，悻悻地转过头。

徐远桐的面容清冷高傲，他的眼睛总像是暗藏于云层里熠熠发亮的星火，和陈凌一样，出现在这种地方很容易引起别人的注意。

陈凌话说到一半，发现徐远桐和奚温宁已经站在电玩城暗色的灯光下。

他几句话打发了朋友，冲到奚温宁跟前，开口问："你家小兔子怎么没来啊？"

"她大概……怕你吧。"

"我有什么好怕的？"

徐远桐都懒得损他："你总是耍流氓，难道自己心里没点儿数？"

"我什么都没做啊，怕是还没你像流氓吧。"陈凌贱兮兮地说。

徐远桐懒得跟他废话，直接抬脚踹他。

陈凌让他们自己先玩着，转身又去找一群他们学校的哥们儿。

徐远桐见怪不怪，手插进兜里，看向四周的游艺机。

奚温宁有点儿担心："陈凌到底怎么回事？那个，我同学不会有事吧？"

"等他能'追上'再说吧。"

陈凌虽是校霸，但也曾和她合作去吓郁柚的养母盛曼妮，帮朋友出气，也不算很坏。

"那你找陈凌聊什么？他要是欺负夏夏，你得帮忙揍他啊。"奚温宁道。

徐远桐抬眼看她："把我当打手？你有没有良心？"

"你要是打不过，那我会稍微心疼一下。"她弯着眼睛，语气带着甜甜的味道。

徐远桐解释道："上次做的那款 VR 游戏，他想自己做下去，所以让我教他一点儿东西。"

"对哦，我都忘了问，你不是喜欢物理吗，怎么还会做游戏？"

"我会的东西多着呢，况且，我感兴趣的也不只是应用物理，理论物理的相关课程我也会自学。"

"你为什么喜欢物理呢？"奚温宁很好奇。

徐远桐见她边说边拿出一个粉粉的钱包，抬手按住她的手。

他知道她是想换游戏币，便转身率先往安全通道走去，她疾步跟上。

徐远桐回头问："你问这个做什么？"

"因为我想了解你。"

见她如此坦率，他笑了笑："只有学物理，才有千万分之一的概率搞懂万物起源吧。小时候我就想，哪天要是能把广义相对论、黑洞理论、弦理论、M 理论等都搞明白，那就……”

说到这里，他停下了，一时想不到该用哪个词来准确地形容内心的想法。

奚温宁接口道：“那就太酷了？”

他莞尔，点点头。

两人从楼梯口出来，回到了一楼。

“在这个世界上，聪明的人太多了，我只是其中很普通的一个。也许越聪明的人，就越无法抵挡物理的‘美’。”

“那你怎么没去更有名的学校，比如北大或清华？”

徐远桐没有立马回答，而是有些欲言又止。大门敞开着，有清冷的风吹进来，橘黄的光线温柔地落在他的脸侧。

他们穿过涌动的人流，身体里像是有暗流在无声无息地蔓延。

以前，徐远桐觉得自己目标坚定，任何事物都不能动摇，现在他却觉得很烦躁，心头像燃着无名火，整个人很焦虑，又不知该怎么解决。

“我无所谓，只要能学物理就行。”

“啪啪啪。”

“你干什么？”

奚温宁停下拍手的动作，抬眸看他：“能有热爱的事物，不是很值得庆祝吗？我在为爱鼓掌。”

徐远桐平时也算跟着蒋麓他们一起混，胡话听得多了，他揉了揉眉心，说：“你知道这是什么意思吗？”

奚温宁眨眨眼，她还真没听过其他解释：“还能有什么意思？”

徐远桐很无奈：“以后不要乱用。”

“徐远桐，你一定可以的，就算以后你真的做到通晓万物理论，拿到诺贝尔奖，我也不会觉得惊讶。”

如果他为热爱的事业奋斗一生，她真的知道那意味着什么吗？

究天人之际，析万物之理，即便是天才，也要花费一生的时间去解谜啊。

徐远桐闷了半晌，才说：“什么通晓万物理论，你不觉得我们连简单的事都做不好吗？”

奚温宁很诧异："什么事？"

"比如说，喜欢一个人。你喜欢一个人，想要对她好，也是很难的一件事。"

"这怎么会是很难的事呢？"

"因为我们很难真正了解另一个人，所以不知道怎样才是对她最好。"

两人排在服务台的队伍末尾，缓缓地向前移动。

奚温宁狐疑地看着徐远桐，有时候他的思维太跳跃，她很难跟上。

"你想太多了吧，难道你对一个女孩子有好感，就会想到你们以后结婚生子，小孩要上哪所大学吗？"

徐远桐低头，发现她无意识地捏着手指在玩，不由得轻笑起来："对啊，我若想让他们过上无忧无虑的生活，可以任性妄为，就一定要思虑周全，尽最大可能安排好一切。"

奚温宁的嗓音软软的："天才就是不一样，像我这种及时行乐派，最好就是今朝有酒今朝醉！"

她觉得自己的人生必然豪迈又洒脱。

"嗯，所以你特别来戏。"他附和道。

她嘿嘿一笑："对啊，今天焐不化的冰，我明天再来。"

徐远桐望着她的双眼，顿了一下，学着她的语气说："厉害啊，没毛病。"

换好了游戏币，奚温宁就开始琢磨玩什么项目了。

徐远桐还在和她说着话："寒假我要去国外参加一个和物理有关的学术冬令营，就去十天左右，然后回来就要陪妈妈回老家过年了。"

所以他的意思是，他们下次见面可能就得年末了。

两人自从认识后，几乎隔三岔五就会见上一面，还没分开超过一个星期。

她不禁有点儿情绪低落："学长，你要记得想我啊，我会给你发微信的，你记得回啊。"

垂眸看着她微微噘起的小嘴，徐远桐忽然想用某种方式安抚她的不乐意。

他又在想什么？果然被这小戏精彻底带偏了。

徐远桐把几包游戏币全部交给她保管。

奚温宁四处看了看，就指向一个小黑屋，那是一款裸眼 3D 的瞄准射击游戏，还是血战丧尸的主题。

“玩这个吧，看上去很有趣，而且只有两个人在排队，很快就能轮到了。”

“随便吧，你开心就好。”

这游戏场地的空间设计得不够宽敞，两人进去之后，几乎挨着彼此，稍一侧身，背部就会贴紧。

幸好房间够高，否则徐远桐一双长腿根本伸不直，他微斜着身子，看向四周阴暗恐怖的游戏画面。

奚温宁挺直腰板，端着枪严阵以待，还悄悄用眼角余光去看他。

徐远桐的唇线透着清冷的味道，即便在昏暗的光线里也很诱人。

不知道他的唇吻起来怎么样，是不是软软的……

她慢慢靠近他，身上带着一种像是茉莉花的香味。

喧嚣的吵闹声已经被隔绝在外面，只有彼此的呼吸清晰可闻。

似乎意识到两人的姿势太过亲密，徐远桐微微动了动手指，稍稍后退了些许。

奚温宁没再靠近他，只是仰头观察他的反应。

他清了清喉咙，双手拿着枪，看着射出的子弹喷到屏幕上，丧尸绿色的鲜血汩汩流下。

“你不怕这种东西？”他问。

“我最喜欢看怪物吃人了，你不觉得很刺激吗？”

徐远桐挑了挑眉。

一声声怪物的怒吼不断逼近，奚温宁越玩越认真，转身之际，枪头砸到徐远桐的肩膀，发出“咚”的一声闷响。

“你没事吧？疼不疼啊？”她急了，放下枪就去按揉他的肩膀。

徐远桐的身子随着她按揉的动作微微晃动，但他没出声，目光不由自主地落在她涂了润唇膏的嘴唇上。

她的唇有点儿湿润润的光泽，惹人怜爱，让人很想尝一尝到底是不是甜的。

她说话总这样没谱，夸人从来不打草稿，不知那柔软的嘴唇是什么味道。

奚温宁揉着他的肩，两人就这么四目对视。

在黑暗的包围里，闪烁的光点在眼眸中被逐渐放大。

奚温宁仰头，任由彼此亲密地贴着，她忽然发现，他的眼神是幽深的，而更深处有一簇火光，明亮得像带着灼热的温度。

徐远桐的呼吸喷在她的颈部，让她的脑袋也跟着越来越迷糊，直至堕入深不见底的深潭。

比起他有些僵硬的肩背，那气息是鲜活而温柔的。

奚温宁浑身轻颤，双臂发抖，但没有要放开他的意思。

她满脸羞红，扯着嘴角，也不知是不是这黑暗的环境给了人勇气，有了不切实际想被他亲吻的期待。

奚温宁大概真的可以打破他的所有原则，成为他的命咒。

游戏机的屏幕上方，“Game over”已经飞出来有一阵了，外头有人催促：“结束了没啊？可不可以先让我们玩？排了很久了啊！”

奚温宁回过神，慌乱地低下头以掩饰自己的羞涩，几乎快要把脸靠在他胸前。

徐远桐调整了一下错乱的呼吸，努力镇定下来。

奚温宁连忙说：“走吧，我们去玩别的。”

他望着她仓皇无措的小小身影，轻轻地叹了一声，终是说了一句：“其实我最想去的学校，是加州理工学院。”

寒假过得很快，转眼就快到除夕了。

那天和陈凌吃过饭，他们就各自回家，没再出来见面。

奚温宁说到做到，隔三岔五就发微信消息骚扰徐远桐，也不怕他觉得烦。

奚温宁：“我表姐说不敢回来了，人还没到家呢，亲戚已经准备催婚了，好可怕！”

奚温宁：“以前她上学的时候，家长不许她早恋，现在刚毕业，就要她找男朋友结婚，什么逻辑啊？”

奚温宁：“你们那边的亲戚怎么样？你在家肯定出尽了风头吧？”

徐远桐躺在绣花枕头上，听见手机“叮咚”响了好几声，就知道是她又发来了微信消息。

他看完消息，清浅地笑了。

徐妈妈的老家在乡下，过年的时候，年味很足。

冬日的夜色很黑，外面早就亮起了一盏不算明亮的路灯，外头还很热闹，他一个人在房里看书，抬头就看到贴了福字的花格窗笼上了一层白色的薄雾。

徐妈妈在楼下喊他："亮亮，快来帮外婆包饺子！"

"知道了。"他随手拿起手机放到口袋里，下楼去做帮手。

平时外公外婆都待在老家，有其他兄弟姐妹照顾。

徐妈妈早年外出打工，认识了徐远桐的父亲，辗转去过几个城市，最后与丈夫和平分手，生意蒸蒸日上的徐父再婚，徐妈妈独自带着儿子搬到S市的锦和新苑。

徐远桐眼睁睁地看着在母亲体弱多病的那段日子，夫妻俩如何磨掉了十几年的感情。

也不是说不爱了，只是爱情早就变成了亲情。徐远桐的父亲在长年卧病在床的妻子身上找不到一丝激情，两人同床异梦、渐行渐远，最后选择了离婚。

当时徐远桐就觉得，爱情真是世上最不靠谱的东西。

如今看来，比爱情更不靠谱的，大概是他犹豫不决的心。

在走亲访友的假期里，时间像流水一样匆匆逝去。

这是奚温宁考入大学后的第一个新年，在烟火中迎来除夕夜，她和亲戚吃过年夜饭，手机"叮咚叮咚"连着响了好几声。

有诗添夏的祝福，也有郁柚从澳大利亚发来的黑白湖畔照，水波倒映着树影，文艺又酷炫。除此之外，竟然还有蒋麓和陈凌的调侃。

她一一照单全收，当然，最重要的还是琢磨着给徐远桐发点什么。

思来想去，她最后编辑了一条信息发出去。

奚温宁："希望新的一年，你更喜欢学习！"

发出去之后，她的心情就像坐上了过山车，起起落落。

徐远桐到底能不能明白她的暗示啊？

他这么聪明，就算不知道，那也是装的吧？

回家途中，奚温宁一直忐忑不安，总算在快到家时收到了徐远桐的回复。

徐远桐："嗯，希望新的一年没有任何人和事来打扰我一心搞学习。"

奚温宁一脑袋问号。

搞学习……什么鬼，他肯定又是故意在激她。

奚温宁脸上一热，想了想，很不要脸地回复："老哥厉害了，希望你和你喜欢的学习甜甜蜜蜜、如胶似漆。（笑脸）”

徐远桐此刻正与老家的亲戚聚在一起，热热闹闹地喝酒、吃饺子。

吃完饭后，他独自上了楼，看到奚温宁的回复，嘴角忍不住上扬。

他还从来没有被一个女生的短信轻易撩到，也从没有一个人能影响他的一举一动。

但与奚温宁相识至今，他心里总有一种说不出来的感觉，总觉得眼下不是止步的时候。

心变大了，贪婪成性，不知餍足。

徐远桐望着不太熟悉的卧室，突然闻到一丝熟悉的香气，有点儿像被子晒过后散发出的味道，让人觉得心安。

奚温宁身上也经常带着这种味道，隐隐约约地透着缓慢轻柔的感觉。

前些日子在电玩城的那一幕忽然浮现在他脑海里。

她柔软娇小的身体靠着他，他指尖包裹住的触感清晰而特别，当时那股香气也是这样扑鼻而来，萦绕着他。

刚才为了陪亲戚，徐远桐喝了一点米酒，此刻鼻尖都沁出了汗。

他拿起外套，和家里人打了招呼就出门去了。

他沿着新年气氛浓郁的街道快步走了几圈，看到不少小孩子在家长的陪同下放烟火和鞭炮，一阵阵麻将声、谈话声从窗户里传出来，喧闹人间。

徐远桐无声地笑起来。

天才又怎么样，还不是栽在了“小肉饼”手里。

徐远桐从小被教导做人要言而有信，做出的承诺就要兑现。

但是，有些选择真没那么简单，又是我们非做不可的。

开学前夕，奚温宁约诗添夏出来逛街。

这时奚温宁才知道，那天他们在电玩城吃过饭，陈凌就单独去找了诗添夏，还软磨硬泡地带她去了网吧玩游戏。

诗添夏放下杯子，状似无意地问：“温宁，你和徐学长怎么样了呀？”

“就……我觉得他对我是有感觉的，就是不知道怎么开口，再说他这么聪明，我贸然开口风险太大啦。”

奚温宁感觉得到，徐远桐是有点儿喜欢她的，而且不是因为他们知道彼此的秘密，又或者住得很近，而是纯粹出于异性之间的吸引。

她要想办法让徐远桐承认他对她的好感，但又不能太过热情，把他吓跑了。

虽然徐远桐自我保护的能力很强，但其实内心很缺爱，既孤僻又骄傲，很难让人亲近，是非常难搞定的类型。

不管怎么说，还没开始就放弃实在不是她的作风。

奚温宁拿起筷子夹了绿油油的蔬菜放到诗添夏的碗里，自己则吸了一口奶茶："你也别太让着陈凌，虽然我不能确定他接近你的原因，但我也不希望看到你受委屈，也不愿你不开心。"

诗添夏乖巧地点点头，又听她说："可我也不会干涉你的事，懂吗？"

诗添夏有点儿着急，说话又磕磕巴巴起来："没事的，就、就是那次他教我玩网、网游，后来我们就没、没联系了。"

奚温宁摆了摆手里的筷子，一双清亮漆黑的眼睛看着朋友："你只要按照自己的想法去做就行了。夏夏，我以前可能会劝你小心他、不要理他，但徐远桐说得对，我们生活在越来越多元化的社会，说什么话，做什么事，不一定要完全照搬他人。有些人是学生，也可以说成熟的话；有些成年人也可以活得像少年一样。我们不能总是用自己的标准去衡量别人。"

诗添夏安静地听完她的一番话，内心很受触动，甜得像夏天里咬到的第一口冰棒，又像鲸鱼被大海温柔地包围。

"就像那、那时候，你看到杨薇薇他们欺负我，勇敢地站出来保护我。那个，你和徐学长真的很好。"

奚温宁双手托腮，冲着好友眨眼睛："对啊，所以你才这么爱我啊。"

诗添夏安静地笑了。

真希望一直这样下去，一点一滴地渗透彼此的生活，在彼此的人生里撒满糖味，渐渐地蔓延到生命里，谁也不要辜负彼此的一片真心。

新的学期来临了，想到又可以每天见到徐远桐，奚温宁从未如此渴望开学。

回学校第一天，她还没想好该对徐远桐使出哪一招，自己就被别人盯上了。

自从奚温宁上学期为诗添夏出头，又加入爱影社参加了一些活动，不少同校男生就注意到了她。

同班的李轲就是其中之一。

之前诗添夏被杨薇薇等人欺负的时候，他也站出来说过几句公道话，但没起到什么作用，奚温宁对他的印象不好不坏。

课间的时候，他走到她们的桌子旁，微微欠了欠身，说："奚温宁，你住在锦和新苑吧？我和哥们儿正好约了去那边打球，放学后一起走？"

奚温宁又不蠢，当然知道对方是什么意思，于是婉言谢绝了："不用了，我还要和夏夏一起去猫咪咖啡馆。"

诗添夏很配合地点点头，为了不被看出在说谎，她赶紧低头做习题。

"那加个微信吧，平时有什么作业可以交流交流。"

"我这么笨，没作业可以交流，你想太多了。"

"没关系啊，你不懂可以问我。"

"一般遇到不懂的问题，我都问夏夏，她是班上第一名，最靠谱了。"

李轲仍不放弃，继续缠着她说："那万一正好有她不懂的题，而我懂的呢？"

他的成绩一般，能遇到这种情况也是奇迹了。

奚温宁好脾气地笑道："那我可以问徐学长啊，他人很好，肯定愿意帮助学妹。"

李轲皱了皱眉，有点儿怀疑："怎么和我听说的不一样啊？他对郧明君学姐一直挺冷淡吧，哦……不过，他对你倒是挺照顾的，你们……真的在交往？"

奚温宁看了他一眼，没立刻说话。

她正想着该如何巧妙地回答这个问题，就见郁柚出现在教室门口。

她急忙站起来，用最快的速度道："我有事找郁柚，先不和你说啦。"然后她就拖着郁柚走出了教室。

郁柚忍不住发笑："'小肉饼'的春天来啦，我看见你被男生纠缠了……"

一个寒假过去，她对徐远桐的感觉更淡了一些，只剩下一点感激之情，这时候甚至开起了他们的玩笑："要是被徐远桐知道了，你猜会怎么样？"

说不定那个满肚子坏水的芳心纵火犯会吃醋呢！

奚温宁的嘴角控制不住地上扬："不管他会怎样，反正我已经想好招数了。"

清晨六点半的操场，仍然有寒风吹过，天边也才堪堪微亮，操场上稀稀拉拉，没几个人影。

就算是这种雾蒙蒙的天气，徐远桐仍然雷打不动地坚持晨跑。他就是这样的性子，认定的东西很难轻易改变。

上学期天气温暖的时候，总会有不少学姐学妹在操场的跑道边上守着他，眼下却一个人也没有。

他刚跑了一圈，余光发现身后多了一个人影。

徐远桐回头，微微蹙了蹙眉，有些难以置信，脚下的步子慢慢地停下来，看着那人向他跑近。她声音甜如蜜糖："早啊，学长！"

是奚温宁灿烂似朝阳的笑脸。

徐远桐一时不知该作何反应。

她裹了一件粉嫩嫩的外套，连着毛绒帽子，相当厚实，应该很暖和。

"你怎么来了？"他问。

"来晨跑打卡啊，不是每学期都要完成指标吗？"说着，她深深地吸了一大口气，"哇，我从来不知道冬天早上的空气如此清新。"

"别吸了，都是雾霾。"

"……"

尽管起床的时候纠结了半天，但奚温宁想着要给徐远桐一个惊喜，所以还是挣扎着起了床。

一路上她心情雀跃，心里想着，他见到她肯定会很惊讶吧。

徐远桐睨她一眼："那你把家里的被子穿出来做什么？"

"什么被子啊？这是今年很流行的韩国学生款面包服好不好？又保暖又时尚，哼，你懂不懂欣赏呀？"

奚温宁扯着自己校服外的大棉衣，还装模作样地转了几圈。

徐远桐忍住笑意，面上不动声色，嗓音清亮："你不像是会早起锻炼的人，你不让人替你打卡？"

"谁说我只是为了自己？我还可以陪你锻炼啊。"她说得特别理直气壮。

徐远桐怔了怔，沉默了一会儿，伸手扯了扯她棉衣外几缕卷翘的温软发丝，顺势捏捏她有点儿冰凉的脸颊："好吧，你尽量跟着，跑不动就到边上休息，别拖我后腿。"

“好呀好呀，你不用管我，跑你自己的就行。”

她陪着他绕着跑道跑了好几圈，其间，她停停走走，一直到七点左右才准备回教室晨读。

徐远桐不言不语，奚温宁也不想说话，他却配合着她的频率，两人一前一后，就这么形影不离。

奚温宁跑着跑着，发现上课时间临近，围观的男生女生越来越多。

很好，这也是她计划的一部分，她就是要让全校的情敌见识一下，能和学神晨跑的妹子只有她！

她偷偷地勾起嘴角，以为徐远桐不会发现。

正得意的时候，跑道一侧突然窜出来一道人影，在两人面前站定，吓了她一大跳。

她定睛一看，竟然是李轲。

他双手插兜，对着她张嘴就说：“原来奚温宁你喜欢晨跑？”

奚温宁：“……”

要说李轲对她，“真爱”肯定谈不上，有些心仪是真的。

起先因为奚温宁对杨薇薇的反抗态度，让他对这位平日里看着文静乖巧的少女产生了一些好奇。

越暗中观察，他越发现她的“人缘”好得出奇。

就说郁柚，平时在班上谁也不理，偏偏会和奚温宁同进同出，有说有笑，所以她会被徐远桐他们罩着也就不奇怪了……可到底是为什么呢？

李轲私下和几个哥们儿聊起奚温宁，大家都说这妹子看着挺不错，但估计也是那帮痴迷徐远桐的人之一，他肯定没戏。

这种话不仅没打击到他，反而点燃了他的斗志。在不知不觉间，他变得有些不甘心了。

早上他刚到教室，就听几个女生围在一起说奚温宁和徐远桐在操场晨跑，气氛很不对劲。

某个念头冒出来的时候，再想深思已经晚了。李轲没想太多，冲到操场打算让奚温宁看清形势。

而奚温宁并不知道，对方在之前的半个学期已经想象出许多大戏，她诧异地看着眼前这人，都快被吓傻了，连假笑都装不出来。

这什么情况啊？别坏她的好事行吗？

李轲说："我看徐学长大概就想一个人跑吧，你看他理都不理你，你就别拿热脸去贴冷屁股了……要不以后我陪你跑吧？"

奚温宁只觉得太尴尬了。这就是传说中的修罗场嘛！

没等奚温宁回话，一旁的徐远桐瞥了他一眼，反问："你谁？"

李轲没想到高高在上的学神会主动问自己的名字，只得硬着头皮说："我是奚温宁的同班同学，李轲。"

徐远桐垂眸，也没发表任何意见，转头对奚温宁道："快点回教室。"

她点点头，很客气地对李轲说："同学，那个，我就是一时兴起才来打卡的，你不用特意陪我，就这样吧。"

李轲没瞧见徐远桐的脸色，一张嘴唠叨个没完："没关系啊，奚温宁，你吃早饭没啊？我多买了一份蛋饼，加蛋加火腿肠，上次我看你吃了加肉的，你应该喜欢吧？"

厉害了，老哥，居然还偷看她吃早饭！

奚温宁脸上登时爬上了红晕，她真的很想找点儿东西把他的嘴堵上！

徐远桐面无表情地站在原地，听到这里眉头微蹙，忽地眸色变暗，问了她一句："你到底是陪我跑，还是陪别人跑？"

语气平平，但充满占有和宣示的意味。

奚温宁愣怔地瞧着他的眼睛，旋即笑了，底气十足地说："当然是陪你啊。"

听到这话，徐远桐忍不住勾起嘴角。

奚温宁也不是好糊弄的，想了想，还是说："那你会介意吗？要是我陪别人跑步。"

徐远桐看也没看李轲，语气懒懒地道："介意啊。"

这下轮到奚温宁高兴了，要是她有条狐狸尾巴，估计都翘起来了。

被无视的李轲脸都白了，双手紧紧捏在一起，表情凝滞，非常难堪。

徐远桐却不像往常那样说完就走人，他再次看向李轲："你上个学期没在吗？我说过，任何人都不要打扰我'学习'。"

他故意加重了"学习"两个字，好像别有深意一样。

李轲蒙了："但你现在根本没有学习啊，你是在跑步好吗？"

"晨跑是我锻炼身体机能的一项重要活动，有助于我更专注地进行早晨的学习。"徐远桐说话的语气相当认真。

他淡漠地看着李轲，眼神将对方压制得死死的，完全不给对方插嘴的机会。

"徐学长，你到底什么意思？奚温宁是你什么人啊？你这么管着她？"李轲怒了。

徐远桐笑了笑，好像并不觉得自己该回答这个问题。

本以为就这样点到为止，接下来大家就该各回各家，奚温宁正要打圆场，徐远桐忽地拽住她的手腕，说："你跟我来。"

离开前，他还特意看了李轲一眼，扔下一句："还想怎么样？"

李轲被震慑住了。

他知道自己不能怎么样，连宣之于口也不敢，还能怎么办？

因为意识到彼此间的悬殊，李轲觉得自己的自尊心被人毫不留情地踩烂在地上，既泄气又愤懑。

徐远桐拉着奚温宁的手腕，一路走到了附近的职工楼，这里靠近实验室和老师的办公室。

除了个别教师提早到学校，其余老师差不多要八点才会陆续过来，现下四周空无一人。

这边也没开监控，所以徐远桐觉得是非常适合两人单独说话的地方。

风轻轻一吹，奚温宁瑟缩了一下，觉得脖子还是有点儿凉，尽管刚才运动过后身体很暖和，现下已经凉了下来。

她听见徐远桐在几步之外淡淡地说："你喜欢熬夜，早上起来黑眼圈都深了好吧。"

奚温宁下意识地用双手揉了揉眼睛，一副刚刚回神的样子："没关系啊，偶尔来跑一跑也挺有趣的，而且总不能每个学期都让夏夏替我打卡吧？"

见徐远桐还是沉默，她有点儿摸不着头脑。

难道是觉得她妨碍他了？

不会的，刚才他还说介意她和别的男生晨跑啊！

他这么会撩人，根本就是闷骚吧。

“徐远桐，你既然说介意，那以后说好了，我们只和对方一起晨跑，就像你以后要是拍纪录片，只能交给我来拍。”她想了想，眼睫俏皮地闪了几下，“要不现在就做个约定吧？”

他眼神转暗，放在身侧的手不自觉地捏紧了，片刻后又惶然松开。

徐远桐说：“我不会轻易给别人承诺，我就是这样的人。”

就在她想要开口的一刹那，他忽然整个身子贴过来，将她往墙上一按。

“你、你、你干什么？”奚温宁被吓了一跳。

徐远桐蹙起眉毛，一只手握住她的肩，垂眸看着她的眼睛：“奚温宁，你才是……你到底想干什么？”

奚温宁从没见过他这种姿态，她忽然不敢动了，缩着身子，头脑有点儿发热。

她没想干什么啊，就是想睡……啊，不对，想追他啊！

她攥紧手心，故作镇定：“没怎么，你、你能不能先放开，好好说话？”

万一被路过的学生或者老师看见，就算是她也会害臊的啊。毕竟这里是大学校园，不该做这种……有的没的。

“好好说话，你不会明白我现在的心情。”他的语气转低，几乎是咬牙切齿地说出口的，就连一呼一吸都带着一点她不懂的沉重。

“我很危险的哦。”徐远桐在她耳边轻声说，“你要是真的被我盯上了，就别想轻易摆脱我。”

他一只手撑墙，一只手按着她的肩，那嗓音从她头顶上方传来，几乎让她无法呼吸。

她仰头，贪恋般欣赏徐远桐近在咫尺的眉目，记忆中她从未如此近地看过他的脸。

奚温宁向来对美的事物很敏感，从开学见到他的第一眼她就知道了，他好看高级得不是一星半点。

“你突然说这种奇怪的话做什么？是想告诉我什么吗？”她都有点儿不敢看他了，紧张得声音都在发抖。

“奚温宁，你真的了解我是什么性格的人吗？要么待在我身边，要么我就会像梦魇一样缠着你。”

她觉得有时候徐远桐也想太多了，自己又跟不上他的节奏了。

“徐远桐，你高中的语文到底是怎么拿到满分的？是不是用美色诱惑了语文老师？”

徐远桐忽然伸出手，在她下巴上轻轻地拂了几下，然后低头看着她的眼睛：“记住我今天说的话。”

他的眼神带着令人无法抗拒的吸引力，让她的一颗心不住发颤。

随着他嘴唇一张一合，奚温宁的视线从他的唇缓缓移到那颤动的喉结。

她微微转着眼眸，水润的眸子温软含娇，似蕴着波光粼粼，更有一层迷蒙的情愫，就像期待着被人看透，被人读懂。

徐远桐只觉得心中越发烦躁。

“徐远桐，你是不是有点儿不开心啊？我做了什么让你生气的事吗？”

“不是。”

“那是为什么？”

“我不开心是因为你们班上的男生太烦人。”

徐远桐的手指从她的肩膀移到纤细的脖颈，指腹贴着那细腻柔软的肌肤，他的理性也随之慢慢丧失了。

理智是什么，早就不存在了。

他低头在她白皙的脖颈哈气：“记住我今天说的话，懂了吗？”

奚温宁还有点儿迷茫，心里闪过一些想法，脸已经通红得像火红的烤炭。

她想等徐远桐主动开口，可这时候就该表明心意了吧？她应该把心里话说出来才对啊！

就在这时候，一阵脚步声忽然响起。

奚温宁瞪圆了眼睛，心里十分紧张。

徐远桐侧过脸，看见有人正往这边走过来，挺面生，他并不认识。

她拽住他胸前的衣服，显然很担忧被人看见。

“嘘。”他轻声道，按住她的头靠在胸前，“有人来了。”

奚温宁迅速低下头，不想面对这令人窒息的场面。

那男生发现有一对年轻的学生情侣靠在墙边说话，男生按着女生的肩膀，姿态亲昵，似乎随时会接吻的样子。

他犹豫着该不该继续走，想着在学校里偶尔也会撞见这种事情，看几眼也没什么吧。

他走近一点才发现，正主之一竟然是在学校无人不知的徐远桐！

他错愕得愣住了，脚下步子都乱了，徐远桐一个眼刀杀过来，那男生被吓得不轻，而徐远桐脸上表情的意思很明显——

敢到处乱说就有你好看。

徐学神的威名在外，他的好事谁敢打扰？

那女生被挡住了脸，也不知道是哪个系的，但来不及再看了，那男生拔腿就跑。

待脚步声慢慢远去，奚温宁才松了一口气："心都快跳出来了，我们快走吧，我第一节课已经迟到了，还不知道怎么解释……"

刚才她全身都是紧绷的，两人又贴得紧，她厚厚的面包服敞开着，里面就穿了一件单薄的卫衣，徐远桐能感觉到她胸口的温软，他根本受不了这种触感。

他不得不深呼吸几下。

第五章
和学神恋爱

这一年除夕来得早，开学也比往年来得更早。

奚温宁从过年的时候就在盘算一件事，终于，情人节到来了。

大家都躁动起来，不少女生明着暗着给心仪的男生送巧克力，就连受欢迎的老师也会收到一点。

奚温宁把准备送给徐远桐的礼物悄悄塞进书包。

自从上次的事情之后，她就知道学长对她也抱有好感，可不知为什么，他没有说破，不知是不是有什么事困扰着他。

奚温宁当然不会在明知道徐远桐有困扰的时候还去追问，他们刚上大学，其实很多事情都不用太着急。

何况只是确认了心意，就足够让她欣喜若狂了。

今天，她刚到学校没多久，就发现有人在走廊上卖什么“节日特典”。她向李艺瑾打听了一下，才知道有几个妹子居然在楼道里卖校草们的资料。

毫无疑问，徐远桐也在其列，还是其中销量最好的。

五元一套，带微信账号、手机号码，还附赠一张三寸生活照，简直薄利多销啊！

李艺瑾和她一样是颜控，她买也就算了，没想到诗添夏也买了。

两人拿着徐远桐的生活照，还跟她解释：“你不懂，学长的照片多有灵性啊，能当护身符呢！”

想到被他压在墙上的那个瞬间，奚温宁羞得垂下头，只希望快点熬到晚上，这样就能有机会去找他，送礼物给他了。

说起来，为何他如此受欢迎，就连一起晨跑的她也只是被当成花痴，真的太可恶了！

徐远桐，你能不能不要这么优秀啊？

当天最后一节课是自修课，有情人的男生女生满心都是和对方的浪漫晚餐，教室里时不时就响起欢笑声。

诗添夏被老师喊去帮忙批考卷，奚温宁身旁的位子空了出来。突然，有人叫她。

她回过头，就见李轲在她身旁坐了下来。她抿了抿唇，不知该怎么打招呼。

“我向你道歉。”对方先开了口。

“没事没事，大家都是同学，友爱相处，不必道歉的。”

李轲听她口吻亲切温和，才放心了些。

这些日子他想了很多，觉得自己那天的行为太傻了，根本不会博得女生的好感。

“那个……”他挠了挠脸，“是我考虑不周，当时光顾着自己，没顾及你的感受。”

他态度礼貌，反而让奚温宁有些不知所措。

她放下手里的笔，组织了一下语言，但还是说得不清不楚：“当时的情况确实有点儿复杂，我一时半会儿也……那个，说不太清楚，理解万岁嘛，你能懂就好，其实我也没放在心上啊。”

她心里已经被某个人的事填满了，根本不会把其他人的事放在心上。

李轲微笑着说：“那，祝你情人节快乐。”

在他心中，她已经成了一个追着徐远桐、不肯轻易放弃的倔强女生。

作为一位刚成年的年轻人，他对她的感觉也更复杂了一点。

奚温宁笑了笑：“你也是啊。”

两人交谈的一幕被李艺瑾瞧见了，她连忙起哄：“怎么回事啊？你俩的关系什么时候变得这么好了？”

有好事的同学立刻接话：“今天是情人节啊，该不会是……”

就连杨薇薇也向她投来冷漠的目光。

奚温宁收起招牌笑容，刚要解释，就听窗外闹哄哄的，一群其他学院的学长浩浩荡荡地走了过去。

蒋麓的笑声相当有辨识度，她听到以后立刻望向窗外，果然是他们一群校霸，大概刚从操场打完球回来，一个个穿得都不多，额头上还有汗渍。

徐远桐也在其中。

两人对视了一眼，看见她边上坐着的李轲，他的目光一下转冷，却没有开口。

倒是蒋麓停下脚步，敲了敲玻璃窗，引起了不少同学的注意。

他望着李轲，指了指对方的眼睛，又指了指自己：

I am watching you.

李轲："……"

奚温宁："……"

徐远桐就这么看着她，神色淡淡的，但拒绝和她通过眼神做任何交流。

李轲一脸茫然地看向奚温宁："刚才蒋麓……什么意思啊？"

奚温宁一脸假笑地解释："没事没事，你别看蒋学长平时很酷很凶，其实他喜欢唱《小幸运》。"

她更在意的是刚才徐远桐的反应，他该不会是吃醋了吧？

李轲回去自己的座位，奚温宁拿出手机，给徐远桐发了条微信消息。

奚温宁："你现在回去了吗？有没有收到很多巧克力？我可以帮你全部吃掉！"

李艺瑾转着笔，回头正色道："小肉饼，说正经的，你和徐远桐他们……关系真的不一般啊。"

她面不改色心不跳地说："对啊，因为郁柚是我女神，我是他们的小跟班，你说惨不惨？"

"你别贫。哎，我都担心你真的想追徐远桐，你说这么多人喜欢他，当他女朋友得多累啊……"

李艺瑾又说了一句什么，奚温宁没怎么听清，因为她看见徐远桐回了微信。

徐远桐："我晚上要早点回去，你也提前一点出来，速度。"

她扬了扬唇，捏着手机傻看了好一会儿。

离下课还有十分钟时，奚温宁假装去上厕所，她下了楼，就看见徐远桐正在等她。

他垂着眼，双手插兜，像在闭目养神，身影安静又冷峻。

奚温宁盯着他看了一会儿，越看越觉得他太帅了。

她满心雀跃，走到他面前："学长久等了，走吧走吧。"

徐远桐瞅了她一眼，也不知她瞎乐什么，默不作声地跟上。

"你们刚才是去打球了吗？蒋麓呢？"奚温宁问。

徐远桐淡淡地回道："和他女朋友出去玩了。"

“哦，蒋麓真是……浪。”

两人出了学校，徐远桐道：“往公园那条路走吧。”

奚温宁求之不得，她正好有东西要送给他，何况在这种特殊节日，钻小树林什么的也是够刺激的。

横穿公园其实要绕一点路，因为里面弯弯道道特别多，如果依着树木走，能转好几个圈。

公园里的人都在做自己的事，年轻学生来这里谈情说爱的多了去了，两人也没引起他人的注意。

天气总算没前段日子那么冷了，S 市又很少下雪，二月中旬就开始回暖了。

走到熟悉的那张长椅附近，奚温宁便放慢了脚步。

她戴着一顶驼色的毛线帽，衬得一双眼睛乌黑湿润。她别过眼，有意跟他绕圈子：“那个，我今天看到走廊里特别热闹。”

徐远桐斜睨了她一眼，笑了：“是啊，怎么了？”

“所以你知道有人在卖你的照片吗？”

“嗯，后来我让人去解决了。”

“那你的微信号和手机号都泄露了啊，怎么办？”

“我把微信加好友的功能关了，陌生手机号一律不接，并拉进黑名单。”

尽管徐远桐如此回答，奚温宁还是觉得不太舒坦。

“你这样不是很麻烦吗？说到底还是你的魅力太大了，现在全校女生的手里都有你的照片，厉害啊。”

“你这么说，我也没办法。”徐远桐侧过身，忍不住伸出手抓了一下她帽子上的小球，“总不能毁我容吧？而且，我靠的不是外表，而是才华。”

说得很有道理，她都没法反驳。

奚温宁努了努嘴：“徐远桐，你没有加她们好友吧？”

“没有，我为什么要浪费时间去做这种毫无意义的事？”

“这还差不多。”

她话刚落音，徐远桐就道：“你也没资格说我。你们班的那个男生不仅追来操场，连自习都非得坐你旁边，你也很厉害啊，小肉饼。”

“我能怎么办啊，总不能把他赶走吧？”

"是啊，肯定是你又在无意识地放电，不是吗？"

奚温宁眨了眨眼睛，狡黠地问："我会放电吗？"

怎么不会？只要她愿意，肯定能把人迷得神魂颠倒。

徐远桐又没法直接对她说。

他就是嫉妒那个叫赵什么的男生能成为她的同学。

这种心情能说出来吗？

他没出声，揉了揉头发，表情有点儿无奈和不悦。

看来徐学长不是那么容易哄好的。

奚温宁卸下一边背包，在包里翻了一下，拿出一个用粉色丝带打了蝴蝶结的小方盒子，递给他："送给你的礼物。"

想到今天是情人节，她有些羞涩，声音也比平时小了一点。

徐远桐慢悠悠地拆开盒子，里面放着一块爱心形状的饼干，表面有些凹凸，小小的，有点儿丑，但闻起来有一股奶油味，很香。

饼干是奚温宁在家用烤箱做出来的，怕引起父母怀疑，她还特意多做了一点，连奚爸爸也有幸分到几块。

但最特别的一块，她给了徐远桐。

饼干下面垫了一张用干净的花纸包起来的照片。

他怔了怔，抽出照片，捏住一角。

"虽然外面到处是你的照片，但这张只有我有，独一无二！"她骄傲地抬起头，好像是做了什么了不起的事而向主人邀功的小猫咪。

徐远桐没开口，凝视着手里的那张照片。那是她在科技节上拍的他。

照片上，他微微仰着头，举起一副 VR 眼镜，侧颜浸在日光里。

"谢谢，拍得很好看。"徐远桐眼底终于染上了一层柔色。

"那个，你要是不急着回家，我们可以先去吃点炸鸡什么的，我知道有一家店的炸鸡特别好吃。"

他喉结动了动，看着她一脸期待的表情，实在不忍拒绝，可又不得不拒绝："今天晚上我有事，去不了，要不改天？"他迟疑了一下，又补上一句，"很重要的事。"

奚温宁见他有点儿为难，有一瞬想到是不是自己太主动了，不够矜持。但想到那天他把她抱在怀里，明显有种不言而喻的喜欢，他肯定也是喜欢她的。

她耸了耸肩，道：“没关系，有机会再说吧，你先去处理你的事情吧。”

徐远桐把盒子收起来，放进包里，然后抬起头，一字一顿地说：“那你等我。”

他说得有些刻意，好像有点儿别的意思。

奚温宁听着觉得奇怪，但也没有多问，瓷白的脸颊泛起温和的笑容：“知道了，放心吧。”

尽管嘴上这么说，但奚温宁心思飘忽，晚上也没什么胃口，愣愣地拿筷子戳着白白的米饭。

周幼端了鸡汤来，没留意到她走了神，笑嘻嘻地对她说：“星星啊，我今天和徐妈妈一起搓麻将了。”

“哦……”

“你知道吗？她跟我说，他们家的小天才有个小名叫亮亮呢。”

奚温宁终于有了反应，瞪大了眼睛：“亮亮？徐远桐的小名叫亮亮？”

“对啊对啊，我就和他妈妈说，好巧哦，我女儿小名叫星星，合在一起不就是天上的星星亮晶晶吗？哈哈哈……”

奚温宁瞬间笑不出来了。

她斜眼看到客厅的花瓶里有一束红玫瑰，是她爸送给她妈的情人节礼物。

天哪，她真是太惨了，回家还要刺激。

吃过饭，奚温宁在客厅里来回走动消食，忽然听见外面传来一阵车辆行驶的动静，还有一声短促清脆的喇叭声。

她探出头，发现有一辆漆黑光亮的豪车停在徐远桐家门口。

周幼不知何时也过来了，顺着女儿的目光看去，瞬间懂了：“好像是找你们学校学神的。”

奚温宁装作不经意地问：“妈，你知道是谁找他？”

“这车不便宜呢，肯定是个有钱人。”周幼啧啧几声，“不知道是不是他爸爸。徐妈妈在棋牌室很少说自己家里的情况，但我听其他几个阿姨说，徐家爸爸是大老板。”

徐远桐说今晚有重要的事，莫非是他爸爸来了？

“不过也不一定，他们刚搬来的时候，就有不少人总往他们家跑，什么学校的校长、研究院的教授之类的。我还听说徐远桐小的时候，中科院都派人来找过他，好像是什么少科班？但后来也不知怎的，反正徐远桐没去……”

要不是听见妈妈这样感叹，奚温宁都快忘了两人之间的差距。

奚温宁微微张了张嘴，想要说什么，但又咽了回去。

她妈妈估计也不知道更多徐家以前的事，有机会的话还是自己去问吧。

不过，“亮亮”这个小名也太可爱啦！

奚温宁恨不得现在就冲到学校去告诉其他女生，“亮亮”是只有她才知道的小名，只有她才可以叫的名字，别人连叫“阿徐”都不行！

“徐远桐以后肯定不得了，她妈妈说，他一直想去什么CIT读研，了不起啊……”

奚温宁听得一愣，CIT是哪所大学？

奚爸爸正好听见她们的对话，摸着下巴道：“我记得CIT是加州理工学院，世界顶级的科技理工学院。你不是说徐远桐喜欢物理吗？他本科就该去那里念啊，不过考研也不晚，去那里很合适……”

周幼和丈夫随即讨论起生出一个徐远桐的概率有多大，接着双方又嘲笑起对方念书时的成绩……

奚温宁沉默了很久，感觉浑身无力又泄气。

她一言不发地转身回房，重重地关上了门。

夜里的风更冷了。

徐妈妈走到门口，墨黑的天空宛若一张巨幕，其上点缀着零散稀疏的星星，月亮躲在厚厚的云里。

她这两天感觉不是很好，脸色有些白，时不时轻咳几声，身子微微躬着。

徐光槐皱眉：“外头起风了，快点回去吧，不用送了。”

“没事没事，你难得来一次，儿子说话有点儿冲，你不要在意。”

徐光槐对徐远桐的将来有着重要的作用，现在每个月又给他们大笔的生活费，于情于理，徐妈妈对他都应该客气些。

她手握成虚拳，在唇边抵了抵，回头见儿子拿了一件大衣出来。

徐远桐给她披上衣服，轻轻拍她的肩膀：“我们回去吧。”

“徐远桐，”男人沉声喊住他，“你小时候拒绝去少科班，我没强迫你。现在我为你准备了这么多，你又要改变主意，这是你自己的前途，你和我较什么劲？”

“我和你装什么啊？”徐远桐睫毛轻颤，嘴边挂着一丝笑，“那不是太没意思了吗？”

徐光槐很不喜欢儿子一直以来和自己说话的态度，但又无法改变。

徐妈妈怕两人又吵起来，急忙打圆场：“这不是还没到申请的时候吗？还有一年，不着急……”

“妈，我想单独和爸爸聊几句。”徐远桐站在那儿笑，特别温顺听话，“你放心吧，没事的，先进去吧，好吗？”

徐妈妈虽然仍不放心，但还是给父子俩留了一点私下空间。

徐光槐脸上露出一点寒意，他做了一个手势让外面的车子再等几分钟，回头对徐远桐说：“你再聪明，不懂人情世故也是没用的。徐远桐，我说过很多次了……算了，我还是劝你不要意气用事。”

“你放心，CIT 一直是我的志愿，和你无关。我现在决定不去，也和你没有半点关系，你在不在意什么，我管不着。”他的声音和情绪一样平静，“你不喜欢我，却又想控制我，你觉得可能吗？而且，我是你儿子，你不但没勇气去承担责任，还离开妈妈去开始新的生活，徐家人都这么冷酷无情？”

徐光槐瞪着他，只觉得怒火中烧：“我说过多少遍了，当初离开你妈，并不是因为你，你老是这么想，我也没办法！”

徐远桐简直要被他的虚伪逗笑了：“你还要在我面前装吗？你不怕我也变得和堂弟他们一样？徐光槐，你在我眼里还没重要到可以让我改变我的选择，我也犯不着为了你自毁前程。”

徐光槐恼羞成怒，一时又想不到有力反击的手段和言语，他真的恨不得上去就甩他一个耳光，让他知道什么才是父亲的威严。

最后，他无奈地开口：“行啊，你有本事，你想怎么样随便你，总有一天你会明白这个世界不是你想的那么简单！”

说完，他便转身离开了。

徐远桐的视线稍稍往上抬，望向斜对面的那栋高楼。

万家灯火都比不上那方寸之间的温暖，还带着一股沁甜沁甜的香味。

当晚，奚温宁在网上查了很多资料。

她看到有大神发帖子说，加州理工学院是一个只培养学校里最优异的那 5% 的学生的地方，非常现实又残酷。

如果你不是站在金字塔尖的天才中的天才，就算进去了也只是陪衬。

相较而言，麻省理工学院更注重对本科生的教育，不过麻省理工学院的学术氛围比较浓厚，出来的学生最后成为教授的居多，企业家则相对较少。

奚温宁忽然意识到，如果徐远桐真的去了美国加州，那么大四之后，他们就会远隔重洋。

徐远桐有才华，有智慧，还有天赋，他应该去追寻更广阔的天地。

对奚温宁来说，双方的差距并不会让她退缩，但如果他去了国外，那么彼此之间就会有很多不可预测的事发生。

就算她不在意两人未来能否有结果，就算她并不是非要他做出回应，就算像现在这样每天能看到他，她也觉得很开心。

但徐远桐说过，他是非常在意这种东西的人，说不定一直困扰着他的就是这个吧。

七点一过，她的手机突然亮起来，有微信消息进来。

徐远桐："方便到楼下来吗？"

奚温宁知道那辆车已经开走了，所以徐远桐是想找她当面说什么吗？

她心里被各种滋味填满，惶惶不安，但又有一丝无法控制的欣喜期待。

奚温宁："这月黑风高的，你找我干吗？"

徐远桐："拿你的礼物。"

奚温宁拿起手机，告诉周幼说想去楼下买瓶饮料和薯片。

"外面有点儿黑了，你当心点儿，买好了就马上上来，就去超市买，别走其他的路。"周幼叮嘱了几遍，她一一应下，怀着紧张的情绪下了楼。

两人很快就见到了，奚温宁站在台阶上，徐远桐稍抬下巴，默默地、坦然地望着她。

淡淡的清香将两人缓缓包围。

奚温宁正想着该说什么，徐远桐突然伸出手抓住她的手腕，一把把她拉到了身前。

她一愣，还没反应过来就已经被他扶着站稳了，接着，他把手里的袋子递给她。

奚温宁低头一看，只见袋子里放着几本书，有《文艺常识》《影评范文精选》等，还是四本套装。

要不是这些书和她专业相关，她都忍不住怀疑徐远桐是因为没东西还礼，就随便从家里找出来的。

她一时无语，直接转移了话题："刚才我看到有车停在你家门口。"

"哦，是我爸，他晚上过来找我有点儿事。"

没想到还真被周幼猜对了。

奚温宁犹豫着说："那个，你们……没什么吧？我感觉你和你爸关系不是很好。"

其实比起这个，她更想问：你要去加州理工学院读研吗？

这句话几次到了嘴边，又被她咽了回去，她真的不想破坏这个夜晚。

徐远桐把父母离婚的情况大致说了一下，奚温宁安静地听着，不时留意着四周会不会突然冒出熟人，所以稍微有点儿分心。

"徐光槐这种人自私又固执，觉得天才就应该被送去什么机构培养，要取得举世瞩目的成就……其实，他只是为了他自己。他并不在乎我是怎么想的，我也不赞同他的看法。"

"你不想成为很厉害的人吗？"

"想啊，但很厉害的人也可以活得很自我啊。"

奚温宁认真地想了一下，点点头。

两人又聊了一会儿，徐远桐的情绪很稳定，根本不用她安抚。

奚温宁怕家里人担心，便拎起袋子，把书还给他："这些书你明天再给我吧，我是下楼来买吃的，万一带回去被爸妈发现了还得解释。"

徐远桐听出她有点儿嫌弃，挑了挑眉："看来你不太满意我送的东西？"

这些书虽然很实用，可一点也不梦幻，她都懒得说了。

她刚打算假笑着说没有没有，徐远桐忽然低下身，俊颜往她脸上凑。

下一刻，她柔软的唇就准确无误地贴在了他脸颊上，温热的感觉透过肌肤传递给了彼此。

奚温宁吻到了徐远桐的脸。

她从喉咙到心口都觉得痒，皮肤就像烧起来一样滚烫，手也不受控制地微颤，脸色绯红，睫毛轻颤。

徐远桐重新站直身子，微微笑了一下，然后淡定地说："这下满意了吧？"

徐远桐是觉得她耍脾气，所以先服软了吗？

奚温宁咬着牙想，这个人怎么这么会撩啊？她刚刚还在烦恼他们今后要怎么相处啊！

徐远桐头一偏，修长的眼尾上扬，竟带着点慵懒的邪气，很动人："怎么，还不满意？"

"明明是你占我便宜好吗？"

"可我随便一张生活照都能卖出去。"

"那我随便卖你一张照片就能赚五块钱！"

她突如其来的机智回答，竟然让徐远桐愣住了，一时半会儿答不上来。

他抿唇笑了笑，才说："凭我们的关系，我还可以给你录一段更私密的视频，要吗？"

奚温宁再也无法冷静地面对着眼前的朗目星眸，她的脸就快烧起来了。

"哼，好吧，算你老哥稳。"她温软着嗓子，脱口而出，"亮亮！"语气又嗲又甜，几乎可以甜死他。

徐远桐浑身一震，眯着眼睛看她。

她也不解释，一脸得意扬扬。

"哦？你才知道啊，星星。"他一脸坏笑道。

"……"

果然还是什么都瞒不过他，她害羞得都不敢看他了。

"你怎么这么神通广大啊？"

"我妈刚知道就回来跟我说了，又不是我想知道。"

徐远桐见她噘着嘴，忽而沉下声音道："'星星'也挺可爱啊，不过……我还是更喜欢'小肉饼'。"

他的每一个吐字发音都撩拨着少女细腻敏感的思绪。他说喜欢小肉饼，到底是哪种意思啊？

徐远桐也不明说，只继续道："我不喜欢'亮亮'这个名字，所以除了我妈，也没人会叫。"

蒋麓也听过徐妈妈叫徐远桐这个小名，不过他没有跟着叫。

“你要是喜欢，我可以勉为其难地允许你叫。”

“当然喜欢啊！”说完的瞬间，她就像发了高热一样脸颊滚烫，她悄悄瞅了徐远桐一眼，“那个……时间不早了，我先回家了。”

说完，她迅速转身，一溜烟跑上了楼。

“喂，奚温宁，你吃的还没买。”

“不买了，外面太冷了！”

徐远桐站在原地，看着她冒冒失失的样子，不禁垂眸低笑。

她怎么这么可爱。不过亲一下脸，说几句话，就害羞成了这样。

奚温宁冲回家里关上房门并上了锁，接着就以一个“大”字形扑倒在床上，两只脚微微蜷起。

她把脸深深地埋在被单里，想起刚才亲到徐远桐脸颊的感觉，就双耳发热，心怦怦直跳。

这种感情烧得她内心焦灼，却又觉得很幸福。

刚才她太害羞了，都忘了撩回来。她懊恼地发出一声低吟，嘴角却带着窃喜的弧度。

总有一天她也要让他尝尝这种滋味！

徐学长真的是越来越难对付了。

过了情人节，新学期的活动也多了起来。

不知不觉中，两人已经有一段时间没见面了。

每天下午，徐远桐都会被抓去某教授的课题组旁听，逃都逃不掉。

此外，他们学校还有竞赛社团，徐远桐被强行拉进去，准备参加一场在暑假举行的、全国知名的物理竞赛。

这场竞赛不仅关系到一所学校的荣誉，还关乎每个参赛学生的前程、每位带队老师的前途。

就算徐远桐智商过人，也得经过这几个月的特训，才能去参加比赛。

而奚温宁在爱影社的任务也不少，但大多数是打杂的工作。

她交上去的照片从没被采用，有时候社团组织外出采风也不通知她。

尽管副社长邬明君退出了爱影社的活动，但她离开的时候，特意叮嘱王登允“别让奚温宁好过。”

王登允和邬明君的关系虽然一般，但他们都讨厌徐远桐，所以就相当于站在同一阵线。

这些，奚温宁自是不知道的。

这天，她提前了一点时间，在每周社团活动的时候去了多媒体教室剪辑一个体育节的宣传视频。

王登允一进门，就见教室里只有她一个人。

少女专注地看着电脑屏幕，鼠标和键盘噼里啪啦地响个不停，日光灯下，她白皙的侧颜带着平时少有的认真，颊边落着一缕发丝，显得秀气而干净。

他就这么看了一会儿，等回过神的时候，已经走到她背后，还不受控制地揉了一下她软软的头发。

奚温宁像触电一样弹开，直接从椅子上站了起来。

“抱歉啊，奚温宁，吓到你了。”王登允急忙道歉。

随随便便碰女孩子的头发，神经病吧。

她在心里骂着，脸上还是摆出微笑：“社长，有事吗？”

“体育节不是快到了吗？这次还是你负责后期，要辛苦一点了。”

奚温宁微微蹙眉，尽量语气平和地说：“我做这些是应该的，但社长，我也想看到自己的作品出现在学校的宣传里啊……你看，这个短片大部分用的是我拍的素材，连后期音乐都是我配的……”

“这个嘛，总归是有原因的。”他说得含含糊糊，指着她正在剪辑的那个短片，“你做得很好看啊，这次发到我们学校的公众平台，大家不都知道了？”

虽然他嘴上这么说，但直觉告诉奚温宁，事情并没有这么简单。

几天后，她做的体育节宣传短片放出来了，但根本没有署上她的名字。

这一刻，她心里已经非常清楚了，她被针对了。

最近S市的气温不断回升，学校的树木开始焕发新的光彩，不少树枝长出了新芽，阳光直射下来，层层叠叠地洒落在地上，一眼望出去，到处明亮清透，是很适合男生们运动的好天气。

徐远桐结束了一天的竞赛培训，就和蒋麓他们去操场打篮球。

郁柚也不想太早回家，就留下来看个热闹。她还给奚温宁发了消息，让她要是忙完了就来找他们。

徐远桐抬起手臂抹了一把汗，余光瞥见了不远处的一个身影，然后就径直向那人走去。

蒋麓刚回到场上，就见徐远桐对他做了一个“暂停”的手势，接着徐远桐的声音传来：“我有点儿事，走开一会儿，你们先打吧！”

蒋麓问郁柚：“那个人是谁啊？”

郁柚也觉得有点儿奇怪，眯着眼琢磨着道：“我记得是徐远桐班上的，还是爱影社的社长。”

徐远桐和王登允没什么交情，但奚温宁的绰号叫“小肉饼”这件事还是刚开学的时候对方告诉他的，貌似奚温宁的高中同学和王登允关系很好。

徐远桐站定之后，平静地开口：“你应该知道我找你是为了什么事。”

王登允清了清嗓子，装作不知：“我怎么会知道？”他要等徐远桐主动提出来。

他早就猜到奚温宁会把受了委屈的事告诉徐远桐。小姑娘嘛，不都想被这种天之骄子宠着惯着吗？

徐远桐耳目众多，即便奚温宁只字不提，他也知道发生了什么，何况公众号上的短片她私底下发给他看过，还求他表扬。

“奚温宁和你无冤无仇，你针对她不就是因为我？”徐远桐开门见山。

王登允也不接他的话，而是突然提到另一件事：“我们社副社长的位置现在空出来了，你知道吧？”

徐远桐斜眼：“什么意思？”

“我可以让奚温宁当副社长，你觉得怎么样？”

“不怎么样。”

王登允接着说：“你应该知道，奚温宁以后想做导演吧？她资历还浅，假如能在社团混出点名堂，对以后的工作肯定有帮助。我呢，可以保证让奚温宁在社团如鱼得水，但你要答应我一件事。”

“什么？”

“这学期都让我拿专业第一。”

徐远桐依然淡淡地看着他，没有表露出任何情绪：“就你这智商还想考第一，逗我呢？智商低也不能不讲道理啊。”

王登允听到这话，心里很不爽，真恨不得这人能从世界上消失！

“徐远桐，考不考第一，对你来说没差。你就算一直考第二，最后也能去任何你想去的学校读研，但我不一样，我需要更出色的履历。”

“这样你就能更轻松地达到目的，是吗？”徐远桐睨了他一眼，“竟把主意打到我身上，胆子真大。”

“我说过，你只要答应我，我就会让奚温宁……”

“谁也不能拿她威胁我。”徐远桐向他逼近半步，冷冷地道，“听到没有？别提她的名字。”

王登允脸色发黑，心也渐渐沉了下去，说：“你什么意思啊？行，你不接受也无所谓，反正我不提拔她，那也很正常啊。”

“你是不是傻啊？我根本不需要和你做交易，我可以直接把你开除了。”徐远桐快被王登允逗乐了。

“你要是想威胁我，那从今天起，爱影社的社长就不是你了……”他顿了一下，忽然抬眼，一个凛冽的眼神射向对方，“是我。”

王登允彻底愣住了。

社团的社长一向是由辅导老师和社员共同选出的，徐远桐只要和上边打个招呼，说自己想进爱影社，想必凭借他的人气，很容易得到社长这个位置。

想到这里，王登允怒了，恶狠狠地瞪着他，恨不得在他身上戳出两个洞来。

其实徐远桐并不是真的想找他麻烦，只是想让他也尝一尝被人威胁的滋味。

“人不犯我，我不犯人。王登允，放狠话这种事谁都会。”徐远桐不想再跟他废话，直接道，“奚温宁的能力大家有目共睹，你别再针对她，把她应得的都还给她，我就可以当今天的事没发生过。”

说完，他就像个没事人一样回到操场，接过蒋麓扔过来的篮球。

然而，已经失去理智的王登允哪里管得了自己的脾气，他跟着走过去，咬牙切齿地怒吼：“徐远桐，你知道你有多恶心吗？”

徐远桐根本不想搭理他，打算让蒋麓收一下东西，去锦和新苑那边继续打球。

“你知道‘怪胎’这两个字怎么写吗？你以为你以前的同学为什么揍你，为什么要把你按在泥里打？”王登允用恶毒的言语叫嚣着，非要撕开别人的伤口，不仅如此，还非要在上面撒一把盐，才觉得痛快。

每个人都有不可触及的底线，也有不可破坏的原则。

对徐远桐来说，王登允一连两次触到了他的底线。

他忽然转过身，使出浑身的力气将手中的篮球往对方的脸上砸去，“砰”的一声，王登允来不及躲闪，整个人向后飞倒在地上。

他捂着半边脸颊，满地打滚，疼得声音都喑哑了。

徐远桐面无表情地走到他身旁，如同看蝼蚁一般鄙夷地看着他，然后抬起脚准备踩下去。

奚温宁从教学楼出来的时候，刚好看到这一幕。

当她在楼梯上听到王登允喊出来的那句话时，顿时觉得有一股怒火从心口蹿到喉咙口，恨不得冲过去把他揍一顿。

但不管再怎么生气，奚温宁也知道，徐远桐那一脚下去可能会出大事，万一再闹到学校教导处就麻烦了……

她一边跑，一边喊蒋麓赶紧去拦住徐远桐。

原本在一旁看好戏的蒋麓也觉得徐远桐的情绪不对，急忙和几个哥们儿把他架开了。

奚温宁匆匆跑到徐远桐和王登允之间，再不管对方什么社不社长，直接和他撕破了脸。

她恶狠狠地瞪着地上的人，扯着响亮又清脆的嗓子道：“像你这种只会通过欺凌别人获得快感的人渣，我建议你立即去死！”

她想起徐远桐脖子上的那个伤疤，那些在他身上留下伤口的人渣凭什么生活在世上？她真希望那些欺负过徐远桐的人都能得到报应。

奚温宁紧紧咬着牙，愤怒地盯着王登允，满目水光，浑身都在发抖，那眼神仿佛在说：你怎么不去死？

篮球场响起一阵阵掌声和欢呼声，还夹杂着口哨声。

王登允半边脸都肿了，捂着脸看向他们。

他被打得有点儿蒙，一时不知道是不是该反击。

毕竟，以前除了蒋麓这种给赞助费的刺头，大部分学生还是很安分的，特别是精英班、实验班的那些尖子生，个个都是只知道学习的好学生。

从高中到大学，王登允对那些有利用价值的同学和老师大献殷勤，但面对校霸时，他没有丝毫反击能力。

奚温宁摆出一副楚楚可怜的样子，大家见到她这样，就觉得肯定是王登允欺负了她，徐远桐肯定是为了这个学妹才动手的。

“你别气了，对那种人犯不着！”她呜咽着说，其余的话全部堵在了嗓子眼，眼底也泛起了泪光。

大家悄悄地看看徐远桐，又看看奚温宁，谁也没出声打扰他们。

徐远桐总算缓了过来，他轻轻叹了口气，拍了拍她的脑袋，眼睫垂下来，看着她：“知道了，用不着管他……我们走吧。”

蒋麓和郁柚对视了一眼，都从眼神里读懂了对方的意思。

大庭广众之下秀恩爱，真是没救了。

两人走在学校外那条长长的河道边，夕阳像暗红的窗帘慢慢落下，天际有金黄色的晚霞，斜斜地泄在河面。

徐远桐正想开口说自己没事了，回头发现她垂着脑袋，一言不发，便问道：“你怎么了？”

奚温宁默不作声地抽泣，眼泪不住地往下流。

“好了，别哭了啊，这有什么好哭的。”徐远桐有点儿不知所措。

她忍不住，想到他应该又是为了自己才去打王登允，又想到他以前受过的伤害被王登允说了出来，她就觉得心疼。

“再哭就丢人了啊。”

“你别管我……”

他一只手把奚温宁毛茸茸的后脑勺罩住，另一只手捂住她的泪眼，温热的指腹覆住了她的泪水。

奚温宁仰头，后知后觉地对上眼前那温柔深邃的视线。

她双手抱住他的腰，扑到他怀里。

“没事了。”他的语气轻柔得像一声叹息。

奚温宁的嗓子都哭哑了：“没事是没事了，就是我也不知道怎么了……”

“纸巾有吗？等等。”他从口袋里摸出一包新的纸巾，拆了之后抽出一张替她擦眼泪，“都变成小邋遢了。”

奚温宁吸了吸鼻子，静静地看着他，问：“你能不能告诉我……你以前是怎么受的伤？”

要是他不愿意说，她绝对不会再问一个字。

徐远桐揉了揉她的发顶，心里不知为何酸得厉害：“其实王登允刚才说的，就是当年那些人的想法吧。”

对“天才”的定义，从来都是各执一词。

奚温宁一根根地收紧手指，努力抑制住抽噎。

他也不太记得那个下午究竟发生了什么，好像下过一场雨，但也可能是前一天下的。

他被几个恶霸按在学校花圃的泥地里，嘴里有青草和泥土混合的味道。

那时候，少年双眼放空，看着眼前的情景，恍惚想到以前看过的一句话：皆若空游无所依。

“那次也是意外，但有一瞬间我觉得自己再这样下去会死。”

徐远桐忽然就变了，变得可怕而暴戾，就像一场酝酿多时的暴风雨终于来临了。

他拼了命般与那几个人互殴，就像疯了一样。

一个无知的少年拿出一把水果刀，他躲也不躲，冲上去就和对方打了起来。混乱中，他被锋利的刀尖割了一道深深的伤口。

血汩汩地流出来，淌在翠绿的草叶上。

那一刻，天空暗沉沉的，让人喘不过气来。

也许会有不明真相或者从未经历过这种事的人问，这样真的值得吗？

但那个只想努力活下来的少年，除了反击，没有别的办法。

一生中，我们总会遇到像杨薇薇、原颂飞、郢明君和王登允那样的人，有一些人甚至不会轻易从暗影中走出来，他们会伺机而动，给你致命一击。

这才是更恐怖也更险恶的人。

年纪小有年纪小的恶毒，长大之后也有成年人的诡计，这个社会永远不缺算计。

这不是世界的错，问题在于人。

两人找了一张长椅坐下来，奚温宁哭得鼻尖泛红，眉头皱得死紧，那可爱的样子看得徐远桐几乎笑出声。

她一直低着头，头发散乱地披着，脖子上围了一条粉粉的针织围巾。

忽然，她伸长脖子凑近他，一副想要做什么的模样。

“做什么？”他有点儿疑惑。

“我可以看一下……你的伤口吗？”

徐远桐稍稍拉开领子，那伤口位于锁骨上方一点，已被岁月抹去了狰狞，但依然看得她心怦怦直跳，声音也像泡过水一样温软：“看起来有点儿深，当时肯定很疼吧……”

她沉浸在悲伤的情绪里，还伸出食指小心翼翼地摸了摸，从他的肌肤上能感觉到温热，带着少年的朝气。

徐远桐的眼神早已和缓下来。

她的触摸就像春日里的暖阳，落在他的心坎，让他胸腔都充满暖意。

“你别难过了，那时候我并没有太大的感觉。”

“怎么可能啊……”

“真的。”

徐远桐听得出她已经喉咙干涩，他从书包侧边拿出一个运动水壶，递了过去：“你还记不记得我跟你说过，我养过一只猫叫薛定谔？”

奚温宁接过水壶，小口地喝着，待干涩的喉咙舒服了些，才说：“嗯，我记得。”

“那只猫活了十三岁，几乎快成精了。有一天，它和往常一样自己出门觅食散步，然后就再也没回来。”

当年徐远桐也才七八岁，那只猫是在他出生前，就已经陪伴这个家许久的镇家之宝。

它离开的那天，他和妈妈一起坐在门口等了很久，等到漆黑的夜空布满繁星，它也没回来。徐妈妈把儿子抱在怀里，悄悄地抹着眼泪。

“妈妈，猫爷爷去哪里了啊？它去了能看到梯田的地方吗？”

“也许吧，它只是出去旅行了，很快就会回来的。”

那是属于一只猫的告别。

徐远桐笑起来：“那时候我才知道人世有离别。那是我第一次体验到‘分别’的滋味。”

那时的他虽然还是一个小孩子，却被很多事左右，最终天才儿童做出决定，不再为了无关紧要的东西浪费时间，因为有些感情太让人心伤了……

他的声线清而浅，如同透明的朝露，但他说出口的话深深地打动了奚温宁。

她目不转睛地盯着他，她喜欢的正是这样的徐远桐。

一开始，其他人捉弄徐远桐的手段还比较低级，有熊孩子想把他反锁在厕所，或者撕碎他的书和作业本，还说反正他是天才，不需要这些东西。

后来，情况变得越发恶劣，有人在大冬天淋湿了他的外套，甚至直接殴打他。

为了不让家人担心，也不想引起更大的麻烦，他始终保持着沉默。

说来也要感谢蒋麓他们，他们身上那种天不怕地不怕的劲儿影响了他。

奚温宁的眉头染上一丝愁绪。

她曾以为自己已经很了解徐远桐，但这个少年是如此有魅力，越了解，越发现不够了解。

她揉了揉红肿的眼睛，认真地看他，说："虽然会心碎，但也会有人爱你，依然需要你付出感情，就像……那个，比如你妈妈。"

徐远桐的嗓子也沙哑了："是啊，那些负面的情绪我不会一直放在心里。只要有所爱，就要保护好。"

他也是慢慢地才又体会到了人生的滋味。

天才只是在某些方面更出众罢了。

就算学会了数列集合、圆锥曲线和不等式，就算掌握了磁场、电场和牛顿三定律，就算通晓天文地理，在感情面前，这些又有什么用？

奚温宁回想起篮球场上的那一幕，磨了磨牙："我和王登允之间的事，你已经知道了？"

"嗯……算是吧。"

尽管平时总忍不住逗她，但他知道她很聪明，已猜到事情的大致过程。

"他平时肯定在针对我吧？那他对你干什么了？"

"我估计，他是想针对我们两个，他既看不惯你，又恨透了我。"他想了想，用很确定的语气道，"说不定邬明君也对他说了什么。"

"我又没做错什么，还不是帮你背锅？"

徐远桐无声地笑起来，缓缓地道："嗯，他们那种人总把天才视为'天敌'，因为不甘心付出一百分的努力都抵不过天才百分之十的用心，所以整天就想着整我。"

奚温宁也这么觉得。

不知从何时起，两人的关系已经变得暧昧而亲近。

只要与她有关的事情，都与他撇不了干系，就连旁人都看出来了，有的妒火横生，也有的冷眼旁观。

奚温宁懒懒地靠在椅子上，歪着身子，相当轻松地说："那有什么办法啊？天赋这种东西本来就存在，还不如坦然接受自己的平庸，做好自己就行了。"

"你倒是想得开。"

"那你是怎么看的啊？"

"天才……怎么说呢？你觉得天才一定就会成功吗？也不一定吧。"徐远桐意有所指，心中似乎想到一些例子，但没有说出来，"他们那种人把'天才'想得太简单了。其实，天才和会奋斗的人不同，会奋斗和运气好的人又不同，天才、奋斗和运气也不代表成功。"

奚温宁默默地听着。她有点儿恍惚，以前还觉得徐远桐是在忽悠她，现在看来，是他想得太深太远，她理解不了。

"老哥，你真的好厉害！"她由衷地赞道。

徐远桐拉住她的胳膊，说："你不用在意我的想法，你觉得我在你眼里是什么样的，就是什么样的。"

奚温宁呆住了，反应过来后，脸上染上了一抹红晕，她忸怩地说："我觉得……我不喜欢把你当成什么天才，但你确实是很特别的一个人。我也不认为，因为你是天才，就非得代表学校去参加那些比赛，去争取荣誉。当然，有责任心也不是坏事。我只希望你能永远做自己，像一个小孩子那样随性，我想，这样会比较幸福。"

奚温宁就这样很直白地把自己的想法说了出来。

徐远桐莞尔，别人看重的都是他获得的成就，只有她希望他幸福。

"我妈之前说，你本来要去什么少科班？"奚温宁突然想起这件事。

"本来徐光槐想送我去的，但我妈妈不是很赞同，她不想我这么小就离开家去读什么天才班。而且，当时还有很多原因，我妈身体不好，我肯定不能离开她；

那时候他们的关系也快维持不下去了，为了违抗他，我甚至连国内顶尖的大学都没去……”

拂过脸的风被暖融融的围巾挡住了，奚温宁扯了扯外套，就这样静静地坐着，想和他一直聊下去。

“你爸肯定希望你成为伟大的物理学家吧？”

“对啊，他还让我相信有钱真的能为所欲为。”他顿了一下，然后笑了起来，“我也想成为物理学家，但我想要的和他不一样。”

徐远桐做出的每一个决定，都是为了他想要的人生。

但人生的奇妙之处就在于，意外无处不在。

他看着奚温宁微微偏着的脑袋，突然觉得王登允虽然精于算计，但他说的有些话也有道理。

“这个学期的艺术节，我记得会有影视短片的比赛吧？你若是将来想做导演，就一定要参加，好好准备。”

“经过今天这件事，他会不会直接把我开除了？”

“呵呵，他不敢。”徐远桐语气嚣张，骄傲中又带着一点痞气，“假如他想息事宁人，就不会吭声，以后也会对你客客气气的。他要是还想搞什么花样，我也不会手软的。”

奚温宁也知道艺术节这种活动，对他们这些想进娱乐圈的学生来说是很重要的。

她晃着两条腿，低声说：“但是我没什么信心啊。”

“都说审美没有高低之分，但客观的高低一直存在，只是很多人不愿承认。奚温宁，我相信你的审美和艺术感。”

奚温宁心中嘀咕：你这是在自夸吧。

徐远桐伸手在她柔软纤薄的耳骨处摸了一下，示意她好好听着。

“奚温宁，你年纪还小，你现在要多花些时间去铺就将来的路，但不要着急，一步一步来，该有的都会有的。”

她微微愣住，随即眯着眼睛看着他：“你也没比我大多少啊。”

风有点儿大了，徐远桐额前的黑发被吹起来，他一本正经地说：“心态不行了，撑不住。”

“噗。”她手里还捧着他的水壶，手心暖暖的，比壶里的水还暖，“你真厉害啊。”

我哪有你厉害？徐远桐默默地想。

徐远桐和奚温宁的关系如传言中那样扑朔迷离。

他上一次在全校面前立规矩，这一次在篮球场当众和王登允打架，可能都是为了她。

徐远桐这次可能是真的栽在了奚温宁手里，他的迷妹全部人心惶惶的。

教导处也听到风声，叫了几个在场的学生去问话，但谁也说不出个所以然来。

作为当事人之一的王登允本人没吭声，校方也就只好作罢。

在知道社长请假养伤的隔天，爱影社就炸了，辅导老师向几个关系好的学生旁敲侧击，才大概知道了事情的经过。

于是辅导老师开了一次会，找了一个大二的女生暂时担任代理社长，反正等明年王登允升入大三，社长和副社长都要换人。

因为徐远桐，奚温宁鼓起勇气告诉了父母她毕业后想出国念艺术专业研究生的事。

奚爸爸一向宠女儿，知道她想干出一番名堂，所以很支持她的决定。

不过他的话不算数，关键要看周幼怎么说。

“你成绩一直不是特别好，要是念个研究生，履历看上去漂亮一些，也蛮好的。”

“妈，你能不能不要顺便损我一下？”

周幼笑起来，拍了拍女儿的脑袋。

奚温宁脑子一转，又有了一个鬼点子，她试探着道：“妈，我在想啊，念这种艺术专业，最好还是去国外的学校，以后回国也更有竞争力，你觉得呢？”

奚家虽不算富贵人家，但奚温宁的爸爸做着小生意，周幼则在一家国企上班，一年下来挣到的钱也够供她出国念书。

“出国也不是说不行，但你一个人去，我肯定不放心，这件事我还是要和你爸爸再商量一下。”周幼给女儿夹了一筷子红烧肉，想到她要是出国念书，她心里还真舍不得，“反正你现在才大一，出国的事我和你爸再想想。”

他们没有直接拒绝，就是有很大的可能性会答应。

奚温宁心想，要是能上美国的学校就好了。

奚爸爸给女儿夹了一块鱼肉，特意挑的没什么刺的，他琢磨了一下，还是觉得有点儿奇怪："嗯……出国确实可以考虑，但你以前不一直说不想出去吗？"

"哎呀，小姑娘的心思很善变的，老爸你不懂！"

奚温宁说完，心情大好地吃下了红烧肉。

每年四月，南法大学依照惯例举行体育节。

为了开幕式的亮相，每个院系都花了不少时间排练。

自从奚温宁在徐远桐面前大哭了一场，两人的关系就更说不清楚了。不过她没再当着他的面提起那些事，关于他的家庭、他的父亲、他受过的伤，她只字不提。

徐远桐的运动能力还算过得去，但不算拔尖，他们班上热爱运动的人也不多，他被班长硬拉着报了一百米短跑。

开幕式的时候穿的一身白衬衫徐远桐还没换下来，鼻梁上的框架眼镜也没摘下，镜片后的一双眼眸黑白分明，他披着浅色外套往更衣室走的时候，显得既斯文又沉稳。

"啊啊啊，学神！"

"太帅了！我买了十张他的写真，每天晚上都要看一百遍啊！"

"徐远桐不是在和编导专业的奚温宁谈恋爱吗？你没看到人家拿着相机在拍吗？"

"我选择性失明不行啊？"

奚温宁以爱影社社员的身份畅通无阻地出入各个比赛场地，她拍完大二一百米跑的这组照片，依照惯例检查了一遍。

徐远桐跑步的英姿不用赘述，他的速度不快也不慢，估计能拿个第三。

跑完之后，他很自然地走到奚温宁身边，凑近看她拍的照片时，几乎快要贴上她的臂膀。

"嗯，主要是人好看。"

"干什么？来看你的写真集呀？之前她们只卖五块钱，太便宜了，我打算搞一个拍卖会，得来的钱就用作去国外念书的费用。"

徐远桐扶额："你想去国外念书？"

她瞥了他一眼：“对呀。”

徐远桐没立刻回应，他伸手抓住她上衣两边的下摆，上下扣好，一路把拉链往上扯，还打量她的格子短裙：“这么穿不冷？”

“是有点儿冷，但是好看啊！”说着，她还叉着小蛮腰，扭了扭臀。

“现在已经不需要你好看了。”他皱了皱眉，“你一个人去国外念书，你妈能放心？”

她垂眸，半天没回答。

徐远桐见状，瞬间就什么都明白了，但他并没有说破。

这时，一阵低低的议论声传来，路过两人身边的学生都免不了回头盯着他们看一会儿。

“哇，真的是那样啊……”

“这女的比校花还厉害哦，手段真高。”

“这算不算正式公开啊？学神也要脱单了吗？我的心好痛！”

广播里播报着游泳馆的比赛项目即将开始，奚温宁想起自己班上也有同学要参加，急忙转身跑开了：“我先去那边拍照片，一会儿再说！”

徐远桐已经没别的任务了，见她要去游泳馆，想了想，就跟着一起去了。

奚温宁班上的李轲是练过游泳的，也是夺冠的热门人选。

奚温宁和他的关系比一般同学要好上一点，一来是因为对方知道她喜欢徐远桐，二来是她觉得他性格还不错，偶尔还有点儿蠢萌。

李轲游完从池子里出来的时候浑身是水，他扯下泳镜，裸着上身，因为模样青葱阳光，一时也吸引了边上女生的目光。

奚温宁一只手捧着相机，一只手举着大拇指：“厉害啊兄弟，妥妥的第一名！”

李轲被夸得有点儿羞涩，摸了摸头。

“你身材也不错啊。”奚温宁又道。

“哈哈哈哈，一般一般，我这个水平虐虐那些菜鸟还是可以的。”

奚温宁一个没注意，脚下一滑，眼看就要摔倒，李轲眼疾手快地拉住了她：“当心一点！”

她扶着他站稳，仔细检查了相机，见相机完好无损，才松了一口气。

她一回头，就见徐远桐盯着他们一言不发。

他弯唇笑了笑，略带嘲讽地道：“学弟的反应还挺快，谢谢了啊。”

这句“谢谢”相当微妙，李轲直接愣住了。

奚温宁瞄了徐远桐一眼，发现他脸色阴沉，啧啧，醋王登场。

她尴尬地退后一小步，飞快地说道：“你怎么不选游泳啊？你身材更棒啊。”

这话一出，李轲脸色微变，看着两人，不说话。

感觉“小肉饼”很了解徐远桐的身体，这两人的关系不会已经发展到……超越纯洁的同学关系了吧？

徐远桐却不吃她这套，淡淡地说：“我不怎么会游泳。”

奚温宁在心里骂了一句脏话。

他见李轲只穿了一条泳裤，浑身水淋淋的，站在奚温宁边上一点儿自觉也没有，于是开口问他：“你一会儿还有比赛？”

“哦，我还有一个接力赛要参加。”

李轲傻傻地说完，就见徐远桐拍了拍奚温宁的肩，轻笑道：“那你慢慢游吧，我们先走了。”

还没等李轲反应过来，他已经抓着人走远了。

奚温宁默默地跟着徐远桐走出游泳馆，讨好般说：“我们现在去哪里啊？我还要拍照片呢……哈喽？你听到我说的话了吗？”

看着他傲娇又淡漠的背影，她绞尽脑汁想着怎么哄他：“那啥，你不也看过邬明君了？”

徐远桐终于有了反应，他一脸冷漠地说：“那我情愿看的是李轲。”

“噗。”奚温宁没好气地说，“但我真的很在意啊，那件事……到现在我还在意呢。”

徐远桐觉得自己真是栽到奚温宁手里了。

他的弱点不多，但游泳确实是他的弱项，偏偏她盯着别人游泳时的样子看得入迷，真是……

奚温宁觉得对付徐远桐这种人，一定要豁得出去，必须比他脸皮还厚，才能治得了他。

她娇俏地偏过头：“所以呢，你以后看我吧，多看看我，嘿嘿。”

徐远桐斜眼过去，总算露出一抹笑：“你有什么好看的？”

“我拍的照片好看啊！”说完，她还举着照相机卖乖。

徐远桐直勾勾地看了她一会儿，露出痞痞的笑，问：“哦，那能约吗？”

奚温宁顿时心跳加快，脸颊发红。

果然还是某人暂时技高一筹。

“不约不约，我还没考驾照！”

徐远桐抬手揉了揉她的头发，心情总算阴转晴了。

体育节结束后，很多老师就进行了随堂测试，分数要算进年底总分。

这么惨无人道的安排，让很多状态不稳定的学生只有哀号的份儿，但对于时刻做好准备的学霸来说，这种测试就是小菜一碟。

教室里，大部分学生在奋笔疾书，徐远桐只花了半个小时就差不多做完了，只剩一道简答题。

在审题前，他被窗外绚丽的春景吸引了注意力，一时分了心。

早春里大片错落的光影像碎金铺散开来，一点点漫进教室，微风拂过，窗纱轻轻地飘动。

这么美好的时光，却用来做卷子，实在是浪费。

笔尖在试卷上轻轻点着，徐远桐眼尾向外一瞥，就看到一个熟悉的身影从楼下匆匆离开。

他微微愣住，漆黑的眸子里泛起一丝疑虑，深思几秒后，题目也来不及看了，“唰唰”在答题处写下“不能”两个大字，就起身交了卷。

他把卷子拍在讲台上，然后头也不回地跑出了考场。

监考的强哥正拿着手机在看微博，一时没反应过来，等到想叫住那个臭小子的时候，人都不知跑哪儿去了。

徐远桐到了教学楼下面，刚想追上去，又觉得不妥，他拿出手机给奚温宁打了个电话。

她很快就接了：“喂？”

“我看到你出校门了，怎么了？有什么事吗？”

奚温宁一时不知怎么回答：“我也……还不是很清楚，先回家再说吧。”

徐远桐听出她声音里的异样，当下做出决定：“我考完了，等着，一起走。”

她挂了电话，站在原地等，那道清秀的身影很快就出现在她视野里。

原本害怕焦虑的心情，终于得到了一丝舒缓。

上午，奚温宁正上着课，突然接到妈妈打来的电话，说家里有点儿事，已经和辅导员请过假，让她下午早点回去。

奚温宁以前从没遇到过这种情况，当时就慌了。

徐远桐停下脚步，看着她说："不会是特别严重的事，不然，你家里人肯定会帮你多请几天假，对吧？"

奚温宁仔细一想，觉得他分析得很有道理。

徐远桐抬手捏了捏她的脸颊，动作温柔："不管发生了什么事，记得及时跟我说一声，我就在外面等着，你别怕。"

他的语气很轻松，原本魂不守舍的奚温宁也镇定了下来。

"嗯，我知道。"

说来也奇怪，上次看见他被王登允挑衅，她的眼泪怎么都收不住，这次尽管心里很慌张，却没有哭出来。

徐远桐陪着她回到了家。

奚温宁急急地推开门，感觉家里特别安静，与往常的气氛截然不同，她的心顿时沉了下去，连鞋子也来不及脱，张嘴就喊："妈……"

周幼在卧室里听见女儿的声音，赶忙走出来："星星，你回来啦。"

"妈妈，怎么了啊？是不是家里出了什么事？"

"没事没事，你别怕。"周幼急忙安慰女儿，抚了抚她的背，张开双臂抱住了她，"你听妈妈说，是这样的，你爸的塑料厂遇到点儿问题，急需资金周转，他得去几个地方跑跑，还有可能要问你小姨他们借点儿钱……我这两天要陪他去外地，你到房间里收拾点儿衣服，哦，还有你要带的东西，先去外婆家住几天。"

尽管周幼眉宇间还有浓浓的愁绪，但依然柔声安慰着女儿，奚温宁总算缓过了一口气，一直提着的心也稍稍放下了些。

"爸爸不要紧吧？"

"没事，我们以前不就说过吗？大不了公司倒闭，提前退休，这样也挺好的啊！"

奚温宁乐观开朗的个性，很大一部分就源自父母，她父母不像郁柚养母那样刻薄，也不像诗添夏父母那样严厉，所以她才能总是这样无忧无虑。

奚温宁定了定神，回到自己的小房间慢慢地收拾东西。她把书包卸下来放到椅子上，然后环视着四周。

突然，她想起要给徐远桐打个电话。

她拿出手机，拨通电话之后，小声地把事情都告诉了他。

徐远桐总算放了心，他仰头望着奚家的窗户，笑着问："那你外婆家住哪里？"

"离这里不远，坐112路，两站就到了，就在康家南路。"

"行，你先收拾东西，到外婆家乖乖吃晚饭，我过去找你，好吗？"

奚温宁心口一阵发烫，眼睛潮湿得几乎看不清周围的事物。

方才对家里的状况提心吊胆，后来又生出对爸爸的担心，现在感觉到对方无声无息的照拂，所有情感融汇到一起，让她有点儿提不上气了。

她抹去脸上的眼泪，吸了吸鼻子："好啊，我吃完饭就等你过来，说好了。"

徐远桐听出她声音里的难过，眉心皱了一下，旋即又笑了："嗯，说好了。"

外婆家附近有一个商业中心，到了夜里人潮涌动。奚温宁吃过晚饭就和外婆说要出去散步消食，很快回来。

她出去之后，就打电话给徐远桐。

他就站在马路边，朝她招了招手。

"你还真来了啊。"

"是啊，我就是这样的性格。"

两人谁也没急着说话，沿着商业街慢慢地散步。

高悬于夜空的一弯月皎皎明朗，夜风里似还带着一抹惆怅，轻柔地拂过他们的脸庞。

"你爸公司的事现在怎么样了？"

奚温宁摇了摇头："妈妈说不用我担心，他们挺好的。"

他垂眸，看着她粉粉糯糯的唇——微微颤抖着，还带着点儿出其不意的媚。

"怎么了？"他轻声问。

奚温宁有点儿发愁，眉宇间都是沮丧："我本来想，有机会也要出国去念书，但现在爸爸公司出了点儿问题，如果……短时间内不能解决的话，我就不能再给他们添麻烦了。"

那种生意真正拥有的可支配现金本来就不多，经营成本又在不断增加。奚爸爸凭着诚信和运气做到如今这样，真的很不容易。

徐远桐知道她平时看着大大咧咧，其实是一个特别善良孝顺的女儿。

两人都明白这意味着什么，也是时候挑明了。

奚温宁决定趁这个机会挑破："徐远桐，我知道你想去国外读研，你之前说过自己总会想很多，肯定也考虑过要去加州理工学院的事了吧。"

他没有说话，只是看着她。

"后来我查过资料，那个学校真的很适合你。"

徐远桐看出她的情绪很低落，于是耐心地安抚道："总有办法解决的，其实我只是想学一些东西，不一定要去国外……"

"那肯定不一样啊，而且你不是一直想去加州理工学院吗？不要轻易改变主意啊。"她一脸紧张，一副比他还要上心的样子，"我记得有一次你说，学了物理，才能知道这个世界是什么样的。我不知道是不是有点儿自作多情，但你要是考虑到……想和我在一个地方念书，那你千万别为了这种事改变目标！"

徐远桐没想到她会直接冒出这么一句话，一时没有搭话。

"我不喜欢拖累别人，更不想因为自己的任性伤害到别人。"奚温宁说完就低下头，看着脚边干净而冷硬的水泥地。

他要走的是一条很漫长、很艰难的路。而她会祝福他。

徐远桐淡淡地说："我现在已经没有你想的那么在乎这件事了。你别担心这些，我说过你还小，还有很多时间去经营未来。"

"我不是担心，或者说，不管未来是什么样的，我都认。我们之间最大的不同就是你喜欢未雨绸缪，而我奉行及时行乐。我不在乎事情是不是一定有回报，也不在乎做出的选择是否有结果。有些东西对别人来说可能没有意义，但只要我喜欢，那就够了。"

奚温宁很明显话里有话，她坚定地望着他的眼睛，道："所以我是真的很希望你可以去做任何你想做的事。"

徐远桐又不傻，当然听懂了她的意思，但他不认同："你说得对，既然不管什么样的未来你都认，那凡事也都有转机，不要现在就把所有问题都定性，这种思维模式不就是你教我的吗？"他顿了一下，又道，"何况，任何假想的路线都要比实际更花费时间，所以我们都不要太着急了。”

“你能否答应我，不管未来怎么样，你都要去你最喜欢的加州理工学院？”奚温宁还是不愿看到他放弃自己的理想。

“不行。”徐远桐彻底笑开了，非常从容淡定，“你忘了吗？我不为做不到的事做保证，但只要我做出的承诺，就会做到。”

徐远桐觉得自己性子和以前不一样了，但内心的那份骄傲和笃定没有变。

其实，在一个人出生之前，很多路都已经预先设定好了轨迹，纵然如此，改变人生的契机也实在太多太多了。

就像徐远桐舍弃天赋，舍弃荣誉，而选择一个平凡的童年。

当然，平凡的童年并不代表平庸的一生，毕竟平凡不等于平庸。

奚温宁耍赖般说：“我不管，反正我就当你答应了。”

这话题如果继续说下去，他们谁也无法完全说服谁。

徐远桐侧头看着她：“我承认之前考虑过很多事，我担心要是放弃出国念书，会让我妈不高兴，也担心自己的人生偏离原有的计划……总之，现在我没有按照既定的路线前行，也能获得很多意料之外的惊喜和体验，这是好事。至于会不会去加州理工学院，我想现在还不能给出答案。”

奚温宁沉默片刻，决定暂时略过这个话题。

看着商业中心的LED灯，她突然说：“反正以后你当物理学家，我做大导演给你拍纪录片。”

“你只要专心搞你的艺术，不要怕会饿死就行了。”

“你别乱说，我以后肯定会赚很多很多钱，你这个只会埋头做研究的才要怕没人给你做饭会饿死。”

“那就只有靠大导演接济了。”

奚温宁当然知道徐远桐不可能沦落到那个地步，但她还是缓缓地弯眼笑，摆出很得意的表情。

两人在街上转了几圈，吹了一会儿风，就往回走了。

车流逐渐变少，忽明忽暗的车灯像跳跃的火光，四周也渐渐安静下来。

奚温宁“啧”了一声，对身边清隽的男生说：“你过来一点。”

徐远桐转头看她：“什么？”

她伸手朝他摇了摇：“你过来一点啊，我和你说……”

以为她要说悄悄话，他微微弯下腰。

奚温宁趁他弯腰的瞬间，指尖抓住他的衣领，踮起脚，把脸靠过去，让他柔软性感的唇碰到她红润的唇。他就这么在她的嘴角亲了一下，很轻很轻。

她学着上次徐远桐那样，让对方主动。

他怔在原地，抓住奚温宁放在他胸口的手，心里有一种轰然炸开的感觉。

那亲吻带着倾诉与呢喃，既是这一刻感情的坦白，又像是非要从他这里讨一点甜头。

女孩白嫩的脸颊染上了一层红晕，她笑了：“嘿嘿，亲到啦。”

虽然不是真正意义上的接吻，但也算是“初吻”了。

就像长在心头的花苞，忽然在春天盛放，“砰”的一声，层层叠叠地绽开，哪怕它的前程未卜，就已经暧昧到令人觉得闷燥。

这个吻比她预想的感觉还要甜上一百倍。因为之前有一次亲了脸，所以这次奚温宁的心情没有失控，不过也已紧张和兴奋到浑身轻颤了。

她有点儿不敢看他，被他抓住的手都沁出了薄薄的汗：“谢谢你今天来陪我，我很开心。”

好不容易把话说完，她抽回自己的小手，却不知此刻他的理智已经快耗尽了。

“你又想怎么样？”徐远桐静静地看着她，嘴角抿成一条僵直的线。

“嘿嘿，不想怎么样啊，这就是传说中的‘啾咪’。我要回去了。”

奚温宁跑出去一小段距离，忽而转身，把双手放到唇边做成喇叭形状，说：“明天见，拜拜啦！”

说着，她害羞地转身就逃，身影很快融入夜色。

一缕属于少女的清香还萦绕在心头，软绵绵的，清甜清甜的。

徐远桐挑了挑眉。要不是看她年纪还小，能让她就这么全身而退？

他伸手在唇边抚了一下，她的吻像是烙下了一个抹不掉的印记。

所以，你要在我看得见的未来里，要在我的生命中，留下你的所有。

不需要你世界知名，也不要你倾国倾城，你只要在我身边，照亮我的人生，就好。

教物理热学的老师看着徐远桐的卷子，一脸茫然。

两个漂亮的大字“不能”，仿佛趾高气扬地冲她耀武扬威。

同一个办公室的强哥气炸了，拍着桌子大吼：“徐远桐！每次都是他！我说过不准提前这么早交卷，他竟然就这么跑了！这次非得让他长点儿记性！”

强哥指了指他的卷面，斩钉截铁地说：“给他零分！”

女老师抿了抿唇，有点儿为难：“不好吧，我估计徐远桐从小到大没拿过低分。”

“你要是不给他一点颜色看看，当心以后他变本加厉，根本不把这种考试放在眼里！”

好像是这个道理。

两位老师通了气，还是决定给徐远桐一个大大的鸭蛋。

后来，强哥给徐远桐的妈妈打了一个电话：“徐远桐妈妈，您好您好，我是徐远桐的班主任……对、对，您最近怎么样？身体还好吧？”

徐妈妈的身体一直不太好，这强哥也是知道的。

“我挺好的，你们每天这么辛苦，也要当心身体。是找我有什么事吗？是不是我们亮亮犯错误了？”

南法大学的很多社团都搞得有声有色，学校给各个社团的权限和自由度都很高。

在一周之中的某天中午或者下午，像舞蹈社这样的社团还会在舞蹈教室免费教大家跳舞，不少同学会参加。

除此之外，南法大学的两大活动——科技节与艺术节，向来是这所学校最具特色的大型活动。

科技节通常意味着寒假即将来临，而艺术节举办的时候离暑假也不远了，所以这两个活动深受广大学生的喜爱。

奚温宁很想参加六月举行的艺术节影视短片比赛。

可以自己写剧本，当然翻拍也行，一般以团体为单位报名参加，她和班上几个熟悉的同学商量后，决定一起拍个片子参赛。

“我们先定一下剧本，看是翻拍经典的原著还是原创。”

“我觉得前阵子热播的《神探夏洛克》就很不错，肯定会有很多人喜欢。”

“那风格是搞笑的还是正经的？”

与几个同学商量了一会儿，奚温宁就回到了座位上。李艺瑾本来趴在桌上玩手机，这时候转头和她说：“哎，你知道吗？徐远桐的妈妈来学校了。”

她诧异地问：“不是吧？为什么？”

“他这次不是考了零分吗？真要记到档案里会影响以后研究生评估的，所以学校就请家长来谈谈咯。”

奚温宁想想也是，当时她们听说他考了零分的时候都震惊了。

学神的零分背后肯定有不可告人的秘密，难道他和王登允干架的事被学校发现了，学校故意给他个零分警告一下？

奚温宁皱起眉头，觉得应该找个时间问问他。

中午的时候，徐妈妈拎着一个白色手提包，穿一身端雅的衣服，来学校与儿子的老师见面。

她与强哥聊了徐远桐的学习和生活，还有他不可限量的前途，气氛相当愉快。

强哥非常有礼貌地将她送到楼梯口，接着就把时间留给她和儿子，转身回办公室了。

徐远桐搀着徐妈妈一起下台阶，一步一步慢慢地走。

“你最近到底怎么回事啊？都大二的人了，还这么浮躁。而且，我在家也发现了，你有点儿神不守舍的，还老是拿着手机，有时候我都不知道你在笑什么。”徐妈妈一脸担忧，“还有，你们班主任说上次和你谈去加州理工学院的事，问你有没有看网上申请的资料，你却说还没定，到底怎么回事？”

徐远桐撇开眼，没回答。

“你老实交代，是不是谈恋爱了？”

“还没有。”

徐妈妈没留意他话中的“还”字，盯着他的眼睛，有些怅然地说：“你从小就和别人不一样，我希望自己有能力把你培养成才，但妈妈知道自己没这个能力。”

她叹了一口气，望着前方操场上奋力奔跑着的几个男生继续说：“谈不谈恋爱是你自己的事，但你千万不能为了一个女孩子而放弃自己的前途，知道吗？你现在觉得喜欢一个人，以后说不定就不喜欢了。何况，万一人家不喜欢你，你要怎么办？说不定再过几年你回过头看，又会觉得不值得了。”

徐妈妈不是那种不讲道理的母亲，她也绝对不会对儿子说出“你敢谈恋爱不考研，我就打断你的腿”这种话来。

她提出的几种可能性其实相当常见，并非危言耸听。

徐妈妈见儿子沉默，有点儿担忧地开口：“我这样说，你不要不开心。”

徐远桐摇了摇头，温和而耐心地说：“我知道你不会像爸爸一样试图控制我的人生，不会干涉我的生活，我知道你都是为了我好，我都知道的。”

徐妈妈淡淡地点头：“你知道就好。”

“妈，我也想过这个年纪该做什么，我有分寸，不会给你丢脸，也不会让你觉得为难。其实，你应该庆幸才对。妈，你知道吗，”徐远桐说到这里，眉眼沉沉，有些不同以往的严肃，“我还想过像我这样的人就不应该谈恋爱……”

徐妈妈知道他的意思，她攥紧手指，想说什么，但终究还是什么也没说。

徐远桐笑了笑：“所以，我现在能这么开心，已经很好了。”

她恍然地望着儿子脸上的笑容，一时竟觉得心酸不已。

是啊，她的儿子还能不懂那些道理吗？

父母只能尽可能地把自己的人生阅历教授给他，至于他能不能理解，能理解多少，又该做出何种选择，那都是他自己的事了。

她没法干涉，抑或强求。

奚温宁和同组的伙伴们商量妥当，定下了自愿参加拍摄的工作人员和演员，她还把郁柚和诗添夏找来帮忙，大家约在周末见面。

她兴致勃勃，比平时上课用功多了，一大早就来到学校。白天变得温暖又漫长，河边拂动的柳条冒出无数新绿，那种透薄的光芒像是能把人温柔地包裹起来。

越是接近夏天，学生们就越躁动。汽水、冷饮、西瓜……还有恋爱，是夏天的象征。

大老远就瞧见学校操场上竟然有一些熟悉的身影，奚温宁放慢脚步，眼睛放着光。

今天的徐远桐已经是春夏的穿着，短袖上衣运动感十足，跑起来的时候，腰间的肌肤若隐若现，特别诱惑。

难怪就连周末也有不少女生在边上围观，看来她们是提前收到消息，特意前来围观的迷妹团吧。

奚温宁跨着小步子走到操场旁边，默默地欣赏额头布满细汗的帅哥，放肆挥霍青春的感觉实在是太棒了。

有她们这些少女的注视，即使不进球，徐远桐也是这个场上最大的人生赢家啊！

她一出现，徐远桐就注意到了。

他走向她的时候，明显感觉周遭的气氛都变了，妹子们都屏住了呼吸。

他俩又要干什么？

“早啊，你怎么也来了？”奚温宁尽量像往常那样和他打招呼，“你们班也有活动吗？”

“不是，他们踢球缺人，我是临时被叫来凑数的。”他扶着操场旁的栏杆，稍微伸展了一下腰腹的肌肉，“去帮我买瓶水，要冰的。”

奚温宁感受到场边那些妹子灼热的视线，故意摆出浮夸的表情：“我为什么要替你跑腿？再说了，刚运动完喝冰的不好吧？”

“我会放一放再喝的好吧。”徐远桐扯了扯嘴角，朝她抬抬下巴，“钱在我外衣口袋里，自己去拿。”

这种话只有情侣之间才会说吧。

别说其他的妹子连嘴都合不拢，奚温宁自己都有点儿害羞。

她心里美滋滋的，找到徐远桐的外套，一边拿出钱夹一边低着头说：“可不可以给自己买一包零食啊？”

他直接扔下一句话：“你要是没吃早饭，就再去买点儿面包什么的。”

“哈哈哈，好呀，用你的钱哦！”

“嗯，吃不穷我，放心。”

奚温宁脸上一热，赶紧灰溜溜地走了。

她跑到学校附近的小商铺，刚趴在窗口看，几个学姐就跟来了，应该是冲着徐远桐来的。

“你就是奚温宁吧？”

“我们这样会让学妹觉得害怕的，你们不要这么凶嘛！”

“哈哈哈，学妹，你在和徐远桐谈恋爱吗？”

奚温宁想了想，说："你们还是去问他吧。"

为艺术节拍摄的影视短片，几人商量之后决定还是以翻拍为主，找的是一部讲述以一班天才"代考"为主题的青春题材电影。

奚温宁之所以选这部电影，是存了点私心的。

当然也考虑到场地就是现成的，周末让林清芬给他们开一下教室的门就行了。

剧本就根据原版改写，然后选择合适的同学去演，女主当仁不让由郁柚出演。

这部电影本来的女主角虽然算不上漂亮，但相当有味道，郁柚则显得"青涩"很多，但她气场强大，奚温宁相信她能撑住场面。

等到拍摄完成，后期什么的她再找诗添夏帮忙一起配音和剪辑。

艺术节当天会采取现场播放的形式，在千人礼堂播放每个班报上来的作品，然后以专业导师加学生投票的方式评出名次。

南法大学的艺术节水准向来很高，前几年还搞了走红毯的环节，故而不少大学有所耳闻。

在教室忙了一个上午，奚温宁细碎的刘海沾上了一点汗。

徐远桐特意从操场过来看她，刚走进教室，就看到那个叫李轲的又在缠着和她说话："这个画面真的很棒啊，我觉得就算模仿也很有感觉了。"

"嘿嘿，辛苦你们了，大家都出了不少力，我现在觉得好兴奋啊！"奚温宁笑得特别甜，一脸愉悦兴奋。

徐远桐表情不悦，正在休息的郁柚看到他，立刻调侃道："学长又来查岗了？"

奚温宁转头看到他，害羞地弯了弯唇。

他轻咳了几声，也不回避，当着学弟学妹的面对她招了招手。

两人决定一起去附近的面馆吃午饭。

"那个李轲现在和你很熟？"

"嗯，还行吧，你很介意吗？"

介意好像也没有用。

徐远桐耸了耸肩，反正现在这种情况她应该心里有数，他总是乱吃醋也不太好。

奚温宁没注意到他细微的表情，自顾自地问："我听说学长你被请家长了？"

"嗯。"

“你为什么得了零分啊？”

“不为什么。”

“是不是沉迷于美色，无心考试？”

徐远桐不咸不淡地回道：“是啊，你老厉害了。”

“也是哦，虽然我不漂亮，但我很可爱呀。”

“你别总说这句话。”

她一时没反应过来：“什么？”

“你不漂亮但很可爱什么的。”徐远桐微微侧头打量她一下，然后笃定地说，“你很漂亮，说不定也有人偷拍你，还把照片藏在家里。”

奚温宁顿时红了脸，不敢再继续和他对视。

她慌张地想要转移话题：“那你、你竞赛的事准备得如何了？”

“还行吧。”

这次的中国大学生物理学术竞赛将在七月启动初赛，接着就是分地区进行一层层的筛选，最终选拔出来的队伍将在十月份参加总决赛，据说到时还会在网上直播。

“你要上直播了，到时候会不会迷妹多得操场都站不下了……”

徐远桐故意皱眉，轻叹了一声：“能不能入围总决赛还很难说呢。”

“你也会说这种话？你不是有信心拿冠军吗？不过我记得也要看团队吧。”

“不知道。”他像是很随意地说了一句，但语气非常笃定，“没有人是全能的，我有你就可以了。”

奚温宁顿住脚步，四月的风吹在脸上很舒服，暮春的温度宜人，让人懒洋洋的，觉得很幸福。

两人站在校园里，互相凝视着对方。

她低下脑袋，因为紧张得出了汗，后颈上的长发都有些黏。

“奚温宁。”

“怎么了？”她没好气地道。

徐远桐看向她的目光清朗又深邃，就像情人节那晚的月色一样璀璨迷人。

“如果我拿了冠军，你就和我在一起吧。”

她微微皱眉，有些不解地望着他。

徐远桐轻笑一声："不愿意？"

"不是……就是，那个……"奚温宁有点儿奇怪地问，"你不是说现在不谈恋爱吗？"

"对啊，我不谈恋爱。"他侧头俯视着她，"我只喜欢学习。"

具体从什么时候喜欢上她的，他也说不清，反正意识到自己对她的感情的时候，已经陷进去了。

徐远桐也想过，大概对奚温宁冷淡一点，就会让彼此回到普通的同学关系，但想要做到比学习任何一项课程都难。

从没有人能像奚温宁这样挑起他的好奇心，她可爱、聪颖、善良，戏还多。

新年的时候两人分开了一段时间，也就是在那时候，他常常想着关于她的各种麻烦事。当跨年的烟火在窗外绽开，他首先想到的也是她，也想让她看到窗外那轰然炸开的火花。

愿意将最美的月色分享给对方，大概是喜欢一个人最鲜明的标志。

小时候父母离婚后，徐远桐一直觉得感情是虚无缥缈的东西，人就得自律自省。然而，只要和她待在一起，他就觉得心潮澎湃，更重要的是所有紧绷的神经都会自然而然地放松下来。

她总是可以摧毁他所有的计划，包括现在。

两人走在去往面馆的小路上，路上没什么人，她忽然踮起脚张开双臂抱住了他。

徐远桐心里"咚"的一下，但声音还算冷静："发什么嗲？"

"哼，我就先试一下感觉怎么样。"

其实是她觉得太不真实了，只能通过这样一个拥抱来确定自己不是在做梦，或者说是美梦成真了。

她用双手环了一下他的腰，把脑袋枕在他跳动着的胸口，感受着通过衣物面料传来的他肌肤的温度。

徐远桐几不可闻地叹息一声，真是麻烦，看来以后更要为她的事烦心了。

因为平时常运动，所以徐远桐的胸膛摸上去手感很好，让人很安心。

她能听见他的心脏和她一样，强而有力地跳动着，"咚咚咚"……

"好了没啊？有人来了。"徐远桐轻声道，轻轻地看着她的侧脸。

奚温宁连忙推开他，装作若无其事地往四处看。

他笑了笑，问她："你爸爸妈妈最近怎么样？家里没什么事吧？"

"嗯，没什么事，就是我爸非常忙，经常好几天不见人，感觉他都瘦了一圈。"

徐远桐拍了拍她的头："没事，一切都会好起来的。"

"是呀，我也这么觉得。"

徐远桐又想起什么，声音柔和地说："你翻拍的那部电影我前几天看了，很不错。"

"以后有机会可以一起看。"奚温宁也没多想，脱口而出。

徐远桐却皱了皱眉头，随后勾起嘴角："嗯，以后约你看电影。"

她呆愣愣地点了点头。

徐远桐又说："什么类型的都看哦。"

奚温宁瞪着他：哼，才不怕你呢。

"你这次选这部电影，也是有原因的吧？"他明知故问。

她挠了挠脸，羞涩地说道："你上次不是和我讨论过吗？天才、运气和奋斗什么的，反正我觉得很有趣，就对这方面的题材也感兴趣了。譬如说，很多生活在所谓底层的人，好不容易得到天赋成为天才，是否应该舍弃道德、真爱或者其他什么的去换取成功。很多假设都很有探讨的意义，对吧？我想，明年说不定我可以原创一部这种题材的微电影。"

"这种人性的博弈确实是最精彩的，当然，也是最无趣的。"徐远桐道。

他的直觉告诉他，奚温宁能凭借她的机敏和才情，创作出属于她的人生中第一个充满回忆和值得纪念的小片段。

他刚想提醒她面馆到了，她忽然一个激灵，想起什么似的说："哎呀！夏夏下午有空能过来的，不知道现在到哪儿了，我给她打个电话。"

诗添夏在家陪父母吃完午饭，便打车回了学校。

上午还是晴天，中午就阴沉下来，诗添夏坐在车里，看着小雨一滴滴砸在车窗上，转眼就变成了遮天的雨幕。

车窗都被砸得"砰砰"作响，道路被雨水冲刷着，天也黑漆漆的，吓人。

她听着闷响的雨声，让司机师傅尽量把车停在学校门口附近。

幸好她有伞，刚下了车撑着伞准备往学校走，抬头却见到了一个最不想见到的人——杨薇薇。

杨薇薇和几个女生站在校门口附近，大概要一起去什么地方。

诗添夏深深地吸了一口气，来不及别开眼，视线就和她相触，她惊得顿了一瞬，急忙垂下眼睑。

杨薇薇却一勾嘴角，笑了。

平时诗添夏身边都有奚温宁，偶尔还有郁柚，杨薇薇没机会捉弄她，眼下倒是个算账的好机会。

杨薇薇走过来，阴阳怪气地说："夏夏，之前谢谢你帮我们买奶茶和鸡翅啊。"

诗添夏根本没打算理她，倾斜着伞面，就往校门里走。

"站住！把她给我拉过来！"杨薇薇对同伴道。

她身边的两个女孩子对视一眼，上前几步拖住了诗添夏。

虽说天气已经转暖，可雨点还是冰凉冰凉的，诗添夏半边身子湿了，却咬着牙没吭声。

"我们几个人就带了一把伞啊，你帮我们去买几把伞好不啦？"杨薇薇说完，本想居高临下地威慑对方，谁知却对上了一双带着刺骨寒意的眼睛，她猛地一颤。

曾几何时，诗添夏的眼神已经变了。

杨微微愤愤地抢了诗添夏捏着的手机，发泄般朝不远处的一摊积水扔去。

苹果手机最怕进水，这是众所周知的。

诗添夏气得浑身发抖，低咒一声："神经病。"

杨薇薇瞪眼："你、你说什么？"

"我说你是神经病！"诗添夏有生以来第一次把学来的脏话骂了出来。

她有些紧张，但内心毫不害怕，因为她知道，除了哭，一定还有其他反击的方式。

手机被人从水里捡了起来，一个颀长的身影在雨中模糊成一片。

诗添夏抬眼，看到陈凌撑着一把格子伞，脸上仍是吊儿郎当的表情："这手机她连我都不肯借，你们也敢扔？"

杨薇薇怔了怔："陈凌？"

要说她们不认识陈凌，那是不可能的。

高中能进哈尔国际学校的学生非富即贵，特别是国际部，有不少外籍学生，比他们这些出钱进重点高中的还要厉害。

陈凌长得帅又嚣张，像杨薇薇这种经常在外面混、家里又有点儿钱的肯定认识他。

校门附近的花坛被雨水冲得干干净净，雨如粗线般不断落下。

“你们以后别犯贱，这人我罩着。”他冷着脸道，“除非你们不是人，是一群狗，听不懂人话。”

他语气很淡，可就是莫名地充满令人胆寒的气势。

等到杨薇薇等人走远了，诗添夏浑身如泄了气一般，差点儿连伞都握不住。

陈凌低头看着近在眼前的小姑娘，手指在她的唇瓣上轻轻地点了点：“怎么样，替你解了围，让我亲一下？”

诗添夏顿时脸色涨红，低下头，她不知道陈凌到底想干什么，也不知道他在想什么，对于这种男生，她从来是敬而远之。

暖和的长袖外套忽然落在肩上，带着温热的触感，她停止颤抖，抬起头向他看去。

“傻站着干吗啊，就这么喜欢淋雨？”陈凌打趣道。

诗添夏抿了抿唇，说：“以后，不需要你帮我解围。就像温宁和我说的，没有人可以代替我勇敢，只有我自己。”

陈凌：“行啊，现在硬气了，给我争面子。”

不远处，从面馆回来的奚温宁和徐远桐正好见到这一幕。

奚温宁担心陈凌又欺负她的小可爱，没想到在茫茫的雨幕中突然听到叫喊声：“你怎么可以这样啊？不准亲我！你想被我、被我打耳光吗？”她不由得疑惑，夏夏什么时候变得这么霸气了？

诗添夏板住脸看向陈凌：“你能、能不能别逗我？这样很好玩吗？”

“我就是喜欢看你说话的样子。”

她愣了一下，不知他所言是真是假。

“你慢慢说，好吧？”陈凌薄唇勾起来，“就当是陪你做语言练习了。”

诗添夏不说话了。

良久，她握紧伞柄，垂下头，蹙起两道秀气的眉，加大音量，掷地有声道：“刚才谢谢你替我解围，但是以后不用了。”

见她说话慢条斯理，但很努力地一字一顿地说着，陈凌突然觉得喉咙发紧。

“以后我们别见面了。”诗添夏说完，拿着伞跑远了。

奚温宁觉得两人有点儿古怪，她拍拍徐远桐的胳膊，对方垂眸凝视着她。

“我跟过去看看。”奚温宁道。

她走到教学楼一层，就见诗添夏正甩着伞面上的雨珠。

她哼哼几声：“可以啊，你和陈凌都这么熟了，竟然一直瞒着我。”

诗添夏脸上微热，但眼神镇定：“你……不生气吗？”

“嗯？”

“我没有告诉你。”

奚温宁忍不住笑了：“这是你的小秘密，你要是告诉我，我愿意替你保守秘密。你不告诉我，也没什么。我有什么权利生气啊？”

诗添夏嗫嚅一下，说：“那次我们去网吧，你还记得吗？就、就他赢了比赛很兴奋，亲了我一下，还被我打了。”

奚温宁接过她递来的纸巾，擦拭着脸颊上、肩膀上的雨水：“他活该，真以为自己是校霸就可以欺负良家少女？”

“刚才杨薇薇又想找我碴儿，被我和陈凌……吓退了。”

“不得了，我们夏夏现在好厉害。”

“跟你学的，你坏啊。”诗添夏把话还给她，“近朱者赤，近墨者黑。”

奚温宁一双温润的眼眸滴溜溜地转：“我也是跟着别人学坏的，学长才是真坏！”

诗添夏歪着头问：“陈凌是来找他的吗？”

“对呀，我听徐远桐说，陈凌家里有很多高级的摄像机，我想借来用用。”说到这里，奚温宁顿了一下，“你要是不想见他，我就让徐远桐把他带走吧。”

诗添夏笑着对她摆摆手：“没、没事，我不理他就行，你不是要我、我来帮忙？要我做什么，你尽管说。”

奚温宁眼角余光看见徐远桐和陈凌一起进来了，便笑着点点头。

拍摄过程磕磕绊绊，但总算顺利收尾。

这段日子学校里都是有关她和徐远桐的传言，两人却仿佛置身事外。

奚温宁难得这么有耐心，她知道有些事不能急于一时，何况现在这样保持着适当的距离，有点儿让人迫不及待，也充满了趣味。

只不过两人这样若即若离的关系，倒是给了其他女生主动追求的机会。徐远桐在学校的名声越来越响，不仅在物理实验室被女生堵在门口，就连去厕所都会被截在半路问能不能加个微信好友。更有甚者，其他学校的妹子有时候也会组团来找他。

徐远桐忙着竞赛的事，对于这些骚扰，他一律冷淡回避。

某天回家的路上，奚温宁眨巴着眼睛看着他说："我告诉你一个远离异性的特殊办法。"

"什么？"

"你现在亲我一下。"

徐远桐静默地望着他，没有动。

两人僵持了一会儿，奚温宁眼看没辙了，笑嘻嘻地鼓了鼓腮帮子："算……"

他打断了她："我说过等竞赛结束。"

他慢慢靠近她，眼底映着她澄净含羞的一双眼睛。

尽管彼此没有任何一处相碰，但温热湿漉的气息无声地交缠在一起。

奚温宁喉咙微紧，羞涩地看着他说："我开玩笑的，不用当真。"

"是你尿了吧。"

"……"

吃过晚饭后，奚温宁习惯性地给徐远桐发骚扰信息，聊起了过生日的话题。

徐远桐："我记得你的生日在暑假？"

奚温宁："七月的尾巴你是狮子座。"

徐远桐："……"

去年暑假他们还不认识，今年暑假估计他得去外地参加比赛，依然没法给她过生日。

徐远桐还是问她："想要什么礼物？"

奚温宁："别送我和学习有关的东西，我不爱学习！"

两人就这样你来我往，平静的日子像被埋下了一颗种子，就等着疯长的那一天来临。

南法大学的艺术节如期而至，所有参赛影片陆续播放。

大一编导（01）班翻拍的这部小电影，场景和镜头都很出彩，演员的演技也勉强过关，至少郁柚作为女主角扛起了颜值大旗，台词虽然不是特别扎实，但不会让人觉得出戏。

两天后，投票截止，奚温宁他们拿了一个参与奖，冠军得主是大二的一部作品，导演就是爱影社那位代理社长。

对于这个结果，奚温宁觉得可以接受，就是有点儿不甘心。

李轲等人却愤愤不平——

"搞什么，才一个参与奖，我们就算没实力拿第一，第二总排得上吧？"

"是啊，我们的剧本改得这么好，拍得也好，镜头也超棒，凭什么只给一个参与奖？"

"投票的时候，我们明明是人气最高的！就算要平衡什么的，也不该把我们压得这么低吧？"

王登允被校方委以重任，在操场后方等着做艺术节的谢幕演讲。他看着奚温宁在台下安慰身边的同学，不动声色地牵了牵嘴角。

呵呵，就算他不敢正面和他们作对，但负责统计票数的学生会成员和老师怎么也要卖他点儿面子。

站在高处的不全是天才，像他们这样的人也可以通过其他手段和途径达到目的。

这就是胜者为王的世界。

奚温宁和林清芬说自己太紧张了，要去一下卫生间，然后就跑到颁奖舞台附近和徐远桐说话。

她在同学面前很镇定，在徐远桐面前却可怜兮兮的，像霜打的茄子一样。

"我简直对不起你们啊，大家都这么帮忙，结果就拿了个参与奖，好丢脸……"

徐远桐抿唇，稍微敛了笑说："你的奖里面有多少水分，心里没数？"

过了半晌，奚温宁才微笑起来："那也没办法，反正那人也就这点儿本事了，只会用这种阴险的招数，像见不得人的老鼠。"

奚温宁看似是小甜饼，其实说话很毒。

徐远桐也知道结果出来就很难更改，他摸了摸她脑袋："没关系，以后你有的是机会拿奖。"

而他会在属于她的舞台之外，看着她闪闪发光。

有了徐远桐的安慰，似乎这次的失利也没有那么难以接受了。

但奚温宁还是耷拉着脑袋，无精打采地摇晃着身子。

徐远桐看破不说破，只好柔声安慰了她几句："明年就没有妨碍你的人了，你再拍一次就行了。"

奚温宁眨眨眼："那我可以请你帮忙吗？"

"我出场费很高的。"

"没事啊，我付得起。"奚温宁自信地拍了拍胸口。

徐远桐眯了眯眼，上下打量着她，嗤笑道："你确定吗？"

她知道他在暗示什么，又羞又不乐意，赌气地说："我还会继续发育的好吧。哼，今天你对我爱理不理，明天卖你写真发家致富的我会让你高攀不起。"

徐远桐无奈，这个"小肉饼"就爱说瞎话，但是特别甜。

趁着四周没人注意，他轻轻拉起她的手，放在唇边啄了一下，就像一个亲吻礼，可是又很温柔。

她的心重重地一跳，比拿了第一名还开心。

"好了，别再拉长着脸，你这样不好看。"他柔声道。

晚上，徐远桐和蒋麓带着一群人把王登允堵在学校附近的巷子里。

徐远桐说话的时候表情不变，但蒋麓离他近，发现他的眼神像淬火的冷刀。

他暗自感叹，很久没看到这家伙这么认真地搞事了，啧啧，奚温宁可真是个祸害啊。

奚温宁的爸妈也看了女儿拍摄的作品，对她想考研究生的选择又多了一些赞同。

大二开学后，诗添夏转去了她一直很向往的德语专业。

两人找了一家小清新风格的咖啡馆，聊了很久。

诗添夏转专业倒不是因为看不惯杨薇薇她们，而是因为她对自己有了更多的信心，想要挑战之前根本不敢想的语言专业。

奚温宁从心底为她感到高兴。

暑假里，她偷偷去学校的礼堂看了参加集训的徐远桐。

他站在临时搭起来的答辩席后面，碎发落在额前，眉眼轻扫对方的时候，带着年轻人特有的骄纵。

这样的他是真的帅，让人的视线不由自主就落在他脸上。

“考虑到题中所给的只是个简单的直线加速器……”因为长时间说话，他的声音沙沙的，但极其好听，“所以粒子在一次加速后再通过加速器所拥有的多个加速电场，从而很简单地就使带电粒子获得更大的能量……”

徐远桐在台上回答问题，奚温宁就远远地看着他，她的嘴角浅浅地扬起，一双清澈的眼眸里像是藏了星星。

全场下来，也就和开普勒行星定律有关的一点内容她算勉强听懂了。

集训结束后，两人结伴回锦和新苑，奚温宁提及爸妈要带她去国外旅游，顺便为她庆生。

徐远桐不知想到什么，从鼻腔里轻轻地“哼”了声，眸色有些暗沉：“可惜等我回来，夏天都要过去了。”

“不会啊，对我来说，十月才是夏天的开始。”奚温宁没心没肺地笑着。

他忍不住捏了捏她的脸，柔柔嫩嫩的，手感非常好。他说：“我已经和带队老师说过了，如果我们能进十月份的决赛，你作为爱影社的成员，可以跟着一起去拍纪录片，还可以帮着照相。”

她心里很兴奋，但面上还是保持镇定：“真的可以吗？你就这么确定你们能进决赛？之前还说不一定呢。”

事实上，要想获得冠军非常困难，这个大学生物理竞赛是国内顶尖的竞赛之一，还受到大多数国外名校的认可。这个竞赛通过团队协作的方式，让学生们可以在学术领域展示自己的技术和才能，实现不可思议的超越。

就算徐远桐个人能力超群，但整个团队能不能获奖，还要取决于各方面的条件。

这次因为有他的加入，校方花重金请来竞赛委员会的团队老师来为他们做备赛辅导。

徐远桐也知道进入决赛甚至夺冠很难，但很久没有一件事让他觉得值得挑战。

这是他给自己的一段经历，更是她给自己的动力。

徐远桐轻扯嘴角："很妥的，没毛病。"

奚温宁早就想过了，他赢了比赛之后，她一定要把他按到墙上，强行来一个"壁咚"。

"哦，希望你给个机会啊，兄弟……还有，"她在他面前摊开手，厚脸皮地问，"我的生日礼物呢？"

"哦，我忘了。"徐远桐云淡风轻地说，"等比赛结束之后再说吧。"

奚温宁从眼缝里偷瞄他。

"你又想说什么？"他无奈地问。

"我之前看过一个新闻，说我们市有两所重点高中抢一个学霸，那个学霸提出要求，说他女朋友分数不高，没法进重点高中，但是他们必须进一所高中。其中一所重点高中当场承诺录取学霸的女朋友，另一家都傻眼了。"

"……"

"这事好像是真的。"她顿了一下，眼珠子一转，笑嘻嘻地说，"你是不是和校领导说，'想让我去比赛，就把大一的奚温宁也一起带去'？"

"……"

"假如你和加州理工学院说，我们要一起读研，对方能答应吗？"

"……"

徐远桐都懒得理她了，眉头一蹙："你先回家睡觉，醒了再和我说话。"

暑假里，两人陆陆续续见了几次面，奚温宁一直关注着竞赛的进程。

七月初赛开始，接着就是分地区进行一层层的筛选。徐远桐与几个精英一路披荆斩棘，成功杀入决赛。

很快，野了一个暑假的学生们陆续返回校园，老师们也都心里有数，刚开学的一个月大家肯定很难进入学习状态。

对奚温宁来说，这一个月就像乘坐火箭一样飞快地过去了。

学校在主教学楼挂出了超大的横幅，预祝参赛选手挂帅出征、荣耀归来。

决赛就在离S市不远的西冷市举行，西泠市周边有一些很出名的古镇水乡，雨季的时候，更显出古韵风情。

十月的西泠市经常下雨，薄雾笼着远山，微风拂过长街，一派岁月静好的景象。

奚温宁早早就收拾好行李，去往承办这次竞赛的五星级酒店时依旧下着雨。

雨色薄薄的一层，笼罩在那家酒店的礼堂，尽管天气不佳，但战前的硝烟仍然浓重不减。

比赛前一天，入围决赛的几支队伍聚在酒店礼堂的圆桌旁聊天，不少其他学校的男女生代表不由自主地将目光投向徐远桐。

“那人就是南法大学的徐远桐吧？”

“据说他智商超高，他们学校就靠他一直拿分……”

“帅成这个样子，不给我们活路啊！”

无视那些妹子爱慕的眼神，奚温宁专心给他们加油：“大家一定没问题的，我会给你们拍美美的照片。”

其实她心里很紧张，她一紧张就想吃东西，所以她站起来说：“我去拿点心。”

她转身刚要跑，却被徐远桐一把拉住。

在众人的注视下，徐远桐柔声叮嘱她：“学妹，不要跑跑跳跳，这里不是学校，你不熟悉地形，很危险的。”

“哦，知道了。”

明明他马上就要参加决赛了，却还时刻关注着她的一举一动。

决赛前后共六天时间。其间，除了正式的抢答竞赛，还有开幕式、书面答卷部分，以及一些活动和采访。

中国大学生物理学术竞赛（CUPT）不愧是一流赛事，不仅吸引了各方媒体和名校，现场布置也显得相当大气，灯光明亮耀眼，让人热血沸腾，又莫名感动。

参赛选手一个个蓄势待发，早就不再是人们印象中戴着厚镜片眼镜的书呆子，而是全国乃至全世界的骄傲与希望。

奚温宁举着相机四处捕捉镜头，发现了不少眉目清秀、实力强劲的学术女神。

徐远桐穿着白色的短袖T恤制服，清爽干净，正微微低头沉思。

这个大脑中存在着无限宇宙的青年，没有人能欣赏到他全部的模样，他就站在金字塔的顶端，像是不会被这个世界上的任何物质束缚，连时间之神也奈何不了。

奚温宁无数次按下快门，记录下一个个美好的画面。

她想要记录每一刻的徐远桐，不管是漫不经心的他，还是被激出好胜心和挑战欲的他。

想到起初偷用他的 Wi-Fi、发现他在公园的长椅上看漫画的时候，谁都不会想到能有这样一天。

她喜欢这个优秀到让人难以企及的学长，喜欢到想要不顾一切去捍卫他的所有。

在前几轮比赛中，徐远桐是能不答题就不答题，他会在确认答案之后，让团队中的其他人去回答，当其他人遇到困难，只有他能准确描述的时候，他才会平静地作答。

随着一轮轮的答辩，奚温宁的心像被人揪成了一团，她紧张得手心冒汗，连手里小型相机的外壳都被她的汗水浸湿了。

徐远桐几次条理清晰、精彩绝伦的发言总结让观众们情不自禁地鼓起掌来。

如今已经不是用拳头就可以解决问题的时代了，唯有掌握知识，拥有智慧，才能踏入前人未至的领域。

徐远桐既拥有不服输的勇气，又拥有坚定的信念。

我们拥有青春，拥有知识，拥有浇不灭的热情。

我们是未来的光与热。

只可惜，现实是残酷的，奇迹并不会轻易降临，南法大学最终还是没能拿到名次。

毕竟总决赛的水平确实太高了，比起那些来自全国顶尖大学的队伍，他们团队的总体实力差了太多。

而且，在每一轮对抗赛中，每位队员最多只能作为主控队员出场两次，所以他们并不能每次都依靠徐远桐。

大家都尽力了，倒也没留下遗憾。

虽然团队没有拿到名次，但徐远桐获得了“最佳选手奖”，这个奖项的要求为做过正、反、评三个角色的报告人，按加权系数计算报告得分后总分最高的三个人。

徐远桐再次成为几所国际顶尖名校关注的焦点。

奚温宁不禁想起刚才从镜头里看到的竞赛中的徐学长。

翩翩俊朗的白衣青年，额前的黑发被发型师用发胶梳了起来，他的眼神在全场的灯影里荡漾着细碎的光，他身上那份从容不迫是任何人都无法击破的强大。

两人的目光不期而遇。

徐远桐发现奚温宁的镜头时，嘴角微微翘起，松缓自若。

他竟然对着她的镜头放电，还是无意识的那种。

奚温宁：徐远桐，你是想迷死我吗？

大赛进行到第五天傍晚，已经完成了所有重要的赛程，大家等着明天的颁奖典礼，酒店里的气氛也和前几日完全不同。

徐远桐好不容易才摆脱那些名校的老师和同学，也拒绝了所有媒体的采访，他向来有个性又自我，也正因为这样被人背后捅了不知多少刀。

徐远桐回到房里给奚温宁打电话："你跑到哪里去了？"

"我和老师说过了，和兰兰去附近的咖啡店了呀，想买一块提拉米苏，本来还想去最近的饮料店，好久没喝红茶玛奇朵了，但是突然下雨了……"

徐远桐无声地叹气：真的是个小麻烦，嘴里却说："我去拿伞吧，你们在那里等一会儿。"

奚温宁她们出来的时候还是阴天，当她点了一杯拿铁、打包好蛋糕的时候，天空突然乌云密布，还刮起一阵阵阴冷的风。

不一会儿，豆大的雨点砸下来，"吧嗒""吧嗒"地落成水花，又急又重。

徐远桐拿着两把伞，一抬眸，就看见她站在咖啡馆的墙边，雨棚堪堪为她挡住了雨。

她一只手挡在额前，微侧着头，浑身就像泛着柔光，那张小嘴像涂了一层樱桃色，惹得人想要采摘。

啧，是涂了护唇膏吗？

他看了一眼她旁边的女同学，把另一把伞递过去："这把你拿着。"说着撑起手里的那把伞，遮住了奚温宁。

"买好了吗？"

"咖啡还没做好，但快了。"

"那你出来等着干什么？等我？就这么着急啊。"徐远桐调侃几句，看了一眼旁边的同学，“你先回去吧，我陪她等。”

凌兰是和他一起参赛的大三学生，两人还是同班同学，就是曾经好几次问过他数学题的课代表。

她也不傻，听得出他话里潜藏的意思。向来拒人千里的徐远桐，只有在对奚温宁说话的时候，眼睛才会发出不一样的信号。

他们的关系是不同的，瞎子都能感觉得到。

“那……好吧，温宁，我先回房间了哦，那个……”凌兰也是一面对徐远桐就紧张，突然冒出一句，“你回不回来说一声。”

所以她不回来，要去哪里过夜？

奚温宁撇了撇嘴。

因为西冷市还未降温，她穿得很单薄，这时候雨丝一点点飞过来，把她身上的衬衣都打湿了，薄薄地贴在腰际，粉色的肩带若隐若现，胸前的起伏则让人心跳加速。

徐远桐撑着伞，语气微沉：“我没拿到团队冠军。”

“嗯，我知道啊。”奚温宁说完，很少见地闷声不语，实际上心里就像有个小哪吒在翻江倒海，混天绫都快把心揉碎了。

她双手不自觉地蜷起来，感觉呼吸都变得困难了。

“那，就不能在一起了？”

她忙说：“谁说的！你不是拿到优秀选手了吗？你是实力冠军好吗！”

看她一脸焦急，他“噗”的一声笑了出来。

“……”

果然徐远桐又在捉弄她！

“知道了，我都懂。”徐远桐在雨中浅浅地笑了，挺拔似白杨的身子向前一步，两人的肌肤贴到一起，嫣红小巧的唇就在眼前，“那我就当你答应了。”

他牢牢地握着伞柄，垂眸望着她嫣红的脸颊：“我尝一下可以吗？”

落到唇上的吻有湿润的水汽，这一次真正的亲吻带着身心的契合与交融，也有让骨头都发抖的缱绻，抑或是紧张。

奚温宁脑袋里一片空白，整个人依偎在他身上，他胸膛的热气不断地烘烤她的全身。

他在她柔软小巧的唇瓣上辗转，舔舐与试探都带着小心翼翼，渐渐地想要更多，两双唇像是沾了胶，怎么也分不开。

她伸手轻轻地捧着他的一处衣角，仰着头闭着眼。

像是终于走过一段长河的两人，接下来还有更长的河要渡。

酒店附近的马路旁，咖啡馆的墙角边。

因为下雨，各户商家都点亮灯火，那一缕缕光亮在雨水中显得有点儿游离，街上行人也渐渐少了。

徐远桐一只手撑伞，一只手越过她的肩窝，按住她的背，将她紧紧地抵在墙根。

奚温宁抬着下巴，被吻得无法思考，终于寻到一丝喘息的机会，她羞涩地低头，乌黑柔顺的发丝垂落，发尾还带着卷。

“什么叫尝一下啊……”她的声音还有些迷蒙和娇柔。

“既然叫‘小肉饼’，难道不是可以尝？”

“……”

徐远桐注意到咖啡馆的客人出来时盯着他们打量，他稍微倾斜伞面遮住两人，靠近她的耳际，轻声问：“你穿得太少了，冷不冷？”

“嗯，有点儿。”

其实也还好，但为了能离他近点，她故意哆嗦了一下，把脑袋枕到他胸前。

奚温宁被氤氲的雨水包裹，眼眸乌黑灵动，像一棵水灵的小树苗。

咖啡馆外面的灯柱映着徐远桐俊秀的脸庞，他也不说话，片刻后，低头亲她的眼睛，接着是脸颊、嘴角，还有那截露在外边的脖子。

两人就这样若即若离地吻了几次，直到雨势渐渐变大，她真的打了一个喷嚏。

徐远桐喜怒不形于色，漆黑的眼眸带着一点光，他默默地调整好情绪，眉梢眼角微微上扬，对她说：“你先回去换一套干的衣服，当心感冒。之后来我房间，我有东西要给你。”

这几天，奚温宁和凌兰住一间房，主办方给他们学校提供的房间还多出一个单间，本来想安排一位带队老师单独住，但那位老师非要让出来给徐远桐住，说他不喜欢吵，一个人能安静地休息。

徐远桐也不和他们客气，就一个人住下了。

奚温宁回房间的时候，凌兰看她的眼神很复杂，半晌，才用有点儿奇怪的语气说：“徐远桐的牙口真好啊。”

奚温宁忙不迭地摸了摸脖子，然后不理会对方的笑闹，一溜烟躲去卫生间换衣服。

凌兰很想现在就告诉所有人两人的八卦，但碍于徐远桐的威严，她连最好的朋友也不敢告诉，真是快憋死了！

奚温宁从书包里摸出一支护唇膏，对着梳妆镜涂了几下。

她摸了摸嘴唇，心脏一下一下跳得快要蹦出来了。

盯着镜子发了一会儿呆，好不容易才平静了一些，她收拾好东西，默不作声地出了房间。

奚温宁来按门铃的时候，徐远桐正对着热水壶出神，按钮亮着一点红光，“啪”的一声，水烧开了。

他放下玻璃杯，打开门看到她的那一瞬间，刚才她被淋湿的样子从脑海里一闪而过，顿时心神一乱。

本来他想说要喝茶自己去倒，一开口却发音不稳：“你要则……”

奚温宁根本听不清，惊讶地张了张嘴。

在全能竞赛上都能口条顺畅的学神，这会儿居然卡壳了，这也太可爱了吧。

“学长，刚才你是口齿不清了吗？”

徐远桐恢复目无波澜的状态，淡淡地说：“我不知道你在说什么。”

“别装了，你刚才是不是害羞了啊？”奚温宁玩味地说。

“我不知道你在说什么。”徐远桐重复一遍，不耐烦地板起脸，转身进屋，弯身把准备好的一双白色棉质拖鞋递给她。

奚温宁却得寸进尺，趿着拖鞋去沙发上坐好，笑眯眯地说：“我已经大二了，你对我有什么想法也很正常。”

“那还不是一个小朋友？”

“还小？行吧，小朋友都这么迷人，以后看你怎么办！”

徐远桐伸出手点了点她的脑袋：“你这里能不能装点有用的东西？”

她嘴唇扬起一点弧度，有点儿挑衅地看着他：“你让我过来，是要给我什么？难道是你的亲亲啊？”

徐远桐懒得回答，揉了揉发酸的手腕，静默地走到角落，把一个盒子拿过来递给她。

他望着她瞬间发亮的眼睛，带着笑意沉沉地说："奚导，生日快乐！"

盒子里是一台新的单反相机，这个款式和型号，再加上特意配好的镜头，少说也要上万。

奚温宁微微皱眉，觉得这礼物太贵重了，不仅是心意恰到好处，事实上礼物本身的价值对他们这种学生党来说也非常高了。

"你……这个我不能收。"

"你之前用的是旧款，这是最新款的。"徐远桐早就知道她会拒绝，连应对的说辞都准备好了，"虽说是给你的礼物，但你不是要给我拍照吗？以后就用这个吧。"

她捧着相机，呆滞片刻，一时没说要，也没说不要，倒像是想起了其他的事。

他也不催她，安静地倒了两杯热茶，坐下来看着她。

"今天我看到有不少外国人来找你。"奚温宁吸了吸鼻子，有些不知如何表达心情，"我不是想问你有没有做出决定，就是……我只是想知道，你真的考虑清楚了吗？我不喜欢后悔，所以我不想有一天我们会觉得后悔，做错了倒是不要紧。"

徐远桐笑了笑："嗯，因为很多人年轻的时候一时冲动，后来就埋怨彼此拖累对方，是吗？"

"这也不是不可能的吧。"

"温宁，你应该知道，我们两个的性格不同，对待同一件事也会追求不同的过程和结果。就考研这件事来说，加州理工学院是我曾经的梦想，也是我最好的选择，其他任何一所学校可能都无法替代。"徐远桐低声说，"所以我知道如果不去加州理工学院，这条路就不够好。但首先你要明白一点，你以为是我要求自己喜欢上你的吗？"

她一愣："当然不是啊。"

"对啊。奚温宁，我们生而为人，就会身不由己，懂吗？这是我们想要的，也可能不是，但做决定的时候，你一定做出了最合适的选择。"

奚温宁性子洒脱，当然明白他说的这些道理。

徐远桐温柔地笑了，问她："你觉得一个人怎样才算强大？"

"你问我吗？我觉得，一个强大的人可以接受命运给予的任何东西。"奚温宁很认真地回道，"像我就不行，之前爸爸的公司遇到资金情况，我就担心得要死，我太没用了。"

"你这样并不是软弱，而是有太在乎的东西，被太多感情牵扯。"他握住她的手，两人十指交错，肌肤相贴，他轻轻地摩挲了两下，"其实，我也没有你想的那么强大。奚温宁，你并不知道和你在一起，对我来说有多重要。"

"为什么？"

"因为我心底也有一个噩梦，等时机成熟了，我会告诉你的。"

"为什么现在不说呢？"

少年脸上闪过一丝苦笑，他扯了扯嘴角："我想让现在的感觉持续得久一点。"

奚温宁不太能理解，毕竟她没看到过他懦弱的一面，好像他从来不会输，也绝不会低头。

他的人生中根本没有"失败"两个字。

但或许每个人都有无法轻易说出口的阴暗面，这并不奇怪。

"不管是什么，"奚温宁紧紧地抱着他送的相机，声音清脆而坚定，"我一定会和你一起面对。"

徐远桐定定地看着她，觉得有点儿意外。

"徐远桐，希望你能让我陪着你，以后不管遇到什么，我们都一起面对。"

虽只言片语，却是她最赤诚的心意。

她说话的语气软软的，可脸上的神情很笃定，借着房中温暖的灯光，在这个安静地下着雨的傍晚，能看见那一份令人着迷的安定。

徐远桐嘴角微扯，语气漫不经心："看吧，你就是不想放过我。"

话音刚落，他的脸就凑到她面前。

薄唇贴近她的小嘴，他毫不怜惜地用力吸吮，比起在咖啡馆外的时候多了一份狠劲，呼吸也越发沉重。

徐远桐索性也坐到沙发上，两人严丝合缝地贴在一起，他的手在她脖颈上游移，然后往下贴住她腰侧，让她承受他这份温软。

她都被亲蒙了，一时不知身在何处，也不知道别人接吻时是否也这样惊心动魄。

徐远桐的唇齿温热，身上还带着一些湿气，能钻到人的心里去，她真是被撩拨得不行。

他趁着调整呼吸的间隙，声音低而哑地笑着说："礼物已经给了，这就当作你的回礼吧。"

奚温宁心神恍惚，两人又亲了一会儿，就听徐远桐问了一句："你是什么馅做的饼，红糖吗？"

看着她有些肿胀的红唇，他起了一个坏心眼："还有，你回学校之前的作业都做完了？"

"……"奚温宁一脸崩溃。

徐远桐叹气，站起来坐到另一个沙发上，拿起一旁的黑色水笔敲了敲："还愣着干吗？快把作业拿过来，我陪你一起做。"

和学神谈恋爱，真是劳逸结合。

第六章
想做你的猫

晚上，奚温宁躺在酒店的软床上翻来覆去，睡不着。

另一张床上的凌兰已经睡熟了，发出均匀的呼吸声。

奚温宁把头闷进被子里，打开微信，在只有三个人的聊天群里发消息——

奚温宁：“啊啊啊啊啊啊！”

诗添夏：“宁宁怎么了？”

郁柚也发了个问号。

奚温宁：“我好像……有男朋友了！”

群里的郁柚早就对那两个人的撒糖行为麻木了，而且她还多次助攻，奚温宁也不用特意回避她，大家都是已经能交心的朋友了。

诗添夏：“学长真的告白啦？竞赛还没结束呢，动作好快！”

郁柚：“等不及了呗，憋着多难受！他怎么说的？”

奚温宁：“他对我说尝一下可以吗，捂脸，害羞。”

诗添夏：“……”

奚温宁：“四舍五入我们都可以结婚生孩子了！”

郁柚：“不是说直接想到孩子上大学吗？聊学区房吧！”

奚温宁捧着手机傻笑了一会儿，三个女生又聊了一些其他的话题，包括陈凌上次对诗添夏的告白，当然还聊了杨薇薇等人的八卦。

三人聊完，奚温宁正准备睡觉，又收到了徐远桐发来的消息。

徐远桐：“是不是还没睡？”

奚温宁：“嗯，太兴奋了，睡不着，都是你不好！”

徐远桐正躺在床上看书，眼睛一瞥看到她的回复，继而冷笑。

呵呵，说得好像他有睡意一样！

徐远桐："要是明天有黑眼圈，你就自觉地把今天背错的戏文作者和书名都抄十遍吧。"

奚温宁："怎么这样啊？还不是因为你一直跑到我脑袋里陪我……背书，搞得我夜不能寐啊！"

幸好是在发文字，她才敢这么肆无忌惮地发动情话技能。

奚温宁："还有，你哪儿来的钱买这么贵的相机？我想来想去还是把相机放你那儿吧，不然被我妈发现了，还以为我去抢劫了。"

徐远桐眼睫轻颤，藏在舌尖的语气低柔婉转，他发来一句语音："知道了，快睡吧，晚安，星星。"

每一个字都又宠又哄，都快把她捧上天了，哪里还睡得着哦。奚温宁眉开眼笑，浑身酥软。

她也回了一条语音："好吧，学长也晚安，给你一个比心！"

她随即把屏幕按掉，很没出息地害羞到脸都快烧起来了。

果然情话什么的，必须多说才能熟练啊！

临近半夜时，奚温宁揉了揉眼睛，抵不住袭来的睡意，在一片黑暗中沉沉入睡。

一周很快过去，中国大学生物理学术竞赛告一段落，选手们回到学校继续上课，一切从表面上看像是回到正轨了，但对徐远桐和奚温宁来说，发生了大翻地覆的变化。

学校的主教学楼换了一张大海报，海报上写着徐远桐获得优秀选手，还配上一张奚温宁为他拍摄的比赛照片。

他五官英气中带着一丝柔和，侧颜更显睫毛浓密、双眉如剑，搭在手臂上的指节分明，特别是难得认真的一份神情，好看得让人挪不开眼。

男生女生们围在海报前，叽叽喳喳地讨论着，整个校园简直和举办节日活动一样热闹。

奚温宁这才想起来，那场比赛网上是有直播的，好像学校方面还特意组织了一批学生在礼堂观看全过程，为他们加油打气。

不少女生驻足楼前，纷纷拿出手机拍照。奚温宁也忍不住拿出手机拍了几张，心里很骄傲，加上如今红到发紫的徐远桐成了自己的男朋友，她就更觉得爽了。

望着那些学姐学妹尖叫和起哄的样子，她又陷入了矛盾的心情，早知道就把他拍丑点了。

不对，徐远桐的帅是三百六十度无死角的帅。

如今，徐远桐已经升入大三，周围的同学都沉浸在对未来的迷茫或者奋力拼搏中，一时之间社团活动和科技节之类的好像与他们没半点关系。

经过这次竞赛，物理学院也火了，每天都有一批批的男生女生前来围观，大家都在课间讨论，要拿到优秀选手奖，得打败多少名校竞争者，需要多大的知识量，徐远桐本来可以上哪所大学，他为什么不提前念大学……

有些人还在学校的贴吧里贴出了他的照片。

一个城市里几所出名的大学之间总会有交集，徐远桐这次风头太盛，自然吸引了不少其他学校学生的关注。

每天放学后，徐远桐走到校门口，都会遇到一群其他大学的爱慕者的拦截。

奚温宁也没有谈恋爱的经验，只好安慰自己说徐远桐心里肯定有数，但那种危机感还是没有消除。

两人一起去学校的路上，她义正词严地说："你不能保留别的女生的联系方式，知道吗？"

徐远桐失笑："你厉害了啊，现在直接命令我了？"

"对啊，你拿我有办法吗？"奚温宁挑了挑眉，一副特别霸道的口吻，"你根本拿我没办法！"

他被她的样子逗乐了，低头在她嘴上亲了一下："留联系方式做什么？我不会做这种没有意义的事。换草莓味的牙膏了？好甜啊。"

奚温宁暂时放下纠结，好吧，反正追到徐远桐的只有她。

大一新生对大三的学长学姐很崇拜，而大二的学生则对大一的学弟学妹虎视眈眈。

中午和李艺瑾她们一起吃饭的时候，奚温宁好奇地问了一句："这次的大一新生怎么样？有没有好苗子？"

"你以为像徐学长那种天才到处是？百年一遇好不好？"

一旁有个妹子对她们眨眨眼，示意她们看向餐厅门口："真别说，有一个好苗子！"

奚温宁心想：幸好我已经有徐远桐了，万般美色皆入不了眼，但好奇心还是要永远保持的。

她转头，顺着那个妹子的目光看去，但只看到一个少年的背影。

身高过关，应该有一米七八，戴着一顶黑色的棒球帽，看造型有点儿时髦。

李艺瑾也兴奋了："那是哪个学弟？哇，现在好流行小狼狗啊，不行了，想想腿都软了，快来姐姐的怀里吧！"

"大一医学院的，我听他们都叫他阿虚什么的，这几天除了徐远桐，就他人气最高了。"

奚温宁继续问："他的来历和背景知道不？"

"这个学弟在高中就是个万人迷，据说出身医生世家，平时浑身上下都是名牌，关键是人还长得特别正，笑起来脸上有两个浅浅的酒窝，特别可爱！"

奚温宁正想再问两句的时候，一道漠然又讽刺的声音自身后响起："怎么，很感兴趣？"

徐远桐端着餐盘站在她们边上，相当自然地坐下来。他的头发剪短了，更显得整个人清爽利落。

"你还搞双标啊。"徐远桐漫不经心地说。

奚温宁立刻明白他说这话的意思，有点儿心虚地撇嘴，不过嘴上还是不认输，轻声嘟囔一句："我又没问人要微信号。"

李艺瑾几人都没听见她说了什么，看着徐远桐直接呆住了，嘴里的青菜都掉回了碗里："学、学长好……"

诗添夏还算正常，规规矩矩地打招呼："徐学长好。"

徐远桐点了一下头算打招呼，扯了扯嘴角："你们在聊什么？"

李艺瑾看了看徐远桐，大脑一片空白。

搞什么，这是什么情况啊？

之前有学姐跟她们说，徐远桐和奚温宁在谈恋爱是板上钉钉的事，可她们根本不敢相信啊！

奚温宁努力控制着自己的面部表情，尽量自然大方地道："没聊什么呀，只是说大一的学弟有没有你一半聪明……"

她还没说完，身后就又响起来一道惊喜的声音："是徐学长吧？嗷！"

说话的是戴棒球帽的大一学弟，他身手矫捷地反身坐到他们这桌，对着徐远桐笑起来，声音明朗："学长，我叫薛虚怀，大一的，我刚看了你的比赛，是你的'脑残粉'。"

李艺瑾在桌子底下都快把朋友的手捏烂了。

不仅徐远桐来她们这桌吃饭，连新晋的正太学弟都来凑热闹，怎么感觉突然就来到了人生巅峰？

对于学弟的热情，徐远桐视而不见，他夹起一块茄子，放到奚温宁的碗里，淡淡地说："阿姨知道你在学校这么挑食吗？"

奚温宁乖乖地闭嘴，安静地吃菜。

薛虚怀热情地凑过来说："学长，我来学校前就听过你了！上个月你一直在训练和比赛，都没机会和你搭话。你在学校太受欢迎了吧，当时你打败了那么多优秀选手，我们比你还激动。哦，还有，我们都说要是哪天有人能加到你微信，就是全系的荣耀。"

薛虚怀越说越夸张，徐远桐却没什么反应，见他还想往他们这边挤，他一个眼神杀过去，示意他待着别动。

薛虚怀瞟了一眼低头吃饭的奚温宁，后知后觉地发现情况不对，随即嘴角噙笑地说："是学长的女朋友？看你宝贝的样子。"

徐远桐终于笑了，身旁的某人都能预感到他下一句话就是"对啊，没错"。

尽管两人的关系几乎人尽皆知，可当着这些同学的面，直接承认的话肯定会引起围观。

奚温宁的大脑高速运作，想着该如何转移话题比较好。突然，一旁的女同学大叫一声："哇！看那只猫！"

大家纷纷低头看去，就见桌角旁不知从哪里窜出来一只黑白相间的田园猫，四只脚像穿了黑色的棉靴，肥肥的身子慵懒地伸展着。

一个过来围观的男生说："这是十五中的'博士猫'吧？我在网上看过它的照片。"

奚温宁诧异地问："博士猫是什么？"

李艺瑾这时也反应过来了，说："博士猫就是南法大学最经典的传言之一，据说它待在哪个班，哪个班就能出顶尖名校的博士。"

薛虚怀挑了挑眉："这么牛？"

"你看它来食堂都没人赶啊，老师和食堂的师傅都知道关于它的传说，大家都不会撵它。"

被传得神乎其神的小肥猫，此刻却是一脸悠闲的神情。

大家都静静地注视着它，看着这小胖墩轻快地跳上了长椅，在徐远桐身旁蜷成肉肉的一团，然后打了个哈欠。

大家都震惊了，继而讨论开来——

"学神就是学神！"

"连博士猫都出现了！"

"稳了稳了，我们这届要上天了！"

食堂里戴着口罩的大叔跑出来，看到这情况，觉得很头疼："哎，不行啊，大家正吃饭呢，它不能待在这儿，一会儿我给它找点剩菜好了，你们谁把它先赶出去？"

那猫见大叔来了，立刻钻到徐远桐的凳子底下。奚温宁扯了扯他的衣袖，让他去处理。

徐远桐微微弯腰，与那只猫对视一眼，然后拿着筷子在椅子上敲了敲。

小肥猫默默地钻出来，坐在地上看着他。

徐远桐把盘子里的一块鱼肉扔给它，轻声细语地说："给你吃的了，快走吧。"

博士猫傲娇地"喵"了一声，低头叼起东西，但仍然不走。

他索性俯下身，伸出食指戳了戳黑白花猫的脑门。然后，一人一猫就这么静静地对视，这一刻，仿佛时光都停滞了。

奚温宁觉得这一幕太美好、太温柔了，她都想变成那只猫。

一个女生尖叫出声："妈呀，学神太厉害了吧！"

徐远桐嘴角含笑："出去吧你。"

等到小猫咪扭着小肥臀跑远了，奚温宁的目光仍未收回来，许是这一幕太过神奇，难免让她生出点感慨。

"说不定是你家的薛定谔回来找你了。"奚温宁呆呆地说。

他愣怔片刻，神色微漾："嗯，也许是吧。"

薛虚怀乖巧地向徐远桐鞠了一个躬："那我就不打扰学长学姐吃饭了，下次再聊。”

两人吃得比别人都慢，等到李艺瑾、诗添夏都识趣地端着盘子先走了，他们还在边吃边聊。

奚温宁夹起一块茄子，不情不愿地吞了下去："郁柚说周末大家聚一次，之后我们升到大三，喀喀，可能见面的机会就少了。"

郁柚看着高冷，但了解她的人都知道，她是典型的刀子嘴豆腐心，心里比谁都软。

徐远桐把饮料递给她，"嗯"了一声，算是默认了。

她"咕咚咕咚"地喝了几口，总算把茄子的味道掩盖了。

他收拾好餐盘，刚要离开，却发现她还坐在原地没动："怎么不走，难道也要我戳你？"

"对呀。"奚温宁双手托腮，一双湿漉漉的眼睛眨巴着，歪着脑袋看着他。

"奚导，你又要做什么？"

"嘿嘿，我已经坐好等亲亲啦！"

徐远桐在心里暗道，真是个小人精，有时候能把人甜疯。

午后，徐远桐做着测试题，外面已是一片绚烂的金秋之景，树叶掉在地上的声音也清晰可闻，颇有点儿"荆溪白石出，天寒红叶稀"的味道。

他是沉得下来的人，只要专注思考就能进入自己的世界。

也不知过了多久，凌兰出现在他面前，把一封粘了爱心形状贴纸的信递到他眼前。

他不悦地蹙眉，本以为又是哪个女生送来的情书，正想让凌兰以后别管这些事，就听凌兰笑着说："那个'小肉饼'刚来了，这是她给你的。"言毕，她还对着他挤眉弄眼，"你们真是青春啊，还写情书呢。"

徐远桐抿了抿唇，一时间脸上的表情有点儿复杂。

等到凌兰转身走开了，他才默默地拿起那封信，轻不可闻的呼吸都乱了。

他在心里告诉自己不要太着急，从而掩饰那份愉悦的心情，但嘴角上扬的弧度还是出卖了他。

徐远桐指尖轻挑，从信封背面拆开，里面有一朵桂花花瓣，衬着一张洁白无瑕的卡片。

他拿着卡片前后翻看了一下，发现上面只写了一句话，字迹还有点儿稚嫩：“我想我是猫。”

每一个字都像清冽的雨，坠落到他的心头，让他的心也随之飞舞。

下课铃声一响起，奚温宁就迅速把课本扔进书包，准备跑到另一栋教学楼上课。

她刚走到门口，眼前突然出现一道黑影，她还没看清是谁，就被对方拽着手腕，一路拖着走远了。

奚温宁感觉头晕晕的，一阵冷风刮过来，她才觉得思绪清明了些。

徐远桐一言不发，不知是在生气还是怎么着，反正等她回过神，他们已经身处光学实验室，实验室里没有开灯，他清冷的轮廓隐没在黑暗中。

她站直了身子，仰头看他：“你干吗呀？我一会儿还要去上课。”

从教室外洒进来的暗淡灯光照着沉默的徐远桐，他忽然倾过身，把她压在墙上，整个人把她圈住，然后用力地亲了下来。

奚温宁本能地瑟缩了一下，浑身像是被电击一样颤了颤。

他的唇贴住她的，这一次比之前那次还要激烈。他直接用舌尖撬开她的粉唇，在她嘴里肆意扫荡。

奚温宁被亲得眼眸泛起水光，她一脸茫然的样子更惹得徐远桐心头火起。

在昏暗的实验室内，他的吻猛烈得像要把她吞吃入腹。

亲完一次之后，徐远桐先是没什么表情，过了几秒突然笑了，蹭了蹭她微微红肿的嘴唇。

那一瞬间，奚温宁心想，她真的太喜欢他了——

所以不管你有怎样的噩梦，我都会保护你，就算与世界为敌，我也在所不惜。

他稳了稳呼吸，声音像带着撩人的钩子，在她耳际拨动：“你是要我的命吧，小祖宗。”

她不明所以地盯着他看，却发现他眼里像有明亮的星星，这才明白眼前的少年是被撩出了火。

奚温宁噘着嘴巴，低下头攥紧他的手指，两人十指相扣，直到指缝也紧密地贴合，她才说：“我知道你喜欢我啊。”

徐远桐用下巴贴着她的额头，叹息一声："知道就好。"

十月下旬，S 市进入深秋。

枫叶像涂了一层嫣红的颜料，梧桐叶子则枯萎掉落，留下光秃秃的树枝，等来年再长出绿芽。

这样的景色要是能遇上一场大雪会超级好看，但 S 市很少下大雪，就算下雪，也是很难有积雪。

公园的一角，蒋麓正和外校的人一起玩滑板。

本来约好吃饭的时候见面，但奚温宁从没见过他们玩这个，所以特别好奇，就提早一点先去那边凑个热闹。

她带着徐远桐送给她的相机，亦步亦趋地跟在他身后，看着他牵住自己的手，眼睛都移不开。

这样约会的感觉真是太美好了。

徐远桐与她错开身，搭了搭她的肩膀："我先去找蒋麓，他们玩滑板很危险，你站远一点。"

郁柚看到他们来了，打了个招呼，然后踩着滑板一端，伸手直接把一块板拿起来，接着走过来捧住奚温宁的脸揉了两下。

郁柚穿着深蓝色的卫衣、运动款的灰色阔脚裤，更显身材高挑，柔韧的发丝扎成马尾，酷到不行。

奚温宁连按了几下快门："你太好看了，我都要爱上你了。"

郁柚听了她这话，点了点她的鼻子："说话这么嗲，你迟早会被徐远桐宠成一个小肉包。"

奚温宁笑了几声，刚打算接话，就看到一道熟悉的身影出现在郁柚身后。

少年踩着一双轮滑鞋，与朋友一起滑了过来。

他穿着白色棉质长袖 T 恤，隐约还能看到微微隆起的背肌，带着独有的青春感。他皮肤白皙，眼睛秀气，像画了眼线，又藏了点让人捉摸不透的思绪。

"真是你们啊，学姐。"薛虚怀滑到她们面前之后，稳稳地站定，很礼貌地笑着挥了挥手。

奚温宁也是最近才知道了一点关于他的事。

薛虚怀和陈凌一样，高中时上的国际部，还多才多艺，从小就学钢琴、跆拳道和街舞之类的。

估计是考虑到南法大学的医学院师资力量不错，在S市也能排得上号，所以他才考进来。

薛虚怀注意到郁柚脚边的滑板，抬眸望向她。

郁柚没觉察到他的表情，而是低头盯着他脚上的轮滑鞋。

他的目光缓滞一刻，眸子里多了些不一样的光，然后他抿了抿唇，思索着问："学姐也会轮滑？"

郁柚笑了："会啊。"

奚温宁看了两人一眼，饶是她再迟钝，也察觉到了薛虚怀的笑容有所变化。

薛虚怀望着郁柚的脸庞，尾音拉长，软软地说："学姐穿多大的鞋子？我们这边刚好有女式的，要不要试试？"

郁柚和他们一帮人完全不熟，正想开口拒绝，突然听见后方传来嘘声和口哨声，带着挑衅的意味。

她眉眼带笑，对薛虚怀勾了勾手指，不冷不淡地说："好啊，给我弄双鞋来。"

很多年以后，大概他们也记不清年少时的欢喜从何而来，只是似乎有一种冲动和命中注定的罗曼蒂克。

难怪喜欢上的那一刻被叫作怦然心动，有时候它很缓慢，有时却如狂风席卷。

当她出现在你面前时，你就知道内心坚持了十几年的信念都被隐隐撼动。

薛虚怀不知想到了什么，喉结滑动两下，说："开学之前有一次新生参观，我应该见过学姐。"

"是吗？"郁柚边说边琢磨着是不是应该把滑板交给奚温宁，所以有点儿心不在焉。

薛虚怀歪着头，双手插兜，漆黑温润的瞳仁似含有水光。

忽然，他眯了一下眼睛，薄唇轻启："小姐姐，我可以约你吃饭吗？"

郁柚也不恼，漫不经心扯了扯头发，又抬手拍了一下他的后背，淡淡地笑了："不约。"

既是有缘，即便来迟，往后也会常相见。

从饭馆回到家后，徐远桐没急着回屋，而是立在楼前等待奚温宁房中的灯亮起。他微微仰头，望见少女的身影出现在楼梯拐角，一格格地上去，最后消失不见。

清冷的月光洒在他单薄的身影上，像未化的雪。

徐远桐站在寒夜里，心头却有融融暖意，他转身拿出钥匙，愉悦地牵起嘴角。

然而，刚推开门，他就觉得不对劲，顿时蹙紧眉头，顿住脚，心下突然就有点儿慌了。

"妈？你怎么了？"

周一一大早，奚温宁就兴冲冲地拿着从相机里导出来的照片去献宝。

她拍了很多郁柚玩滑板时的照片，照片中的她有时张扬，有时自然，轻盈跃起的时候清纯又妖冶，极为特别。

郁柚一张张认真地翻看，奚温宁顺口就说："昨天大家好像都挺累的，徐远桐回家后都没回我消息，估计是累得睡着了。"

后来她躺在床上困得撑不住，也沉沉睡去了。

郁柚没放在心上，点头附议。

奚温宁看到她桌子上堆着点心，也不知是谁买的，就探她口风："怎么样，小狼狗后来约你没？"

"呵呵，我很喜欢他的阳光。"

薛虚怀似乎永远充满阳光，举手投足又显得很有教养，就这一点来说，真心没的说。

但郁柚根本没把薛虚怀的那点儿心思放在眼里，两人明显不是一路人，她懒得搭理。

奚温宁心里想到徐远桐，还是觉得奇怪。

要说他昨晚睡着了没回她信息也正常，但从早上到现在他还是没一点反应，这就不对劲了，按照他的习惯，应该是看到微信就会回复的，而且，他们连早饭也没一起吃。

郁柚发现她心不在焉，便故意臊她："我看你整个早上都魂不守舍的，待会儿陪你去找他吧。"

奚温宁恹恹地唉声叹气。

两人去了徐远桐的班上一问才知道，今天他根本没来上课。

凌兰一脸茫然："听老师说他请假了，而且请了好几天，具体什么情况我们也不清楚，那个……"她心直口快地问出来，"徐远桐没和你说吗？"

这下连郁柚也觉得反常了，她搭住奚温宁的肩膀，轻声安慰道："也许是家里出了点儿事，或许他爸爸带他出去了，也可能是徐妈妈……"

奚温宁皱着眉打断她："是啊，就怕阿姨身体不舒服，徐远桐一个人照顾不过来。"

她越想越觉得不对劲，即便下午收到了徐远桐的回复，她仍认为事情没这么简单。

徐远桐："我要和我妈去外地几天，已经向学校请过假了。这几天手机信号可能也不是很稳定，所以回复会不及时，你别担心，具体情况等我回来再和你说。"

虽然他这么解释，但奚温宁怎么可能不为他担心？

上课的时候，她就把手机藏在抽屉里，过一会儿就拿出来看看，但他再没有发来消息，她有些沮丧。

她又不敢贸然给他打电话，怕会打扰他。

但她无论如何都想不通，有什么事会如此突然，况且，徐远桐还不直接向她解释，真是太奇怪了。

奚温宁想了半天，决定问问陈凌，看他有没有线索。

陈凌在电话那边掏了掏耳朵，说："徐远桐的老爸最近在国外谈生意，肯定不会是和他有关的事吧，我估计是和他妈妈有关。你问了蒋麓他们没？"

"早上在走廊上遇到直接问了，他们都不知道徐远桐没来上课。"

陈凌听出她的情绪很低落，也只好劝道："我再去打听一下，有消息告诉你。"

这几天，奚温宁一直无精打采，一天之中偶尔会收到几条徐远桐发来的消息，或者接到一通很短的电话。

他说他在哪儿在哪儿，很快就回来了，却不说具体在干什么。她就靠着这些消息来确定他的安全。

要是像平常那样分开几天，她也不会这么担心，偏偏徐远桐搞得这么神秘，她真的快担心死了。

奚爸爸和奚妈妈发现女儿最近不太对劲，以为她是学业上压力太大，也怕她是担心家里的情况，所以特意挑了一个晚上，带她去了一家西餐馆。

奚温宁不好拒绝，随便吃了半块牛排，却觉味如嚼蜡，顺便聊了聊学校的琐事。

周幼说道："我和你爸看了你上个月的作业，觉得你进步很大，现在你很厉害啊。"

"嗯，我很用功的。"

奚温宁不像平时那样开朗热情，说几句话就沉默地看着手机。

约莫八点钟，一家三口回到锦和新苑，奚温宁和妈妈先下车，奚爸爸则去停车。

正是这当口，一辆出租车驶过，然后停在了徐家大门口。

关门声和女人柔声的宽慰交织在一起，在寂静的夜里显得格外明显。奚温宁瞪大了眼睛，一颗心高高悬起，不由自主地往徐家的方向走了几步。

夜色中，她看见了徐妈妈和徐远桐，两人之间还多了一个消瘦的身影，徐远桐单肩夹住对方，跌跌撞撞地往前走。

焦虑和疲惫写在他脸上，而他身旁的陌生少年更是颓然，似乎全身没有半点力气。

奚温宁刚想再往前走，看情况有点儿糟糕，又折回来，努力镇定地对周幼说："朱阿姨他们家好像有人不舒服。"

周幼赶紧拍了拍奚爸爸："老公，你快去帮帮忙，看看要不要送医院。"

奚温宁的爸爸也是热心肠，但他还没走到他们身旁，那陌生少年忽然意识到有成年男子靠近，剧烈反抗起来。

他胡乱挥拳、咬牙发狠，想要推开所有靠近自己的东西。

奚温宁下意识地喊出来："爸爸你当心！"

好在那少年还没打到别人，就被徐远桐从身侧用力地箍住了。

"阿璨，你别激动！"徐远桐出声安慰他。

少年弯下腰，浑身剧烈地颤抖。

徐妈妈赶忙在一旁劝慰："阿璨！阿璨你别怕，没事的，没事的啊，你听婶婶说，我们到家了，没人能靠近你，你放心。"

那个叫"阿璨"的少年虽然呼吸仍旧紊乱，但慢慢地冷静了下来。

徐远桐低眉敛目，就连徐妈妈的脸上也是晦暗不明。

他似乎有点儿别扭，抬头看了看奚温宁一家，轻声说："阿姨、叔叔，谢谢你们的帮忙，我们可以照顾他。"

这一刻，奚温宁突然意识到，徐远桐已经用自己消瘦的肩膀扛起了成人的重任。

对她而言，父母的世界离她还有一段距离，在抵达之前，她还可以任性，还可以无忧无虑，而不用承担任何责任。

他却不一样。

奚温宁怔忪，无意间抬眸，与那个叫阿璨的少年对视了一眼。

她感到心下一凉，那是她见过的最压抑、最凛冽的眼神，她甚至忘了要开口说话。

阿璨与她一般年纪，他的面容和徐远桐有六七分相似。

他身上的衣服很旧很破，有点儿狼狈不堪，更可怕的是，他头上有一道伤口，早就干了的污血沾在半边脸上，在夜色中泛着铁锈般的黑。

少年一身戾气，看别人的目光冰冷。

奚温宁愣怔地盯着他的眼睛，他眼眸里的光四处散开，如同黄昏时刻的潮水。

以前她总觉得，徐远桐不笑的时候很冷，笑起来又很甜。

他的高傲里总藏着一丝邪气和戾气，只是被他的优秀遮挡了。而这位受伤的少年像极了徐远桐不被众人看见的一面。

徐远桐把阿璨扶到门口，刚准备抬起右手拿出裤兜里的钥匙，眉头皱了一下，这一幕没能逃过奚温宁的眼睛。

她顾不得父母都在，几乎是惊呼出声："徐远桐，你也受伤了？"

他侧过身，小声地说："没事，不小心碰到了。"

周幼和老公默不作声地对视一眼，她走上前扶住女儿的双肩，然后问徐妈妈："静瑗，要不要带两个小朋友去医院看看？让我老公开车，就去最近的那个……很方便。"

朱静瑗看了儿子一眼，才说："阿璨这孩子情绪不是很稳定，我怕他吵。我们先带他回去休息一晚，明天再去吧。"

"好好好，你有什么要帮忙的就告诉我们星星，大家都是同学，你千万不要见外。"

徐远桐静静地与奚温宁交换了一个眼神，她默默地低下头，以掩饰眼底的泪光。

“他们家好像有什么事……”奚温宁喃喃道。

周幼有点儿看出女儿的心思了，笑着安慰她：“没事的，徐远桐这么厉害，肯定能解决的。”

奚爸爸在一旁用口型问“什么情况”，周幼白了他一眼。

回家以后，奚温宁根本坐不住。

换了拖鞋，她到厨房扯了扯周幼的衣袖：“朱阿姨他们这么晚才回来，肯定没吃东西，妈妈，你能不能做点儿蛋炒饭什么的？我问徐……徐学长要不要吃。”

她急得口齿不清，情绪再也没法掩饰。

周幼想了想，觉得她说得也有道理，便答应了：“那你和你学长说一声，我看家里还有什么，拿保温盒装一点送过去。”

奚温宁知道每个人都有自己的界限，所以即便担心徐远桐，也没有咄咄逼人地追问他到底怎么回事，可该关心的她还是要去做。

她站在客厅里，在暖黄的灯光下给他发消息。

奚温宁：“我让我妈做点儿吃的，你们饿不饿？我给你们送过去好吗？”

那边，徐远桐费了一番功夫，才将堂弟徐则璨安顿好。徐则璨已经几天几夜没睡安稳觉了，又有一身的伤，眼下倒头就睡了过去。

想起刚才温宁满心满脸的牵挂，他拿出手机，果然看到她发来了信息。

他揉了揉疲惫的眉心，嘴角牵起一抹清浅却满足的笑容。

徐远桐：“嗯，麻烦阿姨了，替我谢谢他们。”

奚温宁握紧手机，心里一时百感交集。

等到周幼把吃的都准备妥当，她抱起大袋子就跑了出去。

没一会儿，她就冲到了楼下，看见徐远桐已经站在门口等着，身影有种说不出的惆怅，但也有一种历尽千帆后的淡然。

他右手臂用毛巾简单地包扎了起来，看得她蹙紧了眉头。

“你要不要去医院看看？那个男孩子等明天去，你也要等吗？”她一脸担忧。

“回来的路上已经简单地看过了，大概有点儿骨裂，我明天再陪阿璨去医院拍个片子，养一养就好了。”

看他说得轻巧，奚温宁更心疼了。

徐妈妈已经回房休息，特意留了一点空间给他们。徐远桐先把吃的拿到厨房，又折身出来，两人就坐在客厅。

奚温宁坐得离他很近，她细碎的发丝拂过他手心，让他心里一沉。

关于这几天发生的事情，徐远桐简言概之："那晚我们吃饭回来，我妈在客厅里躺着，看着很不舒服，我想带她去医院，但她和我说，刚接到奶奶的电话，说我堂弟阿璨出事了。"

老人在电话那边哭得上气不接下气，差点儿昏厥过去，徐妈妈强忍着身体不适，听完了事情的来龙去脉。

"他怎么了？"

"他们家的情况说来话长，我就简单说。他从小就和别的孩子不太一样，他爸是个人渣，比徐光槐还要冷酷无情。几个月前，阿璨和他爸大吵了一架，然后就被送去了一家什么叫书苑的机构……"

其实就是通过虐待孩子来纠正所谓的叛逆行为的学校。

"那天下午，我奶奶接到一个不知从哪里打来的电话，对方匆匆忙忙地说让我们快去接阿璨，不然就只能等着给他收尸……"徐远桐喉咙干涩，声音里带着隐忍，"我马上联系了徐光槐，想着他出面应该能解决。呵呵，可他说他在国外，没时间也没空插手别人家的事，那明明是他亲戚的小孩啊。我妈很气愤，那书苑是什么地方啊，都说虎毒不食子，怎么把好好的人往地狱里送？"

他的语气很平静，就像在说别人家的事情。

奚温宁攥紧手指，心也揪到了一起："所以你们是去救徐则璨了？"

"我妈已经不是徐家人，不该管这件闲事，但你也知道她的心很软，不可能见死不救。"

他和朱静瑗，还有奶奶最小的儿子，三个人连夜赶到那个偏僻的小山村，也幸好去了，不然再等半天，怕是徐则璨就要死在那里了。

"我们并不是通过正常渠道把他救出来的，不然也不会弄伤手。"

那个和他们年纪差不多的少年这几个月不知怎么熬过来的，又吃了多少非人的痛苦，难怪会如此失常。

她从小到大都生活在幸福的温室，即便知道人世险恶，也没有见识过人性的阴暗面，直到身边人陆续出现这样那样的状况，她才被迫慢慢地领悟了。

“我心里的噩梦，也和这些事有关。”

徐远桐知道这一切十分荒唐可笑，他也从来不指望别人能明白、能感同身受，鞭子不抽到你身上，你永远不知有多痛。

“我不想成为冷酷无情的徐家人，也害怕有一天会变成别人眼里的‘怪物’，然后被他们关进去。要想活在这个世界上，不是聪明就可以的，又或许是我还不够聪明、不够强大。”

奚温宁看到他白皙的手背上还有红色的划痕，大约也是在援救阿璨的过程中蹭到的。

“不是的，你是我见过最聪明的人，一直都是。”

徐远桐笑了笑，一副无所谓的样子：“以后我若是变坏了，你也不要理我，让我自生自灭，知道吗？”

“你不要说这种话！”奚温宁有点儿急了，不自觉地提高了音量，“你明明和我说过，只要被你盯上，就别想轻易摆脱！”

徐远桐忍不住调侃她：“你是复读机吗？记得这么清楚。”

“你说的话我都会当真，你不能耍赖。”她紧紧地握着他的手，“徐远桐，我知道你在担心什么，但担心一些可能永远不会发生的事情，我觉得没必要。”

“我知道你会这么说，但不是每个人都会像你这样。”他的目光很轻，也很缓，“这件事先不说了。阿璨平安回来了，我们得想办法处理后续的事情，他爸爸就不指望了，还得看他妈妈能不能逃离那个家……也许我们还要报警。”

奚温宁默契地陪着他沉默了一会儿，发现他眼中的深沉还未褪去：“还有别的什么事发生吗？”

“嗯。还有我妈，她身体不太好。”徐远桐的眼神沉了沉，语气辨不清情绪，“她很早之前就觉得吃东西会哽着，胸骨也经常痛，但一直瞒着没说。前几天我给徐光槐打了电话，让他找人去我妈看病的医院打听，原来我妈食道出了问题。”

为了母亲的病，那大概是他从出生到现在第一次和徐光槐聊了很多。

徐光槐说在接下来的治疗中，医院开出的特效靶向药大多是进口的，而且治疗癌症之类的疾病还是去国外更便利。

尽管父子之间还有隔阂，但就朱静瑗的事来说，他们还是达成了一致。

徐远桐抬头看向奚温宁，目光中饱含的情意让他的双眼璀璨如星辰：“我打算申请就读加州理工学院。”

奚温宁沉默了。她知道这可能是他人生中最重要的一个决定，他们谁也不能轻视。

而对于徐远桐做出这个决定，很早以前她就已经做过心理建设，所以也不会很难以接受。

“我明白。”

“你还不是很明白。”徐远桐说着，微微俯身，嘴角挨着她的脸颊，“让我抱一下。”

“……”

“你信我吗，奚温宁？”

在他们这样的年纪，要相信一个人其实很容易，真要做到值得被信任，却难如登天。

她也抱着他的腰，头贴到他的胸口，心抑制不住地乱跳：“信。”

“我已经查过你想考的戏剧学院，大三就能出国留学。两年，或者最多三年之后，我就有能力照顾你，如果你愿意的话。我已经想了很多种方案，我也会说服叔叔阿姨。”徐远桐一字一句地道，仿佛那些错综复杂的前因后果都消失了，这只是他们对彼此的承诺。

顿了一下，他接着道：“等你念完书，看妈妈的情况如何，我们再决定是留在国外还是回国，总之只要是你想做的，我就会陪你去做。”

他向来深谋远虑，今天他会说这些话，就代表他有能力做到。

但奚温宁不愿去考虑未来要如何发展，何况他们还有无限可能的明天。

他们已经比很多人幸运。

“我相信你。”奚温宁微笑着说，“徐远桐，我不要你背负我的人生，以后该走什么样的路，我可以自己做决定，当然也可以为了你改变我的决定。你不用觉得这是负担，也不要干涉我的决定，但是你一定要宠着我。”

徐远桐还没反应过来，就听她又补上了一句：“因为人一辈子都要学习啊。”

而她就叫学习。

他眼神柔缓下来，牵了牵嘴角：“我会把你好好供着的。”

“那我就知道自己有多可爱啦。”

徐远桐失笑：是啊，比昨天更喜欢你，小祖宗。

徐远桐从小心性沉静、心思缜密，在行动之前就已经预想了各种可能的结果。

“最稳的一种计划，是你先在南法大学念完本科，再去美国读研，这样你爸妈会比较放心。你可以选加州理工学院附近的大学，譬如南加州大学。不过这期间最短我们也要分开两年，因为我今年就会把南法大学的学分修完，明年就要去加州理工学院了。”

奚温宁听着听着，就听不进去了。

她确实不想和他分开两年，异地恋有太多阻碍，不是没有成功的，但分手的居多，何况就算不出幺蛾子，每一天也都是煎熬。

但要说服父母让她在南法大学读到一半就一个人去国外念大学，还要借助徐家的帮助，这实在有点儿说不通。

徐远桐看出她的犹豫，又说了另一种设想：“假如你想现在就出国，那我让妈妈和你一起去找你父母谈，我们可以签协议，让他们安心。”

奚温宁抬眸，睨他一眼：“什么协议？婚前协议吗？”

徐远桐敲了敲她的额头。

奚温宁捂着头，说：“我也不能太任性啊，这样一走了之，我妈肯定会每天想我、担心我的。”

“还是按照最稳妥的计划进行吧，你先去加州理工学院，我随后就到。”奚温宁老气横秋地说，“如果我们连短短两年都熬过不去，还谈什么将来啊？”

徐远桐笑了笑：“也对，反正有假期我就飞回来，平时我们也可以视频。”

尽管已经做出了决定，但在徐远桐说出这些假想的画面时，她还是忍不住红了眼眶。

徐远桐一侧身，就见到她的脸颊上有两道淡淡的泪痕，泛着盈盈水光。

他心里一痛，温柔地将她揽入怀里，想笑着安慰她，但发现嘴角太沉了，有些扯不动。

“没关系的，我还有大半年才走，一年两年，很快就过去了。”

“嗯……”

两人抱了一会儿，谁也不说话。他陪着她难过了一阵子，看到她的眼泪淌到下巴，他的心都被浸湿了，变得很软很软。

他凑过去想吮去她脸上的泪痕，这时听见朱静瑗的房间里传来细微的声响，两人如触电般迅速分开了。

徐远桐像做贼心虚一样，从耳朵红到脖子，他忍不住用手揉了揉耳尖。

两个人恢复正常的交谈距离，正襟危坐，特别规矩。

半晌，朱静瑗的房间又安静下来。

“你申请之后，大概多久有结果？”

“大概下个月中旬出结果。”

“这么快啊……”

奚温宁抿了抿唇，终于接受了他们将会短暂分开的现实。

她记得，徐远桐曾经问她一个人怎样才算强大，她说“可以接受命运给予的任何东西”，那么现在就到了她要去接受这些东西，并用自己的力量来掌控未来的时候了。

人生不就是这样不断地向前吗？

她相信就算现在身处困境，未来也一定阳光普照，更何况自己也不会轻易放弃的。

好不容易追到的学神，绝对不能轻易放手！

十一月，寒凉已至。徐远桐回学校的时候，右手还绑着石膏和绷带。

他受伤的消息震动了他在南法大学的粉丝，各路迷妹纷纷前来探望，有人甚至将慰问品送到了班上。

课间时，大家窃窃私语：

“之前不是传他和王登允干架，是不是王登允找人……”

“王登允能把徐远桐打骨折？他敢动一下试试？”

强哥踏入教室的时候，就见讲台附近堆满了礼物，连站的地方都没有：“我的天……你们搞什么！班委呢？先把这些东西搬出去！”

虽然徐远桐如此受欢迎，但奚温宁并不在意，因为她知道该怎么办了。

打定主意后，奚温宁在中午休息的时候从书包里抽出一本计算机课程的书，然后去了徐远桐上课的教室门口。

这次她大方得体地站着，接受来来往往的人的打量。

“徐远桐，有学妹找你！”

徐远桐正和班长说这几天落下的作业，几乎是在抬眸看到她的那一瞬间就说：“待会儿再讲，我先出去一下。”

许是因为要暂时分开一段日子，两人在学校也不再顾虑那么多，关系也更亲密了。

徐远桐捏了一下她的脸：“找我有什么事？”

奚温宁忍不住心跳加速，没来由地先红了脸：“那个，我想让你帮我看看这道题。”

徐远桐不爱讲题是出了名的，平时就算同班同学来问，他也只是简单地用一两句话概括解题思路，有时候说得浅了或深了，别人还听不懂。

看着古灵精怪的奚温宁，他憋着笑说：“就这事？下次你发个消息，我去你班上找你就行了。”

“不要啊，我喜欢你在这里教我。”

这个小戏精一看就是动了歪脑筋。徐远桐也不戳穿她，低头问她：“什么题？”

“喏，就是这道C语言的……”

徐远桐用了两分钟就把题讲完了。

奚温宁并没有急着走，她扯了扯他的衣袖，问：“阿璨好点了吗？”

“他身上的伤已经好多了，毕竟年轻啊。”徐远桐顺势拉住她的手，紧紧牵着，两人之间隔着不远不近的距离，“他先在我家住几天，之后就送到小叔叔家去。”

两人的小动作很快就被班上眼尖的同学发现了，一时间教室里原本小声的笑闹都消失了，安静得吓人。

“晚上一起回家。”

“不然呢？我要盯着你，免得你被那些小妖精拐走了！”

“你还说我，你还加了同班的男生，那个什么轲的微信呢。”

那好歹把人家的名字记住啊！

奚温宁自知理亏，想了一下和徐远桐关系比较好的女生，除了她，好像也就只有郁柚了……

“你这么可爱，”徐远桐伸出手揉了揉她的头发，“我吃起醋来连我自己都怕。”

他既想保护她，又想将她彻底地占为己有。

奚温宁眯着眼睛笑了："那还用说，我是吃可爱多长大的啊。"

他唇边的笑容绽放开来："是啊，可爱到想啃一口。"

妈呀，果然撩不过学神！

她生怕被他在公开场合"教育"，捧着书就溜了。

徐远桐一脸悦色，班长走过来调侃："哟，你和学妹关系不错啊。"

他一脸云淡风轻："她是我女朋友。"

下课后，徐远桐还没走出楼梯拐角，就被强哥喊住了，强哥脸上神色复杂，问他那些慰问品要怎么处理。

"随便吧，捐给希望小学好了。"

"你把水果捐给山区，半路上就全烂了！"强哥停止和他插科打诨，一脸正经地说，"你来我办公室一趟，正好我还有事问你。"

"下次吧。"徐远桐说着就要走，强哥一把揪住了他书包的带子。

他微微皱眉，表情不悦。

"哎哟哟，班主任请你喝茶，哪有改天的道理？你又和我说笑！"强哥也不管徐远桐脸色难看，直接把他拉进了办公室。

每到冬天，放学时天色就已昏暗下来，奚温宁收到徐远桐的消息，知道他要晚点才能出来，她就留在教室里上自习。

等到夜色黑如墨时，徐远桐才从强哥办公室里出来。

教室里只剩下奚温宁一个人，她正看计算机课程的书看得崩溃，一只手撑着脑袋，整个人半趴在桌上，都快贴到书上了。

徐远桐就靠在门边看着她："你眼睛还要不要了，小祖宗？"

她急忙直起身子，摸了摸额头："我在学编程呢，别烦我！"

他走到她身边，弯腰看了看，见她又要奋笔疾书，低低地吐出一句话："别写，费纸。"

又是这句话，满满的嘲讽！

徐远桐走到黑板旁，右手摆在胸前，左手在黑板上写下各种Python编程语言。

"编写一个计算任意位数的黑洞数的程序，黑洞数是指这样的整数：由这个数各位上的数字组成的最大数减去各位上的数字组成的最小数仍然得到这个数自身。例如3位黑洞数是495，因为954-459=495，4位数字是6174，因为7641-467=6174……”

他左手写字不如右手顺畅，但字工工整整，比她的字好看多了。

徐远桐转身，漆黑的瞳仁被灯光点亮，他轻轻笑起来：“需要我把整段写出来吗？”

“不用不用。”

“懂了吗？”

“四舍五入差不多了。”

徐远桐捏着粉笔，差点儿忍不住朝她扔过去，他冷笑一声：“四舍五入你还满分呢。”

奚温宁只好低下头，继续看书。

她嘴上这么说，但徐远桐比谁都明白她突然这么用功念书的原因。

他坐在教室里陪她自习，看她摆出一副愁眉苦脸的样子，湿润柔软的唇瓣偶尔还咬着笔杆子，裹紧了外套之后脸颊微红，十分惹人怜爱。

徐远桐喉结滚动，灼热的气息喷在她耳际：“亲一下？”

“不亲。”奚温宁急忙捂住嘴，“在学校里不可以这样，而且我好不容易才有点儿思路了，你一亲，我又要从头来过。”

有些题哪怕别人反复解析，也要靠自己领会才能掌握，就像老师上课讲同一道题，大家的理解程度却各有不同。

徐远桐悻悻，只好在一旁继续看一本关于黑洞与引力弯曲的书。

她悄悄地将目光移到他身上。

他好像永远这么理性，永远让人着迷，做事可靠又思路清晰，让她不喜欢都不行。

教热学的那位女老师从办公室出来，路过教室外面，余光看到黑板上满满当当地写着计算机术语，顿时错愕不已。

她看了看坐在教室里正在说话的两人，忍不住走进去插话：“没想到徐远桐你也是个暖男啊！”

徐远桐和奚温宁都惊呆了，奚温宁在心底暗自庆幸，还好刚才没让徐远桐亲。

女老师看了一眼腕表，语气和善地说："教学妹做题是好事，但现在很晚了，学习也要注意身体啊。"

奚温宁在老师面前向来脸皮薄，登时红了脸。

徐远桐淡淡地回了一句："知道了，张老师，马上就走。"

张老师点点头，笑着走开了。

学生时代是每个人成长经历中的一块秘宝，如果师生之间能如此融洽，也是最美好的时光了。

趁着没人，奚温宁迅速侧过头，飞快地亲了他一口。

嘴上的余温犹在，徐远桐挑了挑眉："奚温宁，谁准你亲我的？"

"我呀，你不可以亲我，但我可以随时随地亲你，这是我的权利，知道吗？"

"可怕，你怎么会有这种权利？"

"因为我可爱呀。"

又一年的年初，S 市竟然下雪了。

S 市很少下雪，在奚温宁的记忆中，上次下雪已经是好几年前的事了。

今年的雪似乎比往年都要大很多。

很快，各个校区都喧闹起来，教室里也发出阵阵惊呼，大家兴高采烈地跑出来赏雪，再也无心上课。

本以为雪下一会儿就停，谁知到了下午的时候，楼顶和地面都铺上了一层银白的光。

奚温宁站在窗边伸出手，棉絮般的雪花落在手心，凉凉的，这时有人喊她："奚温宁，有人找你！"

她回头就见徐远桐站在教室门口，随意地靠着墙，脸上神色就像这初雪，清清冷冷的，但莫名给人温柔的感觉。

奚温宁急忙走出去，把他拉到一个僻静的角落，这时她才发觉外面特别冷，这个念头刚冒出来，他已经扔了件外套给她。

"你从哪里找来的衣服？"

"我放在学校备用的，你不是早上给我发消息说冷吗？快穿上。"

"你胳膊上的伤还没好，别这样跑来跑去的。"

说话的时候，她没留意自己离徐远桐非常近，软软的胸脯就贴在他受伤的胳膊上。

“我希望你离我远一点。”他说着，又补上一句，“真心的。”

奚温宁吐了吐舌头，站直了身子。

她的眼神一直往旁边瞟，有点儿心不在焉。

“怎么了？”

“什么？”

“你好像不怎么开心。”

只要她情绪稍有变化，徐远桐就能敏锐地觉察到。

这大半个学期，他对奚温宁的照顾无微不至，所有人都看在眼里。

即便胳膊受了伤不方便，他也经常趁着课间将各种饮料和食物带给她，这令她班上的人震惊不已。

前阵子，他的研究生申请已经通过了加州理工学院物理系的审核，并获得了全额助学金，这在成为南法大学的一个大喜讯的同时，让奚温宁听到了一些闲言碎语——

“那个女的心里也没点数，学长马上就要去加州理工学院了，几年后才能回来吧，异地恋迟早要分的。”

“搞学术肯定还是国外的环境好啊，就是不知道以后学长打算做什么。”

“对啊，若一直做研究，估计还是得待在国外吧，就算回来也要十几年后了，国外漂亮的女学霸不要太多哦。”

奚温宁班上有个女生很喜欢徐远桐，还在课桌上写下“拜桐神，不挂科”。有一次，她看到那个女生从办公室出来，对等在外面的朋友说：“我刚才在办公室看到徐学神了！”

她心里知道，她并不能对这些人说出“我觉得我和徐远桐不一样”这样的话来，因为感情是如人饮水，冷暖自知，说再多，他们也不会信，只要她心里相信徐远桐就行了。

奚温宁身上还披着徐远桐给她的外套，整个人被包裹在他的气息中。

徐远桐冷不丁地冒出一句：“你再不说话，我就当着大家的面亲你了。”

窗外远远近近都是一片白，还覆着一层水汽，奚温宁揉了揉眼睛：“那你有没有空啊？我正好有事和你说。”

“过来。”他说着，“再靠近点儿。”

奚温宁乖巧地上前一步，徐远桐趁她还没反应过来，先拿衣服挡住两人，再低头吻上她的唇，碰了一下又离开，说：“心情好点儿没？”

她笑了起来，就像吃了糖一样，心里甜甜的。

“要说什么？”他问。

“哦，我妈已经知道我们的事了，只是一直没说。那个，昨天晚上她突然跟我聊了你的事……”

昨天晚上吃过晚饭，奚爸爸坐在沙发上看电视剧，奚温宁回房间温习专业课的内容。

没过多久，周幼端着一盘洗好的蓝莓进了她房间：“我们星星现在学习辛苦了，每天都学到这么晚。”

放下水果盘，她没急着走，通常这时候奚温宁就知道她有话要说。

她放下笔，转过椅子盯着周幼：“有事吗？”

想着女儿已经长大了，有些话周幼也不好说得太明，可不说又不行，她咳了几声才说：“妈妈还是很开明的，再说你现在已经长大了，你和徐远桐谈恋爱，妈妈也是知道的……”

奚温宁心里一沉，冷汗一下就冒了出来。

周幼一只手托着腮，说：“你也知道，徐远桐马上就要去美国留学，对这个……你有什么想法吗？”

周幼还是了解自己女儿的，知道她虽然平时大大咧咧，可心智比同龄的女生要成熟一些，大学时谈恋爱并没有什么，就怕掌握不好度，影响了两个人的前途。

“我们聊过这个话题，徐远桐让我过几年也去美国留学。他和我商量，说这件事情肯定会和你们谈的，但我想等本科毕业后再说，现在不用着急。”奚温宁说得轻声细语，语气镇定。

周幼闻言，顿时放心不少，她点点头：“你能这么想就好。不过也是哦，徐远桐这么聪明，怪不得你最近沉迷于学习，你们经常一起自习？”

奚温宁急忙摇头。

至于自习的时候会做点儿什么，就不便透露了。

"你们现在年纪还小，什么都别着急，以后有的是时间相处，知道吗？平时能一起学习是好的，人家毕竟是天才。哎，徐远桐怎么会看上你呀？看来他的智商也没有传说中的那么高嘛。"

奚温宁："……"

周幼掩嘴笑了："记得把蓝莓吃了，早点看完书上床睡觉。"

也幸亏对方是徐远桐，周幼才不会干涉太多。

徐远桐听完这些，一时心情有点儿复杂。

所以他这算是得到"岳母大人"的官方认证了？

"你马上可以去加州理工学院大展拳脚了，我也要加油了。"

"好啊，以后多给你'补课'。"

"为什么你说'补课'两个字的时候表情那么有意思啊？"

徐远桐差点儿笑喷，这个小戏精真是任何时刻都能把他逗乐。

大概只要他在前方，她就能看得见未来的路。事实上也因为她成为光源，他才会一往无前。

徐远桐以前并不觉得，如今却有了深刻的体会：原来身处黑暗并不可怕，因为我知道你就在身旁，那是最温暖的光芒。

就算大雪倾覆，也有你为我掌灯。

大二第一学期的课程结束，二月上旬寒假开始。

其间，并没有多少惊心动魄的时刻，时间就这样一点一滴地流逝。

过年前的某天，蒋麓做东，约了一大帮朋友出来，找了个能打牌和过夜的饭店准备玩个通宵。

因为知道徐远桐要出国念书，之后很长一段时间大家都不能见面，所以该来的人都来了，连最近和他们混得很熟的薛虚怀也来了。

奚温宁和诗添夏坐在一起闲聊，女生的话题免不了转到身边的男生身上。

听说陈凌没以前那么懒散了，哥们儿叫他去酒吧或KTV，他一律拒绝，大家都说大佬改了性子，打算吃斋念佛了。

他和诗添夏也有好一阵子没见面了，但每次见面都不觉生疏。两人也没有因为上次她直接拒绝他而产生嫌隙。

“再过半年就大、大三了，我现在、在努力学习德语，锻炼口才，偶尔会玩手游解压。”

奚温宁惊讶地张了张嘴：“夏夏，你越来越棒了，还会玩手游了？”

诗添夏想了一会儿，不解地问：“嗯，反正每次只要我上线，陈凌好像都在，他都不用上课吗？”

殊不知，陈凌就是为了在游戏里堵她，每天玩得废寝忘食，还到处问兄弟借充电宝。

陈凌还经常在电话里说笑话逗她，转专业之后，夏夏平时在班上能说上话的人本就不多，对于陈凌总是耐心地听她讲话这一点，她还是很感激的。

奚温宁和诗添夏不能和那些人一样彻夜不归，诗添夏吃过晚饭就走了，她则稍微待得久一点，周幼说如果玩到凌晨才回来，就让徐远桐送她到楼下，再给家里打个电话。

饭桌上，徐远桐和蒋麓几人在打牌，他脸色不太好，皮肤显得稍白，看也不看就随便把牌扔出去。

围成一圈的众人有一句没一句地聊着，话题不知不觉就绕到了全校最“高调”的一对情侣上，就连老师都拿徐远桐和奚温宁当正面教材，说哪怕要恋爱，也要找这样能帮助自己学习的对象。

蒋麓都忍不住调侃他们：“我现在越来越觉得徐远桐就像被收了魂一样。”

程兴一拍大腿：“哪里是收魂，分明是收心吧。”

怎么说呢？就是觉得谈恋爱之前的徐远桐和如今的他判若两人。

包括薛虚怀在内，大家一开始都不能理解为什么天才徐远桐会看上各方面都只能算得上中等的奚温宁。

论长相和成绩，奚温宁都不够出色，偏偏她的一举一动就牵动着徐远桐的喜怒哀乐。

几次相处下来，他们都觉得奚温宁不过分热情，也不太过高傲，当然更不做作，开玩笑的尺度拿捏得恰到好处，总之就是给人很舒服的感觉。

也难怪徐远桐对她这么认真，真到没人敢拿他们开一句玩笑。

“你别说徐远桐了，陈凌最近也怪怪的，我都不知道他到底是沉迷于游戏还是遇到冤家了，成天盯着手机，我觉得他眼睛迟早要瞎……”程兴话还没说完，就被陈凌狠狠瞪了一眼。

不远处的诗添夏显然也听见这句话了，她微微垂着眼，有点儿自责和不知所措。

眼看气氛有点儿尴尬，奚温宁想了想，朝薛虚怀招了招手：“学弟，郁柚发消息说她快到了，你懂吧？”

薛虚怀一边拿外套一边说：“懂，谢谢学姐啊，我现在就出去接她。”

大包厢里随即又热闹起来。

徐远桐打了几盘，觉得没劲，索性把牌一扔，站起来揉了揉眉心，满脸的困倦。

今天他话不多，比平时还少一些，显然状态很差。

蒋麓绝对不会放过这等机会，贱兮兮地说：“你怎么了这是？一副精神萎靡的样子，昨晚陪谁了啊？”

众人纷纷把揶揄的目光投向奚温宁，她发现徐远桐确实睡眠不足，于是也不理会旁人，走到他身边，犹豫了一下，说：“你没哪里不舒服吧？”

“没事，就昨晚几乎一夜没睡。”

“里面一间包厢有长沙发，要不你先去躺一会儿？”

“嗯，我先补会儿觉。”

徐远桐和其他人打了个招呼，侧头见奚温宁脸颊上被闷出浅色红晕，笑着捏了一下，才转身往里头的小包间走。

他躺下来不过片刻，房门就被人轻轻推开，奚温宁拿着一条薄薄的毛绒毯子走了进来：“我问这里的服务员要了干净的毯子，你将就一下盖着。”

房间的空调开得很足，相当暖和，徐远桐刚沾到沙发，就觉得困意袭来，他强打起精神，坐起来看着她：“昨晚我妈一直不舒服，一直咳嗽、吐痰，还有点儿哽噎。她一夜没睡，我也没怎么休息。”

奚温宁心里一紧，不住地绞着手指：“朱阿姨的病，算确诊了吗？”

“嗯。”徐远桐淡淡地应了一声，眉心蹙在一起，“还好发现得不算太晚，近期可能就会动手术。不过，听说食道癌之类的病在国外有术前质子数治疗联合放疗，所以还是出国治疗比较好。”

也难得徐光槐对朱静瑗还有夫妻之情，愿意出钱弥补那一点点可怜的愧疚之意。

奚温宁不知该怎么安慰他，这种时候好像说什么都没用。

“阿姨会好起来的，去了国外也有你照顾。”她轻声说。

徐远桐眯了眯眼，忽然软了声音，听上去居然有点儿撒娇的意味：“你过来，我要枕着你睡。”

奚温宁还没反应过来，他已经一用力把她扯到身边，她找了一个舒服的坐姿，徐远桐把头枕在她大腿上，闭上眼睛打算补眠。

她有点儿害羞，手都不知道该放在哪里了，只能嗓音轻柔地说着话，以分散自己的注意力：“昨晚我到网上查了一下，加州理工学院的要求真的好高啊，而且，提前毕业也不太可能，毕业要求好像是要四百八十六个 unit（课时）吧？”

“哦？你也知道 unit 啊。”

以前奚温宁对这些没做过了解，其实就是指一周在这个课上需要花费的时间，比如一般的课有九个 unit，可能就是三小时 lecture（讲座）加上六小时的学习和作业之类的。

学校也不太推崇学生提前毕业，研究生毕业后倒是可以直接申请读博。

徐远桐微微蹙眉，声音沙哑：“加州理工学院确实卡得很死，连基本的物理都得学。”

奚温宁觉得对他来说最好的选择就是研究生毕业直接读博。

“你果然很在意我去留学的事。”

“怎么会不在意啊，我都查好什么时候才能去看你了，加州的大学分三个学期，对吧？”

徐远桐闭着眼睛，抿唇笑了笑。这样的表情让奚温宁愣了神，她不禁感慨：“哎，你简直优秀到完美，不服不行。”

“没有人是完美的。”

“不会啊，你在我眼里就是完美的！”

“我不是。”

“你是。”

“我真不是。”

徐远桐说到这里，把眼睛睁开，侧过头看向她。

她不开心地哼了一声：“你知道为什么你会这样说吗？”

“嗯？”

“因为你心里没有安全感。”奚温宁有点儿生气，但语气又像对着主人撒娇的小猫，“我希望以后你都能记得，不管你遇到什么困难，都不用害怕，你应该比任何人都有信心，事实上你本来就可以做任何你想做的事啊。”

徐远桐闻言，忽然就不想睡了。

他起身的同时一只手抓住奚温宁的胳膊，她觉得腿有点儿麻，刚想低头揉揉，整个人就被徐远桐抱在怀里。

“干吗呀？快点睡觉！”

“你这么吵，要我怎么睡？”徐远桐说完，用鼻尖蹭了蹭她的脸颊，然后低头吻住她的唇瓣。

两人无声地接吻。

他的睫毛漆黑而浓密，移动唇瓣的速度很慢，显得暧昧，让奚温宁浑身战栗。

她不知该怎么办，茫然地伸出手，手指顺着他的肩背往下，轻柔地滑动着。

手感真好！

徐远桐绷紧身子，一把抓住她作怪的手指，将她用力一推，她猝不及防地后仰，半个身子都倒在柔软的长沙发中央。

“奚温宁。”

“干吗？”

徐远桐将她压在身下，两人四目相交，他冷笑道：“你现在撩了我可能没事，但你欠我的，我迟早会让你还回来。”

她咽了口口水，心虚地看向别处。

少年的吻再次重重地落下，带着炽热的温度，让人彻底沉沦。

他的吻就和他的人一样，清冽又温热，犹如一个矛盾综合体。

奚温宁揪住少年身上的羊毛衫，一时间有点儿大脑充血的感觉。

虽说两人亲过很多次，但这么暧昧的姿势和距离还是头一次，她羞得双颊通红，只得侧过脸去：“你过去一点。”

徐远桐却索性侧躺下来，把她拉到怀里，一只手捧着她的脸又亲了上去。

他脑子里不住地嗡鸣，唇间像有化不开的呢喃，舌尖探入关合的齿间，一下一下像汲取着重要的养分。他的身体滚烫，唇间更是如浓烈的焰火，席卷着她的嘴唇。到最后，她的双唇都麻了。

奚温宁身上的气味带了一些奶油蛋糕和水果混合的清新味道，非常甜蜜。

“你真好闻，难怪叫小肉饼。”

“……”

这种说法一点也不好听，人家都是像花像草，为什么她像肉饼？

“嗯……我想想肉饼怎么好吃，清蒸加蛋、香煎加虾仁，冬日美味？”

奚温宁一脸茫然。

徐远桐哑然失笑，“小肉饼”气鼓鼓的样子更可爱了。

“你不睡觉了吗？”

“一会儿再睡，先让我亲到满意。”

奚温宁并不理他，刚想推拒，他又亲起来，乐此不疲地又舔又吻。

外面的包厢里不知谁放了音乐，里间很暗，窗外呼啸而过的车前灯一明一灭。

耳边响起的是英文歌曲《Dreaming My Dreams》，有人在缓缓地唱：“And there's no other place that I'd lay down my face. Dreaming my dreams with you……”

他们并不知道，外面的世界又陷入一片清冷的白雪，灯火明亮又朦胧。

“你现在还可以亲到我，等年底分隔两地了怎么办？”奚温宁喃喃道。

徐远桐微微一怔。

今天奚温宁穿的毛衣领口有些大，他垂下眼帘，温热的唇瓣在毛衣领口上来回轻蹭，像在取暖，抑或意犹未尽。

奚温宁觉得有点儿痒，缩着身子躲过去，然后抱住他的腰，缓缓地舒了一口气：“嗯……我也困了。”

她就像准备午睡的小猫找到了主人的臂弯，打个哈欠，蜷起了身子。

不知不觉四周彻底安静下来，两人竟然都睡着了。

只是几分钟的浅眠，却像进入了一个漫长的梦境。

门外忽然有人大喊：“徐远桐，你快出来看看！”

他一下醒了过来，把身旁的奚温宁也惊醒了。

“怎么了？”她迷迷糊糊地问。

外头的人又说：“薛虚怀好像和人打起来了！”

饭店附近车水马龙，不时有凌乱的车灯晃过眼前。

不知怎的，突然又下雪了。

天气预报说今年是大冬天，果不其然，几年都不曾落雪的城市，这段时间竟然连续下了两次。

薛虚怀走到门口，看见郁柚穿着羽绒服站在路边。

他刚想走过去，却发现她正和身边的一个陌生男生说话。

他看不清对方的模样，但能看出对方身材修长、肩线流畅，有点儿形容不出的味道，反正不是帅气，更不是痞气。

郁柚神色放松，嘴角含笑，也不知她说了什么，忽然就惹恼了她身边的男生。

对方半分面子也不给，朝她劈头盖脸吼了一句：“我说了，不行就是不行！”

他的声音太大，惊得路人纷纷转头看过来。

郁柚也不还击，破天荒好声好气地哄他：“行行行，你说了算。”

刚说完，她就觉得后背一凉。

薛虚怀不知何时走到她身边，盯着那个男生看了一眼，掀了掀唇：“说话客气点，你一个男的对女生这么凶，要脸不？”

待看清那男生的模样，薛虚怀心中一凛。

那男生有点儿桀骜不驯，不像外面混的那种小流氓，可他的眼神漆黑不见底，莫名让人心里发怵。

但他也不虚，目光很不友善地怼回去。

徐则璨眉宇之间都是戾气。

郁柚是在两年前通过徐远桐的关系认识徐则璨的，那时徐远桐偶尔会带着他玩几局游戏上分，当时她就觉得徐则璨不仅脾气不好，而且很易怒。

薛虚怀敛眉，平日里那点温柔消失不见，神色冷漠地说：“怎么，不服气？”

徐则璨服气过谁？他现在就处于不接受任何反驳的狂躁期，他上前一把揪住薛虚怀的领子：“想打架？”

“我怕你啊？”

薛虚怀和郁柚擦过身，自始至终没有看她。

两个男生莫名其妙就打了起来，郁柚还没反应过来，一人一拳就这么扭打上了。

她愣了一下，反应过来后，赶忙跑进饭店的包厢叫人出来帮忙，然后转身跑出去。

郁柚提了口气，骂道："薛虚怀，别打了！你还认我这个学姐就给我住手！"

薛虚怀愣了一下，徐则璨趁机一拳挥到他脸上。薛虚怀手上青筋暴起，咬着牙一脚往对方身上踹去。

两人摔在大街上继续打。

徐远桐跑出来，上前几步扑到徐则璨背后，用了很大力气才和蒋麓一起把两人扯开："你这家伙不打架浑身不舒服是吗？"

薛虚怀则被郁柚抓住胳膊拉开了。

他脸上肿了一块，衣服也弄脏了，嘴角抿成一条直线，整个人添了几分冷澈。

"你傻呀，那是你偶像的堂弟！"郁柚有点儿无语。

薛虚怀抹了抹嘴边的沙子，敛了眉眼，嗤笑道："堂弟也比不上你，谁让他骂你的。"

郁柚怔了一下，再开口时语气柔和得自己都未察觉："他没骂我，你误会了，我们在说游戏的事。"

起因就是一场误会。

郁柚玩 LOL 最擅长打辅助位置，所以就拜托徐则璨玩 ADC 带她上分。

徐则璨不喜欢玩 ADC，因为他最不喜欢辅助抢他的人头，更不能动他的兵。

她就和他开玩笑，扯了一点对方不爱听的，结果把人惹毛了。

反正游戏归游戏，徐则璨从不管对方是男是女，照骂不误。

徐远桐蹙紧眉心，又不好随便教训，只能冷着脸说："大佬，你给我点面子行不行啊？好不容易把你请出来吃顿饭。"

徐则璨不回嘴，冷冷地斜视着薛虚怀。徐远桐见状，赶紧将他带了进去。

郁柚的心情有点儿复杂，她站在原地，拿出纸巾为薛虚怀擦去脸颊上的脏污，还有衣服上的灰尘。

薛虚怀抓住她的手指，偷偷地笑了。

包厢里，服务员陆续端来了菜，打牌的坐在旁边一桌，徐远桐安排阿璨坐下，奚温宁默不作声地给他夹了一块鱼饼。

徐则璨扫了她一眼，徐远桐见状，抽了一下他后脑勺："什么态度！"

徐则璨烦躁地皱了皱眉，大概是饿坏了，最终还是接过鱼饼放到嘴里，淡淡地说：“嫂子好。”

奚温宁又羞又窘，一时都不知道该摆出什么表情。

这人怕是比蒋麓还难管吧。

过了片刻，郁柚和薛虚怀从外头进来，从两人的表情看不出什么异常。

薛虚怀还主动认错：“对不起啊，学长，我打了你堂弟……虽然他也打了我。”

徐远桐觉得好笑：“我还能怎么办，只能不许你再当我的粉丝。”

薛虚怀急道：“别呀！”

众人一阵哄笑，反正男生就是不打不相识，大家也没把这个插曲放在心上，热热闹闹地各自聊开了。

奚温宁听他们描述刚才的情景，后悔不已：“我真是错过了一场大戏！都怪徐远桐，不准我出去围观……”

“学姐，你有点儿良心好不好？我到现在还疼呢。”薛虚怀揉了揉脸，靠到郁柚面前，“女神，你帮我吹吹。”

郁柚和他对视一眼，难得脸颊绯红，别扭地转过头。

徐远桐拿起筷子给奚温宁夹了一块三文鱼，她边吃边口齿不清地说：“学弟，你以后想做医生？”

薛虚怀想了一下，说：“嗯，可能是受家庭影响吧，我对医学方面挺感兴趣的，不过我想研究脑神经这一块。”

“脑神经研究？不愧是又一个学霸，厉害。”

“比如关于学者症候群之类的，或者干脆走另一种路线，研究怎样让大脑与VR连接，酷吧？”

奚温宁一脸茫然：“学者症候群是什么？”

薛虚怀解释道：“学者症候群也叫学者综合征，就是类似自闭症、躁狂症或者麻痹症之类，大脑创伤就有可能激发这类病症……你看过《雨人》吗？里面的男主得的就是这种病。”

一旁的陈凌听到薛虚怀提到VR，插话道：“我也对VR感兴趣，之前还和徐老师搞过一款游戏试玩。”

男生们说到喜欢的领域，眼角眉梢都舒展开来，那满目的笑意怎么都抑制不住。

夜色缓缓笼罩着整座城市，诗添夏的父母打电话来催，她无奈，只能先走了。

陈凌掐了手里的烟，转过头说："我送你吧。"

两人走往饭店门口，一时相顾无言。

他从来没在什么人面前如此没面子，向来是女生宠着他，谈恋爱也只抱着玩玩的态度，有时候嫌麻烦还不让女朋友到处说。

可遇见诗添夏，他就没脾气了，什么都忍了也无所谓。

诗添夏看了陈凌一眼，认真地说："你以后肯定会遇见很多优秀的女孩子，真的。"

"那如果别的女孩子我都不要，你愿意要我吗？"

一种难以言喻的感觉在胸中化开，她叹了一口气，忽然走到他面前，轻轻地靠着他："你好好学习啊。"

陈凌愣了愣，在心底骂了一句，面上却笑道："你能不能别这么逗啊？"

他用力地将她抱住，低头凝视着她："那你是不是可以让我体验一下不单身的感觉啊？"

诗添夏抿着嘴角，不知该怎么拒绝："我……"

就在这时，奚温宁和徐远桐也出来了，硬生生将她的话打断。

"徐远桐你看，又下雪了！"奚温宁惊呼。

前阵子下雪，她就在外面玩了很久，听脚踩在积雪上发出的声音就觉得有趣。这时她只顾着玩，没发现四周不同寻常的气氛。

徐远桐也假装什么都没看见，侧头望着她白嫩的小脸，声音哑哑的："你别摔了。"

"知道了，我很稳的。"

奚温宁没觉察到陈凌想杀了他们的目光，只看到诗添夏也抬头赏雪，下巴到脖颈的线条柔软，一双眼睛笑成月牙状。

后来回想起这几年的时光，她由衷地觉得自己真是喜欢这群男生。

内里刚硬，造物温柔。

无处不在的人情味和自由自在的灵魂，造就了这个时代的年轻人。

日子在一份份的答卷中翻页，时光如流水般从指缝间溜走。

转眼间，冬天过去，春暖花开，阳光晒得人暖洋洋的。

南法大学一年一度的艺术节又来临了。

徐远桐本来说好愿意出镜，结果临时反悔，奚温宁私心也不想他太受欢迎，最后去找了薛虚怀来当男主角。

他们齐心协力，拍了一部几分钟的微电影，拼凑出一个讲述患有自闭症的少年在学校受到欺凌，最后心理轨迹产生变化的故事，不仅励志又煽情，还摆出了探索现实问题的姿态。

电影的结尾配了一首她最喜欢的歌——《晴天》。

当薛虚怀微微低头，在雨中呈现出既冷酷又坚定的模样，迷倒了一众女生。

高考结束后，少年站在教室里，桌上和地上堆着杂乱无章的考卷和书本，仿佛一片废墟，此时背景音乐响起：

从前从前，有个人爱你很久，

但偏偏，风渐渐，把距离吹得好远。

薛虚怀的人气不用多说，专业老师和学校导师也很给面子，奚温宁和她的小伙伴终于凭借原创剧本和反复推敲细节的那份用心，拿到了属于第一名的奖杯。

她和几位团队的同学一起上台领奖，目光在人群中搜寻了一遍，看到徐远桐站在人群边缘，灯光洒在他脸颊上，鼻梁挺秀，薄唇勾起一点弧度。两人的目光越过众多学生和老师，遥遥地相遇。

“这个奖是大家共同努力得来的，谢谢我们班的老师们鼎力相助，也谢谢小伙伴们的帮忙……”奚温宁把提前想好的几句话一一说出口，“我想告诉一个好朋友，每朵乌云都有银边，而你就是乌云背后的彩虹。”

诗添夏立刻听懂了她的暗喻，她捂住脸，眼泪晕红了眼睛。

奚温宁曾安慰受到欺凌的她：从今以后我们也是经历过磨难的少女了，我们一定会变得很强大。

至于想对徐远桐说的话，奚温宁不必在这里说，因为他都懂。

致辞完走下台来，她被郁柚和诗添夏等人团团围住，大家激动地抱在一起，用欢声笑语来庆祝这个迟到的冠军。

奚温宁看向站在几步之外的徐远桐，她走到他面前，在扑入他怀抱的同时被他紧紧抱住。

她的眼眶忽然就湿润了，一些压抑了许久的感情几乎决堤而出——

如果明天就要分别，我希望给你一个拥抱，至死方休。

徐远桐低着头，她看不见他的表情，但她能感觉到他的情感同样强烈，只是他用尽力气压制着。

“我说过你会拿第一的，你还会拿很多冠军。”

奚温宁擦了擦眼角的泪，破涕而笑：“因为我有世界上最聪明的你当我的军师啊。”

短片的灵感全部来自这个面容隽秀的少年，因为她看见了他对理想不懈的追求。

是因为他，她愿意永远赤诚，永远天真。

也因为他，她记起了高中物理老师说过的弹簧问题，以及旋转的圆台。

你给我的青春无比张扬、无比热烈，并且永远不忘向未来发起挑战，让我成为更出色的自己。

这就是我的少女时代。

我无悔的青春。

夜晚已经有了夏的气息。

住宅四周高大的树木错落有致，掩映着窗户，当晚风吹过，一片疏朗的声响像自然的和弦，极其和谐安宁。

不知睡了多久，奚温宁被手机振动惊醒了。

她半闭着眼侧过身，依稀看到“亮亮”两个字跳了出来，她接起电话“喂”了一声。

徐远桐的声音清晰地传过来：“你现在能偷偷下来吗？我就在你家楼下。”

她脑子里还是迷迷糊糊的，觉得好像是在做梦。

奚温宁拿开手机，盯着屏幕看了看，才确定是真的接到了徐远桐的电话。

“你说什么？现在下去吗？”

手机显示的时间是夜里两点。

“嗯，是啊，别让叔叔阿姨发现。”

奚温宁挂了电话，愣愣地躺在床上想了一会儿，然后反应过来，一个激灵掀开被子从床上爬起来，也不敢开台灯，就借着手机灯光摸索着往外走。

她摸黑穿好衣服，悄悄地拿了钥匙，出了大门。

楼下寂静得能听见风声，偶尔也有夜归的人发出笑闹声。

幸好已经到了初夏，尽管夜里寒露浓重，多穿一件外套也就感觉不怎么冷了。奚温宁走到一楼，看见徐远桐站在淡淡的月光里浅笑着。

“你又搞什么鬼？”她嗔怪道。

“睡不着，所以找你说说话。”他一脸理所当然，声音压得很低。

“你睡不着也不让别人睡啊？太霸道了。”奚温宁立在徐远桐面前，努力看进他的眼睛，“去美国的事准备好了吗？”

“嗯，不过还是有点儿没底。”

奚温宁听他这么说，才有些明白他把自己叫出来的原因。作为天才少年，他的苦恼和脆弱一直只展现在她面前。

在一片昏暗的光线中，徐远桐扯着嘴角，目光似乎顿了一下：“理论物理、应用物理、力热电光原……物理的世界太广大，我不知道以后自己会往哪个方向发展。”

“不管往哪个方向，你肯定都是强者啊。”

她大概是世上最合格的小粉丝了。

忽地，徐远桐拿出一个棕色的笔记本，交到她手里：“这是我以前无聊的时候写的一点思政课和计算机课的笔记，还有历史上的时间和事件整理，你写剧本可能用得上。”

奚温宁抬头看了看他，一时不知该如何是好。她就静静地把笔记捧在胸前，指尖牢牢地抓住，像抓着一件宝物一样。

“小肉饼，你怎么了？”徐远桐觉察到她情绪不对。

奚温宁垂眸，眼泪在眼眶里打转，身子微微颤抖：“徐远桐，没有人比我更想和你在一起，也没有人比我更想让你得偿所愿。”

闻言，他微微一顿，再无法忍耐地连人带书搂到胸前，紧紧地箍住她的腰——

可是我的愿望，就在我的怀里。

徐远桐伸手摸了摸她微热的脸颊：“别说这种话，我们很快就能见面啊。”

“你得向我保证，不可以喜欢别人，我也不会。”

“好啊。”

“那你怎么向我保证？”

奚温宁愁眉思索的样子，惹得徐远桐轻轻一笑。

再多的言语也不及行动来得管用。

她仰起头来承受他凌乱的亲吻，徐远桐捂住她的眼睛，温热的唇贴住她的，湿润的吻不断落下来，带着一丝说不出的苦涩，沁在心尖，化也化不开。

先是轻柔的摩挲，仿佛在蓄势，接着就是热烈的深吻，又深又重地纠缠，就像鼓点一下下敲击在心上，她整个人落入他的掌控，眸底泛起一层水雾。

吻了不知多久，他才退开一点，急促地喘息。

奚温宁长长的睫毛轻颤，喃喃自语：“说真的，就算再怎么想，分隔两地肯定还是会担心的。”

他们之间的差距会不会从这一刻起被无限拉大呢？

徐远桐了然，笑着安抚她：“十月份你就来找我玩，我带你去吃好吃的，好吗？”

她点点头，抱着他，把鼻子凑到他的肩胛骨处，嗅到洗涤剂的芳香，若有似无地盈满鼻息。

“别胡思乱想，好好加油。”

“嗯，知道了。”她垂下眼睫，忽然小声地说，“徐远桐，希望你能永远保持一颗少年的心。”

他轻轻地叹息，手臂绕到她的脖颈：“好啊，你也要这样，星星。”

他最喜欢她的机敏，还有她与世界对抗的那一份“天真”。

风吹过耳际，呼啦啦地响。

奚温宁无意间抬头，难得看到一片清晰可见的星辰。

这大概真是只属于夏天的魔法。

后来两个人就坐在台阶上欣赏月色和繁星，那一夜特别漫长，虽然并没有很新奇的事发生，却让她难以忘怀。

群星闪耀，就像人类的时代中闪烁着无数才华横溢的巨匠。

说什么年少时不能遇见太惊艳的人，已经太晚了，她遇见了这个站在巨人肩膀上俯瞰世间的人。

她忽然就觉得即将到来的分别也不再那么沉重了。

只要未来能有他相伴，所有离别带来的酸涩都变得不值一提。

她相信徐远桐。

他眼中的光芒比星河还要迷人。

她也相信他们的未来会璀璨光明。

在他们头顶上方，星云散落在夜空中，云开处的那道缝隙间，像有一束月光倾泻下来，洒满一座温柔的城市。

年轻的我们尚且不知，一个人哪怕再强大，也无法与诡谲的命运抗衡。

生命是一条布满暗流的长河。

假如能有十年知己，那是岁月温柔以待；

假如没有，就只能独身穿过冷寂的荒野。

只是他始终欠她一句告别。

想对你说，我很好，你也珍重。

第七章

徐远桐，你这个骗子

六月，天光透亮得简直就像大好的青春。

奚温宁坐在咖啡馆的沙发椅上，拆了一包白糖倒入红茶里，然后低头用茶勺轻轻搅拌着。

她不敢看眼前这位英俊的大帅哥，尽管他们已经认识差不多四年了。

“我不能接受。”他说。

奚温宁心虚地捏紧了手里的勺子。

苏巷想了想，皱着眉头说：“他在你最需要他的时候消失了，你就为了这种人拒绝我？”

奚温宁捧着热柠茶的杯子，慢条斯理地喝了一口，才道：“我们是同事，这样不好。”

“我不是你同事，我演完这部舞台剧就会被电视剧制片人看中，接着去演大热 IP，成为当红小生，走上人生巅峰。”他顿了一下，清秀的眉宇松开，揶揄道，“这不就是你忽悠我进组的时候说的吗？”

奚温宁掩着嘴，笑了：“谁让你长得这么帅？我骗你来演这部舞台剧，方导才肯给我副导演的位置啊。”

他哑然，沉默片刻后，说道：“奚温宁，我真的很喜欢你。”

奚温宁刚想开口说理解并不代表接受，结果一时没忍住打了个哈欠。

她拭去眼角的泪珠，急忙解释：“对不起对不起，我有点儿累了，这不是在蔑视你的感情。”

苏巷莞尔，看着她轻灵的黑眸闪着泪光，觉得有点儿可爱。

他早就知道她的睡眠质量不好，中午必须补觉，不然整个下午精神都很萎靡。

苏巷看了一眼腕表：“确实到你午休的时候了，是我占用了你的休息时间。”

他三两下把咖啡一饮而尽，然后站起身，对她说：“反正那个人不在国内，也不知是不是早就把你忘了，对我也构不成威胁，你现在放不下他也在情理之中，但感情总会淡的。”

“不一样的，你和他给我的感觉完全不同。”

“他是怎么样的？加州理工学院的天才能让女人神魂颠倒？”

奚温宁没吭声，脑袋晕沉沉的，有点儿不能思考。

上午一直在给演员做排练，好不容易得了空，苏巷说请她吃饭，没想到是“鸿门宴”。

她从来没对他产生过朋友之外的感情，有些话必须当场说清楚。

奚温宁主动跟他说起自己的男朋友，他却不当一回事。

但于她而言，徐远桐也好，大学时的那段感情也罢，都是让她刻骨铭心，哪怕他们已经三年多没有联系，但只要想到那个人，过去的时光仍宛若昨日。

忘记一个人可能需要三五年，但她根本不打算忘记。

奚温宁愣愣地坐着，像是陷入了回忆。

苏巷知道自己这句话有点儿过了，他挠了挠额前的黑发，叹了一口气：“过去的事就不提了，我们走吧。”

靠门口一桌的女生正聊得热火朝天，根本没注意到他们两人。

“她得意什么啊，空降我们剧组了不起啊？肯定和导演睡过了吧？”

“就是啊，什么二流大学的编导系，本科证书现在谁没有啊。”

“你知不知道当年网上那件事的真相？”

奚温宁挑了挑眉，没想到会在这里遇见在剧组做杂事的女同事。

苏巷很想上去争辩，被她及时拦住。

奚温宁笑着调侃她们：“一个二流大学的失败者能在这里当副导，你却只能做一个普通员工，看到我们之间的差距了吗？”

她盯着那个带头嚼舌根的女孩，嘴角微勾：“我认为看破不说破比较好。”

那女生被噎得哑口无言，直接吓傻了。

苏巷望着奚温宁离开的背影，明亮漆黑的眼眸里堆满笑。

微醺的风吹在脸上，奚温宁稍许清醒一些，她揉了揉发酸的颈肩，听见身后那人问：“你这周有没有空？我们去看蜷川实花的摄影展吧。”

“我……”她略显犹豫，思索了一下说，“这周……这周不行，我要回一趟学校。”

苏巷抿了抿唇：“那地方你还想回去？”他往前走了几步，有点儿奇怪地问，“你回去做什么？”

苏巷和奚温宁是在大学里的一场舞台剧中认识的。

他比她小两届，是表演系的学弟，五官精致，天生丽质，导师们都说这小伙子前途无量，以后肯定会红。

奚温宁坐在校园剧院的第一排，欣赏他们新排的一出剧幕。

当他走到舞台边缘，与她的距离大约只有两米。

苏巷发现这位坐在观众席左侧的学姐在某一刻热泪盈眶。

他还记得，当时他说出的那句台词是：“被你那缠绵悱恻的梦想，随心所欲选中的人多么幸福。”

她通过他的表演，看到了另一个人，想到了另一个人。

今年，奚温宁正在排一出舞台剧，她请他来演男一号，但没想到最终把自己搭了进去。

要说奚温宁和她那个前男友的故事，他也知道一点。

他们异地恋两年，起先一切顺利，可就在感情依旧浓烈的时候，徐远桐突然消失了，甚至没有当面跟她告别，就这样退出了她的人生。

苏巷总觉得，以前的奚温宁应该是爱笑的。

但这几年让她真正开心的事没多少，她的脸色总是很苍白，时刻绷紧每一条神经，拿下这次的工作勉强算一件让她开心的事。

她藏了很多心事，像堡垒一样堆叠在一起，自此以后，谁也无法走进她冷漠的内心。

岁月如车轮不断向前。

南法大学校庆，回到校园的老校友们自然络绎不绝。

奚温宁原本不打算回来，可接到了林清芬的电话，她又不好拂了班主任的面子，只好答应出现一下。

到校门口的时候，她接到了诗添夏的电话。

“堵车了，我可能要晚一点才能到，每次周六上街就……哎，温宁，陈凌说晚一点儿来接我们去吃饭。”

夏夏作为得意门生，校庆这种日子必然会收到邀请函，但她是为了照顾奚温宁的心情才决定出席的。

“嗯，我知道了，那我先进去了，你不用急。”奚温宁笑着说完，挂了电话，顺着人流涌入校园。

经过一个月的紧张排练，学弟学妹们在校庆开幕式上热闹地表演，她待了一会儿，觉得无聊，就准备四处走走。

身边来来往往的大学生，每一张脸上都洋溢着笑颜，像朝露般通透，也像朝阳般充满活力。

一转眼，她大学毕业已经三年了。

自从徐远桐离开，好像每一天都失去了意义，它们都不过是她的消耗品。

而整座校园仍然和记忆中的一样，也有新添置的设施，游泳馆翻新了，图书馆扩建了。六月的微风徐徐，透过树枝交叉着投落的阳光星星点点地闪烁，却又相当安静。

她缓缓地走在偌大的校园里，也不和任何人打招呼，只是漫无目的地走着。

很快，前方出现了一面荣誉墙，奚温宁稍稍远眺，看到一幅幅荣誉校友的照片裱了相框挂在墙上，被阳光折射出耀眼的影子。

她继续慢慢地往前走，然后忽然定住。

所有往事顷刻之间涌上心头，心脏像被一只无形的巨手紧紧捏住。

刚表演完小号的女孩子们拿着乐器，三五成群地回教室休息。

路过荣誉墙的时候，其中有人扯了扯同伴，目露诧异：“那个小姐姐……是不是在哭啊？”

“她哭得好伤心啊。”

“前面是哪位学长的照片？她是看到以前的同学了？喂，我们要不要帮帮她啊？”

照片中的年轻学长一如往昔，白衣翩翩。

前额的黑发用发胶固定，两道漆黑俊逸的远山眉露出来，目光璀璨若星辰，似笑非笑的眼神透着骄傲自信。

奚温宁缓缓蹲下，将头埋在双膝之间，终是不顾周遭而呜咽出声。

这几年的心酸苦楚没人能明白，也没人能替她承受。

在最艰难的时候，她只能硬扛下来，每一个难眠的晚上都会觉得胸口压抑得难受。

奚温宁知道，她连将他找回来的勇气也快要全部失去了。

不知道他是不是出了事，不知道他的学业进展如何，也不知道他究竟会不会回来。

他们就像断了线的风筝，隔着茫茫人海，山长水远。

她对他最深刻的记忆还停留在大三的时候，他趁着假期回来看她。

在锦和新苑的房子里，两人坐在沙发上看电影，他紧紧地拥着她，懒洋洋地说:“等你参与的第一部戏首映，我来给你献花。”

“真的？”她回头看他一眼。

徐远桐俯身，在她鼻尖亲了一口：“嗯，所有的承诺我都会兑现。”

可一切都不会发生了吧。

如今，他说过的每一个字都像一把刀刺向她的心。

徐远桐，你这个骗子。

大三那一年，奚温宁过得不好不坏。

她努力学习，专业课的成绩直线上升。每晚累得快要睡着的时候，她就拿起手机看一看徐远桐的微信，顿时觉得精神十足。

尽管学业繁重，徐远桐还是一有假期就回来看她。

那段日子，他们一周视频一两次，许是因为分隔两地，彼此都更为珍视对方的感情，奚温宁也常想他想到心里委屈。

然而，在大四的时候，奚温宁遇上了那件令她无法考研的恶劣事件。

她加入学生会，却发现暗地里黑暗得可怕。

所有评优、奖学金，乃至一切好机会，都要靠金钱和人脉。这还不算，奚温宁被学长和导师骚扰，他们还说从以前起这就是惯例、就是规矩，想要安安分分地毕业就得听话。

直到这时奚温宁才知道自己以前遇到的不过尔尔。她咬牙与他们周旋，其间，与苏巷偶然结交，他的姐姐曾被这些人羞辱，当时为了毕业忍气吞声，可患上了严重的抑郁症。

他们和一些愿意加入行动的受害者冒着危险搜集了一些证据。

当证据不足，法律无法作为，他们只能选择在网络上曝光。

可那张利益交织的巨网，没那么容易攻破。

那时候，网上掀起了一场场舆论大战，她和几个小伙伴没日没夜地熬了过来，最终却不得善果，她没法考研，甚至只拿到肄业证书。

那段时间，她平静的生活也被彻底打破。

她的朋友和父母都被人骚扰，周幼劝她放弃，诗添夏也被父母胁迫差点儿断了和她的联系，但奚温宁知道，这件事一旦开始做了，就没有回头路可以走。

警察来到她家做笔录的时候，脸上露出不耐烦的神色，她按住发抖的手，低着头很没出息地害怕了。

不是没有好的事情发生，只是她没有遇上。

那个夜里，奚温宁和郁柚出去喝酒，喝多了难免情绪崩溃，她一时气疯了，给徐远桐发了一条短信，问他为什么要选择研究物理这条路，为什么她这么痛苦的时候，他不在身边。

他这样还算什么男朋友啊？

后来奚温宁也曾想，这些话一定深深地刺痛了他。

第二天一大早，她急急忙忙地编辑了一长段解释的内容发给徐远桐，小心翼翼，又后悔不已。

徐远桐很快给她回了电话，听声音并没有异样，他温柔又心疼地安抚她：“你先别哭，我抱不到你……”

她捂着嘴，强迫自己不要哭，一边无声地流泪，一边回应他。

奚温宁不想被世界改变，她要做徐远桐心目中那个不畏艰难险阻的女孩。

假如大学这种地方都被污染，那世上还有干净的地方吗？

她不是想做轰轰烈烈的事情，只是想燃尽自己，照亮生命。

晚上这顿饭，奚温宁已经习惯当陈、诗两人的电灯泡，顺便也庆祝他们见过双方父母，准备明年领证，举办婚礼。

虽说陈凌现在自己创业，还穿着白衬衫和西装，可衬衣扣子解开了一颗，他吊儿郎当地倚在沙发上，开口道：“老婆，我要吃水果。”

他的音色醇厚，但语气里的意味还是没变。

“别乱叫，还没结婚。”诗添夏虽然嘴上这么说，但还是用牙签挑了一块甜橙，塞到男人嘴里。

他花了四年的时间帮助她改掉了口吃的毛病，也改掉了她唯唯诺诺的性子。

在父母勒令诗添夏和奚温宁保持距离的时候，夏夏人生第一次反抗他们。

奚温宁默默地看着两人恩爱的模样，扬唇浅笑。

“郁柚去外地出差了我知道，那阿虚呢？他怎么没来？”陈凌问。

“他要考试了，走不开。”奚温宁道。

陈凌“啧”了一声：“不是都要研究生毕业了吗？还这么拼。”

谁能想到，薛虚怀当年无心的一句“我想研究 VR 和脑神经的连接”，最后真的被陈凌一腔热血地付诸实践。

薛虚怀一边进行本硕连读，一边在陈凌投资成立的脑神经实验室实习。

“亏他追了这么些年，还没放弃，就这份真情，和我一样，感天动地！”陈凌啧啧感叹。

奚温宁瞥了他一眼：“算了吧，明明是我们夏夏太善良了，才被你拐到手。”

陈凌拿起酒杯，装作一副历经世事的深沉样子：“想当年啊……”

这个话题说下去只会牵扯出更多的往事，诗添夏不动声色地瞥了他一眼，让他闭嘴。

奚温宁和徐远桐异地恋爱的那些年，也发生过很多大大小小的事情，但徐远桐的不告而别，还是令他们无声缄默。

至今，这仍是一个谁也不想提的禁忌。

陈凌看了一眼奚温宁面色平静的样子，嘴角忽然噙起一抹别有深意的笑。

他像是极力要掩饰什么心思，想了想，还是保持缄默，把服务员喊来点餐。

诗添夏微微弯唇，说：“今晚不仅庆祝我们的事啊，也要庆祝温宁，你的舞台剧就要上了，祝大卖。”

“对对对，你有实力，到哪里都会成功。那群人渣算什么东西，总有一天会遭报应。”

陈凌难得这么义愤填膺，每次提及那件事，他就恨不得找人把那群混账揍一顿。

本来他也确实想出手帮忙，但奚温宁考虑到要是再有别的势力牵扯进来，反而会搅成一潭浑水。

她知道他们是真的为自己好，心里觉得很温暖，就算眼前的酒还未喝，人也已经醉了。

剧院外的树枝迎风招展，节瘤斑驳，阳光流转。暑假是学生的流量最多的时候，他们的舞台剧也特意选择在这个档期上线。

《古宅·第一季》是由悬疑爱情小说改编的舞台剧，前两年拍了电视剧，小说本身就有很庞大的粉丝群，再加上他们前期放出的定妆照和舞台布景相当吸引人，开票之后的出票率也一直涨势不错。

全息 3D 舞台效果酷炫，苏巷他们这群演员也很争气，不枉费这几个月日日夜夜的苦练。

特别是他塑造的男主哥舒崖，是一个穿越到现代的性格冷漠、不善言辞的锦衣卫，与女主在古墓中以一种血蛊结成共生体，演绎了一个惊心动魄的爱情故事，一夜之间吸粉无数。

在演员谢幕的时候，全场粉丝发出热烈喝彩。

这部小说已经问世多年，可以说攒了不少情怀粉。奚温宁特意在这部分加入了很多能勾起书粉回忆的彩蛋，令全场高潮迭起、惊呼不断。

舞台剧首战告捷。

方导带着他们幕后团队登场致谢，不知是不是聚光灯太刺眼，她也忍不住有些哽咽。

导演朗声致辞："谢谢大家对这部舞台剧的支持，其实排练过程中遇到了很多困难，但好在我们每一位团队成员都很努力。我知道《古宅》是在座很多书粉心中的宝物，所以我们也会尽全力还你们一个最原汁原味的故事！"

全场掌声不断、灯火璀璨，奚温宁听着导演的话，又一次想到了徐远桐——

"我来给你献花。"

或许，一直以来她就是缺了一个真正与他告别的仪式。

第一天的演出结束，观众陆续退场，在一楼大厅还有主演的签名活动。奚温宁的朋友和家人致电给她，语气都充满喜悦。

郁柚也来了，她和奚温宁的爸妈坐在前排，演出结束之后，还帮忙照顾两位老人。

“你还要忙一会儿吧？我先开车把叔叔阿姨送回去。”郁柚在电话里说。

奚温宁在电话这边点头如捣蒜，即使郁柚根本看不见：“好呀好呀，谢谢女神，爱你，么么哒！”

奚温宁这边结束以后，她选择单独行动，准备去坐末班地铁。

走出剧院，她抬头望着远处一盏盏的路灯照着高大笔挺的树木，清香阵阵扑鼻，忽然就觉得物候学真的很神奇。

从南到北，一期一次，即便错过了一季，还是能再度寻回。

可是有些人离开了，或许就再也找不回来了。

奚温宁想摘一朵桂花，刚要抬手，就看到前方有一个颀长的身影朝她走来，手里还捧着一束鲜红的玫瑰。

本以为是来接女朋友的优秀男士，但当他走近了，她猛地缩回了手。

那个比往昔更为高挑冷峻的男人，一身黑色西装衬得他身姿清隽，眼眸漆黑胜过夜空，连投在地上的身影也有几分旁人不可触及的疏离。

奚温宁手心冒汗，好一会儿才回过神，看见那双黑色皮鞋在自己面前站定。他开口：“你曾经说，爱因斯坦带着一束玫瑰花去见普朗克，还是红色的。对不起，我来迟了。”

她记不清是谁说过。

春天，有春天的好。

春天过去，有春天过去的好。

关于徐远桐的事，最近一段时间她都不再强迫自己去想了，因为太痛了。

痛到不能去想，一想就觉得牵动全身，没来由地感到压抑和痛苦。

当再度看到那双深不见底的眼睛时，奚温宁的大脑一片空白。

时隔这么久，她连那个人的容貌都快记不清了，然而，重逢的一刹那，所有画面和感觉悉数归位，叫人难以辨别真假。

奚温宁也曾梦到过这样的场景。

她站在锦和新苑的楼下，看到他的身影出现在高大茂盛的树木前，还有花瓣飘落在两人之间。

而现在，她的情绪复杂难辨，生气、难过、震撼，全部搅成一团。

其实感情这种事真的很奇怪。

那个瞬间，奚温宁想到了坐在公园的长椅上回眸，眼里泛着一层淡淡水光的徐远桐。

大概搞艺术的人天生就喜欢浪漫。

这一切的一切，在他说出“对不起，我来迟了”的时候，都烟消云散了。

奚温宁看了一眼他手里的玫瑰，然后一把拿过来，往他身上狠狠一摔：“你不是迟到的问题。”

六月的星空，醉人的花香，还有眼前的少年……

非要说徐远桐带给她的最大的打击，就是令她觉得安稳的现状随时都有可能被打破，所有假想中的未来都会被改变。

徐远桐垂眼看了看胸口处的玫瑰。现在的他更成熟了，少了几分年轻气盛，多了几分沉冷稳重，岁月改变了他，让他变得更好了。

她的眼眶悄悄地红了，眼神虚晃的时候，发现徐远桐的手指微微蜷着，也在不住地战栗。

空气凝滞了，似乎有一场暴雨即将降临。

他思虑一下，才说：“我知道我的问题很大，我们能不能聊一聊？”

奚温宁不知道要说什么。

她心潮翻涌，怕再开口就是语无伦次的宣泄，甚至潜意识里只想逃避这样的会面。

他们现在是什么关系呢？

已经分手了吗？还是久别重逢的情侣？

又不能像普通的同学抑或朋友那样交谈，这样不是很糟糕吗？

奚温宁内心酸楚不已，她盯着他看了看，然后转开视线，如此循环往复。

“我们之间没什么好聊的，你一走就是三年多，一点音信也没有，我托了那么多人去打听你的消息，还跑回学校去拜托你以前的老师帮忙打听，你知道我有多担心你吗？我曾经甚至想过你是不是出了意外……”

徐远桐的神色看上去也不好，他沉着声说：“我知道。”他蹙眉，又摇了摇头，

“我不知道。”

她有点儿不明所以，不理解他这句话的意思，但就是觉得来气，她刚想劈头盖脸骂他一顿，手机突然响了起来。

是方导打来的，她立马接了起来：“喂？”

方粤在电话那边道：“你怎么溜得那么快，猫都没你跑得快！”

奚温宁眉头一蹙，知道准没好事，说：“有什么事吗，导演？你们要吃夜宵就去吃吧，我太累了，想先回去休息。”

“吃饭？你想太多了，我们根本没有时间吃夜宵，你现在回来剧院，我们去咖啡馆开个短会，把刚才首映遇到的一点问题捋一捋，还要商量一下明天要变动的细节……”方粤唠唠叨叨地说了一大堆。

“这都几点了？方导你真是工作狂，明天一早来改也来得及吧。”也是跟方粤太熟了，她才敢这么开玩笑。

“别啰唆，我是你恩人，你没了我只能去扫大街知道吗？就这样，快回来！”

奚温宁挂了电话，瞥了身旁的人一眼：“我还有事要做。”

她一言不发地转身往剧院方向走，脚下步子却迈不稳。徐远桐也随她一起走，经过她身边的时候突然扯了一把她的胳膊，她的一颗心瞬间揪了起来。

“你干什么？”

“什么也不干。”徐远桐声音低哑，“已经这个点了，我就送你过去，有什么话等你明天有空再说。”

时间在两人之间画下了一条无形的界线。

奚温宁很想说我没时间，但话到嘴边又说不出口，因为她真的很想知道这几年间究竟发生了什么。

会议持续到半夜，奚温宁就像踩在绵软的云端，不住地出神，方粤喊了她好几次，到最后就连苏巷也察觉到她有点儿不对劲。

已是凌晨，咖啡馆的工作人员开始收拾桌椅，准备打烊了。

奚温宁望着外面黑沉沉的天色，心里叹息，果然没有星光。谁知一侧头，看到一个人影就站在边上等着。

是徐远桐，他竟然还没走。

“你……”

“我送你回去。”徐远桐见她脸上写满疲倦，微微蹙眉，“看你累得眼皮都打架了……至于其他的，明天再说。”

奚温宁怔了怔，一时不知该作何反应。

不打算忘记，也不代表就会原谅。

路灯将两人的影子拉长，在夜色里恍惚着。

苏巷从小吧台多拿了一杯热饮出来，看见她的背影，急忙开口喊道：“温宁，我给你拿了水，等我开车送你！”

他走上前几步，才发现另一边站着一个人，当看到对方的脸时，他愣住了：“你们……”

这个男人只是一动不动地站在那里，就给人以无形的压力，但并不是类似某些巨星的盛气凌人，而是一种不容置疑的强大。

更令苏巷在意的是，他和奚温宁之间不寻常的尴尬气氛，看来他就是她的前男友徐远桐。

所以，奚温宁刚才的反常也就能理解了。

奚温宁从发蒙的状态回神，清了清喉咙，看向徐远桐说：“你要回锦和新苑吗？那我们不顺路，我和同事一起走就行了，改天再联系吧。”

徐远桐闻言，淡淡地瞥了苏巷一眼，下巴微抬，眼里闪过一丝不耐烦和鄙夷。

苏巷以为徐远桐至少会很有风度地笑一笑，结果却被一道冰冷的视线钉在原地。

苏巷一时语塞，随即拍了拍奚温宁的肩膀：“走吧，我的车停在那边。”

奚温宁急忙低下头，佯装平静地转身离开，不再看徐远桐一眼。

她匆匆地随着苏巷往前走，一步也不敢停留，只觉得一场会面已经让她筋疲力尽，可是，当回想起方才他看她的神色时，又觉得很茫然。

奚温宁顿时头疼起来，下意识地用双手捂住胸口，紧紧地咬住下唇，很久都未缓过来。

凌晨三点，S市繁华的市中心一片灯红酒绿、华光溢彩，许多娱乐场所还未结束营业。

服务生恭敬地低喊一句：“老板。”

“你去吧，这两位我招呼。”蒋麓说着，弯身给两位老同学倒了酒。

大学的时候他就给家里打工，大学毕业后开了几家小店经营生意，这家酒吧就是其中之一。

徐远桐端起眼前的威士忌，碎冰块在轻晃中发出细碎的声响。

陈凌懒懒地歪在沙发上，睨他一眼：“我也算是仁至义尽了，家里有美娇妻和暖被窝，竟然还跑出来陪你喝酒，真的，你不爱我爱谁？”

徐远桐冷笑：“有老婆了不起？”

“对啊，不服你也试试？”

蒋麓哼了一声，对他这种即将被婚姻套牢的蠢货表示不屑：“你们聊着，我去后边转一圈。”

陈凌腹诽：徐远桐这货把人叫出来却不说话，几个意思？

徐远桐微微撇头，像在凝望着窗外的夜色，实际却目光飘忽，透过墨黑的天空不知看到了什么。

男人唇边的笑意慢慢沉到了看不见的深处。

还能真真切切地看到她明亮的双眼，真是太好了。

可能今晚首映的原因，奚温宁还特意化了妆，穿着休闲又得体的长裤和衬衫，长发扎成马尾，那双灵动的眼睛多了一些温然，但明媚与鲜活依然如初。

徐远桐想着三年多没有相见的她，越想越觉得难以平静。

陈凌看着他这副几乎可以称得上“失魂落魄”的模样，忍不住笑了：“先敬你一杯，希望我们今后合作愉快。”

“我还没答应和你合作。”徐远桐的语气很平静。

陈凌冷哼一声：“你就装吧，当我是傻子？”

“我不是诓你，她要是不愿意接受我，你就别想了。”

徐远桐知道，她对他的感情没有变，他只消一眼就能看出来。

时间可以摧毁最牢固的堡垒，也能留下最坚贞不渝的精髓，那从虚妄的失乐园中寻找到的记忆碎片，使他得以从地狱中归来。

不管奚温宁会不会再接受他，他只知道一点：从前是她跟随他的身影，而从今往后只要她开口，他就会赴汤蹈火，为之舍弃一切理想，也在所不惜。

兴许是因为在静止的时光里反反复复描摹了她无数次，所以徐远桐记得所有情情爱爱的细枝末节。

尽管已经过去了五年，但他从没有忘记他们一起度过的时光，没有忘记他们对彼此的鼓励，也没有忘记她给了他最温暖的光芒。

原来走入黑暗并不可怕，因为就算大雪倾覆，也有她为他掌灯。

那些画面像交错盘亘的枝条，始终铭刻在记忆深处。

徐远桐记得她说过的每一句话、每一个小动作，还有每一个表情背后的含义。

他们说好要一起去国外念书，可是……是他先“背叛”了承诺。

陈凌见他这样，忍不住叹了一口气，又陪他喝了一点酒，对他：“你也别太自责了，大家都不想这样……你也吃了很多苦，不过现在你回来了，迟早能把人追回来。”

要是换作大学时期的陈凌，决不能想到有一天会一头栽进爱情的陷阱，那时候他还幸灾乐祸地嘲笑徐远桐：“看那个小妖精把你迷得……”

如今他已经是快要成家的人了，对某些感情的体会也更深，知道遇上了就是一辈子，那些往事会随着岁月沉淀成如酒的温香。

徐远桐捏紧手里的杯子，觉得眉心隐隐作痛：“她也吃了很多苦。”

有的苦还是因为他。

对于这段分离，徐远桐也很懊悔，但真要他选择，他并不想让她看到几个月前的自己。

那时的他大概只是一个疯子。

徐远桐用手指撑着下巴，忽然闻到指尖有一点有别于玫瑰花的气味，一缕他并不熟悉的香味，冷淡的香水味中还夹杂着一些温软的气息。

是年轻女孩的味道。

回到家，奚温宁累得连澡都没力气洗，她瘫在床上看着天花板，发了很久的呆。

他们已经不住锦和新苑了，前两年父亲的公司生意回到了正轨，也赚了一点，拿积蓄在离市中心更近的地方重置了一套房子，也方便她回来住。

床头晕黄的灯还亮着，她伸手将它调暗了一些，脑海里涌上三年前收到的那一通消息。

徐远桐：

以后可能不会见面了，我想了很久，这样的结果也只能接受。

看星星的夜晚，点亮了我们未来的道路。

老实说我很后悔选择出国，但又别无选择。

希望你永远天真可爱，就像你向我保证的那样。

我想，你会比我守信用，是吗？

最后一次联系的具体过程，她都有些记不清了，但当时看着这条信息，浑身颤抖的感觉如在昨日。

她不相信他是因为感情淡了才提出分手，一定还有更深层次的原因。

可是，徐远桐的手机和寝室电话都打不通，她拜托陈凌他们去查也没有结果，她甚至向学校请假去了一趟美国，仍找不到他的人。

就好像徐远桐在故意躲着她，而她独自一人在异国他乡孤立无援，当时国内的舆论压力又如同梦魇般纠缠着她。

奚温宁只能回国，应付接下来与那帮恶人的口水仗。她注册了一个微博账号叫“象牙塔盼清风”，学也不能去上了，还要和苏巷他们一起去见律师、整理资料，每天累到几乎崩溃。

她回想起他说过的那句话：“所有的承诺都会兑现。”

不知不觉，泪水从眼角淌落，沾湿了她的脸。

有些感情是在日常的琐事中被消磨掉的，但他们不是这样的。

奚温宁无法欺骗自己，她对徐远桐还是有着深刻的感情，只是理智还在拼命挣扎，所以她还能保持一点清醒。

手机“叮”了一声，她侧头看到微弱的灯光里，是徐远桐发来的消息。

徐远桐：“睡了吗？我在外面和陈凌喝酒。今晚的演出很精彩，希望下次有机会能上台为你献花。”

奚温宁握着手机，枕在柔软的枕头上反复看了几遍，正强忍着不想回，看到那边“正在输入”，第二条又进来了。

徐远桐：“以后我会留在国内。”

她一愣，觉得不对劲，越想越不对劲。

徐远桐是毕业了吗，留在国内做什么呢？

这三年他究竟去了哪里？徐妈妈还好吗？

太多的不确定，太多的疑团，她想着想着，终究抵不过浓浓的睡意，闭上眼睛睡了过去。

一觉醒来，还没到闹钟定的时间。

她摸了摸起伏不断的胸口，好久没有做梦了。

虽然不记得梦里的内容，她的心情却变得愉悦了，仿佛卸下了千斤重担。

奚温宁眯了眯眼，从窗帘的缝隙看出去，很久都没觉得清晨的阳光这样耀眼。

《古宅》舞台剧的出品人兼导演方粤自称是她的救命恩人，其实也不算夸张。

奚温宁被迫从学校肄业后，并没有急着找工作，她想等风波过去，再看能不能另辟蹊径。

反正那些戏剧学院的大佬在演艺圈有权有势，许多电影、电视剧的剧组根本不会用她，这条路已经被封死了。

好在有些安排来得不早也不晚。

方粤是南法大学的校友，他曾看到校报上有一则新闻，说大二编导系的女生自导自创自编，拍了一部微电影，讲述自闭症少年成长的故事，拿了第一名。

他找来她拍的这部微电影，很快就从中发现了她的灵气和热情，于是让助理打电话约了一个时间，要她来旗粤文化面试。

奚温宁顺利加入他的团队，后来得知他们正在做《古宅》舞台剧。

据说，先前有其他的文化公司买了这部小说的版权，但没做出来，到期之后就和方粤的工作室签了约。

她看过原著小说，对各个角色都有印象，自然想到颜值不错、演技在线的学弟苏巷，便介绍他去试角。

她洗漱完，吃了早餐，等赶到工作室的时候，苏巷他们正在排练，准备工作日晚上的那场演出。

奚温宁先过目修改了细节的剧本，方粤则亲自在给演员说戏。

来到工作间，她刚在长椅上坐下，就有工作人员进来说："奚导，外面有人找你。"

她心头一跳，隐约已经有了预感。

排练场外很安静，树影斑驳摇曳，这一地段环境清幽，建筑都是现代感十足的工业风，连土壤都散发着暖暖的地气。

徐远桐来找她，又给她带了一束红玫瑰。

他长身玉立，长睫低敛，眸光深邃地看着眼前的姑娘。

美人配鲜花，真的太惹眼了。

两人相隔几步的距离，奚温宁很没底气地说："我在上班。"

徐远桐不动声色地笑了："那我等你休息。"

许多幕后团队的成员都这个点过来，即便穿梭于俊男美女众多的娱乐圈，当他们看到徐远桐时，也不禁眼前一亮。

这里人多口杂，很快奚温宁和徐远桐就引起了周围人的好奇。

不断有人来问她："温宁，这是谁啊？怎么没见过这个小哥哥？也是你以前的同学？"

奚温宁无奈，只得简略地回答一句："我大学学长。"

徐远桐面无表情地补上一句："她的对象。"

奚温宁："……"

这么下去容易出乱子，她只好请了假，与他一起离开了工作室，结果还没走几步，她就被他硬塞进一辆车子。

"说吧，全部说出来，这三年你去哪里了？"奚温宁索性直接问出口。

徐远桐坐在驾驶座，没有急着回答她的问题，指尖轻轻敲打着方向盘："那个苏巷是谁，男小三？"

"他是我学弟。"她顿了一下，白了他一眼，"什么小三？你别偷换概念！徐远桐，你到底要说什么？"

看她摆出一副别扭的样子，那神态简直和十几岁的时候如出一辙。

徐远桐喉咙发痒，半封闭的空间里全是她诱惑人的香味。

"我一直想着你，对你的感情从来没有变过。"他说完，突然倾身过来吻住了她的唇，同时双手箍紧她的腰，直接封锁了她的退路。

他的吻充满侵略和占有意味，她每一处滑滑柔柔的肌肤都让他欲罢不能。

身体像在散发着信息素，把无法排遣的想念和渴望传达给对方，分开这些日子的思念让他们难以自持地纠缠，所有的倾诉都在吻里，那就让他陷入吻里。

舌尖的撩拨一步步挑高温度，快要把人烤熟了。

奚温宁好不容易才抓住残存的理智，用力推开了他。

徐远桐直直地看着她，用低沉的嗓音说："我没和你联系，是因为很多事我已经没法控制，我也是身不由己。还有就是……我不知道自己的病会不会好。其实还要多亏一年前陈凌找到了我，他为我换了主治医师，让我重新接受治疗，情况才慢慢好转……"

奚温宁心头一跳，问道："你……怎么了？"

水光潋滟晴方好，公园里，不少退休的老夫妻在散步，还有抱着孙子和孙女晒太阳唠嗑的老人家。

这个公园就是徐远桐和奚温宁曾经遇见郁柚养母的地方，此地距离旗粤文化的排练场地也不远。

徐远桐把奚温宁带到了这里。

晒着暖和的太阳，奚温宁回想刚才他在车上说的那些话，还有那个炽热的吻，觉得自己就像做了一个时光倒转的梦。

她心情纠结地抬起头，就发现坐在斜对角长椅上的一个小女孩往这边投来羡慕的目光。

原来徐远桐停好车之后，也不知上哪儿买了一个小甜筒回来，递到她面前。

她皱眉："干什么，还拿我当小朋友？"

"不是，我拿你当我的命。"

奚温宁冷冷地看了他一眼，接过甜筒，三两口就吃完了。

她抽出纸巾，慢条斯理地擦着小嘴和手指，喉咙和胸口有种冰凉凉、甜丝丝的感觉，让她也冷静不少。

刚分开的时候她都不知道，除了与自己联系的时候，徐远桐是真的沉迷于研究和探索之中，日复一日地沉默，日复一日地入迷，虽然进入了更高层次的学术殿堂，可当夜深人静的时候，他想她想得厉害。

好在课业繁重，分散了他对她的思念。

他过着枯燥的日子，闲暇时，就去学校给他们提供的实验室做课外的VR研究。

徐远桐挨着她坐下，将袖子撩上去一下，才说：“我以前一直不理解像爱因斯坦这样的物理学家为什么会是有神论者，但不可否认很多科学家到了晚年都是这样。后来我才明白了，当物理学家对这个世界的认识越深刻，就越会产生怀疑，再想把意识与物质分清就几乎不可能了，人的认知也达到了另一个境界……”

他一点点捏紧自己的手指，用了很大的力气。

“这样说好像有点儿神道，那时候我的确遇到了困难，面对无数‘不可能’存在的理论，以及就算我推算出了结果，却发现科学应用水平还没有达到那个程度……就觉得无法思考下去。”

奚温宁脑海里闪过什么，神色不知不觉地缓和了一些，想了想，才说：“我只能体会另一种……有点儿相似，但也不完全相同，就是当一个艺术家创作不出能使他满意的作品时，往往也会陷入疯魔，对吧？”

徐远桐笑了一下。

而且，最残忍之处在于没有任何人可以分享。

他对物理的执着不能向最亲密的爱人倾诉，正如她要是对自己的作品不满意，他也无计可施。

因为我们成为恋人的前提，是独立的两个人。

先前徐远桐在车上还提到了徐妈妈的去世。

朱静瑗去美国的第二年，病情加重，只能吃下半流质食物，最后连口水都难以吞咽，连基本的日常行动都很困难。

她彻底被癌细胞击垮，整个人日渐消瘦，每晚都胸痛或者背痛得无法入睡。

没过多久，她就去世了。

时间和空间，以及这冷静到可怕的生死，让他们之间的距离越来越远。

母亲的去世、思维的障碍，以及当时奚温宁身处的困境，令徐远桐感到十分痛苦。

但他不是因为“逃避”而离开，真正的溃烂是从大脑深处开始的，逐渐吞噬了他的意识。

在实验室里，徐远桐常常没来由地暴怒，像疯子一样摔仪器设备。

有时候，他整夜整夜地做梦，梦里全是混乱的数字，或者是线条和几何图形，他的免疫系统几乎失灵，连续几天高烧不退。

即使烧退了，没多久又开始发烧，就像从内脏器官到身体发肤全部垮了。

校方得知他的情况，立刻通知他在国内的家属徐光槐。

当看到父亲时，徐远桐受到了极大的刺激，因为这太讽刺了，他从小就害怕他会发病成为社会中的异类，没想到这一天还是来了。

徐光槐彻底接管了徐远桐，将他半软禁在学校和私宅之间，断绝了他和外界的往来。

直到陈凌发现异样，派人暗中查了很久，才找到机会救出了他。

听到这里，奚温宁霎时又怒了："那家伙既然找到你了，为什么不告诉我？你这种情况犯糊涂也就算了，他也傻了吗？"

徐远桐闭了闭眼，才说："他也束手无策了。"

看到年少时最敬仰的徐老师如同行尸走肉一般，每天靠吊昂贵的点滴续命，陈凌也彻底愤怒了。

当时的情况非常严峻，他在学校的课也停了，陈凌向家里求助，才知道徐光槐把他藏在美国的一处宅子里，他动用了很多人脉和手腕，与徐光槐彻底撕破了脸，才得以知道真相。

陈凌不敢惊动奚温宁，赶走了徐光槐找来的庸医，又想起薛虚怀专攻脑神经领域，就打电话给他。

陈凌也够义气，只说这是一个朋友的事，从头到尾没有提"徐远桐"三个字。

也不知薛虚怀猜没猜到，他竭尽全力寻找治疗方案，还联系他的老师，找美国最好的专家为徐远桐治疗。

薛虚怀还向陈凌解释，说这种情况恐怕不单是心理疾病造成的。

"大脑是很精密的仪器，只要有一点差错，就会让人面临崩溃，而且智商越高的人，往往越会发生运行错误。就像我以前说过的学者综合征，有些人天赋异禀，却患有严重的自闭症、躁狂症，或者精神疾病。"

徐远桐患上的正是令所有专家都束手无策的学者症候群。

奚温宁既心酸又痛苦，她捂着眼睛，以掩饰这份不能示人的苦涩。

一滴滴晶莹的泪珠从指缝间滚落，她哽咽着，小声地抽泣。

坐在斜对角长椅上的小女孩皱着包子脸，扯了扯妈妈的衣袖。

温柔的母亲捏了捏她的脸，抱着女儿离开了，体贴地为这对小情侣留下私人空间。

奚温宁抬手擦了擦脸上的泪水，却怎么也擦不完。

她又一次想到他最后发来的那条短信："希望你永远天真可爱，就像你向我保证的那样。我想，你会比我守信用，是吗？"

当时的徐远桐究竟在想什么呢？

看上去是道别，其实是诀别吧。

"你为什么不告诉我？你是觉得你若告诉了我，我会和你分手吗？"

"当然不是。"徐远桐尽可能地让自己保持平静，"我起初以为，只要熬过一阵子就会好起来的，给你发消息的时候，才意识到自己可能不会好了。温宁，我不能就这样回到你身边，不是怕你接受不了我，而是怕你比现在更痛苦，至少认为一个爱的人离开你，和眼睁睁看着一个爱的人受尽折磨，前者要好一点。"

奚温宁声音颤抖，胸口闷得快要爆炸："那也只是你以为的吧……"

"温宁，我要向你坦白。我求过陈凌无论如何都不能告诉你，我想同样身为男人，他能明白我那时候的绝望。他也害怕哪天我会彻底变成疯子，控制不了自己，选择最极端的那条路……"

在即将步入盛夏的时节，她却觉得浑身凉透了。

命运的痛击太残忍，我们有时候除了逆来顺受，什么也做不了。

两个人的感情真是说也说不清的东西，在他说出这些往事之前，她心里满是埋怨和怒气。可当知道事情的始末之后，她获得了足以消除一切的告慰，于是那些浩瀚参天的防御都溃不成军。

"徐远桐。"

"嗯？"

"我真的很想你，我一直说服自己相信你，欺骗自己你一定有隐情，你会回来告诉我的，所以才能撑到现在，可内心总有一个声音不断地说，我等不到你回来了。"奚温宁通红的眼睛里流露出平静又深切的情绪，"不论我怎么生气、愤怒，我还是很感谢这个世界把你带了回来，你能平安无事才是最重要的。"

那是出于本能的对他的关心，就像这一生不管有怎样的因果报应，她都会祝他一生顺遂。

所以不管她究竟会不会再次接受他，他能平安无事都是好的。

“我想过自己是否还有资格回来，恳请你重新接受我。但既然最终做了决定，我就有信心给你将来。”徐远桐说着，眉峰冷峻中带着淡淡的柔色，像置于黄昏与黎明之间，“我看了很多脑科医生和心理医生，对我帮助最大的一个治疗手段，就是写日记。我写了很多很多关于你的事，看着这些日记，我才慢慢平静下来。”

他低头轻轻地吻去她的泪眼，凉凉的唇诉说着痛苦与快乐。

“我从未想过和你分开，但它们不让我选择……最后还是你救了我。”

渐渐地，徐远桐在梦里见到那个骄傲的年轻人回来了。

长风猎猎，将校园里的花草吹向天际。

他知道少年带回了往昔的执念与温柔。

在很长一段时间里，分隔两地的奚温宁和徐远桐在夜里都辗转难以入睡。

两人走到了各自人生的破裂节点，无法挽回。

但幸好，重逢亦有时。

奚温宁看着眼前的那棵树发了一会儿呆，几秒之后，有些迟疑地问：“你现在感觉怎么样，还会觉得难受吗？”

徐远桐笑了一下，摇了摇头，说：“应该彻底好了，虽说之前会脑袋发蒙、耳朵嗡鸣，但这段时间已经不会了。”

“嗯，身体健康最重要了。”

徐远桐沉默半晌后，几近贪婪地望着她的面容，再也挪不开视线：“我想，越沉痛的回忆越无法忘记，因为有时候‘忘记’反而会产生心结，所以不如坦然接受它，不论多可怕，也要直面它。”

对于这样的说法，奚温宁也深有体会，她垂眸凝视着地上的剪影，语气略有点儿感慨：“三年啊，真的可以发生很多事。”

“很多人觉得三年的时光眨眼就过去了，但对我来说，这是一千多个日夜的思念，是一万多公里无法跨越的距离，是无尽的不舍，也是一辈子的遗憾。”徐远桐的目光仍凝在她身上。

奚温宁心头一颤，有点儿抽痛般疼。

他微微侧身，面对着她：“记不记得我以前和你说过费曼？他在妻子去世的时候没有哭，却在几个月后看到一条适合她的裙子时潸然泪下。不过我不像他那么迟钝，高中的时候我就已经发现了。”

“发现什么？”

“万物理论也比不上你的笑。”

奚温宁抬头看向眼前的男人，一时不知道该说什么。

“我能够病愈也算幸运，但你要不要接受我，是你才能决定的事。”徐远桐声音沙哑，像月光下满是沙砾的湖泊在轻轻晃动，“不过，我会让你做出决定的。”

气氛有点儿僵，她默默地绞着手指。

徐远桐也不想让她急着回答，又换回正常的语调说：“那个苏巷，你和他走得很近。”

奚温宁摸了一下散在肩侧的头发，知道他的意思，眼里闪过一丝笑意：“对啊，我这么可爱，这三年里有男生追我也不奇怪吧。”

“嗯，你这么可爱，依然有随时亲我的权利。”

她怔了怔，方才几句调侃的话，瞬间就回到当年的感觉。

“我们还没分手，你知道吗？”

“谁说的？三年不联系怎么就不能分手了？”

“我们在一起这几年里，你只说过一次‘分手’，还是气话，隔天我们就讲和了，你还记得吗？”

“呵呵，可当年是你发短信单方面宣布分手的。”

“我说的是以后可能不会见面了，不是分手。”

“……”

他居然和她抠字眼！

奚温宁习惯性地斜眼瞪他，却把他逗笑了。

徐远桐看着她，一字一句地说：“温宁，我突然离开，又突然回来，对你造成了不可逆转的影响和伤害，所以即便你无法再接受我，我也认了。”

奚温宁眼下也很矛盾。

她心里明白，这不是他的错。

但日日夜夜结在心里的茧，没这么容易就消除，感情是由她的心决定的。

徐远桐见她这个样子，又温柔地说道：“对不起，都是我的错。我会努力让你接受我的。”

下午就要进行第二场演出，奚温宁还要赶回去参与排练。

回工作室的路上，两人聊了一些工作上的事，以及陈凌等人的现况。

“陈凌家里弄了个科创产业园，主要想搞 VR 虚拟现实动漫项目，然后在此基础上，与美国洛杉矶的两家公司合作，建一个国内最大的 VR 室内动漫主题乐园。”徐远桐轻声说，难得在当事人不在的情况下夸了他几句，“他那个人看着没心没肺，其实心思也深，关键要看他把心思放在什么地方，只要他想做的事，总是能办成。”

奚温宁坐在副驾驶位，望着窗外的花瓣扑簌落在地上，笑了：“也是，以前上大学的时候我还不曾留意，现在再看陈凌，觉得这家伙藏得真深，原来家里那么有钱。所以他嚣张也是有底气的，虽然人是有点儿混，但年纪轻轻就有自己的理想和目标，就和当年的你一样……”

两人都是野心勃勃的少年，并有将想法付诸实践的能力。

奚温宁说着说着，有点儿忘乎所以，直到提及他们当年的事才反应过来，撇了撇嘴：“那你呢？你说要回来和他合作，真的想好了？”

“真要和他们公司合作，还得坐下来好好谈一谈。VR 在未来二十年内都会大有市场，但它有物理极限，假如不能和脑神经研究相结合，对人类生活的影响就不会太大。我觉得要做就得做到极致，哪怕有生之年我们可能看不到结果。”

徐远桐的言谈之中多了几分沉稳和干练。

起先奚温宁还担心他会因为三年的折磨失去对物理的热情，现在见他仍然在认真思考将来的规划，才算安了心。

徐远桐并没有时间消沉，下半辈子，他还要照顾身边这个小女人，与其自艾自怜，不如干点正事。

提及身边的朋友，奚温宁的语气也软了下来。

也因为他们都还如此纯粹，她才觉得学生时代恍如昨日。

能去看更广阔的世界，随时归来还能得到他们的迎接，或许这就是最好的同窗情谊了。

车停下后，奚温宁急匆匆地下了车往工作室里面赶，也没怎么和徐远桐告别。

回到工作间，她才长舒了一口气，努力地静下心来审阅修改后的剧本，连眼睛也没抬一下。半晌后，她觉得口干舌燥，便起身去倒了一杯水，“咕嘟咕嘟”

喝了下去。

接着她就去了排练场，见苏巷等人正在排一出戏，顺便把修改的细节跟方粤说了一下，再和演员们交代了一下。

奚温宁拿着剧本给苏巷看：“这个情节现场的效果不是很好，没多少观众笑，今天这场就先换另一个试试。”

苏巷穿着运动服，手里还握着几斤重的道具剑，他笑着说：“好啊，都听你的。”她无奈又好笑：“都听我的，那我让你收回之前在咖啡馆说的话，行不行呀？”

“行呀，我可以说一点更肉麻的。”苏巷说到这里，目光一闪，低声说，“你要是愿意，我还可以陪你演一出戏。”

旁的人只当他们在讨论台词，也就没在意，奚温宁有点儿不解地问：“什么？”

苏巷的面容俊雅，笑起来很有亲和力。

他忽然凑近她，倾身在她耳畔低语：“你不是怨恨你那个前男友吗？我们一起演一出戏气他啊。”

奚温宁听到这句话，下意识地抬头，就看到徐远桐站在排练场门口，他不仅没开车离开，居然还跟过来了。

可是他是怎么进来的？

现场的其他人也发现了徐远桐。徐远桐五官俊朗，一副精英人士的模样，女孩们连与他说话的声音都自带柔化效果。

他不需要花多少力气，只说要找舞台剧的副导，有的是愿意带路的人。

场记询问道：“这位先生，我们这边是公司，您是来找人吗？”

“我找奚温宁。”徐远桐面上淡定，但看着他们的眼神已经有点儿不太对。

奚温宁瞬间理解了苏巷刚才所说的意思。

徐远桐走到她面前，看也没看一旁的苏巷，递来一个钱包：“你东西掉我车上了。”

“啊，谢谢。”

“知道你不喜欢带现金，我就塞了一点在里面，万一支付宝和银行卡都不能用，可以救急。”

“……”

她所有还未用上的演技，都被他一句话堵了回去。

从大二开始，徐远桐每次回来都会做这样的事，她慢慢也就习惯了。

听见这句话的妹子立刻起哄："我的妈，我也需要这种可以往我钱包里塞现金的男朋友！"

方粤也听见了，让演员们停下串戏，有点儿不悦的目光扫过来。

奚温宁急忙解释："那个，这是文化产业公司的，他来找我谈点儿事……"

徐远桐也没拆穿她，何况真要是男朋友过来打扰她工作也不妥，他礼貌地向周围的演员和工作人员微微欠身，大方得体地说："打扰你们工作了，抱歉。"

说完，他就转身离开了。

奚温宁望着他远去的背影，微微皱起眉头。

大概是内心柔软的感情在作怪，她竟觉得有点儿不忍。

这几年他吃的苦头比她还要多，真要换作自己，估计已经精神分裂了。

觉察到方粤的打量，奚温宁不敢再胡思乱想下去，强迫自己打起精神，重新投入到工作中。

算了，一切顺其自然，就可以得到答案了吧。

当看到温宁和苏巷说笑，徐远桐心里就烦躁不已。曾几何时，那个能与她亲密交谈的人不再是他。

街上车水马龙，热风阵阵，阳光透过树枝之间的层层缝隙洒落下来。

走出巷子，徐远桐从上衣口袋里摸出一盒烟，抽出一支，用唇瓣衔住，清冽的烟草味很快从喉咙窜至胸口。

他吸了两口，然后吐出白色的氤氲烟雾，萦绕着冷峻的眼角眉梢。

等一支烟抽完，他指尖夹着剩下的烟头，往前走了几步，连着打火机和香烟盒一并扔进垃圾箱。

再也不需要了。

想起奚温宁钱包里的那张大头贴，那时的他们是那样青春甜蜜，徐远桐不禁牵起了嘴角。

他一定要让她重获幸福和快乐。

为庆祝徐远桐的归来，一群老友都去了蒋麓的酒吧，热热闹闹地聚餐。

蒋麓特意给他们留了一个临街且能看得到风景的位置。

大家喝过一轮后，服务员上了汉堡、鸡翅、薯条和意大利面，就连寿司和生鲜也摆了一堆，大概够十多个人吃了。

蒋麓还很洋气地弄来了一个奶油巧克力焗棉花糖蛋糕，蛋糕上插满蜡烛，搞得像庆生一样。

“庆祝重生啊，兄弟，下次你要是再敢这样消失，老子第一个劈死你，知道了吗？”蒋麓假装恶狠狠地道。

陈凌立刻挑衅地说：“体谅一下没有老婆的学神吧，他也不容易。”

听着男人们的调侃，奚温宁只顾低头吃着眼前的鸡翅，诗添夏则在桌子底下狠狠地掐了一下陈凌的手。

其间，蒋麓拉着徐远桐和陈凌去了吧台那边，说是见什么生意上的朋友。

奚温宁则去了一趟洗手间，回来的时候，看见郁柚在夏夏耳边悄声说着什么。

毕业后，郁柚变得更潮了，如今的她发梢微卷，头发及肩，挑染了一层粉色，像《自杀小队》里的奎恩。

大学期间，郁柚就在校外租了房子，也认识了一群玩极限运动的朋友，还经常做些相关的零工。

她如今所在的项目团队与政府合作，开发了一个滑板公园，承办各种比赛，并面向全国推广滑板运动。

夏夏秀气嫩白的小脸通红，两道柳眉蹙着。

奚温宁有点儿好奇：“又在聊什么羞羞的小秘密？”

“在说她和陈凌的第一次。”

诗添夏捂住脸，娇嗔道：“你们讨厌！郁柚，以后都不和你说了……”

郁柚一把将她拥到怀里，大笑起来。

奚温宁的眼睛也含了一丝笑意，抬头的瞬间，与徐远桐的目光不期然地撞上。

她还来不及收回笑容，灵动璀璨的眸光就这么撞入他的眼底。

徐远桐瞬间心跳加速，他侧靠着吧台，抱着双臂，凝视着她的笑容，一缕柔软的额发落下来，衬得黑眸更为幽深。

奚温宁错愕不已，低头猛喝了一口长岛冰茶，脸上有温热的感觉。

等到两位男士回来，话题又回到徐远桐这几年在加州理工学院的求学经历。

在最严重的时候，他停课了大半年，后来在老师的协助下，还是圆满地毕业了。

徐远桐很大方地说："要当这种研究学者就要抵得住诱惑，耐得住寂寞，但是我不行啊。"他的目光转到奚温宁脸颊上，轻笑，"我怎么抵抗得了诱惑？"

这三年来发生的事，郁柚也是看在眼里，知道了徐远桐的事情后，她只觉得唏嘘和无奈："学神的工作性质和我们'小肉饼'的真是天差地别。"

奚温宁挑眉："也还好吧，我整天写剧本改剧本、串戏排戏，虽然谈不上什么学术，可也是'创作'好吗？"

"我不是这个意思。徐远桐的工作就像修行一样，但你不一样，你就是在男人堆里工作啊，而且都是优质的男人，不管小鲜肉还是大叔，各种类型任君挑选。"郁柚放下手中的空酒杯，故意说这话刺激徐远桐。

郁柚所言非虚，当女导演的一个好处就是可以请帅哥来拍片。奚温宁眼光很毒，一眼就看中了苏巷。

酒吧楼下的街道上闪着川流不息的车灯，路人近了又远，车辆的引擎轰鸣不断。

奚温宁望见徐远桐深沉眼底的东西，心里再次涌起那种艰涩的情绪。

喝完大半杯长岛冰茶，奚温宁感觉有点儿头晕，便去洗手间往脸上拍了点水，然后索性跑到酒吧外的走廊上，倚着窗吹了会儿风。

鬓旁柔软的黑发被风吹起，为她的脸庞添了几分柔色。

徐远桐静静地看着她，默不作声地走近她。

"你千万不要同情我。"他像是在自言自语，"我不需要你这样的感情。"

"不是的，我没有！"奚温宁急忙否认。

徐远桐嗤笑："那你刚才什么表情？"

看到他眼底一闪而过的狡黠，她才知道对方又想套她的话，她差点儿就着了他的道："你管我什么表情，我才没空怜惜你，以后我在舞台剧的圈子有佳丽三千，你都排不上号。"

"不会吧，我对自己还是有点儿信心的。"

奚温宁想到另一件要问他的事，抿了抿唇，似乎在想如何开口。

走廊里没有冷气，好在外面吹进来的风驱散了夏夜的闷热。

"徐远桐，你除了要和陈凌一起创业，还在继续念书吧？"

“嗯，从加州理工学院毕业后，我联系了S市的一所学院，目前正在读博。”

加州理工学院的学位质量相当高，很多博士学院都抢着想要那里的学生，特别是徐远桐身上仍有光环笼罩，在别人眼里就是个香饽饽。

奚温宁放了心，嘴角微扬，那一丝对他的关切遮掩不住。

徐远桐伸出手轻捏了一下她的脸，那温软的手感和以前一模一样，令人心神荡漾。他说：“你知道吗？你真的很棒，就算没有我，你也活得很好。”

“当然啊，那还用你说？”奚温宁撩着耳际的发，骄傲地说，“我有一份很棒的事业，可以做想做的事，去想去的地方，可以活得很精彩……”

她说的句句属实，但没有他的人生，还是少了点什么。

徐远桐安静地听着，突然打断她：“星星，我们和好吧？”

“……”

不可否认，她有点儿想答应了。

他看着她，喉结微微滚动。

太多想要倾诉的爱意被他压下，可越漠视，就越澎湃。

突然，几步之外的电梯门开了，几个人一边放肆地大笑一边出了电梯。

奚温宁下意识地抬头看去，就见为首的男人搂着一个美女，那美女身材火辣，脚上穿了一双系带子的红色高跟鞋，相当妖艳。

那男人的五官虽然还算端正，却虚浮着一层酒色之气。

奚温宁一下就认出了对方的模样，她猛地别过脸，转过身对着角落。

徐远桐顺着她的目光看过去，脸色也微微变了。

那男人没留意到他们，站在酒吧门口点了一支烟，说：“听说你们这一届的新生很骚啊，可惜我毕业了，还是年轻好。”

“斐哥，你是学长，就算毕业了，也是我们的前辈呀。”

“那让学长好好‘教’你们一点道理，哈哈哈哈！”

奚温宁咬了咬牙，此时徐远桐将她拥在身前，熟悉又陌生的气味将她拢着，给了方寸之间的安然庇护。

她捏着发汗的手心说：“是赵斐，就是当年……”

“我知道，你不用说。”徐远桐轻声说。

她低着头，露出一截白皙的颈项，在乌发下若隐若现，让他喉咙发干。

这时，那抽烟的男人视线不住地往旁边飘，还是发现她了：“哟，这不是学妹吗？哦，你都没正式毕业，我这么叫对不对啊？”

那个妖艳美女立刻问：“谁啊谁啊？”

“你们知道吧，当年她在网上可有本事了，逼得我们艺术学院关闭官微，还锁了评论。”

奚温宁冷冷地抬眼，脸上一丝笑容也没有：“是啊，你们被人骂得狗血淋头，学校还是要点儿脸的，只能这样做以自保。”

赵斐没想到她还这么伶牙俐齿，他吸了一口烟，毫不忌惮地谩骂道：“奚温宁，你就不能滚远点儿吗？上赶着被我们骂！”

奚温宁平静地注视着他，她已经经历过更令人气愤的事情，不会再轻易被激怒。

就算知道正义不一定能降临，就算明白道德不能惩罚罪犯，就算这个世界上有太多令人失望和窒息的阴暗面，她仍然希望通过自己的努力去改变一点，让失去亲人的受害者得到安抚，让被侵犯的女孩子获得自尊，让无家可归的孩童拥有安全的港湾。

徐远桐走过去，微微侧着头笑道：“你欠揍。”

赵斐剜了他一眼，不知他又是从哪里冒出来的，居然敢替奚温宁撑腰：“你算什么东……”

徐远桐一巴掌甩过去，然后淡淡地说：“替你爸教训你这浑蛋，不用谢。”

赵斐双眼通红，完全失去理智地吼了一声：“找死！”

几个与他同行的人正准备对徐远桐出手，坐在吧台那边的蒋麓早就发现了这些人要搞事，一个眼神示意，几个人高马大的肌肉男走出去，把他们一群人分开。

徐远桐他们早就过了一言不合就亲自上阵打一架的年纪，成人的社会有截然不同的规则。

“哥们儿，来我这里闹事，不给我面子啊？”蒋麓盯着赵斐道。

赵斐看了一眼老板模样的年轻人，对方语气和善，可眼里的威慑绝不是唬人的。

他反应过来——这老板和奚温宁是一伙的，他先愣了一下，随即觉得太失面子，反驳道：“你眼睛瞎了？你没看到是这浑蛋动手伤人？”

蒋麓让几位手下放开赵斐，语气凉凉地说：“嘴巴放干净点儿，你说别人先动手，谁看见了？”

赵斐转身看向自己的同伴，那妖艳女人被吓到了，胡乱地摇了摇头，一脸不知所措。

眼看打架是搞不过对方了，赵斐想了一会儿，伸手指着徐远桐，指尖几乎戳到他的鼻梁："我要告你！你别走，我现在就报警！"

徐远桐用力拍掉他的手，冷笑道："好，报警，我正好认识几个记者朋友，一起叫来吧。"

见赵斐有点儿迟疑，他不由得多说了一句："听说最近会有大变动，识趣的就别再搞新闻出来。"

奚温宁站在徐远桐身旁，看到赵斐瞬间变了脸色，心里觉得痛快极了。

当年，赵斐和那些贪污受贿的教授还威胁过另一个女孩子，说要告她诽谤，让他们停止纠缠。

赵斐的气焰明显收敛了一些，但为了找回一点气势，他还嘴硬："给我等着！"

徐远桐懒得理他，在他说话之前就已经带着奚温宁进去了。

她想了想，皱眉问："你……最后那句话是什么意思？"

"我回国之前关注过三年前的那件事，当初赵斐作为学生会会长做过什么，我大致了解。"

徐远桐走到吧台边，向酒保要了一杯龙舌兰和一杯橙汁，彩灯的光影投下来，勾勒出他冷淡的轮廓。

男人侧身等着酒，眸子转过来，与她道："我调查过赵斐的背景，他爸爸的几个子公司与那几位教授恐怕都是某个利益集团的一部分。那批人最近势头都不太好，这种事本来就一拨一拨，何况一旦站错队，就完了。"

他说得简单易懂，奚温宁无言地咬唇，果然能力的高低注定了会有不同的结果。

徐远桐拿着两杯饮料，两人往回走。

"本来还想找机会和你聊这件事，没想到今天会撞上那个浑蛋。"徐远桐淡淡地说。

陈凌坐在另一边大声冲他们喊："怎么回事啊？门口吵什么？"

徐远桐止住了话头，回他："没什么，遇到一些有过节的人。"

聚会持续到下半程，不仅薛虚怀来了，就连程兴他们几个在同城的朋友也来了。

大家热热闹闹地聊了很久，也因为徐远桐的归来，终于能痛快地聊起过去。

很久都没有这样开心，大家都喝得有点儿多。诗添夏迷迷糊糊地倒在陈凌的怀里打瞌睡，小脸蒙上一层红晕。

蒋麓看了看时间，说："都这个点了，明天又是周末，你们就别回去了，我替你们安排好，上楼去唱 KTV，想通宵的通宵，想睡觉的旁边有包间可以睡。怎么样，我这里周到吧？"

陈凌抱着媳妇儿，可以说是在座中最圆满的一个。

他轻声哄着怀抱里的小女人："老婆，我带你上去睡一会儿吧，一会儿再给咱妈打个电话。"说到这里，他推了推身旁的奚温宁，"你呢？"

奚温宁放下手里空了的杯子，说："我和家里说了要晚点儿回去，但明天还有两场演出要去盯着，看情况吧。"

徐远桐看她脸色不太好，就没逗她，给她倒了点儿柠檬水："你要是想回家，我现在就送你回去。"

"没关系，难得大家这么开心，方导说早上没什么特殊情况，我可以不用去，下午开演前赶到就行。"奚温宁说完，才察觉到自己刻意要和他多待一会儿似的，不由得别过了眼。

徐远桐假装没看见，继续和他的迷弟薛虚怀聊着脑神经方面的课题。

薛虚怀是天生的娃娃脸，即便过了这么些年，眉宇间还是有一股丰神俊秀的年轻味，很招女孩子喜欢。

"我觉得你要是转向 VR 方面的研究，肯定会取得重大突破。"

"哦，是不是陈凌给你什么好处了？"

"没有没有，也就答应给我几成股份吧，哈哈哈哈！"

大家商量了一下之后，陈凌他们去了楼上休息，奚温宁先去陪郁柚她们唱了几首歌。

KTV 的包厢里气氛依然火热，大家像回到了高中生的时候，仿佛什么都没变。

徐远桐坐在奚温宁身边，安静地看着她的一颦一笑，像是要把离开这么些日子的时间都补回来。

到了夜里两点多，奚温宁有点儿撑不住了，不住地揉着眼睛。

郁柚和薛虚怀习惯了熬夜，这个点还像夜猫子一样毫无睡意。

徐远桐低声劝道："要不去睡一会儿？"

蒋麓有意撮合这对苦命鸳鸯，连忙说："这边的房间很豪华，你去看看要不要住一晚？"

奚温宁已经累得不想再坐车回家了，便顺势点了点头。

走廊上杳无人声，她整个晚上都在琢磨一件事情，此刻忍不住脱口而出："你后续还会做什么吗？"

徐远桐回头看她："什么？"

"就是，赵斐这件事，你既然查过他的背景，那代表你想做什么。"

"那就看你怎么想了，我都听你的。"他的语气里流露出一丝很自然的宠溺。

奚温宁拿着钥匙，低头看牌子上的号码："我也不知道，现在回想起那件事，还是觉得像做梦。"她抿唇发笑，"这件事对我的影响挺大的。"

就像当初他的离开一样。

"在反抗他们的时候，有一段时间我很难过，想到你离开之前，我无忧无虑，直到有一天……温室的玻璃碎了，我走出来，才发现原来外面的世界是这个样子的。那时候我心里有很多感触，就像一夜之间觉醒了。"

她憋在心里的想法，也只有和眼前这个男人可以说。

"我妈、我爸，还有网友，他们都说过，我不是在和几个人斗，而是在和一个利益集团的人斗，是在挑战权威。我一个人也好，十个人也好，根本不可能成功。"

奚温宁出身在一个普通的小康家庭，有一份稳稳当当的职业，运气好的话可以创作出一些不错的作品，让观众记得她的名字，但更多的时候只是默默无闻，淹没在人海中。

等她开了门，徐远桐伸出手抵着门板，好让她先进去。

"从学校出来以后，世界变大了，所以更显得我们很渺小。"奚温宁说着，环视了一圈房间。

一室一厅一卫的布局，确实如蒋麓所言，设施很新且一应俱全。奚温宁满意地打开衣柜的门，想了一下，拿出两双一次性拖鞋，把其中一双放在身后那人的脚边。她想到那次陪他去参加中国大学生物理学术竞赛，两人也曾在酒店独处一室。

恍惚之间，时光再次倒流。

生怕气氛会变得奇怪，她连忙说下去："其实，这件事为我带来的不仅是痛苦，有时候我能感觉到一种前所未有的振奋。”

这就是成长的阵痛和喜悦吧。

走出乌托邦，看到美丽而丑陋的世界，原来所有人都这样努力又艰难地活着，整个世界才会那么生机勃勃。

徐远桐凝视着她温柔的背影，心头的感觉难以言表：“你哭过吗？应该哭过很多次吧。”

“嗯，我记得有一回被警察询问，然后我看见我爸妈一脸难过的表情，我跑进房里关上门，一下子就哭了。”

就是那一刻，她觉得太难过了。明明自己也还只是一个在念大学的孩子，一直以来被父母捧在手心里呵护，为什么要遭遇那些陌生人的伤害？

徐远桐心如刀绞：“是我不好，我没有在你身边支持你，是我做得不对。”

奚温宁听见他声音沙哑，忍不住说：“徐远桐，我气你离开我三年，不给我照顾你的机会，也不让我知道究竟发生了什么，但我不怨恨你没有帮助我，因为不是你想要生病的啊。”

徐远桐心中更为悲痛。

在他看不见的时候，她已经长大了，变得比学生时代更理智、更宽容，对待人和事都更从容。

徐远桐定定地看着她：“我情愿你像过去一样，是个小戏精。会哭的孩子才有糖吃，不是吗？”

奚温宁坐在沙发上，看着他半蹲在自己身边，也觉得有点儿难受。

她独自撑了这么久，已经习惯做出独当一面的姿态。

“有时候，我也会装可怜博同情。”说着，她看向徐远桐的眼睛。

在灯光的照映下，他的双眸变得清亮逼人，糅杂着深情和无奈，像浸润在湖泊中的月亮，无限的温柔荡漾开来。

“那就做给我看。”

奚温宁睨他一眼：“不要，就不给你看。”她反问，“你不回去休息吗？”

徐远桐一动不动：“我想在这里陪你休息。”

她无语，并没有说话，过了片刻，才喊他的名字：“徐远桐。”

“嗯？”

“你真的有办法治赵斐吗？”

他看向她，过了一会儿，才说：“有，而且是‘成熟’的办法，但可能没办法还你们一个公道。”

“我知道的。”她笑着抿了抿唇，“那就交给你了。”

徐远桐点头，目光落在她的眼底：“那我们再试一次，能走多远就走多远。”

一语双关，他还是那样令她着迷。

他低哑的嗓音有种漫不经心的高傲和自信，如龙舌兰般令人迷醉。在晕黄的灯光下，他领口处露出的两道锁骨好看至极，脸部的线条隽秀，所有不用言说的深情都藏在眼底。

有时候能不能爱一个人不是自己的选择，而是一种命运。

奚温宁收回心思，脸上微微发烫，低垂着眼说：“我先去梳洗一下，然后就准备睡了，你可以回去了，记得关门，谢谢。”

在氤氲的热气中，洗澡水迎面浇在她的脸上，沿着窈窕纤细的腰肢滑下，缠绕着两条笔直的长腿。

她有点儿恍惚，想到今晚意外地遇到赵斐，原本很好的心情都被搅乱了。

当初在网上声讨他们的时候，奚温宁就遭到很多人的恶意诋毁。

有人说她们活该，肯定是自己想走后门，结果事情败露，才先下手为强。

曾经的奚温宁以为，那些不公和冤枉可能只发生在偏僻的小地方，谁知就在城市中心，仍然有那么一群可爱、善良又才华横溢的年轻女孩逃脱不了他人的掌控。

就像苏巷的亲姐姐，那样无助又脆弱。

以前她觉得可怜之人必有可恨之处，现在看来，有些人真的只是可怜。

她低下头，闭上迷蒙的双眼，抬起双脚踩了一下水。

浴室外，徐远桐听着“哗哗哗”的水声，那节奏就像水中女妖诱惑的鼓点敲击在心头。喉咙干得厉害，他拿起杯子想要喝点水，可太过着急，差点儿被滚烫的开水烫到，他急忙放下杯子，拿过边上的矿泉水。

时间一分一秒地流逝。

奚温宁扎着丸子头，一身水汽还未散去，尤显乖巧动人。她看到徐远桐还没走，还帮着烧了一壶水，收拾了她散落在地上的鞋子和包包。

她有点儿窘迫地说：“你怎么还在啊？我都说了要睡了啊。”

他为她泡了一杯很淡的绿茶，淡翠色的茶汤泛着粼粼水光。

“你睡了我就走，好吧？”

奚温宁接过来，捧着白瓷杯子浅浅地啜了一口。

徐远桐垂着眼，室内的灯影在两人脸上游走，他笔挺秀隽的鼻梁旁有淡淡的阴影。她察觉到不妥，急忙又回了浴室，穿上内衣，然后心虚地踱步回到房间，清了清喉咙，道：“徐远桐。”

“嗯，怎么了？”

她有时候会想，要是当时他在自己身边，是不是一切都会不一样了。

可那时的他也在痛苦的牢笼里苦苦挣扎，他也无能为力。

奚温宁斟酌了一下，看着他，决定把剩下的话说出口：“这三年我们都不好过，但从今天开始一切就会好起来了。徐远桐，以后不管遇到什么事都不能放弃，知道吗？”

他不傻，怎么会听不出来她对他的关心？

她一字一句地说：“当年我一直想着不能让你失望，所以才会坚持做那件事。徐远桐，我没有让你失望，所以你也不能让我失望，知道吗？”

那时候，她是想着他说过的话，才会越来越坚强，才能让眼底的光芒熠熠地闪烁着，直到今时今日。

纵有千军万马，我自一往无前。

徐远桐眼睛微弯，喉咙发干，连一个音节也发不出来。

一秒，两秒，三秒……

“你……”她刚想开口，徐远桐倾身过来，手臂绕过她的腰肢，两人身体紧紧地贴在一起，湿热的吻密密匝匝地落下来。

他逼得她无路可退，手指插入她细软的黑发，嘴上的亲昵时而热烈似暴风，时而轻柔像细雨。他已经是成熟男人，有些技巧信手拈来，并不需要刻意指导。

亲到无法控制的时候，他就用力地在她的唇上咬一口。

奚温宁觉得全身的血液都往头上冲，头皮一阵阵发麻，徐远桐却觉得下腹燥热，胀得难受。

他长睫低敛，粗重的呼吸喷在她耳边，她脸上已经热得快要冒烟，心里酸酸甜甜的，像有一阵潮湿的夏风吹过。

奚温宁挣扎了几下，一句恶狠狠的“谁准你吻我了”到了嘴边却说不出口。

徐远桐不依不饶，放轻嗓音在她耳畔道：“嘘，做这种事的时候要安静。”

她身子软了半截，再也使不出力气去反抗。

两个人亲了二十多分钟，她感觉自己的嘴唇都肿了，呼吸调整不过来，脑子里更是一片混乱。

夜色已渐渐淡去，再过几个小时天就要亮了。

好不容易缓了一阵，徐远桐搂着她的肩，微微叹息：“我们和好吧，好不好？”

奚温宁没有回答，侧过脸遮起了唇边的笑，坏心眼地没把答案说出口。

两人就这么静静地抱了片刻。

她扯了扯他的衣袖，说：“我现在只想靠在沙发上眯一下。”

说着，她把他拉到沙发边上坐下，然后自顾自地在他身边蜷起身子，找到一个舒服的姿势，拿了毯子盖到脖颈处，就合上了困倦的眼，显然是想用这招让他消停下来。

徐远桐笑笑，懒散地枕着沙发。两人之间狭小的距离，让温度始终降不下来。

他的声音很淡很轻，但蕴含着很深很深的爱意：“星星。”

“嗯？”她迷迷糊糊地应了一声。

“你还记得大三的时候我给你寄的生日礼物，那张卡片上写了什么吗？”

她没有回答，呼吸已经变得均匀。

徐远桐薄唇勾起一点笑容，微微侧着头靠着她，俯身啄了一下她的唇，甜得心颤。

“欢喜是你，仙女是你，皆如你愿。”

这一次，他不会再食言了。

奚温宁做了一个很美的梦。

梦里她坐在酒吧靠窗的位子，看到外面的长街上红绿灯不断变换。

整个城市都散发着光芒，就像一座奇幻的永无乡。

她将金子般的心埋在这里，只告诉了他一个人。

奚温宁在微信群里看到郁柚宣布，昨晚她和薛虚怀坦诚地谈了一次，决定要试着谈对象。

她一时没反应过来。这个周末实在有点儿兵荒马乱。

新的一周，奚温宁忽然接到通知，方粤要去邻市出差，接下来的两场演出就只有她和执行导演来把控。

方粤还让她在谢幕的时候替他致辞。

奚温宁倒也不怯场，应下来之后，写了几个大概要说的重点，在脑海里先过一遍稿。

除了介绍所有的工作人员、感谢观众到场，还要为舞台剧打广告。

在剧院看他们排练的时候，奚温宁接到了徐远桐的电话。

"嗯？"

"突然有些话想和你说，就打过来了。"

"什么啊？我正在上班。"

"给我两分钟吧，我说了才安心。"

奚温宁只好听他说。

"那天你吃巧克力蛋糕的样子真可爱。"

"……"

"其实，大学的时候我们一起在食堂吃饭，我就特别喜欢看你吃东西的样子，你吃东西的时候好像很开心，只要看到你，就觉得浑身放松。"

"那我大概是有一种能把食物变好吃的天赋吧。"

两人不约而同地笑起来。

"奚温宁，或许你是对的，我应该在刚发病的时候就来找你。但你大概无法想象，正因为觉得你这么美好，我才不想你来拯救我。”

十九岁的她总喜欢把半长不短的头发箍在耳后，露出两只可爱的耳朵，巴掌大的小脸上唇红齿白，笑起来的时候古灵精怪，他会永远记得那个样子的她。

“你傻啊，以后不要再说这些了。”

徐远桐低沉的笑声传来：“嗯，还记得你以前对别人说过的话吗？我们也是经历过磨难的人了啊，会更明白什么是生活苦乐，会变得更强大。”

她记得，那是她大二时对诗添夏说过的话。

“徐远桐，我已经不是原来的小姑娘了，现在我可是很强势的，你想和我讲道理是没有用的，以后你就只能宠我、爱我、相信我，知道了吗？”

男人听出她这话背后隐藏的答案，不禁勾了勾唇：“嗯，知道了。”

夜幕低垂，一弯弦月挂在空中，夜色无边地蔓延到这座城市的尽头。

晚上，大剧院的演出也顺利地落下帷幕。

苏巷穿着一身黑色锦衣卫装束，抱拳示意观众少安毋躁，随后开口：“下面有请我们《古宅》舞台剧的副导演奚温宁导演登场！”

在新一批观众热烈的喝彩声中，奚温宁代表旗粤文化走到台上。

她弯腰鞠躬，稍作酝酿，一连串已经准备好的感谢词脱口而出。

“等一下！等一下！”演员之一的祥仔突然打断奚温宁，观众分不清这是早就安排好的，还是真的发生了意外，“今天我们还准备了一个小彩蛋，现场的观众朋友，啧啧，你们有福了！”

在一盏盏灼烁的灯光下，大家十分期待地等着。

而苏巷作为男主角，与女主角一左一右地站在奚温宁身边。

两人对视一眼，也搞不懂祥仔到底在做什么，都摇了摇头。

祥仔接着道：“大家都认识我们英俊有才的导演方粤，作为这部剧的副导演，我们可爱、亲切又才华横溢的小奚导也为这部剧付出了无数心血……”

奚温宁愣怔地握着话筒，没想到祥仔会突然说出这番话来，急忙害羞地摆手。

“所以呢，我们特意安排了一个献花的环节，感谢小奚导没日没夜地辛勤工作。来来来，帅哥上来给我们奚导献花！”

剧院内响起潮水般的鼓掌声、口哨声，还有几个迷妹喊着苏巷的名字。

奚温宁顺着祥仔的手势看过去，就见一道长影从舞台侧面的楼梯走上来。

他抬眸，朝她笑了笑。

他一双黑眸在明亮的灯光下闪着光，眉目间晕开一片温柔。

还好徐远桐穿得算是随意，他要是西装革履地上来，再加上俊逸潇洒的气质，她真的会害羞到冒烟。

奚温宁满脸绯红，看着他把一束灼灼娇艳的枪炮玫瑰递过来。

徐远桐神色清浅，视线在她的脸颊上缓缓停住："今天是你'第一次'谢幕致辞，我来得迟了，但总算没有缺席。"

在属于你的舞台上，为幕后最妍丽的你鼓掌献花。

"谢谢。"奚温宁踮起脚，双手环住他的颈项，压低柔软的嗓音，用只有他才听得见的音量轻轻地说，"徐远桐，我们之间再没什么原不原谅、和不和好，我等了你三年，终于等到了你，仅此而已。"

他闻言笑了，但眼角的弧度往下压了压。

所有的释然都淹没在这个拥抱里。

如果一个精彩纷呈的故事中间有一些不那么完美的波折，你还愿意继续下去吗？

奚温宁知道自己想要的是怎样的人生，就像她一直知道自己想成为什么样的人——与他一起努力奋斗的自己。

苏巷望着拥抱在一起的两个人，他脸上的神色藏在一层淡淡的妆里，也隐在舞台的强光之中。

身边的演员都在拍手祝福，唯独他双手背在身后，冷眼旁观着这一幕。

等到抱着玫瑰下了台，奚温宁还没说话，徐远桐俯身就要吻她。

她满脸带笑地逃开，还挑衅地说："我又没说给你亲，自作多情。"

男人也不生气，淡然地瞥了她一眼："别这么小气。"

"算了，还是给你亲吧。"说完，奚温宁小脸就红了。

徐远桐的眼中浮现出她最熟悉的纵容和无奈："快去收拾，我等你。"

奚温宁点点头，像高中女生一样，捧着花也舍不得放下来，转身跑开了。

她是真的做出决定了。

这一刻，她心里对他的感情不仅像当初那样浓烈，更有了想与他永远在一起的执念，乃至冲动的、想要占有的欲念。

或许，这三年的朝思暮想动摇过他们的关系，但就算忘不了这些又何妨。

没有哪一段人生是十全十美的，但与他有关的格外珍贵。

就顺着生命的潮汐起起伏伏，可遇颠簸，亦去漂泊。

抵达远方才能相逢千千万万的好。

因为每一种余生，都值得我们期待。

徐远桐的车停在一处偏僻的林荫道上。

奚温宁从剧院出来的时候，已是深夜十一点多了，四下很安静，她提步走过去，望着对方浅淡的侧影，色欲熏心地说：“徐远桐，我有没有说过你现在变得更帅了？”

“是吗？”

“以前大概还是带着少年感的帅，特别禁欲，现在就感觉……简直让女生把持不住，想要直接按在墙上亲。”

徐远桐叹息一声，将她圈到身前，呢喃道：“果然想念你的这些鬼话，还是和你在一起的时候最帅。”

奚温宁听得心神荡漾，还没回话，就被他兜头吻住。

男人的力道很大，她被亲得踉跄两步，撞到身后的车门，吃痛地低吟一声。

徐远桐急忙扶住她的身子，她一边想方设法地站稳，一边还得承受他炙热的吻。

后脑勺被他的手指扣着，背后抵着冰凉的车身，身前却是男人火热的身躯，奚温宁进退两难，双臂也被对方抓住，被亲得晕乎乎的又动弹不得，最后憋出一句：“别亲了，嗯……我有点儿累，想回去休息了。”

见她故意岔开话题，徐远桐笑了笑，没揭穿：“那好，等送你到楼下再继续。”

车子平稳地驶上市中心的大道，夜风清朗怡人，空气里飘着几缕淡淡的花香。

“明天我要去陈凌公司开会。”他趁着空当侧眸看了她一眼，“你们的舞台剧演出到几月份结束？”

“演到九月末，接着就是准备全国巡演了。”奚温宁撑着下巴，鬓发被风吹了起来。

“时代真是在进步啊，现在声光技术这么先进，以后说不定再融入 VR 技术什么的，就更酷炫了。”他道。

她顿了一下，才说："但艺术这种东西，有时候就是复古的才动人。"

"我记得你说过，你喜欢舞美里的幕布。"

奚温宁莞尔，亏他还记得这种小细节。

"嗯，像俄罗斯芭蕾舞剧《火鸟》里的整块瀑布，特别艳丽。我还想去看看奥地利维也纳国家美术画廊……其实方粤导演在业界还是很有地位的，我跟着他学到不少东西。"她微微叹了一声，呼吸消散在风中，"哎，怎么说呢，现在才由衷地觉得，比我优秀的人太多了，想学的东西也太多了，许多时候又急不得，只能慢慢来。"

徐远桐听她发着牢骚，也不打断，就这么听了一路。

到了温宁如今居住的小区，他停下车，她刚想跟他告别，他又凑过来对着她一阵猛亲。

"你忘了我刚才说的继续了？"他蓦地弯唇一笑，忽然就有点儿不正经的味道。

奚温宁瞬间被感染了，顾不得是在自家楼下，放松了原本有些紧绷的肩线，去适应和接受他的体温。

她羞涩地往后挪了挪，但无济于事："徐远桐……你是不是很燥啊？"

他呼吸紊乱，细细地吻着她的颈项："嗯。"

"等不及了？"

"你之前给我发过一条信息，说大一时买的内衣已经穿不下了，问我什么时候回来。"

奚温宁撇嘴："我说过的情话多了去了。"

"你还知道啊。"

徐远桐在过去的几年里不知被她逼疯过几次，是时候让她付出代价了。

奚温宁还很作死地继续说："我还说过等大学毕业就可以拿驾照了……那是你自己放弃的机会，我不……"

男人缓缓地停下手上的动作，问她："什么时候有空，我们找个周末一起去度假？"

"是去度假，还是去睡觉？"奚温宁双手护着胸，呼吸不稳，"一点也不诚恳。"

徐远桐笑了一下，再开口时声线沙哑："你可真是不得了，奚温宁。"

陈家人将VR乐园的开发项目交给陈凌负责，并派了不少公司的精英去协助他的工作。

陈大少的工作地点不在陈氏集团总部，而是选在了近郊的一个科技园区，矗立在中央的高楼折射着朝阳，科技感的冰冷被绿植和跳跃的色调掩去。

在召开正式的高层会议前，陈凌把团队里的几个核心人物叫来开个小会，不是那么正经的会议，就先随便聊一聊对这个大工程的想法。

作为整个开发过程中心人物的徐远桐，还有暂时离开研究室、边读书边来这边帮他们打工的薛虚怀都来了。

陈凌当老板当惯了，刚开口就是恩威并重的套路："在座各位应该庆幸，不用和那些苦哈哈的大学生一样，为争点扶持创业的奖搞得头破血流。VR乐园这个项目以后不止我们一家集团会做，也不止我们一家会和政府合作，所以我们要做就得做到今后十几年、几十年都处于行业的领先地位，懂吧？"

他的视线落到徐远桐身上，发现对方一脸冷漠。

"陈总，还是从实际出发比较好，就说我负责的游戏这块能做到什么程度，你和我都不清楚。"徐远桐冷静地说。

会议室的玻璃一尘不染，抽象派的名画和两棵修剪整齐的琴叶榕交相辉映，成为一点暖色。

陈凌等会务小妹泡完咖啡，端到他们面前，他手指滑过下颌的棱角，露出一点商人的狡猾。

即便知道按照目前的规模投资，想建成一流的度假胜地不成问题，但真要做到突破，还得看"缘分"。

"没关系，我对你有信心啊，你既然愿意帮我搞游戏这块，肯定也是想做到无前人所及之处。"

徐远桐靠着椅背，似笑非笑地看着他说："陈总，如果我想搞什么无前人所及，那就去研究暗物质和突破摄星了。说句实话，我觉得还是从最基础的室内冒险VR游戏做起，等做出乐园雏形，再谈什么业界顶尖吧。"

陈凌沉吟片刻，他知道徐远桐不是没有野心，而是更加脚踏实地，一步步把目标和果实放在力所能及之处，等根基稳了，再去谈宏图大业。

其实，徐远桐就算不研究纯理论物理，也完全可以进一些研究虚拟现实的重点实验室，但这样就会失去很多自由。

他情愿和陈凌合作，去创建一个属于他们的科技乐园。

徐远桐动了动手臂，他穿着单薄的衬衫，肩膀处落着一截凛冽的弯度。他继续说："况且，就算我们能提高关键技术，将游戏引擎升级，要是其他方面的技术跟不上，也不一定能有成果。"

事实上，国内的VR核心技术还处于起步阶段，但陈凌认为，要是让徐远桐带队去开发VR游戏，想必不出几年就会有质的飞跃，至少不用靠国外的技术了。哪怕他是从头开始学，也能比一些学了一辈子的人优秀。

命运就是这么不公，这听上去很残忍，但就是现实。

也不能怪陈凌太理想化，本来要去探索黑洞的科学家，跑过来研究这种应用物理，可以说是"大材小用"了。

陈凌忽然有点儿想笑，因为他一直觉得徐远桐可靠又强大，从徐远桐十几来岁当他的家庭教师开始，就给了他一种错觉，只要有这家伙在，哪怕天塌下来也不用怕。

他点头："好吧，你在开发过程中有任何拿不准的地方，可以随时找我。"

"谢谢，我有主见。"

"在奚温宁面前没有。"

本以为徐远桐会反诘一句，结果对方淡淡地笑了："对，她是我的小祖宗，你是吗？"

"……"

大家各自聊了一些手上的项目和工作，不知不觉天色渐暗，咖啡续了一杯又一杯，科技园的霓虹带着钢铁的冷色，浮现出一种虚幻的色彩，夜里的街道影影绰绰。

薛虚怀一边给郁柚打电话，一边起身告辞："哎，那我先走了，有事再联系。喂喂，我的小仙女有没有想我啊？今天去哪里吃饭？我给你准备了……"

会议室里的人都陆续走了，徐远桐抬头看了一眼陈凌，说："有空吗？还有点儿事要和你单独谈谈。"

看他模样端然，不像是谈私事，但又不方便在外人面前提及。

陈凌心中有些猜想，待有人过来想收拾桌上的杂物时，他挥了挥手，吩咐道：

“你先出去，我们还没谈完。”

圆月照亮大地，迷蒙的清辉沿着窗台裁出一段影子。

“最近各个地区都在响应上面的号召，要打造主题鲜明的梦想小镇。我打听了一些竞争对手，包括船务集团，他们也要和政府签约，在西泠市附近打造一个互动VR游戏主题的梦幻乐园，计划在三年内完成一期建造。”

等徐远桐慢条斯理地说完，陈凌玄妙地一笑：“船务集团就是和赵斐的老爸有利益往来的公司吧？还有戏剧学院的那些领导，我记得也有关系。”

“嗯，而且他们注册了很多子公司，关系网错综复杂，给了一些官员不少好处。”徐远桐又道。

“别逗我，就船务集团这种垃圾，还能搞出高科技VR梦幻乐园？很可能是挂羊头卖狗肉。”陈凌很不屑。

徐远桐冷静地分析：“毕竟国内VR行业尚在起步阶段，只是这个概念比较新颖，政府愿意扶持，他们想往这个方向靠，捯饬点方案和软广，弄得高大上一些无可厚非，至于究竟凭什么接下这个项目，还很难说。”

其实VR行业规模还小，目前来看并不好做，只不过除了游戏这一方面，未来在医疗和军事等领域也都有它的用武之地，还是有发展前景。

徐远桐垂眸：“他们公司近期准备推出一些VR产品，你说，他们要是把潜在消费金额报高，以此抬高股价，但市场需求不足，结果会如何？”

陈凌听懂了他的意思，瞬间乐了：“只要做过不干不净的事，迟早会被曝光。钱嘛，赚得越多越不干净。赵斐以前在学校都能乱来，我看他也干净不到哪里去。”

徐远桐眯起眼睛，冷冷地道：“假如能抓到他的把柄，接下来就能毁了他们的VR梦幻乐园，一举两得。”

“你既然想盯着他们，那我肯定找人帮忙。其实吧，之前我就想出手帮奚温宁，不过她……”

徐远桐打断了他：“我女人的事不劳你费心，我该说的已经说完了。”

“……”

真是翻脸不认人，亏他前年还在美国亲自照顾他，还给他守过夜呢！

陈凌站起来，摆出老板的气势：“你知道吗？要是在封建社会，那我就是君，你是臣。”

徐远桐人高腿长，几步走到门边，闻言沉声笑了笑，回头睨了他一眼，只淡淡地留下一句话，散在清冷的空气里：“你历史都没及格过。”

《古宅·第一季》在S市的首轮公演顺利收官。

官博即刻宣布将在全国进行巡演，消息一出，《古宅》的粉丝欣喜若狂。

S市的书迷和剧迷对于这部舞台剧赞不绝口，全国各地的粉丝都翘首以盼。

整部剧幕运用了目前最新的“3D-mapping”技术，将视觉影像与建筑立面完美结合，可以说既酷炫又真实，足以令观众热血沸腾。

方粤作为旗粤文化的主要负责人，不可能每场巡演都跟着跑，势必要让其他人挑担子。

没得几天空闲，奚温宁就得提前和一些演员去西泠市的大剧院踩点，等大型道具都运过去之后，她还要负责派人清点检查。

徐远桐眼看她越来越忙，很坚决地要约她出去：“我想先去陈凌这个项目的基地实地看一看，你陪我一起？”

奚温宁知道他什么心思，但表面并未表现出来：“随便吧，我先和家里人说一下。”

他们要去的地方在S市南面，徐远桐开车过去，要是路况正常，只要三个小时。

九月初还沾着一点夏天的温度，启程的时候听天气预报说有小雨。

奚温宁将头枕在车窗上，望着外面的风景发呆，细碎的长发随意地披散在肩侧，视线默默地移到驾驶座上的男人身上。

他穿着一件休闲的缎面蓝衬衫，领口敞开，下面是浅湖蓝的牛仔裤，她很久没看到他这样有点儿闷骚又相当青春的装扮，整个人气质清雅，就像一匹泛着光泽的绫罗。

出发前，奚温宁还特意喷了点香水，此刻香味萦绕在车内，魅惑人心。

她眼睛的形状很漂亮，像沾了霜的黑玉，清灵通透，望着你时，像是能看到你心里的秘密。

徐远桐心不在焉地握着方向盘，真担心半路上他就想破功了。

淅淅沥沥的小雨落在VR乐园的建造基地，尘土飞扬的灰地上泛着一层淡薄的雾气。

徐远桐将车停在基地附近，准备带着奚温宁先转一圈。

作为重要的开发商派来的核心技术人员，他自是不会被冷待，刚下车就被负责人围着嘘寒问暖。

徐远桐回避了诸多客气的邀请，对方还想让助手陪着他一起吃饭，顺便交流、研究一下项目，也被无情地拒绝。

“你们不用管这些，我们自己走一走就可以了。”徐远桐道。

负责人留意到了与他站在同一把伞下的年轻女孩，她身高到他肩膀，笑起来甜美灿烂、阳光自信，皮肤光滑饱满，乌发在雨中摇曳，闪着光泽。

徐远桐天生就有领导的气势，唯独在她面前，心甘情愿地撑着伞，为她遮挡风雨。

既然他都这么说了，其他人也不会没眼力见到去当电灯泡，就各自回去做事了。

一阵打桩声从很远的地方传来，奚温宁从纷乱的雨丝中看过去，不禁感叹：“虽然现在这里什么都没有，但很奇怪，我仿佛能看到一个你们建造的未来世界。”

建筑工地灰蒙蒙的，一千几百亩的占地面积，几大块功能性区域组合而成的超级旅游综合体，一眼望去相当空旷和凌乱，建材散落在各处，明明是即将拔地而起的乐园，却又有种萧条和破败的工业感。

两人用脚步丈量着这片即将发生翻天覆地的变化的土地。

“我一直对你说，我不会轻易给别人承诺，以前给了也差点儿没做到，我带你来看看，是因为这次不会食言了，我会留在这里和你一起，这就是我未来的成果。”

奚温宁一直认为，越是强大的人就越难以接受半途而废，尽管徐远桐暂时远离纯理论物理，但在以后的人生里，他会取得了不起的成就。

“你本来不是说要去读博吗？”

尽管她认为学历对他来说已经不那么重要了，但他要是没念下去，她总觉得有点儿可惜。

“我现在时间不够，打算过两年再去读。”

“怎么就没时间？”

“和你谈恋爱，我怕没时间啊。”

奚温宁撇了撇嘴，却发现他并不是在说笑，她只好笑了起来，歪着头说：“行吧，老哥稳。”

语气与当初一模一样。

到了傍晚时分，小雨初歇，稍有霁意。

徐远桐再次启动车子，侧过脸对她说："附近有一个温泉小镇，是朝阳集团开发的，还算不错，我们晚上就住那边。"

奚温宁默默地想：瞎扯了这么多，总算等到正戏了。

到了温泉小镇的前台，徐远桐出示证件办理入住手续，两人在服务员的引领下来到私密性极好的一个隐僻套房。

对于泡温泉，奚温宁还是相当热衷的，她雀跃地跑进房里，还没来得及欣赏豪华的布置，身后的门"砰"的一声被人关上。

她愣愣地转头，徐远桐捉住她两只手腕，用力将她压到客厅的墙壁上，俯身粗暴又狂野地亲吻她。

男人还嫌她身上的饰物碍事，腾出一只手将她身上的包和外套扯掉，途中还不断加深湿热的吻。

不依不饶地亲了几分钟，他才趁着转换呼吸的间隙恶狠狠地说："你从以前就老是喜欢这么调戏我，很有意思？"

当然了，但现在她一点也不觉得有趣了。

他的语气诱惑，目光在她脸上流连，令人双腿发软，恨不能用尽浑身的力气把他反扑到床上。

徐远桐又亲又啃，奚温宁的双唇微微发疼，浑身战栗着冒出小疙瘩。她被他牢牢地圈禁在怀里，无处可逃。

徐远桐暧昧地吐息："以前你年纪小，我不和你计较，现在还想逃？"

奚温宁抬手摸到他松软的发丝，一下子就像被击中了，娇嗔又委屈地说："我站不住了……"

徐远桐时轻时重地舔舐着她的耳垂，呼吸急促地说："亲亲抱抱举高高？"

"嗯，要的呀。"

他直接把人抱到沙发上，两人的衣服扔得到处都是。

"小肉饼。"他突然喊她高中时的绰号，让人以为他有重要的话要说。

两人肌肤相贴，毫无阻隔，她脑子早就转不动了，被火热的温度烤成一片炭色。

对于彼此的渴望，谁也没有减少半分。

从大学时分隔两地至今，太多渴求积攒在一起，让人溃不成军。

她把脸埋在他黑发边沿，纤瘦的身子微微躬着。

“抱你进去？”他低声道。

“嗯。”

徐远桐低下头，边吻边将她抱离松软的沙发。

“我们说好了，危险分子，被你盯上，你就会阴魂不散，以后再也不分开。”

他挑眉一笑，沉沉地说：“一言为定。”

夏夜蝉鸣，心之所向。

第二天早上，奚温宁有点儿发烧，浑身酸痛无力，昏昏沉沉地躺着。

徐远桐给她拿了点消炎药，兑着水喂她喝下，看她蔫蔫的样子，一时有些内疚。

但昨晚并不是徐远桐单方面失控，奚温宁也自然地跟着感觉走，笨拙又热切地回应，这让他理智全失。

她的身体素质还算不错，应该很快就能恢复。

徐远桐替她掖了掖被角，就在床边守着，其间，看她睡得很熟，才离开去做了点事。

傍晚时分，独栋温泉的套房外，草堆被夕阳染出艳丽的橙黄色。

奚温宁揉了揉眼睛，忽然觉得身体好多了。

可能药效起到了作用，也可能炎症退下去了，她眨巴眼睛，看了一圈房间，寻找徐远桐的身影。

直到听见浴室里传来水声，奚温宁猛地想起昨晚躺在床上休息的时候，看到他刚洗完澡走出来的那一幕。

徐远桐身体精瘦，只在腰间大咧咧地围了一块毛巾，乌润的发半湿，滴落的水溅到锁骨上，淌过胸前的茱萸，看得她口干舌燥。

奚温宁不由自主就看入迷了，等回过神来，已经来不及挽回面子，还被他取笑。

此刻，徐远桐并不知道某人的脑瓜里在想什么，他洗了把脸，回到房间的时候，手机正巧响了起来，他走过去看了一眼来电号码才接通：“什么事？”

不知对方说了什么，他嘴角微弯：“是吗？就是老天要收拾他们，顺便也帮了我们一把。”

“赵斐还曾去蒋麓的酒吧找我，被蒋麓赶出去了……”陈凌在电话那头说。

奚温宁猜想着他们在讨论什么，过了片刻，徐远桐挂了电话，倾身过来探她的额头，他的掌心干燥，触感非常舒服。

“嗯，好像退烧了。”他终于放了心。

她瞬间变得生龙活虎：“我饿了，我们出去吃点儿东西吧。”

徐远桐捏了一把她软软的脸颊，就算默许了。

温泉酒店二楼有一间中餐馆，环境幽雅，食物美味。他打电话过去订了两个位子，两人抵达餐厅后，服务员领着他们走到靠窗的地方落座。

奚温宁刚退烧，不适合吃太油腻的食物，就点了一碗粥和两碟点心，徐远桐又要了两个素菜和一壶茶。

她抿了一口碧螺春，抬眸问他：“刚才的电话是谁打来的？”

“除了陈凌还有谁？”

奚温宁玩着桌上的白瓷筷子架，单手支着脑袋，说：“直到现在，还有人在我那个微博号下面说三道四呢，真不知道那些人的脑子里都装的什么。”

“其实，赵斐的事你们没有做好正确的舆论导向，你是学编导的，稍微懂一点儿怎么引导大众，但后面还是出了偏差。”徐远桐坐在她身侧，认认真真地给她分析，“这里面涉及很多传播学的东西。有些人恶意曲解你的意思，让这事件不断发酵，一会儿说男女平等，一会儿又说人权，这就让人忽略了重点。接着，那些人再给大众灌输鸡汤和悲观的思想，制止他们继续追问真相……这种套路还有很多，我看水军都用到了。不过，你已经很了不起了，与强权对抗需要多大的勇气，很多人根本想象不到。”

奚温宁没想到他连这些都懂，扯了扯他的手，问：“那你刚才又和陈凌说什么呢？”

“当初那些打压你们的人要倒霉了。”

“为什么？”

徐远桐等餐厅的服务生端上流沙包，转身离开，才压低声音，轻声说：“如今赵斐他们背后的人站错了队，做错了事，所以很快就会失势。”

奚温宁见他神色自若，脑海里又浮现出昨晚的画面。

这个男人，她不是突然爱上的，而是就这么一步步爱上的。

奚温宁心里有点儿燥，忍不住想要反客为主："这么美好的夜晚，为什么要聊那个傻子？"

徐远桐没作声，奚温宁却不安分，悄悄在桌下用脚尖去磨他的裤管。

他眉头微挑，面带冷色。

小戏精又要搞事了。

"徐远桐，你还记得昨晚你向我保证了什么吗？"

"记得。"

"真的？"她看着他的眼睛，笑眯眯地说，"那你说说看。"

徐远桐拉过她的手，放在唇边吻了吻："以后每天都要说'我爱你'。"

他带给了她勇气和智慧，而她教会了他何为温柔与情怀。

只要在一起，未来的每一天，都是他想要的人生。

回到S市之后，两人又各自忙了一段时间。

奚温宁去了西泠市盯着《古宅》的巡演，徐远桐则投入VR体验基地的前期项目进程。

除了徐远桐负责的核心技术，整个产业还包括酒店集群、水上空间、有机农业等。陈凌准备和多家大型企业合作，在乐园的各个区域之间建造空中轨道，打造他理想中的业界顶尖的VR乐园。

公司内部的大小会议不断，还要参加行业科技峰会之类的活动，徐远桐分身乏术，就算想见她一面都难。

与此同时，那个骚扰过奚温宁的赵斐接连不断遭到重创。

船务集团的各种明星产品出现质量问题和虚假广告的投诉。有几位专家针对他们VR小镇的开发项目预案提出技术方面的漏洞，与之合作的政府得知消息，进一步介入调查。

短短几天，船务集团的股价市值就蒸发了五亿多，全天一字板跌停，控股股东们只能赶紧补充质押，以免爆仓。

但公司整体已经受到重创，业绩肯定会相当难看，最后的结果就是股价持续受到影响，形成恶性循环。

而就在这几天，市委巡查组也来S市走了一遭，没过多久，那些与船务集团利益相关的官员纷纷落马。

窗外月升星起，奚温宁回到酒店，还没来得及换鞋，就打开笔记本电脑，与徐远桐在电脑上视频。

他刚从一个大型展会回来，今天他和陈凌是作为大公司的代表出席，镜头里的他还是一身西装革履，容貌俊逸，干干净净的眉眼氲着一丝成熟男士的清冷，一下子就抓紧了她的眼球。

“你知道吗？”他坐下的时候随口说，“我们今天遇到赵斐了。”

“哎？什么情况？”

徐远桐先抬眼打量奚温宁，她穿着灰色的休闲小西装，里面是一件圆领T恤，又黑又亮的头发梳成一个下马尾，真是越看越可爱。

“还能什么情况，丧家之犬呗。”

起初他和陈凌坐在嘉宾区，台上官方的领导在发言，说着互联网信息公开大数据的检索和分析，后边几排突然起了骚动。

“先生，您没有邀请函，不能进去！”

“让开！你们眼睛瞎了吗，不知道我是谁吗？”

声音很熟悉，徐远桐斜睨过去一眼，果然是赵斐。

他们公司如今濒临破产，以前他那些玩得好的朋友生怕连累自己，早就选择明哲保身、避而不见。

今天他来这个会场，估计是想找人脉和资金，以缓一口气。

陈凌的现状与赵斐形成了鲜明的对比。

陈凌抓住了最好的商业机会，有胆识，也有资本，再加上他们这群有头脑的朋友，足以创造出一个震撼时代的未来。

赵斐眼神一松，显然也看到了坐在前排的徐远桐，顿时觉得脖子上的伤疤隐隐作痛。

他还没时间找这浑蛋算账，家里就出了一堆破事。

赵斐咬牙道：“你混得不错啊。”

徐远桐不像往常那样冷漠，他起身走了几步，在他面前站定。

陈凌挑了挑眉，坐在原位没有动，选择安静地看戏。

“赵公子怎么被拦着，邀请函忘在家里了？”徐远桐语带嘲讽。

赵斐瞥他一眼：“我是来找朋友的，要什么邀请函？”

“谁是你朋友？”徐远桐淡淡地笑了。

赵斐勃然大怒：“呵，关你屁事！”

保安往前几步，想要拦住赵斐。

徐远桐的目光透着几分笑意，有些玩味：“你雇用水军，利用舆论伤害无辜女孩的时候，怎么没想到有今天？”

赵斐微微一怔，就听徐远桐低声道：“你这种人目光短浅，根本不会想到也有众叛亲离的一天。”

他心头蹿起火苗，下意识就想揍徐远桐，却被两位保安拉住，动弹不得。

男人微垂的眼里有亮光，声线稍沉：“赵斐，强者为王，这道理你应该比谁都明白。”

赵斐的神色也是冷到极点，他恶狠狠地盯着徐远桐说：“你等着，总有一天我会翻身的，到时候你们的下场只会更惨！”

“你真蠢，我会给你这个机会？”

“你以为你是谁啊？哪儿来的畜生？”

陈凌站起来了，抱着手臂笑道：“这是我们公司高薪聘请的专家，哦，比那些质疑你们公司瞎申报技术专利的专家还要高级很多。”

赵斐不认得徐远桐，也不知他是什么路数，可陈凌的大名他早就如雷贯耳，心里的慌张如野草般疯长。

“畜生？你也不想想谁才是浑蛋。”徐远桐语气森然。

他的目光中有太多令人恐惧的东西，又是狠烈，又是绝情，蔑视着愚蠢又卑劣的人。

“赵斐，敢这么欺负我的女人，你今后再也没有翻身之日。”

每一个字都像极细的钢丝，硬生生刮过赵斐的脖颈。

赵斐脸上血色全无，徐远桐看着他的眼神就如同注视着一堆垃圾，他撂下一句话：“这是我们最后一次对话，我就是想告诉你，你没机会了。”

奚温宁了解了大致过程，不由得大呼过瘾：“徐总，你就是厉害，这么快就帮我彻底报了仇。”

徐远桐总觉得把赵斐整得还不够，仍然不爽，也没搭话。

但她已经觉得心情畅快，他们都站在一个新的起点，往后的路会五彩斑斓、阳光明媚。

奚温宁扭捏地说：“徐远桐，你待会儿换不换衣服？你可不可以在屏幕前换啊？我想看……”

徐远桐一脸难以置信，觉得她是在玩火：“你要我在你面前表演脱衣秀？”

“咯咯，别这么说，我的想法很单纯的，我只是想欣赏你美妙的身体。”

这还真是够单纯的。

虽然奚温宁自认也有点儿羞耻，但她就是非常想看徐远桐脱西装和衬衫的样子，光是想想他修长的手指解开扣子，她就兴奋不已。

他揉了揉眉心，实在拿她没有半点办法。

他对着摄像头，起身脱了西装，解开领口的两颗扣子，乌黑的眸子泛着微光。

奚温宁看得口干舌燥，不禁捧起手边的水杯。

他觉得，这辈子怕是很难遇见第二个“小肉饼”了。

“你还喝上了？”他有点儿无奈。

奚温宁咳了几声，放下水杯，装可怜：“我们‘异地恋’已经很惨了，你能不能让我舒心一点？”

让她舒心就得让他崩溃啊！

但他又不可能拒绝奚温宁的要求，只得继续无奈地换睡衣。

真不愧是奚导，对男朋友都有这种需求。

他有些不耐烦地扯开领带，蜷着指节一颗颗解扣子，敞开衬衣，慢慢露出胸前的肌肤，以及若隐若现的腹肌。

奚温宁看得眼热，双手捧心。

徐远桐还只能故作镇定地与她聊天：“你还记得大学的时候，我们经常玩的那款网游吗？”

“你说《天境之塔》？记得啊，前阵子我还上线玩了一下。”

“现在是大 IP 时代，原创游戏固然能博人眼球，要是能与这种全球知名的游戏商家合作，也不失为一种更直接的宣传方式。我向他们提出，其中一个游戏项目可以和《天境之塔》合作，开发一个 VR 版本的游戏，场地由室内和室外两部分组成。你看过《饥饿游戏》《移动迷宫》这类的书吗？未来要是能达到这种效果……”

“光听着就觉得好有趣，好想玩啊！”

徐远桐已经解开了所有纽扣，露出一侧肩膀，很结实，但又不会太过强壮，身型健康匀称，如同夏日里的棕榈树。浓烈的荷尔蒙充斥着偌大的房间，像穿透次元般在她眼前回荡。

“我想尽最大的努力，为你建这座乐园。”

如果哪一天，这座全世界最先进的 VR 梦幻小镇能让她觉得开心，哪怕要他花费五年、十年乃至二十年的时间和精力，他也心甘情愿。

奚温宁一时不知该如何回答，想了想，才道：“徐远桐，这份‘礼物’很珍贵。”

“这是我可以做到的事。”

她摇了摇头，纠正：“不对，你每天陪着我，每天说我爱你，才是最好的礼物。”

徐远桐笑了起来：“嗯，我答应你了。”

他用手遮了遮摄像头，做出摸她脑袋的姿势，又对着镜头，像要轻吻她的额头：“今日份的‘我爱你’。”

一段美好的恋情，双方永远是对等的关系。

没有谁计较谁要多付出一点，只希望能让对方更快乐一些，每天都觉得自己才是占了便宜的那个人，那就再好不过了。

奚温宁沉浸在美好的感觉里，徐远桐已经换好长裤，沉吟着道：“今晚又得大半宿睡不着了，你干的好事。”

奚温宁嘿嘿地笑：“这证明我对你抱有很强烈的爱。”

徐远桐换上深色睡衣，整个人多了几分居家的闲适感：“那你还有什么幻想，一次性说出来。”

奚温宁没留意男人眼底的笑意，想了想才说：“嗯，那就太多了，毕竟你是我从大学开始就喜欢的学长。”

“好，明天你就要收拾东西准备回来了。”他停顿三秒，噙着笑道，“我、等、你。”

“……”

奚温宁隔着屏幕都哆嗦了一下。

今晚的孤枕难眠，势必又要她付出惨烈的代价。

十月的银杏叶如金黄麦穗铺在街边，随风掀起层层麦浪。回到S市的当天，奚温宁带着爸妈出去吃了顿饭，晚上说和同事有约，就出去通宵玩了。

两人在徐远桐新置的公寓见面，小区环境清新雅致，花园中央的喷泉随着舒缓的音乐流淌，到处都有秋的气息，空气里是淡淡的香甜，令人舒适又放松。

“陈凌公司的待遇这么好？你刚去没多久，就有钱买房了？”

奚温宁听他说锦和新苑的房子他没有卖，可按这个地段的房价估算，三室一厅起码要几千万。

徐远桐拉着她的手放到自己掌心：“和他没关系，我高中时就开始投资了。”

见她若有所思，他故意调侃道：“钱的事情你不用操心，徐光槐活着时，我不要他的东西，但等他死了，我还是要遗产的。”

奚温宁不由得笑出了声：“可以啊，老哥稳，反正不要白不要。”

夜色如同一块黑沉沉的幕布，上面依稀点缀着几颗星子，闪烁明灭。

诡谲的思绪像浩瀚的海在大脑里翻腾。

奚温宁睡得很熟，可还是被身边人的动静吵醒了。

她睁开眼，听见一片黑暗中有轻微紊乱的呼吸声，转过身发现徐远桐额头布满汗水，脸上露出一丝痛苦的神色。

“徐远桐，你怎么了？你醒醒！快点醒醒呀……”奚温宁轻声唤他。

片刻后，徐远桐总算从噩梦中惊醒过来。

张开黑眸的刹那，混乱的情绪烟消云散，他用手背遮了遮双眼，像要分辨身在何地。

奚温宁担心地摸了摸他的脸，开口时声音沙哑：“你没事吧？”

“我没事。”他闭着眼睛靠在床头，声音漫不经心，掩饰着身体的不适。

月色很淡，却刚好够他们看清彼此的神情。

“你要不要去医院看一下？”

“真的没事，可能只是一点后遗症。我有时候会头痛，就是这样，不要紧的。”

“那我给你倒杯水。”

奚温宁翻身下床，动作迅速。

徐远桐坐直了身子，闭上眼缓了缓神。

神经发痛，万般磋磨。

他想到那时候受过的折磨，最害怕的就是再也见不到她。

好在还是熬过了一关关，如今能拥有这么好的她，他再也不能倒下。

客厅里，奚温宁握着微凉的水杯，有些控制不住地难受，强迫自己压住那一缕缕的苦涩。

仔细想想，去年这个时候，他还在无尽的痛苦中寻找出路。

如今，他们终于又在一起了。

他们也都找到了各自的人生道路。

也许她拿不了奥斯卡，他也拿不了诺贝尔，但没关系，因为他们都获得了新生。

奚温宁觉得胸口有一团火，烧得她五脏六腑炽热滚烫。

假如不是这场病，现在的徐远桐可能过着截然不同的生活。

他会学成归国，会成为海外高层次引进人才，在中科院或者其他地方做尖端研究。

不过，以后徐远桐还是要回去读博，到时候作为研究所的客座教授，也没什么不可以。

世界是圆的，你失去的东西或许会以另一种方式得到。

看他喝下了半杯水，奚温宁忽然笑起来："徐远桐，从以前到现在，乃至未来，我都相信你是上帝赐给世界的天才，所以你会克服困苦，战胜磨难，成为了不起的人。"

头痛减轻了几分，他也笑起来："你这是情侣滤镜吧。"

"对啊，自己的男人，怎么看怎么棒。"

徐远桐抬手，抚摸着她光滑的脸颊："你这么好，我舍不得把你让给别人，所以我在无数个失眠到想要放弃的夜里鼓励自己，我要很努力地自愈，就算不为自己，也要为了你。"

月光透过窗户，斑驳地落在他软软的睡衣上，他的眼眸深邃如黑宝石，还有着令人想要探究的纹路。

奚温宁甜甜地说："我能猜到这几年你经历过多少痛苦，但我没办法替你承受。

还是那句话，徐远桐，谢谢你平安地回来找我。未来的你必然会成为某个领域的专家，被载入史册。”

她真的很想抚平他遭受的所有伤痛。

薛虚怀说过，大脑的构造精妙绝伦，它的可塑性和破坏性都难以衡量，它就像天生带有一种使命，要用去芜存菁的方式铸造这个世界。

而大脑中的灵魂又太璀璨，谁也无法辨析它的神性。

这两年徐远桐不让陈凌告诉她真相，就是担心他若无法恢复的话，会给她造成负担。

她这么可爱、美好，她应该活在阳光灿烂的世界里。

徐远桐并不知道当时的她还在为赵斐等人的诡辩和手段而挣扎。

而奚温宁已经明白，即便经历过挫折和磨难，她还是比他幸运多了。

假如给你一次选择，或许你情愿做一个幸福的普通人，也不要做身心千疮百孔的天才。

徐远桐曲起手指，揉了揉她的脑袋：“傻瓜，谢我什么，应该我谢你才对，何况你吃过的苦，我也不能替你承受。”

“每个人都有软弱、胆怯的一面，我很高兴你愿意把它们分享给我，以后我们就相依为命吧！”奚温宁安静地看着他。

她就是这样坚定又温暖，即便在复杂的成人世界里，也要坚定地做自己。

她是他的星星，是那个他不能忘却的夏夜，更是云开处的那道缝隙间洒落下来的一束月光，照亮了温柔的城市。

“以后我们都要好好的，一起过平平淡淡的生活。”奚温宁轻声道。

“你打算和家里人说了？”徐远桐眼睛轻眨，看着她红扑扑的脸庞，“他们还不知道我们复合了吧？”

奚温宁噘了噘嘴：“会说的啦，我只是还没找到合适的时机。”

这时，从很远的地方传来一阵跑车轰鸣的声响，车轮飞速摩擦过地面，带出刺耳的碾压声响。

奚温宁用胳膊撞了撞他，嘀咕道：“徐远桐，我已经乖乖地坐好等亲亲了。”

她语气清新婉转，又带了几分妩媚。

他失笑，将她搂在怀里，眼角眉梢荡开一片温柔，那是别人都给不了他的痛快与欣喜。

人生在世，其实是这样孤单。

就算再亲密的爱人、再相爱的亲人，也无法替你承担一分一毫痛苦，但他们能帮你减轻痛苦，也能让你对那些不完美的过去释然。

时间的帷幕超越维度，层层叠叠地将整个城市包裹住。

它既是透明的空气，又是厚重的城墙，有时让你看得清清楚楚，有时又将你堵在原地。

你站在时间的这边，身后的一切都能明了，却无法再触碰。

而眼前的光景仍在一片强烈的光芒之中，窥探不出半点痕迹。

我们都束手无策，只能凭借一盏摇摇晃晃的手灯，一边试探一边前行。

幸好身边有你，即使大雪倾覆，也为我掌灯。

“吵架了？”

“嗯。”

“怎么会吵架啊？阿虚现在胆子肥了？”

电话那端，郁柚把最近和薛虚怀谈恋爱的事情简单讲了一遍。

原来他们在逛街的时候偶遇了薛妈妈，对于这个各方面都很出挑的准儿媳，婆婆表现出了明确的不满意。

奚温宁瞬间就明白了，她抬眸望着窗外，深沉浓郁的蓝美得令人心醉。

“我觉得你的心思太重了，又不肯轻易相信别人。但阿虚不是别人，他也不是小孩子了，你应该多和他聊聊。”

“可我真的很不习惯……”

“郁柚，你要对自己有信心，你并没有哪里不好，相反你棒极了。”奚温宁语重心长地道，“你有能力，又聪明，还漂亮，哪里比不上那些七大姑八大姨的女儿？薛虚怀能找到你这样的女朋友，睡着了也得笑醒。”

郁柚被她逗笑了：“你这张小嘴就像抹了蜜一样，甜死了。”

“我说真的，照你平时的性格脾气，还不得在那些阿姨面前展示一下个性？啧啧，你这么尿，只能说明你太在乎阿虚了。”

奚温宁的这句话正中要害，郁柚无法反驳。

两人聊了半天，奚温宁看见苏巷站在几步开外，盯着在角落里煲电话粥的她，他轻声问：“有空吗？”

她点点头，对郁柚说：“那先不说了，改天见面再聊。”

这几天《古宅》团队都在长沙演出，下周一才回 S 市。

奚温宁看着苏巷，笑吟吟地问：“找我有事？”

“你最近容光焕发啊，谈恋爱了？”

苏巷比她高很多，此刻干净的目光落在她身上，带着些缱绻的味道。

《古宅·第一季》全国巡演进入收尾阶段，过年之前，他们整个团队会回到 S 市再开三场新年演出，接着就要进入《古宅·第二季》的筹划期了。

和奚温宁还会有两年左右的共事时间，苏巷不想就这么轻易放弃，毕竟两人是一起走过那段艰难时期的同伴。

奚温宁挠挠鼻梁：“是啊，我和徐远桐进展挺顺利的。”

“你还记得当初痛苦的时候吗？”

“记得。”她认真地看着他，“因为爱得很深沉，所以才会痛不欲生。”

见她开着玩笑，可言语中又没有半分玩笑的意思，苏巷一时愣住了。

“但是人呢，就有这种忘性。如今的失而复得足以抵过当初的所有苦楚，苏巷，你还不懂。何况我们从大学时就在一起了，如今能走到一起真的很不容易。”

她的口吻这样深情，苏巷都不知如何接话。

他愣了片刻，转移了话题：“晚上他们去唱歌，你去吗？”

“不了，航班不是明天一早吗？我下飞机后要和阿徐见面，周末还要一起回家看爸妈，他打算买点见面礼。”

奚温宁知道这么说可能会伤害苏巷，但她必须快刀斩乱麻，彻底断了他的念想。

苏巷微微皱眉，尽管心里相当烦躁，他仍只是淡淡地回了一句：“哦，那好。”

“嗯，你们玩得愉快啊。”

苏巷却没再回复团队那边邀请她的女生。

反正一个人去了，也没什么意思。

说好要见奚温宁爸妈，徐远桐觉得有必要好好准备一番。

大学时期就和人家女儿谈恋爱不说，出国求学几年不见人影，结果回来了又纠缠到一起，要是换了立场，将来有人敢这样对他女儿，他肯定会把对方扫地出门吧。

奚温宁中午抵达 S 市，回家休整了两个小时，然后徐远桐开车来接她。

其实他的工作强度很大，但好在弹性也大，只要掌握好进度，就不会有什么问题。

“我订了市中心你喜欢的那家酒店，晚饭也在那边吃吧。”他边启动车子边道。

奚温宁倾身吻了他一下：“还是你套路深啊，佩服。”

到了周末，徐远桐和奚温宁在奚家吃过晚饭，就去了附近街上散步消食。

他轻轻地拽着她的手，默默地走了一会儿。

奚温宁扯了扯他的袖子：“你没事吧？”

大概除了发病那一次，徐远桐再没体会过这种挫败的感觉。

“我早就料到了，他们肯定不太能理解或接受，我明白的。”见她一脸失落，他反过来安慰她，“别担心，我会想办法让他们慢慢接受我的。”

奚温宁回想刚才吃饭的时候，气氛确实有点儿僵。

前几年周幼为女儿的事情操碎了心，因为隐约感觉到她对徐远桐的感情很深，如今又气又欣慰。

而奚父对徐远桐完全没了好印象，回想当初，女儿和他就有恋爱的迹象，后来这小子一走了之，如今又说回就回。

一顿饭吃得并不尽兴。

奚温宁曾想过，目前还不能把“学者症候群”这种病说给他们听，只怕他们听了会更担心。

“其实，看样子我妈也不是完全反对，不然她直接翻脸了。就是我爸不太理解，刚才对你也有点儿冷淡。”

徐远桐“嗯”了一声，看上去并没有泄气：“小傻瓜，我不会因为这点儿事就放弃你的。”

奚温宁愣了一下，抬眼就看到他眼里的深情，令她从心底觉得踏实。

两人对视着，都有片刻失神。她目光中隐隐散发着温柔的情愫，让他挪不开眼。

正是这当口，一道熟悉的声音响起：“哎，这么巧啊，你们也在。”

奚温宁转头，就看到陈凌站在几步开外，他勾着诗添夏的肩膀，正朝他们笑着。

她脸上的阴霾瞬间一扫而光，她扑过去搂住夏夏亲了亲："嘻嘻，好开心，这样也能遇上我的小可爱，我们就是有缘分。"

陈凌见她们这样亲来亲去，"啧"了一声。

诗添夏也抱住温宁，问她："不是说今晚去见你爸妈吗？已经见过了？"

奚温宁点点头，长长地叹了一声："我爸妈不是很满意徐远桐，唉。"

陈凌脸上的坏笑怎么也忍不住，诗添夏斜睨他一眼，柔声对好友说："我们来买一些布置新房的小东西，这里有一家家具店的风格我很喜欢。"

"真的吗？我也想去看看。"

徐远桐看了一眼手机上的时间，又和陈凌交换了一个眼神，然后说："温宁，我们改天再逛吧，有个地方你能不能陪我先去一下？"

奚温宁陪着徐远桐回到了锦和新苑。

自从搬走之后，她就再也没回来过。

除了小区的大门附近被物业修葺过一番，其他的地方毫无变化，外面的街道，还有街区里的巷子，依然是当年的样子。

这个世界每时每刻都在变化，时光如白驹过隙，确实能冲淡很多东西，但也留下了很深刻的记忆和曾经抨击心脏的感动。

徐远桐快走几步，走到他家的小院子前站定，然后回过头看着不远处的她。

冷风呼啸而过，她拢了拢围巾，加快了脚步。

"你回这里拿东西吗？"

"嗯，是啊。"

徐远桐打开了大门，院子里还有很旧的花盆，栽着花花草草，点缀着有些寂静和阑珊的一隅。

奚温宁拿出手机，转身将镜头对准以前自己住过的那个楼层，通过镜头能看到最熟悉不过的那扇窗户。

他是不是也想起了那些过往呢？

徐远桐走到她身边，两人就这么站着。

"还记得我半夜把你叫出来的那个晚上吗？我们就坐在那里的台阶上看星星。"

"记得呀，我还说以后你不准喜欢别人。"

徐远桐失笑："嗯，我做到了。"

他很轻地笑着，风里缠着几缕这样缓慢的声音，像一段旋律。

"我也记得自己说过，世界这么大，不知道要往哪里走，但如今没有走上曾经以为会走的那条路。"他轻声道。

奚温宁张了张嘴，忽然有点儿难过，默默地组织语言想要哄一哄他。

徐远桐却把刚才从房子里拿出来的东西递给她："送你的。"

"什么东西？"奚温宁接过纸袋子，打开一看，是一副很普通的黑色 VR 眼镜，"你特意来拿这个做什么？"

"这是你在学校科技节上用过的，很有纪念意义。"徐远桐煞有介事地说，"没想到现在真的去做这些东西了。"

或许对徐远桐来说，没能继续物理研究还是有些遗憾吧。

但正因为这样，他们的错过有了，遗憾有了，晦涩也有了。

他已孑然一身，飘零于世，只有她是可以栖息的乐园。

奚温宁听陈凌说过，徐远桐的项目计划每一步都思路清晰，譬如他想要进行实时 3D 拼接，马上就可以用切片级码率控制算法，达到视频拍摄后的即时成像。

就像早已创造出答案的上帝，每一步都效率惊人。

有些领域就是会出现这样的神人，当你遇到了，也只有感叹的份儿。

她突然骄傲起来，语气里还带着俏皮："我也记得自己说过，不管以后你做什么，都会是那个行业的强者。"

徐远桐懒懒地笑着，将她抱到胸前。

他失去了几年的光阴，曾经也对未来灰心和失望，但好在如今又重新走在了时代的前沿，将知识和骄傲掌握在手中。

徐远桐越发像当年的那个少年了，运筹帷幄，一个人胜过十个人的大脑。

寒气阵阵，他们就这么坐在台阶上，徐远桐的两条大长腿随意地搁着，头垂下来看她。

奚温宁问他："亮亮，你有时候会想朱阿姨吗？"

"会。"徐远桐垂眸，玩着她的手指，"所以才不想回来住，但又舍不得把这个房子卖了。"

奚温宁听得出他语气里的低沉，将脸往他的胸前埋得更深了。

“有一回，我梦到她在听我背书。”这是他第一次向她提及过世的朱静瑗，之前他们都刻意回避了这个话题，“忘了几岁来着，反正是年纪不大的时候，我背了一篇《荷塘月色》，把他们都吓傻了。”

稚嫩到还未沾染烟火气的嗓子，就这么悠扬婉转地将一篇散文朗朗道来：“这时候最热闹的，要数树上的蝉声与水里的蛙声；但热闹是它们的，我什么也没有……”

奚温宁听着从头顶传来的声音，在夜色里显得清润动听。

她也似有所感：“以前听到背课文就觉得头大，可能有些东西真的要长大了才知道其中的好。”

徐远桐凝视着她，忽然说了一段特别耳熟的话：“我要是对一个女孩子有好感，就会想到和她结婚生子，想让她过上无忧无虑的生活，可以任性妄为，尽最大可能为这个家安排好一切。”

他看着她的眼睛，收起玩笑的心思：“虽然现在不算最适合的时候，但我已经做好准备了。”

奚温宁只觉得他所说的每一个字都令她心颤。

“我在S市地段不错的地方买了一套小别墅，两层带阁楼，还有小花园，就是不知道你喜不喜欢。”他的声音带着魔力，温柔地占据了她的心房。

“哦，那很好啊，你买这么多房子干吗？投资房产吗？”奚温宁状似无意地问。

徐远桐将她柔软的手握得很紧，大概也有一点紧张，但冷静的面容掩去了这份心思，唯独手上忽强忽弱的力道泄露了这一点。

“奚温宁，嫁给我吧，给我一个完整的家，好吗？”他极其虔诚地道。

她顿时红了眼眶，都有点儿看不清他此刻的表情。

奚温宁觉得他真狡猾，说出这样的话来，要她怎么拒绝啊？

他的声音响在她耳畔：“我会让你永远像学生时代那样快乐善良、无忧无虑。”

你看，有些事物终究不会在荏苒的岁月中蹉跎，反正这么多年来，我对你的爱意只增不减。

泪水在眼眶里打转，她看着他的眼睛，觉得那深处的光丝毫不曾改变，他就像向她保证过的那样，找回了那颗年少的心。

她抱住他，愣怔地抽泣了一会儿，才想到他还在等答案，于是哽咽着说：“好啊，我以后就代替朱阿姨，给你一个家。”

徐远桐一点点吮掉她滚烫的眼泪，吻上她温热的唇，按在她肩上的双手微微一沉，反而令她整个人都似乎慢慢飘了起来。

男人的黑眸微闪，手心贴着她的颈项，滑润的舌尖在她唇间慢慢地舔着。

他们就像回到了那个坐看星辰的夜晚，一样的吻，一样的拥抱。

月亮洒下幽深的光，在他身上晃动，她的发丝也随之轻晃。

奚温宁看到他锁骨上的那块小伤疤，曾经以为那是多么了不起的勋章，但经历过这些年的煎熬，才知道年少的惆怅根本不值一提。

“亮亮。”

“嗯？”

“我还是你的小心心吗？”

“哪个星？”徐远桐失笑，配合着她，“小甜心的心吗？”

奚温宁笑着摇头：“不，是同心的心。”

往后的日子，纵有疾风起，你我筑同心。

奚温宁隐约听见一些动静，像翅膀挥动的声响。

她循着声音传来的方向望去，猛地一惊：“怎么回事？怎么还有航拍机啊？”

不远处，陈凌拿着航拍机的遥控器，向他们帅气一笑：“我帮你们把求婚的一幕拍下来了。”

他啧啧赞道：“徐总不简单啊，又能金戈铁马，又懂儿女情长，有你在我公司，我真的特别放心。”

听着自己的男朋友……不对，听着未婚夫被别人这么夸，奚温宁心里别提多爽了。

陈凌身旁的诗添夏也笑着轻轻鼓掌，满脸欣慰地看着他们。

“刚才在商场，你们就知道他要求婚吗？”奚温宁后知后觉地反应过来。

陈凌坦白道：“是啊，徐远桐让我们来，说要共同见证这一刻，但他又不想来的人太多，就只叫了我们到‘现场’。”

原来小可爱夏夏也学会骗人了！

诗添夏走过来抱了抱好友，竟然还说：“柚子和阿虚他们已经在酒吧等着祝贺了，快走吧。”

奚温宁：“……”

徐远桐看着一脸错愕的她，笑了笑，说：“我也是怕万一你不答应，喊太多人来围观岂不是很丢面子？”

奚温宁看着他脸上淡定的笑容，撇了撇嘴。

蒋麓的酒吧向来都是晚上最热闹。

奚温宁他们到来之前，他照例给他们留了最好的圆形卡座。

进了酒吧后，奚温宁像突然想起什么，对徐远桐说：“不对呀，你还没给我求婚戒指，而且，你还没通过我父母那一关！”

徐远桐张开双臂抱住她，丝毫不给她后悔的余地，说：“我先通过你这一关行不行？有你给我底气，我升级起来比较容易。”

奚温宁还沉浸在激动又难以置信的矛盾情绪中，又嘚瑟又羞涩，还有点儿惴惴不安。

有时候她想让全世界的人都知道徐远桐向她求婚了，有时候又想把这份甜蜜藏在最深最深的地方，不让任何人发现。

她转身的时候，看到坐在沙发椅上淡笑着和朋友在说话的郁柚。

郁柚和薛怀虚冷战了一段时间，至今还没下文。

围观群众都表示有点儿着急了。

奚温宁拿胳膊捅了捅夏夏：“哎，阿虚和柚子还没和好？”

诗添夏道：“是啊，我问过她了，阿虚这次好像是动真格的，都没来主动找她。”

奚温宁轻“啧”一声：“看来我们这些朋友还是得说几句。”

周末的酒吧格外热闹，奚温宁落座之后，徐远桐拿过酒水菜单，问她要喝什么。

“我要一杯粉红少女加钻戒！”

他轻拍了一下她脑袋：“知道了，小祖宗，不要嚷嚷，戒指你要自己去挑喜欢的，随便挑。”

奚温宁知道他有所准备，满意地点了点头，然后故意四处张望：“咦，阿虚呢？”

郁柚只看奚温宁的表情就能猜到她在想什么，她用牙签插了一块哈密瓜塞进奚温宁嘴里：“在吧台那边和人聊天。”

“你们打算这样吵架吵到什么时候啊？”奚温宁吃着甜丝丝的瓜，还一个劲地对郁柚眨眼睛，“差不多就行了。”

“如果真是小孩，就不会这么麻烦了。”

其实，郁柚也慢慢地想通了。

小时候，有很长一段时间，她的睡眠一直不好，晚上特别容易惊醒，总是做噩梦，梦见醒来以后家中空无一人，她又渴又饿，快要死了。

她只能等家人都睡了之后，在被窝里留一盏小灯，有一点光线，她才安心，好像这样，他们再做什么都会被她发现。

郁柚知道，不管薛虚怀多么真诚和炽热，都无法从根本上消除她心里的这种不安，但至少与他在一起的夜晚，她不需要开灯了，也不需要时刻留心身边的环境。

她能摸到被子里他的手，那样暖和，令她觉得心安。

她有了一份热爱的工作，一群真心相待的朋友，还有一个让她夜里能安睡的男人，其实如今她的人生已经足够好了。

她是该更放开一些，去体验更多的乐趣。

“不用操心我们了，我会和阿虚坦白心意的。”

新年之后，S 市陆陆续续下了一阵子雨，街上到处都泥泞不堪。

《古宅·第二季》的剧本改得差不多了，导演方粤与放假回来的演员们重新聚在一起，带领大家一起“读本”。

第二部涉及爱情戏份，人物关系有了变化，角色得到成长，演员对每个角色的演绎也要有变化。

与此同时，旗粤文化将《古宅》打出了新式多媒体舞台剧的名号，几个文化圈热门的大 IP 联系他们团队，希望能商谈改编事宜。

网上也是一片大热好评。

“啊啊啊啊，《古宅》舞台剧是今年最好看的，没有之一！”

“方导，你真的太棒了，你怎么这么有才华！”

“《古宅》小说超好看，舞台剧的剧本也改得恰到好处。”

“很喜欢这种呈现方式！全员演技在线，舞台设计也妙，苏苏真是帅出天际，我觉得他不久就会去演电视剧，甚至上大银幕了……”

尽管很少有观众会提及奚温宁这个副导演，但付出心血的作品能得到这样的赞美，她也觉得欣慰。

而徐远桐那边，陈凌一大早就召集管理层开会，谈了几个议题之后，说到了目前的一些问题：“《天境之塔》的版权谈不下来。”

运营部那边给出的说法是：“起先我们接触了一下，对方还是很感兴趣的，但昨天对方给了回复，说还要考虑考虑，听那意思不是很想合作。”

有人嗤笑：“他们是觉得与其给我们做，还不如自己去做吧。”

陈凌摸了摸下巴，将手上的策划案往桌子上一扔：“我们的规模和资源，放眼整个亚洲，很难有公司能具备我们的规模和资源，而且今后会有成熟的产业链，他们公司的这款游戏虽然全球知名，可要自己建这样的VR乐园还不太可能。”

徐远桐心平气和地说：“或许他们还不了解我们的具体情况，我对这家公司做过调查，他们大老板不太喜欢和国内公司打交道，可能这也是原因之一。”

陈凌又说：“那你的意思是……”

徐远桐说：“我知道这家游戏公司的老板下周会去首尔开会，我想亲自去见他一面，跟他谈谈。”

只要是和奚温宁沾上点边的事情，他总会做到极致。

碍于这是在正式的开会场合，陈凌有些话没说，假装正经地点了点头。

会后，陈凌朝徐远桐挤眉弄眼：“你去谈这个合作肯定稳啊，谁也不能抗拒你的吸引力。”

这话虽是调侃，但也是事实。

他和薛虚怀也是这样，说不清是被徐远桐骄傲的性情吸引，还是被他那种智慧的魅力吸引，总之这么多年过去了，他身上淬炼出的那种气质更加叫人莫名其妙地折服。

徐远桐对此没有发表意见，两人稍微讨论一番，秘书立刻为徐远桐订了去首尔的机票和酒店。

他知道奚温宁工作忙走不开，就趁着休息时间给她打电话：“我大概去三天，很快回来。”

“刚求婚就要去出差，我感觉根本看不住你啊。”奚温宁开玩笑道。

徐远桐话中带笑：“奚导，这么多小鲜肉等着你潜规则，是我比较着急啊。”

奚温宁嘴上表示不舍得，心里已经另做打算。

如今她仗着对旗粤文化也有贡献，成了敢在方粤面前提要求的女人，不过还是先在导演面前装可怜。

“我刚和男朋友订婚，你就当给我一天订婚假，让我飞去韩国给他一个惊喜。”

方粤黑着脸，沉默了一会儿还是答应了。他看着奚温宁欢天喜地的样子，突然来了一句：“小奚，我希望你能在我这里多待一段时间。”

“什么？”

方导显然是想到了什么，淡淡地牵着嘴角，说：“我在这行做了这么多年，看人很准，我想你不会在我这里做太久了。奚温宁啊，虽然你的能力也不止如此，但我希望你能再多待一阵子。”

奚温宁连自己都不知道是怎么想的，但听他这么说了，还是点点头：“好咧，方导，你是我的救命恩人啊，我知道。”

她算好时间，坐了徐远桐后面的一趟航班，在晚上九点多下了飞机。

奚温宁整个人都被一股劲吊着，兴奋异常。她一路紧赶慢赶，到了酒店后，径直奔向徐远桐所在的行政楼层，同时想象着他看到她会露出什么表情。

“叮”的一声，电梯门打开，她脸上的笑容更灿烂了。

刚转了个弯，奚温宁就察觉到前面的走廊上有人，幸好酒店地面铺着地毯，她的脚步声近乎于无。

一个年轻女人站在徐远桐的房门前，声音甜腻地说：“我们这么有缘分，不该喝一杯吗？”

徐远桐立在门的另一侧，听声音带着一点笑意：“不必了，我今天坐飞机很累，明天早上请你喝咖啡吧。”

好一个徐远桐，居然请别的女人喝咖啡！

“学长，我知道你大学的时候就很受女生欢迎，那个叫什么邬明君的校花，还在实验室和你……”那个女人并没有放弃。

“所以，你现在也要送上门？”徐远桐故意装出一副轻佻的语气。

对方脸色微红，却很主动地说：“大家你情我愿，有什么送不送的，你不介意，我就陪你这两天。”

奚温宁听得头皮发麻，紧张得肚子都有些疼。

徐远桐的声音忽地转冷，不知他的神色是不是和声音一样沥着寒冰。

“我看不必了，祝学妹，我还得回去陪我未婚妻，陪她去买钻戒，希望能尽快见到梁总。”

奚温宁听到这里，觉得是时候了，她装作一脸惊讶走向他们：“呀，亮亮，这位是谁？”

徐远桐见到她的那一刻，眼里闪过一抹讶异，随即反应过来，清浅地笑着介绍说：“她是CN游戏公司的行政助理，当年和我们是一所大学的，应该还和你同一届吧，你看是不是很巧？”

奚温宁以一种胜利者的姿态腻着徐远桐，大大方方地接受他的拥抱和亲吻。

“是啊，确实很有缘分。”她微笑着道。

她看着眼前这位姓祝的女生，因为知道她与《天境之塔》的事情有点儿关联，所以并没有怀着恶意，语气拿捏得恰到好处：“你是什么专业的？我对你好像有点儿印象。”

姓祝的学妹勉强一笑，回道：“我知道你，奚……温宁是吧？”

当时他们谈恋爱全校皆知，没想到至今未分手不说，居然都快结婚了。

两人一副恩恩爱爱的样子，眼里充满对彼此的迷恋。祝学妹已在社会上摸爬滚打几年，知道这是非常少见的状态，仿佛对方眼中只有彼此。

奚温宁甜甜地一笑：“居然还记得我，看来我当年在学校还挺有名的嘛。”

徐远桐附和道：“是啊，那时你就特别可爱。”

“当然咯，还不是你死缠烂打，我实在没办法才答应的。”

男人抿唇，眼底的笑意一闪而过：“嗯，谢谢宝贝不嫌弃我。”

祝学妹讪讪地笑笑，可转念一想，男人都是嘴不对心，何况她缠功向来厉害，便说：“那我先不打扰你们了，学长再见。”

她走到拐角处，忽然转身对徐远桐做了一个“有事电话联络”的手势。

奚温宁顿时想打人：居然当着我的面勾引我老公？

徐远桐眼疾手快将她带回房间，轻轻拍拍她的肩膀，安慰她：“好了好了，明天我还得和她老板见面，打残了就麻烦了，先放她一马吧。”

奚温宁翻了一个白眼：“我哪有那么暴力，我都是靠智取的！”

他接过她的行李，放到沙发边上，听见她像煞有介事地说：“徐远桐，那些女生就看中了你的钱，我不一样，我只是一个单纯想跟你在一起的小仙女。”

徐远桐将她从头到尾打量了一遍，眼神里闪过异样的光芒：“你怎么来了？”

“给你一个惊喜呀，我感觉到了你的心在呼唤我。”

这大概就是女导演的浪漫。

奚温宁踏上这段旅程的时候就兴奋不已，从机场去酒店途中的高架路上，她脑海里浮现出了徐远桐的脸。

树影就像从他脸上一闪而过，而他的脸庞宛若藏在天边云影中的一轮明月，皎洁无瑕。

“怎么样，我是不是很厉害？”

她嘚瑟的小模样，看得徐远桐心里犯痒，恨不得立刻将她压住。

但想到一会儿还有正事要做，他只得忍了，低头抱住她，勾了勾她的下巴：“我很爱你啊。”

奚温宁愣住了，这一刻，他突如其来的告白让她很受震动。

徐远桐颤着嗓子，低声说：“你知道我有多开心吗？”

没等她开口，他就捧起她的脸，恶狠狠地吻了下去。

奚温宁脸色涨红，知道这种时候不可能阻止他，索性任由他折腾。两人就这么吻了一阵，最后被手机铃声打断。

奚温宁想着应该是正事，便推了推他。

这次出差徐远桐就带了一个男助理，让他留意CN公司梁总的行踪。

对方在电话里向他汇报：“徐总，梁总裁到酒廊了，正在和人谈事。”

徐远桐挂了电话，摸摸奚温宁的头：“我要离开一会儿。”

徐远桐在酒店大堂办理入住手续的时候，就偶遇了那位祝学妹。

他礼貌地与对方聊了几句，得知她就是陪梁总裁和几位高层前来首尔参加互联网会议的，晚上她老板会去酒廊喝酒。

两人暂别，直到半个小时后又在酒店的自助餐厅遇见，对方自称这是命运的安排，竟然还跑来敲他的房门。

奚温宁瘫在沙发上，拿起手边的杯子喝了一口水：“我觉得他们要是错过了你，肯定得懊悔终生。你先去吧，我收拾一下东西，休息一会儿就去洗澡。”

徐远桐跟过去，捏了捏她的脸：“行，你洗完澡等我，一会儿来收拾你。”

奚温宁："……"

徐远桐在酒廊看到了 CN 游戏公司的梁总，对方正和合作人聊天，他漫不经心地坐在沙发椅上，似乎对周遭的事物都不在意。

等了一阵子，待原本与梁新说话的人走开了，他将咖啡杯一放，起身朝梁新走去。

徐远桐办事讲究效率，也不爱兜圈子，直接说明来意，当然也表示出了诚意和实力。

最终，对方答应明早留给他一个小时。

次日上午九点，梁新在酒店附近的一家中餐馆等着。这里是首尔的江南区，有不少达官显贵出入，消费水平很高。这家餐馆装修得豪华又别致，一进门就是亭台楼榭，鱼戏莲间，相当古色古香。

桌上放着一个翠绿色的烟灰缸，梁新看见他，示意他随便坐。

徐远桐穿着一身黑色西装，英挺俊朗，他向对方点点头，姿态大方磊落。

梁新倨傲地说："现在很多公司只看产品，但我还要看点别的，你有什么能引起我兴趣的东西？"

徐远桐明白，梁新这种人本身有能力，又不是贪慕钱财之人，所以比起钱财，他更看重心情。

"我知道梁总心中的顾虑，想必是和《天境之塔》手游开发不顺的事有关。"

梁新坦承："嗯，这在业界也不是秘密了。"

他们原本准备与国内一家开发商合作推广这款《天境之塔》手游，可没想到最后对方突然反悔，还钻了法律空子，将游戏的核心操作、游戏画风稍作修改，接着用另一个相似的名字发布上线。

这大概就应了那句话：有钱真的可以为所欲为。

这种做法也令梁新非常愤怒，之后再不愿与国内公司合作。

徐远桐端起面前的浅口茶杯，抿了一口，说："我们公司的高层虽然都很年轻，但都有很丰富的社会经验，盈利问题我想这些报告里都有提及，我就不重复了。至于这一年 VR 报告大数据说明了什么，也不用我多说……"

他先将开场白说完，接着就自由发挥了："陈凌公司最大的筹码不是别的，就是我。别人做不到的事不代表我做不到，别人能做到的事我会做得更好。”

梁新听他这么一说，有些怀疑地道：“你是……你是不是参加过某一年的中国大学生物理学术竞赛，还拿了优秀选手奖？”

“嗯，几年前我读大三的时候，那时梁总也在吗？”

那一届比赛，梁新作为嘉宾到过现场，自然也看到了徐远桐的对手被他华丽点杀，当时好多家学校的老师都在讨论关于他的种种，言谈之间都是喜爱之情，恨不得能将他拉到自己学校炫耀一番。

梁新的女儿今年二十岁，也在国内念书，正为这个竞赛做准备。

“哟，那还真是了不起，你是天才吧？”梁新来了兴致。

徐远桐知道，梁新自己就是技术出身，对专业能力非常看重。

梁新又道：“不过，有一个天才又怎么样，现在天才虽然不是满大街都是，但也不算稀奇。天才也有高低之分，不是吗？”

徐远桐懒懒地拨了拨杯沿：“我不会选择一条好走的路，也相信梁总你有眼光和耐心，以及和我一样的信心。”

奚温宁在酒店休息够了，早上陪徐远桐吃过自助餐，就去做了一个SPA，回来之后洗了澡，窝在沙发里一会儿看韩剧，一会儿看杂志。

徐远桐回来的时候，已是夕阳落下的傍晚，见她头发随意地扎在脑后，耳边有几缕碎发，有种温馨的柔软。

他看着她，解开衣扣，一把扯掉领带。

奚温宁抱怨：“怎么这么晚才回来啊？晚上陪我去逛街吧？”

原本还想多抱怨几句，可看到徐远桐一身精英人士的打扮，她就再也说不出话了。她发觉这男人真是只要想做的，可能没什么做不到。

他平时清冷，显得与这个世界格格不入，如今换了一身衣服，就与那种商业资本的气息融为一体，仿佛他本来就属于那个领域。

“谈完了？结果怎么样？”

“这还需要问？”

奚温宁笑了：“也对，不然人家也不会要你陪这么久。”

徐远桐低声问：“那你呢，愿意一直陪在我身边吗？哪怕有一天我变得很古怪，让你觉得痛苦。”

她一时恍惚，放下手机，抬眸与他对视：“当然愿意啊！我很愿意很愿意很愿意！”

奚温宁站起来扑向他，非常肯定地用力说了一句：“徐远桐，我愿意！”

徐远桐轻笑一声：“知道了，但你昨天没等我回来就睡了，是不是应该先补偿我？”

奚温宁憋着笑：“你怎么就不肯吃亏呢？”

“我还不是只吃过你的亏？”

奚温宁：“……”

在八十多层的楼外，夜色变得依稀朦胧，从高处往下看，有种壮丽的美。

这世上有多少人想将这样的美景据为己有？

徐远桐脱了西装和衬衫，露出平滑的肌肤和结实的肌肉，灯光则为他描了一层边。

“阿徐，有句话我还没和你说。”奚温宁低声说着，在他脸颊上磨蹭着。

他乐于享受她的爱娇：“什么？”

“在我心中，你永远是天才，所以我不会离开你的。”

他们早已各自成长，已成为比过去更好的人，但这世上还有很多人更为优秀。

高楼下，几条穿梭的车流纵横交错，整座城市一片辉煌，与天空中的一轮新月交相辉映。

男人紧紧抱着她，柔韧的身体如弦月弯弯，恨不得把她嵌入自己的身体里。

随着公司渐渐走上正轨，几个年轻人忙得脚不沾地，像朝阳集团这种涉足各个行业的大集团也与他们开展合作。

第二年的十二月，陈凌终于抽出一点时间，决定举办与诗添夏的婚礼。

在此之前，夏夏提议他们六个从高中时期就认识的老朋友一起出去玩几天，本来还想叫上蒋麓和其他人，但大家都以拒绝吃狗粮为由，没有加入他们。

陈家的司机开着豪华房车，载着他们往北面走，几人打算先去北京逛逛。

奚温宁问及诗添夏的婚礼布置，女生对这种话题最为热衷。

诗添夏道：“等回去之后，你和柚子记得陪我去试婚纱，还有你们两个的伴娘服也一并定下了。”

奚温宁兴致勃勃地说：“我喜欢斜肩款的，给郁柚穿抹胸的吧，肯定很性感！”

郁柚知道她在调侃，不动声色地说：“我太性感了会抢了新娘风头，还是给‘小肉饼’穿吧，裙子不容易掉。”

奚温宁：“……”

还能不能好好地聊天了？

几人一路吵吵闹闹，最终抵达目的地。

北京刚下过雪，故宫、颐和园和一些古韵浓重的地方都覆满了纯白的雪。他们先去了一座建在半山腰的寺院，寒气环绕，苍山覆雪，正是一片绝妙的盛景。

寺院的东西廊庑都是展厅，还分寺院和园林两部分，在雪景中更显得清幽肃穆。

庙宇的前院有一口池子，里面满是前来烧香拜佛的香客扔下的钱币。

天寒地冻中，徐远桐呵出的白雾袅袅升起：“我在国外的时候也去过一次许愿的地方，那时候我妈刚过世，你给我发了消息，尽管第二天你就打电话来道歉，但那时我的状态已经不怎么好了，心里开始想着是不是分手对你比较好。我在心里对自己说，假如我们能撑过去，能好好在一起，以后就给小孩取名许愿池。”

奚温宁正有点儿感动，结果被他最后一句话直接吓到了：“徐远桐，你以后别这么许愿好吗？怎么办啊？我们的第一个小孩要叫许愿池了，你怎么这么傻啊？”

他“扑哧”一声笑了出来，真是太喜欢她纯真率直的模样了。

“以后也带叔叔阿姨出来玩，就我们四个人，你觉得怎么样？”

奚温宁琢磨了一会儿，才抱着他，踮起脚亲了亲：“好呀，他们肯定很开心。”

远处传来诗添夏追着打陈凌的动静，郁柚和薛虚怀则在边上煽风点火。

青春飞扬，多俗气的四个字，却被他们演绎至今。

奚温宁忽然觉得眼前的画面静止了，仿佛看到了过去的那些场景，闷热的夏天，开着冷气和电扇的教室，还有在操场上打球的徐远桐。

“陈凌说你有艺术细胞，又有全局眼光，能帮着策划 VR 乐园，他想让你过来一起做，你考虑一下？”

奚温宁听着，嘴角不由自主地上扬：“嗯，也不是不可以，和你一起做同一个项目还不错。”

看着她娇俏的笑容，他想到了一句诗：幸得识卿桃花面，自此阡陌多暖春。

天地浩瀚，如烟如渺，雪落天涯。

在她的陪伴下，他周身的寒意和傲慢顷刻间散得一干二净。

徐远桐眉宇间燃起一丝热情："那等陈凌的这个乐园建好了，我就回去研究理论物理，好不好？"

奚温宁心中一热，沉醉在他的声音里。

她总能分辨出这个男人字里行间的用意，以及他每一个动作、每一个笑容的深意。

"不管你以后去做什么，能做到什么地步，我都会全力支持你的。"

"等这次旅行回去，我们就领证？"

"行呀。"她一点迟疑也没有，用力点头。

"然后明年办婚礼，顺便生个许愿池。"

"……"

徐远桐笑起来，将她抱得更牢更紧，低头与她额头相抵，双眼微合。

小时候，他觉得物理是天上的月亮，不谙世事，不淆世俗，如今觉得奚温宁才是心头的一轮月亮。

徐远桐看着她，问："我们还有一场几十年的恋爱要谈，你会不会厌倦？"

"从大学到现在也已经很久了啊，我觉得一切才刚刚开始。"

那就是了。

两人站在山腰上，往山下看去，然后并肩而行，踏入冰雪之中。

你送我最美的礼物，一样是明月，一样是你眼中的灯火。

从今往后，风霜雪雨，都随你去。